广视角·全方位·多品种

权威·前沿·原创

皮书系列为
"十二五"国家重点图书出版规划项目

总 编/王 战 潘世伟

上海文学发展报告
（2013）

ANNUAL REPORT ON LITERATURE DEVELOPMENT OF SHANGHAI (2013)

主 编/陈圣来

图书在版编目(CIP)数据

上海文学发展报告.2013/陈圣来主编.—北京：社会科学文献出版社，2013.6
（上海蓝皮书）
ISBN 978-7-5097-4889-3

Ⅰ.①上… Ⅱ.①陈… Ⅲ.①当代文学-文学研究-上海市-2013 Ⅳ.①I206.7

中国版本图书馆CIP数据核字（2013）第161108号

上海蓝皮书
上海文学发展报告（2013）

主　　编／陈圣来

出 版 人／谢寿光
出 版 者／社会科学文献出版社
地　　址／北京市西城区北三环中路甲29号院3号楼华龙大厦
邮政编码／100029

责任部门／皮书出版中心 (010) 59367127　　责任编辑／高　启　姚冬梅
电子信箱／pishubu@ssap.cn　　　　　　　　责任校对／孙　彪
项目统筹／邓泳红　姚冬梅　　　　　　　　　责任印制／岳　阳
经　　销／社会科学文献出版社市场营销中心 (010) 59367081　59367089
读者服务／读者服务中心 (010) 59367028

印　　装／北京季蜂印刷有限公司
开　　本／787mm×1092mm 1/16　　　印　张／21.25
版　　次／2013年6月第1版　　　　　字　数／272千字
印　　次／2013年6月第1次印刷
书　　号／ISBN 978-7-5097-4889-3
定　　价／69.00元

本书如有破损、缺页、装订错误，请与本社读者服务中心联系更换
版权所有　翻印必究

上海蓝皮书编委会

主　　编　王　战　潘世伟

副 总 编　洪民荣　黄仁伟　叶　青　谢京辉　王　振

委　　员　（按姓氏笔画排序）
　　　　　　左学金　卢汉龙　权　衡　刘世军　沈开艳
　　　　　　沈国明　陈圣来　周冯琦　周振华　周海旺
　　　　　　荣跃明　童世骏　强　荧　蒯大申　熊月之

《上海文学发展报告（2013）》编委会

主　　编　陈圣来

编　　委（按姓氏笔画排序）

　　　　　　王光东　王安忆　王纪人　方克强　朱大建
　　　　　　刘　轶　孙　颙　孙惠柱　杨　扬　杨剑龙
　　　　　　汪　澜　陈思和　陈惠芬　陈歆耕　赵丽宏
　　　　　　郜元宝　侯小强　徐锦江　葛红兵　臧建民

执行编辑　袁红涛

主编简介

陈圣来 研究员、教授、高级编辑,上海社会科学院文学研究所所长。兼任北京大学、复旦大学特约研究员,美国加州州立大学奇科分校荣誉教授,美国纽约理工大学特聘国际咨询专家,上海师范大学、西南大学、复旦大学视觉学院等客座教授,亚洲艺术节联盟主席,中国对外文化交流协会常务理事,中国作家协会会员,中国戏剧家协会会员。历任东方广播电台台长、总编辑;中国上海国际艺术节中心总裁。2011年6月起任上海社会科学院文学研究所所长。2012年获国家社科基金重大项目资助,任国家重大课题《大型特色活动和特色文化城市研究》首席专家;获上海市社科基金资助,任上海市系列课题《上海建设国际文化大都市研究》首席专家。

1981年从事新闻工作,1992年创办上海东方广播电台,被国家广电部领导誉为"中国广播改革的第二块里程碑"。2000年度被中国广播电视学会主持人研究会授予杰出贡献奖。2000年受命组建中国上海国际艺术节中心,策划运作了当今中国最高规格、最大规模的中国上海国际艺术节,并已成功举办了12届。在他主持和操办下的上海国际艺术节被国家文化部部长誉为"国际艺坛极具影响力的著名艺术节之一,我国对外文化交流的标志性工程和国际知名品牌"。2005年被世界节庆协会授予杰出人物贡献奖。2007年被授予世界节庆协会(IFEA)中国杰出人物奖。

著有《生命的诱惑》、《广播沉思录》、《晨曲短论》、《品味艺术》等，在诸多重要报刊上发表了大量学术论文，并策划主编了《中国百家广播电视台·东广卷》、《东方旋风》、《世界艺术节地图》、《中国节庆地图》、《艺术屐痕》等丛书。此外还撰写了数百篇小说、散文、报告文学、评论、特写、随笔等，曾获《花地》佳作奖、中国广播节目奖、中国新闻奖、上海新闻论文奖等。

摘　要

《上海文学发展报告（2013）》系统梳理了2012年上海文学在创作、批评和对外交流等方面的发展情况，并对若干焦点问题与文学现象进行了深度分析。

2012年，因为《繁花》、《成为和平饭店》、《漂移者》等多部长篇小说的出现，城市文学取得了重要突破。《繁花》写出了上海的韵味和本色，重建了一种城市文学写作方式，显示了上海文学的最新实绩。在这一年里，上海的青年作家在传统文学、类型文学和网络文学等多个领域也皆有建树，推出了多部新作。

创作与批评总是紧密相连。为了加强和改进文艺批评，2012年上海市委宣传部决定设立"文艺评论专项基金"，以鼓励上海主要新闻媒体扩大文艺评论阵地，积极开展文艺批评，提升文艺批评的影响力。本书追踪、分析了这一举措对于上海文艺批评和创作所发生的多重影响。

莫言获得诺贝尔文学奖是2012年中国文学的重大事件。而莫言与上海文艺出版社近30年的合作，不仅见证了莫言从中国作家到"诺奖"得主的历程，也显现了一位大作家的成长与上海这座城市的紧密联系。这一事件更给上海文艺界带来了关于上海文学未来发展的多层面思考。

上海市作家协会推出的"上海写作计划"已经实施5年，本书对这一文学交流活动进行了小结和分析。对"网络文学"的发展，对盛大文学公司兼具推动与阻碍的双重作用，值得关注。

近年来上海电视剧佳作频出,京沪专家在研讨 2011~2012 年上海优秀电视剧时,公认沪产电视剧已经重新崛起,上海电视剧创作过程中对文学原创的借鉴和倚重乃是一项重要经验。同为大众文艺样式,上海话剧仍在探索如何平衡艺术价值与市场价值,上海戏曲则通过院团体制改革寻求下一步发展的动力,上海电影业正努力进军世界电影市场。而本书对于上海戏剧编剧生态所进行的深入考察,提出了多方面的改进建议,也值得影视剧等多个行业深思,因为它们的长远发展都不能忽略文学原创的重要性。

全书最后以"上海文学年度纪事"的形式,汇总整理了上海文学一年来的重要新闻,以全面地保留上海文学发展的资料。

Abstract

Annual Report on Literature Development of Shanghai (*2013*) makes a systematic combing through the writing, criticism, and intercultural communication in Shanghai literature in 2012, in addition to a profound analysis of several focuses and new trends.

With the appearance of long novels such as *Blossoms*, *Rebirth of Peace Hotel*, *Immigrant*, 2012 witnessed a significant breakthrough in the city literature of Shanghai. *Blossoms* displays the style and true color of the city, reconstructing a way of urban writing and representing the new achievement of Shanghai literature. Meanwhile, as young writers produced a number of new works, they went forward in literature creation in many fields, such as traditional literature, internet literature and other literature genres.

Literature writing goes hand in hand with criticism. In order to increase the interaction between literature criticism and writing, the Publicity Department of Shanghai Municipal Government decided to set up "Literature Critcism Fund" to encourage the press and media to enlarge the field and space for criticism. The impact of the measure on literature criticism and writing in many aspects is recorded and studied in this Volume.

Mo Yan won the Nobel Prize of Literature and became the newsmaker in Chinese literature in 2012. The fact that he has been working together with Shanghai Literature & Art Publishing Group for nearly three decades tells about a journey to the Nobel Prize, and provides a proof of the close relationship between a great writer and Shanghai literature society. This event invites the Shanghai literature society to think about the future of Shanghai literature from various perspectives.

Shanghai Writers Association has been promoting "Shanghai Writing

Program" for five years, an intercultural communication summarized and studied in this book. As to the development of Internet Literature, the book calls for attention to the role of Shanda Literature, as a both driving force and an impediment.

In recent years, a large number of excellent TV series have come out. During the Conference on 2011 – 2012 Shanghai TV Series, experts from Shanghai and Beijing acknowledged the rise and brand advantage of "Made in Shanghai", for in the process of creation, Shanghai TV Series learned from and leaned on "literariness". Shanghai drama, another form of public art, is still trying to keep a balance between artistic and market value. Shanghai opera is striving to get the driving power for future development through system reforms. And Shanghai film industry is marching into the international market. The book stands out in the examination of the ecology of playwriting of operas, the proposal to make improvement in different angles, which is helpful to make thinking in depth for the industry of Shanghai film, TV and drama, because they can only make all-round development by attaching great importance to originality in literature creation.

Annual Report on Literature Development of Shanghai (2013) has collected important news of Shanghai literature in the form of "Shanghai Literature Chronicle" so as to preserve all historical materials recording the development of Shanghai literature.

目录

BⅠ 总报告

B.1 写出城市的韵味和本色：2012上海文学
　　…………………………………… 杨　扬　叶祝弟 / 001

BⅡ 年度关注

B.2 信念、坚守与收获
　　——莫言与上海文艺出版社30年 …………… 曹元勇 / 018
B.3 "诺奖"旋风后的思考：上海文学的
　　2012与未来 …………………………………… 傅小平 / 027
B.4 "上海出品"电视剧形成品牌优势
　　——京沪专家共同讨论2011~2012上海优秀
　　电视剧 ……………………………………………… / 044

BⅢ 年度作品

B.5 《繁花》：2012年沪上小说奇观
　　——关于《繁花》的未完成评说 …………… 何　平 / 072
B.6 《繁花》：重建一种写作方式 ………………… 项　静 / 082

B Ⅳ 创作与批评

B.7 上海文艺批评的新变 …………………… 葛红兵 / 090

B.8 城市文学从人开始
　　——评孙颙《漂移者》 …………………… 李伟长 / 099

B.9 招魂幡，与无尽的谜
　　——《成为和平饭店》印象记 …………… 金　理 / 107

B.10 人性与灵魂的歌泣
　　——评竹林长篇新作《魂之歌》 ………… 丁亚平 / 114

B.11 纸上鹤飞去
　　——浅析黄裳散文艺术特色 ……………… 王　铮 / 127

B Ⅴ 青年作家

B.12 多领域的收获
　　——2012年上海青年作家小说创作备忘 … 李伟长 / 136

B.13 "80后"作家笔下的都市"异乡者"
　　——读《荒芜城》、《你所不知道的夜晚》 … 郭雅倩 / 144

B.14 "80后"作家的上海想象 ………………… 黄　平 / 158

B Ⅵ 文学交流

B.15 近距离的文学交流
　　——"上海写作计划"5年回顾 …………… 陈丽丽 / 177

B.16 他山之石，可以攻玉
　　——近年上海翻译文学回顾与分析 ……… 汪文娟 / 198

BⅦ 网络文学

B.17 对"网络文学"发展的推动与阻碍
　　　——"盛大文学"在2012 ………… 许苗苗 / 212

BⅧ 影·视·剧

B.18 在消费制造中超越
　　　——2012年上海话剧舞台评析 ………… 尹永华 / 223
B.19 困境与生机：上海戏剧编剧生态考察 ………… 胡凌虹 / 234
B.20 以改革促发展
　　　——上海戏曲院团现状调研 ………… 郑崇选 / 254
B.21 从地域化到世界性
　　　——近年上海电影发展趋势分析 ………… 朱鹏杰 / 268

BⅨ 附　录

B.22 2012年上海文学纪事 ………… / 281

皮书数据库阅读 使用指南

CONTENTS

B I General Report

B.1 Style and Savor of a City in Writings: 2012 Shanghai Literature
    Yang Yang, Ye Zhudi / 001

B II Highlights of 2012

B.2 Faith, Persistence, and Harvest
    —Three decades for Mo Yan and Shanghai Literature & Art Publishing Group *Cao Yuanyong* / 018

B.3 Thinking after the Harvest of Noble Prize: 2012 Shanghai Literature and its Future *Fu Xiaoping* / 027

B.4 TV Series "Made in Shanghai" Have Brand Advantages
    —Review on Excellent TV Series in 2011 and 2012 by Experts from Shanghai and Beijing / 044

B III Works of 2012

B.5 Blossoms : A Miracle of 2012 Shanghai Novels
    —Unfinished Comment on Blossoms *He Ping* / 072

B.6 Blossoms: Reconstruction of Writing Style *Xiang Jing* / 082

CONTENTS

B IV Writing and Criticism

B.7 New Changes in Shanghai Literature Criticism   Ge Hongbing / 090

B.8 City Literature Starts from Humanity
    —Comment on Immigrant by Sun Yong   Li Weichang / 099

B.9 Spirit-Beckoning Streamer and Endless Myths
    —Impression on Rebirth of Peace Hotel   Jin Li / 107

B.10 Humanity and Cry of the Soul
    —On Soul's Song by Zhu Lin   Ding Yaping / 114

B.11 The Crane Flying Away from the Paper
    —Analysis of the Artistic Features of Huang Chang's Proses   Wang Zheng / 127

B V Young Writers

B.12 Harvests in Various Fields
    —Memo of 2012 Novels of Young Writes in Shanghai   Li Weichang / 136

B.13 Strangers in Cities in Works by the Generation Born in the 1980s
    —Let's Talk about Unknown Night and Wasted City   Guo Yaqian / 144

B.14 Individualization and Crisis of Community
    —Centered on the Imagination of Shanghai by the Generation Born in
    the 1980s   Huang Ping / 158

B VI Literature Communication

B.15 Literature Communication Face to Face
    —Review of Shanghai Writing Program from 2007 to 2012   Chen Lili / 177

B.16　Jade from Other Mountains
　　　　—Review and Analysis on Recent Literature Translations in Shanghai
　　　　　　　　　　　　　　　　　　　　　　　　Wang Wenjuan / 198

B Ⅶ　Internet Literature

B.17　Driving Force of and Impediment to Internet Literature Development
　　　　—Shanda Literature in 2012　　　　　Xu Miaomiao / 212

B Ⅷ　Films · TV Series · Dramas

B.18　Beyond Consumption and Production
　　　　—The Review of Shanghai Dramas in 2012　　Yin Yonghua / 223

B.19　Dilemma and Vitality: the Playwriting Ecology of Shanghai Drama　　　　　　　　　　　　　　Hu Linghong / 234

B.20　Reform and Development
　　　　—Research on the Shanghai Opera Troupes　Zheng Chongxuan / 254

B.21　From Localization to Globalization
　　　　—Analysis on Trends and Development of Shanghai Film　Zhu Pengjie / 268

B Ⅸ　Appendix

B.22　Shanghai Literature Chronicle during 2012　　　　/ 281

总 报 告

General Report

B.1
写出城市的韵味和本色：
2012上海文学

杨 扬 叶祝弟*

摘　要：

2012年的上海文学一如既往地平稳。在本年度诸多长篇小说中，《繁花》尤其值得关注，它写出了城市的韵味和本色，建构了一种新的城市文学样式。在诗歌领域，《上海诗人三十家》出版，《中国诗歌评论》复刊。上海文艺出版社迎来了自己的60周年社庆，《收获》举办了55周年庆典。为了加强和促进健康积极的文艺批评，上海有关部门专门设立了文艺评论专项基金，推动沪上主要媒体积极拓展文艺批评的空间，一个由学院批评、

---

* 杨扬，文学博士，华东师范大学中文系教授、博士生导师；叶祝弟，华东师范大学中文系博士研究生，主要从事当代文学生产机制研究和文学批评。

媒介批评和网络批评三驾马车组成的文艺批评新阵营正在迅速成长。然而，要进一步获得批评的有效性，还需要策略、思想与智慧。

关键词：

　　《繁花》　城市文学　文学批评　《收获》

2012年的上海文学一如既往地平稳，围绕着这座城市展开的书写一切照旧，上海的创作自有其自身的节奏和路数。

一

2012年6月，由朱金晨、李天靖主编的《上海诗人三十家》出版，这是继《海上诗坛六十家》之后上海诗人的又一次集中亮相。诗集囊括了白桦、赵丽宏、严力、季振邦在内的一批上海诗人的优秀作品。从诗风上来说，这些诗人的文风包罗万象，既有对庸常生活中的碎屑的体验，也有对时间、宇宙、永恒等天地之思的追问，又有如本雅明笔下的漫游者对城市的闲逛；既有对求乞的女孩等城市边缘人的体察和描摹，也有在都市里眺望乡村难得的一份闲适。一个很有意思的现象是，虽然身在繁华的大都市，但是大多数诗人对城市选择的是一种逃离的态度，季振邦、田永昌、李天靖、林裕华、李刚、汪漫、杨秀丽、孙思、王亚岗、俞志发、金云、魏玲丽等诗人的作品，要么在古筝、姑苏、大明寺、乌衣巷、西泠的月光等古典意象中排遣一帘幽梦，要么在老井、拱桥下的青石板、母亲的炊烟等乡村印象的世界里释放乡愁，而真正直面都市生活，特别是把都市生活的质感和力感正面反映出来的作品很少。现代新诗诞生于中国的现代化进程中，本质上是一种现代性的反映。用现代诗的新瓶装古典意象的旧酒,总归没有古典诗词那么自然和假贴。诗人无疑是最敏感的群体,他们对都市的态度,是值得玩味的。在这本《上海诗人三十家》中,读来最震撼的还是老作家白桦那首《他死了》。虽然曾经上海的诗坛与政治靠得较近,但是近些年来,上海的诗坛基本上已经远离政治,这与上海这座城市里的人的精神特质有很大的关系。上海诗歌向来沉浸在自己的个人趣味中,缺"骨"少"血",白桦的《他死了》,让我们看到了上海诗歌的另外一面。

当我们回顾中国新诗发展的百年历程时,上海无论如何是绕不过去的名字。如20世纪30年代,戴望舒等在上海创办《新诗》月刊,成为当时诗坛最负盛誉的期刊。然而,今天的上海诗歌有些落寞了,与小说创作相比,上海诗歌的成就显然不那么令人侧目。有一种说法认为,上海没有诗,是因为上海诗坛缺少有影响力的批评家,不能为上海诗歌鸣锣开道。这个说法有一定的道理。诗歌在这个时代无疑是衰落了,而坚守正是一种悲壮的选择。经过一年多的筹备,在刘丽安的资助和上海文艺出版社的支持下,中断了10年之久的《中国诗歌评论》终于在上海复刊。《中国诗歌评论》复出号发布暨讨论会在同济大学中文系举行,在研讨会上,资助人刘丽安女士有一段简短的但是非常感人的讲话,她说:"我不是诗人,但我是诗歌文本与诗歌读者之间的拉拢人"。正是怀着对诗歌的一种谦卑和敬畏,才有了《中国诗歌评论》的梅开二度。

《中国诗歌评论》的立意很高,在第一辑的编者前言《细察诗歌的层次与坡度》中,轮值主编萧开愚提出了独立批评的主旨——所谓独立批评,特指以不写诗或至少以不发表诗歌作品作为专业操守的诗歌批评家的批评工作,这种勉强的叫法毫无忌惮诗人批评家利用批评活动为自己的写作辩护,或暗指批评的取向为写作的取向挟持致使他的批评无法独立的意思,这两种貌似弊端的预设价值判断在批评写作成功地完成论证的情况下,总是能够保证批评活动的心理动机的客观性。诗人的语言总是有些拗口，但《中国诗歌评论》拒绝溢美性质的市场评论，只做批评的本职工作：或者挖掘并阐释深藏于诗歌文本的意义，或是为诗歌写作中可疑的探索进行辩护的宗旨却是值得赞赏的。诗歌本来是我们这个时代病症的敏锐的发现者和窥探者，但是长期以来不正常的诗歌创作和批评，窒息和误导了这种敏锐性。从这个意义上讲，《中国诗歌评论》的创刊，对于重新回到正常的批评轨道，形成批评和创作的良好互动，特别是发现和打捞那些可疑的探索，寻找存在的多维可能带来了希望。《中国诗歌评论》第一辑头条和第二条分别发表了余旸的《"技艺"的当代政治性维度——有关诗人多多批评的批评》和臧棣的《诗歌政治的风车：或曰"古老的敌意"——论当代诗歌的抵抗诗学和文学知识分子化》，令人有耳目一新之感。

《中国诗歌评论》复刊，上海文艺出版社功不可没。盘点2012年的上海文艺创作，上海文艺出版社确实是无法绕过的门槛。2012年中国最大的文学事件，便是莫言获得诺贝尔文学奖。而莫言获奖，最大的赢家便是上海文艺出版社。2012年，上海市委宣传部召开新闻出版工作年会，上海文艺出版社副总编辑曹元勇第一个发言，详细介绍了上海文艺出版社与莫言交往的点点滴滴。上海文艺出版社从2000年策划推出"莫言精短小说系列"开始，之后又陆续编辑出版一系列中短篇和长篇小说，几乎涵盖了莫言全部小说作品，而莫言更是将其酝酿10年、笔耕4载的长篇小说《蛙》交给上海文艺出版社编辑出版。这部作品不仅在2011年为莫言赢得了国内最高文学奖——茅盾文学奖，而且在2012年帮助莫言问鼎诺贝尔文学奖。莫言的作品并不是每部都能引起反响，由此上海文艺出版社的专业眼光，以及对文学的坚持和对艺术的追求，才取得了今天的收获。说来奇怪，在外人看来，上海的文化有些傲慢，莫言的作品描写的是以高密东北乡为代表的乡土世界，与上海这座现代城市的文化气味似乎有些不合拍，但是放眼全国，没有哪座城市像上海这样与莫言的关系如此紧密。从1985年至2009年，《球状闪电》、《红蝗》、《三十年前的一次长跑比赛》、《师傅越来越幽默》、《野骡子》、《司令的女人》、《木匠和狗》、《挂像》、《大嘴》、《麻风女的情人》、《蛙》，莫言共有11部作品首发在《收获》上。2005年杨扬教授就编辑了《莫言研究资料》，是最早的莫言研究资料之一。2010年，当顾彬的中国当代文学垃圾论在中国文坛引起轩然大波的时候，复旦大学专门召开了莫言作品研讨会。2012年5月16日，莫言接受华东师大的邀请，担任华东师范大学文化系列讲坛"杏坛高议"第一讲嘉宾，并受聘为华东师范大学兼职教授。上海与莫言的结缘，正是在于莫言作品中表现出的艺术禀赋、创作气象，与上海文学批评界的气质，有很多契合的地方，才有了长期的合作。

二

2012年6月，上海文艺出版社还迎来了自己的60周年社庆。《小说界》专门编辑出版了"上海文艺出版社建社60周年专辑"，邀请王蒙在内的多位著名作家谈谈对出版社的感受及未来。1979年5月，上海文艺出版社选编出版具有象征意义的小说散文集《重放的鲜花》，被王蒙誉为"这在文学界可算是拨乱反正的一个里程碑式的事件"。20世纪90年代以来，上海文艺出版社推出了众多著名作家极具影响力的长篇新作，包括贾平凹的《病相报告》、王安忆的《桃之夭夭》、余华的《兄弟》、方方的《水在时间之下》、莫言的《蛙》、张炜的《橡树路》、殷惠芬的《汽车城》、王小鹰的《长街行》、格非的《春尽江南》等。

2012年，《收获》迎来55周年庆典。11月23日，在由《收获》杂志社、巴金故居、上海市作家协会联合举办的《收获》杂志创刊

55周年的纪念活动中，作家丛维熙、余华、李锐、格非、马原、苏童、李辉、艾伟、鲁敏，以及上海作家王安忆、叶辛、孙颙、赵丽宏、王小鹰、陈村、孙甘露、李小林、赵昌平、程德培、路内等齐聚一堂，回忆与《收获》一同走过的风雨岁月。三本"金收获纪念文丛"——《收获年轮》、《绘本收获》、《大家说收获》同时面世。新时期以来，《收获》刊发的作品如《蹉跎岁月》、《人到中年》、《人生》、《方舟》、《男人的一半是女人》等可以说凝聚了几代作家对于社会、人性和自我的思考、质问，而以邓友梅、冯骥才、陆文夫等人的作品为代表的市井小说，则生动呈现了社会风俗细节和文化变迁。20世纪80年代中叶开始，小说书写的可能性被重新演绎，许多作家开始进行前所未有的叙事和语言上的探索。1988年和1989年，《收获》以两次"青年文学专号"以及之后的陆续推荐，将余华、苏童、格非、马原、孙甘露等"先锋小说"的代表人物推至台前。多年以来，《收获》一直保持着不趋时、不媚俗、不跟风的传统，在编辑过程中始终坚持文学的独立品格和纯粹性，保持审美和观念的敏锐，"一切以作品说话"。

然而，《收获》的雄心并不仅仅在于守住自己的一亩三分地。在多媒体时代，《收获》在"一切以作品说话"的同时，四处出击，左右腾挪。开微博、在淘宝上开店售卖刊物、计划进军电子阅读。相较淘宝上只有个位数的销售量，《收获》的新浪微博就比较火爆了，迄今已发帖1298条，有2万多粉丝，在全媒体时代，作为老牌文学刊物，微博上的《收获》不再是养在深闺人未识，从标题到内容，从封面到插图，均与作者形成了很好的互动。在2012年的55周年的纪念号上，一反传统的发表纪念文章的做法，《收获》分两期罗列了55年来在《收获》上面的作品改编成电影的《海报》，以及黄苗子、黄永玉、丁聪等人为《收获》上的作品描绘的插图。这里涉及两个问题，一是文学与影视的关系问题，不再是羞羞答答，暗送秋波，或者是你死我活的关系,而可能是相互依托,共同发展的关系;二是文字与图像的关系,读图时代的到来,人们对图像的兴趣要超过对文字的兴趣,当然,《收获》的读者有相对传统和固定的品位,《收获》上的名家插图,人文性和艺术性依旧。文学与市场的关系、传统媒体与新媒体的关系,都是需要认真考虑的问题。执行主编程永新在《文学报》发表过一篇文章叫《写作策略的定位》,谈到南派三叔《盗墓笔记》发行1200万册,蒋子丹潜水网络以获取写作灵感。程永新的这些话表面上是编辑给作者的写作建议,骨子里却是夫子之道,反映的是新媒体时代的文学刊物营运之道,作家求读者,文学期刊同样是求读者。全媒体时代的文学期刊与传统的文学之间是什么关系?与市场是什么关系?这些恐怕是很多苦苦挣扎中的文学期刊需要思考的问题。

全媒体时代,《收获》等传统刊物的影响力并没有减退,相反,很多时候,拜微博所赐,《收获》的一举一动都有可能成为媒体关注的焦点。2012年最引人注目的便是在《收获》与《小说选刊》之间爆发的文学原创期刊和文学选刊的争论。本文无意于做具体的评价,但是选刊与期刊之争背后反映出的作品评价、文学生态、评奖机制以及利益之争等问题,却是需要认真审视的。

三

2012年上海长篇小说创作稳中求进。本年度反响比较大的小说有马原的《牛鬼蛇神》、孙颙的《漂移者》、陈丹燕《成为和平饭店》、金宇澄的《繁花》、竹林《魂之歌》、夏商的《东岸纪事》、马以鑫的《红潮滚滚》、葛红兵的《三林塘传奇》、王宏图的《别了,日耳曼尼亚》、路内的《花街往事》,曾经有作品被收入《上海新锐作家文库》的青年作家走走、滕肖澜、薛舒、张怡微也分别出版了长篇小说《我快要碎掉了》、《海上明珠》、《问鬼》和《你所不知道的夜晚》。

年初,《收获》发表了马原的《牛鬼蛇神》,年尾,《收获》又刊发了金宇澄的《繁花》。这两部小说,一头一尾,颇有参照意义。马原的《牛鬼蛇神》早在小说发表一个月前,就做了预告,吊足了读者的胃口,但是发表后,引起了不小的争议。且不说书名与"文革"所指的"牛鬼蛇神"不是一回事,也不说书中将自己写过的小说大段拷贝过来,是否有充数之嫌,就谈整部小说提出的三个问题,我们从哪里来,我们是谁,我们往哪里去这样的大问题,作者试图在人、鬼、神之间寻找属于这些问题的答案,无奈作者的这种气势被凌乱的细节割裂得七零八散,而叙事形式的先锋已经无法承载这样厚重的主题,带有自叙传意味的反复铺陈也制约了作者动笔之初许下的宏愿。30年后,人们不禁要问,当前的先锋派那些具有革命的要素是否早已烟消云散,所谓的叙事的圈套是否已经徒有其表?

金宇澄的《繁花》一开始发帖于网上,每日一帖,引来很多上海人的围观,小说的进度很大程度上来自于网友不停的督促,小说在《收获》发表后,收获了读者和学者的不少好评,更被中国小说学会推选为2012年度中国小说排行榜名单第一名。《繁花》是一本充盈着海派气质的小说,是近年来城市文学的一次重要突破,它向人们证明了作为南方方言的沪语写作也能写出很好的作品,而城市文学同样能生产出堪与乡土文学相媲美的作品。《繁花》是一个极具开放性和可阐释空间的文本,至少向我们昭示了三个问题。第一,在既有的城市文学书写框架外,我们的城市文学是否还有新的书写样式,或者说什么才是城市内生出来的文学样式?《繁花》写出了城市的韵味和本色。长久以来,我们将城市看成是一个异化的存在,既往的写作者,要么将城市浪漫化,典型的是各种各样的怀旧的版本;要么将城市污名化,将城市看成是与乡村对立的所在,是藏污纳垢的地方,放到道德的天平上大加鞭挞;要么将城市碎片化,将城市看成是一个现代性导致的裂变,聚焦的是城中人焦虑的情绪、精神的裂变等。《繁花》全文中并没有这种紧张感,繁花虽不似锦,但是其呈现、绽放乃至凋谢,各有各的路数和命数,一切自在、自然,少了几分俯视和斜视,多了几分从容和宽容。第二,母语写作如何传达城市经验?用沪语进行创作,《繁花》不是第一个尝试者,但是《繁花》的价值不仅在于承继了《海上花列传》的沪语写作传统,更在于它贡献了一种新的城市文学写作样式。《繁花》好就好在它的韵味,就是莫言所说的小说的气味。如果说莫言的小说传达的是乡土气息的话,那么《繁花》的字里行间则表达的是20世纪60年代到90年代上海的都市生存经验和生活气味。这个韵味一方面是依靠语言传达的,在上海这个五方杂处的文化空间里,各式人物"你讲我讲他讲",上海话、苏北话、苏州话、宁波话,只要一开口,其背后隐藏的阶级、身份、智识的文化差异均已经显现,但是《繁花》妙就妙在虽然多用方言,但是读者并不觉得隔,显然作者在普通话与方言之间做了巧妙的取舍和转化,重点传达的是上海的精气神,有效解决了方言写作的读者接受问题。另一方面这种气味又是通过独特的文体呈现的,这种文体既包括勾通传统的话本小说,又包括既俗且雅的语言,还包括独特的叙事节奏,小说几乎都用对话体的短句,节奏明快。这种文体显然与百年来上海这座城市市民阶层接受的文化滋养、形成的文化底蕴、处世方式紧密相关的。第三,我们该如何处理文学与记忆的关系,或者说我们该如何打捞和保存我们的历史记忆?《繁花》对"文革"中一幕幕记忆的描述,是细微而深刻的,而这种记忆的传达,让我们体悟出方言而不是普通话在描摹记忆现场的细节,揭示历史的复杂面相的力量。

《繁花》还进一步开掘了文学地理学的写作。这是城市文学由来已久的传统。从《繁花》所描摹的淮海路思南路、长乐路的帝王堂

（现锦江饭店）、曹杨的工人新村，长风公园里的铁壁山，到陈丹燕着墨于外滩矗立的和平饭店，再到夏商的《东岸纪事》所着力描绘的浦东的点滴，甚至到滕肖澜的《海上明珠》里的嘉定封浜，张怡微的《你所不知道的夜晚》所描绘的徐汇田林地区的生活，构成了一个个微妙的上海文学地图，而每一个城市地理的背后，又活跃着一个个微小的个体文化存在，他们的或斑驳、或清晰的存在，拼凑起一幅完整的城市文化地理学。记忆随着人们空间的转移而流动，上海的文学创作由此而生动起来。

  8月14日，在上海国际文学周上，作家孙颙和陈丹燕举行了"外滩印象与漂移者"的对话和讨论。2012年，这两位写作上海的好手分别贡献了《漂移者》和《成为和平饭店》。《漂移者》和《成为和平饭店》可以对照起来阅读。《成为和平饭店》是继《上海的风花雪月》、《上海的金枝玉叶》、《上海的红颜遗事》以及《公家花园》、《外滩：影像与传奇》之后的又一部作品。从某种程度上来说，和平饭店的气质就是上海的气质。面对这样一个复杂的对象，显然过去的创作手法有些捉襟见肘。和平饭店积累了经年的往事，作者除了花费大量的时间进行资料梳理、历史考据外，还需要在审美观照和艺术手法上做出创新。陈丹燕选择了虚实结合的手法，将真实的历史与虚构的情节杂糅起来，通过大量的照片与文字的穿插、拼贴，形成新的美学风格。与陈丹燕沉湎于上海的既往旧事相比，孙颙更愿意触碰今日的现实。《漂移者》刻画的是新一代到上海淘金的冒险者马克的新上海梦。小说面对的是一个比较新的题材，对中西文化的碰撞、人性的考察也有着新的思考。

  此外，像竹林的《魂之歌》，着力描写的是主人公刘强的人生命运的变迁，文章的格局比较宏大，弥漫着浓郁的浪漫主义气息。而青年作家滕肖澜的文章叙事节奏拿捏得当，文字的推敲和细节的布置均比较老到，《海上明珠》（《收获》发表时取名《双生花》）讲述了罗

写出城市的韵味和本色：2012 上海文学

晓培和毛慧娟两个本不相识的女性，当年在医院出生时被抱错，27年后因一次偶然的车祸方才得知。生长环境的错位导致了不同的人生态度，而身份的变化也导致各种各样的碰撞。作者将放大镜聚焦这一打乱正常状态的日常生活中，敏感地描述了家庭生活的情感律动，深切透视了人性的崇高与卑微、人情的冷酷与温暖。姚鄂梅的小说《狡猾的父亲》则为我们贡献了一个在各种算计中生活的朴实的父亲形象，这是之前的小说创作中很少有的形象。路内的《花街往事》以顾大宏、顾小妍、顾小山一家为中心，展开花街从20世纪的"文革"爆发到90年代初的平民生活，可以看成是"70后"作家的一段成长史。薛舒的《问鬼》表面是写一段乡间习俗，其实骨子里却是灵魂的自问。对于年轻作家来说，这样的追问无疑是一种非常好的写作意识。

四

本年度出版的散文有王安忆的《男人和女人、女人和城市》、小饭的《小辰光，在康桥》、吴亮的《夭折的记忆》、《此时此刻》（访谈录）、小白的《表演与偷窥》、朱少伟的《民国文人的侧影》、赵宗仁的散文随笔集《青山无大小》等。此外，《周作人译文全集》和詹姆斯·乔伊斯的《芬尼根的守灵夜》中文注译本分别由世纪文景和上海人民出版社出版。

非虚构虽然不是近年才被人们知晓，但是经过《人民文学》的大力推介，非虚构变成了一个时髦的噱头，连陈丹燕的《成为和平饭店》也冠以非虚构之名，而王安忆干脆写起非虚构系列。《空间在时间里流淌》是"王安忆·非虚构"系列的第一本，每辑分别收入作家童年经验、成长经历和寻根家族史等内容的文章。《男人和女人，女人和城市》作为"王安忆·非虚构"系列中的第二本，书中用白描的手法记录了上海这座城市以及生活于其中的男男女女的种种心绪。

《夭折的记忆》由《八十年代琐记》和《九十年代小纪事》两部分组成，是吴亮对20世纪八九十年代工作、生活的记忆，也是他与王安忆、顾城、孙甘露等文艺界同行们交往的故事，更是他亲身经历的私人记忆。吴亮自陈在创作过程中秉承着零度写作的原则，想把记忆尽量客观地记录下来："这是一种'微观历史'，一种用不可靠的个人记忆来对抗'大词历史'的尝试。"不过，即使如此，吴亮的自陈依然夹杂着很多的个人情绪。在某些人看来，20世纪80年代在今天似乎已经成为一个传奇，而研究80年代也有了一丝时髦的意味。所谓的重返80年代，又有多少真正是客观地贴近历史现实的呢，要么给自己的青春期正名，要么借80年代的酒浇心中的块垒而已。

2012年9月5日，散文家黄裳在上海瑞金医院逝世。黄裳先生理工科毕业，却投身于文字事业；记者出身，却以散文大家名世，而又研究晚明史，善治版本目录，晚年更以藏书、评书、品书著称于文坛。他著有《锦帆集》《旧戏新谈》《黄裳书话》《来燕榭读书记》等书。2011年，黄裳以92岁高龄在《收获》杂志开辟《来燕榭书跋》专栏，堪称"壮举"，但也成为这位散文大家"最后的亮相"。黄裳的散文才学兼具，自由潇洒，他的文史功底和雅士之风让后来者只有佩服的份。他俯仰于天地，披沥于历史典籍，谈历史，见微知著，虽"随意点燃"，却又不忘现实，他对晚明士大夫的分析，对清初封建统治者思想钳制的揭示，令人击节惊叹；谈人事，知人论世，他谈与吴晗的友谊，谈同时代的曹禺、梅兰芳，既有自己的见解，又充满同情的理解；黄裳是文章大家，也是文体大家，各种体裁均有涉猎，将散文与杂文打通，开创"来燕榭书跋"体，在各种文体之间自由穿梭，说史、融情、见理。黄裳先生心骛八极，心系多处，但每个领域均术有专攻，除了个人的天才般的努力外，也是与深厚传统文化的浸润分不开的,而随着黄裳背影的远去,这样具有传统文化深厚学养的散文家越来越成为我们这个时代的空谷幽兰了。

五

俗话说,文学创作和文艺批评如鸟之双翼。近年来,文艺批评的生态和质量并不乐观,围绕着文艺批评的价值取向、文艺批评的公信力等话题的讨论多见诸报端和网络。健康积极的文艺批评不仅能够促进文学创作的繁荣,也能够培养健康的文化生态和文化心态。正是认识到文艺批评的价值和意义,2012年,上海有关部门专门设立了上海文化发展基金会文艺评论专项基金,用于大幅提高文艺评论稿酬、补贴媒体评论版面费用、资助作品评论研讨。在基金会的支持下,上海的几大平面媒体纷纷响应,《解放日报》副刊《朝花》,专门创建了《文艺评论》专版,每两周出一期专刊,对文化现象和文化事件的关注更显敏锐、大胆、犀利。《文汇报》的《文艺百家》加快了见报频率,增加版面量达50%,并在文化新闻版推出《快评》、《文化视点》等专栏。而《新民晚报》也破天荒地设立了文艺评论专版。一个由学院批评、媒介批评和网络批评三驾马车组成的文艺批评新阵营正在迅速成长。

《上海文学》理论板块一直以来都是文学理论研究的重镇。《上海文学》重点关注新时期以来,特别是当下的中国文学现象。本着"回到文本"的精神,《上海文学》的理论板块所刊发的文章主要以文本阐发为基准,以扎实的理论观点为脉络,兼顾学术性与可读性。2012年,《上海文学》关注"非虚构"文本现象的升温,刊发了梁鸿的《"乡土中国":起源、生成和形态》和申霞艳的《非虚构的兴起与报告文学的没落》;聚焦"80后"这一批新生代作家写作的现象,刊发了金理的《"80"后写作:"变"与"不变"》;也关注新文学的评判标准、21世纪短篇小说的发展等文学热点,刊发了贺绍俊的《21世纪短篇小说:光荣的弱势群体》、贺仲明的《关于新文学评判标准的思考》等理论文章。

在上海的文艺评论新阵营中,《文学报·新批评》因所论述话题大胆、尖锐、集中,而特别引人注目。2012年6月2日,《文学报·新批评》迎来一周岁生日。白烨、陈冲、韩石山、李建军、李炳银、任芙康、肖鹰、王必胜、郦国义、毛时安、范培松、吴亮、郜元宝、杨扬、吴俊、邵燕君、葛红兵、王宏图、李美皆、韩小蕙等40余位评论家、作家出席研讨会。2012年的《文学报·新批评》,继续秉持着真诚、善意和锐利的办报方针,基本上在两个方向上掘进。一个方向是对文学作品、影视作品"瞄准靶心"式的个案分析,该年比较引人瞩目的批评文章有李建军对《创业史》的批评,何英对马原的《牛鬼蛇神》的批评,何英、黄德海对严歌苓的《陆犯焉识》的批评,王彬彬对蔡翔《革命/叙述》的批评,唐小林对陈晓明的批评,吴亮对罗岗的批评,陶东风对电视剧《知青》的批评等。这其中反响最大的恐怕是对谭旭东获鲁迅文学奖的著作《童年再现与儿童文学重构》涉嫌抄袭的集中批评,此事件在学界引起了比较大的震动。《新批评》7月5日发表了柯棣祖对谭旭东专著《如此狂"抄",枉获"鲁奖"——评谭旭东〈童年再现与儿童文学重构〉》(《文学报》2012年7月5日)的批评文章,直言谭旭东文抄袭。7月12日,《文学报》便发表了带有编辑部批注的谭旭东对柯棣祖的回应信。因为牵涉到鲁迅文学奖,该事件引起了媒体的关注。《新京报》集中发表了《文学博士黄晓丹对谭著的文本分析》、《刘绪源:拼凑之作为何得奖》,《文学报》随之转载了这两篇文章,并配发了眉睫的来文《谭旭东,你应该忏悔》(《文学报》2012年7月19日)。其后,《文学报》于2012年8月2日又刊发了文学批评家陈辽的《谭著背离学术规范"鲁奖"评委理应反思》、学者杨剑龙的审读文章《一部引用过

写出城市的韵味和本色：2012 上海文学

度的"编著"》、陈冲的《后退一步看谭旭东事件》、傅小平的《"过度引用"还是"抄袭"：难以确定的边界》。总体来看，这组批评文章，既有逐字逐句的比对，也有专家的审读报告，更有评论家对评奖机制、学术生态的批判，甚至从法律角度，对于抄袭与引用的界定做了司法解释。整个事件过程有章有法，显示了编辑部的担当勇气。

另外一个方向是对"文学批评如何重建"展开的讨论。围绕这个话题，《新批评》发表了如陈冲的《文学批评应该介入什么现实》（第 20 期）、黄毓璜的《批评的文风和批评家的缺失》（《文学报》2012 年 8 月 30 日）、丁帆的《缺"骨"少"血"的中国文学批评》（第 27 期）、周慧虹的《文学批评，能否少走极端》（第 31 期）、刘火的《文学批评：大学硕、博文章的秀场》（第 32 期）、陈冲的《立场和姿态都不重要》（第 32 期）、张燕玲的《有担当的批评才是真的批评》（《文学报》2012 年 10 月 25 日）等文章。人们对文学批评的不满和批评由来已久，呼吁提升文学批评的有效性、公信力和影响力，已经成为一个老生常谈的话题。《文学报·新批评》的创刊正是痛感于当前文学批评中的问题。对于《文学报·新批评》来说，其抱负显然不在于仅仅针对一两部劣质作品的穷追猛打，其更大的抱负在于承担文学批评重建的使命。运作一年多来，《文学报·新批评》所掀起的蝴蝶效应已经显现，但是，人们担心的新批评存在的一些问题也开始出现了。一方面是简单的政治批评、道德批评的问题始终存在，如何能够瞄准靶心，找准方法，就成为需要进一步思考的问题。朱小如和陈冲在《文学自由谈》和《文学报》上关于批评的立场和态度争论的焦点，很有点当年钱玄同和刘半农演双簧的味道。对于当前文学批评来说，如何才能获得批评的有效性，大概既不是献媚的批评，也不是"酷评"，而是真正面对文本本身，好处说好，坏处说坏。对发表在《文学报·新批评》上的文章来说，立场、态度已经不是批评最主要的问题，获得批评的有效性，还需要策略、思想与智慧，这恐怕就不是一朝一夕之功了。另一方面，"新批评"更多的是针对文学创作中的问题。而批评不仅要指向现实的谬误，还要指向未来的可能。对文学创作的新的质素的发现和提升，同样是文学批评的应有之义。正如诗人萧开愚所宣扬的独立批评，不仅要拒绝溢美性质的市场批评，更要为文学写作中可疑的探索进行辩护。这一点，批评者如何卸下厚厚的护甲、具备发现的眼光，从文学创作中总结、提升出新的可能性，便是对新批评更高的期待。

六

由国家新闻出版总署和上海市人民政府共同主办的2012上海书展暨"书香中国"上海周于8月15日至21日在上海展览中心举行。作为2012年上海书展的重大活动之一，上海国际文学周共主办了10场专题活动。2012年受邀请的海外作家包括曾获日本文坛芥川奖、川端康成奖的丝山秋子，日本著名作家阿刀田高，英国作家邓索恩等。

上海市作家协会从2008年起开始实行"上海写作计划"，以期增进外国作家对上海和上海文学的了解，提升上海城市文化形象。每年邀请的驻市作家人数逐年上升，"2012上海写作计划"邀请了德国作家米尔科·邦内、韩国作家赵京兰、希腊作家阿曼达·米查罗保罗、波黑作家扎尔科·米勒尼克、保加利亚作家兹德拉夫科·伊蒂莫娃和基里洛娃·格奥尔基耶娃、瑞典作家扎克·欧耶和培德·理德贝克。这些作家的到来，为上海文学的创作输入了新的元素。

本年度王安忆以《天香》获得第四届"红楼梦文学奖"；郑克鲁以译作《第二性》与人分享了2012年"傅雷翻译出版奖"；甫跃辉以小说集《少年游》获第十届华语文学传媒大奖"年度最具潜力新人"提名。

写出城市的韵味和本色：2012 上海文学

2012 年 10 月 23 日，现代著名诗人辛笛先生百年诞辰纪念座谈会在作协大厅召开。九旬高龄的徐中玉先生和钱谷融先生均出席了座谈会，钱谷融先生评价辛笛"诗要真，美要真，人更要真"，并回忆与辛笛相处时"虽然是前辈，但很真实、亲切，可以无所不谈，说话也无所顾忌，这样的人，在当时很难得"。①

与全国文学创作和获奖的热闹相比，2012 年的上海文坛一如既往地平静，一切均有条不紊地推进。上海的文学创作就像股股活水，虽然表面波澜不惊，但是日子久了，自然有新的东西涌出来。

---

① 张滢莹：《他与诗歌同在——辛笛百年诞辰纪念座谈会在沪举行》，《文学报》2012 年 11 月 1 日。

年度关注

Highlights of 2012

B.2
信念、坚守与收获

——莫言与上海文艺出版社30年

曹元勇*

摘　要：

　　作家莫言获得2012年诺贝尔文学奖，对于中国文学和纸质图书出版来说，无疑是一件值得自豪和庆贺的大喜事。回顾上海文艺出版社与莫言等众多作家所走过的合作之路，该社所秉持和坚守的出版理念更为显豁：敬重有益的精神文化，坚守有价值的理想和信念。正是这一理念使得该社的文艺出版事业结出硕果。

关键词：

　　莫言　出版　信念　坚守

---

* 曹元勇，文学博士，上海文艺出版社副总编辑。

信念、坚守与收获

作家莫言获得2012年诺贝尔文学奖，对于中国文学和纸质图书出版来说，无疑是一件值得自豪和庆贺的大喜事。因为，很多年来，诺贝尔文学奖一直是让中国文学界最为纠结的一块心病；仿佛得不到诺贝尔奖，中国文学就拿不到走向世界的通行证，就没有资格与西方文学平起平坐似的。莫言获奖，彻底解除了这块心病，在打破这项世界级文学大奖神秘感的同时，也极大地提升了中国原创文学的自信心。而对于我们的纸质图书出版来说，莫言获奖不仅带动了文学图书市场的爆炸性销售，也有力推动了包括造纸、印刷、物流、销售等环节在内的"文化产业链"，或者说"文化产业族群"的高速运转。到目前为止，仅上海文艺出版社出版的16卷"莫言作品系列"就已经造货近2亿元码洋，而市场的需求依然旺盛。在这个过程中，上海文艺出版社作为唯——家"独自拥有莫言全部小说作品出版权的体制内出版社"，其社会影响也是水涨船高，攀上了一个新的高峰。为此，出版社的同仁们无不由衷地感到自豪和喜悦，因为在原创文学上的坚守和追求终于有了标志性的收获。

的确，因为得到莫言等几位中国实力派作家的支持和厚爱，这几年，上海文艺出版社取得了有目共睹的硕果。2011年，莫言的长篇小说《蛙》获得茅盾文学奖，让上海文艺出版社和上海出版界取得了在这一国内最高文学奖项上的零突破。2012年，莫言荣获诺贝尔奖的消息刚一公布，上海文艺出版社出版的"莫言作品系列"一下子就成为图书市场上的抢手货。而且，作为给莫言编辑出版过10多年书的责任编辑，还特别荣幸地受到瑞典学院的邀请，跟随莫言前往瑞典参加了一系列诺贝尔奖庆典活动，现场见证了中国作家首次走进诺贝尔奖殿堂的历史性情景。作为唯一一名受邀参加诺贝尔奖颁奖典礼的中国出版人，这种荣誉不仅属于个人，同时也属于上海文艺出版社，属于整个上海出版界。

我们所处的时代是一个价值标准越来越多元化的时代，也是一个资本逻辑无孔不入的时代。在这样的时代，谈论信念，无疑会让与资本逻辑俱进的人们瞧见堂吉诃德飘忽的影子。但是毫无疑问，任何受人尊敬的收获，都离不开对有价值的理想和信念的坚守。对于真正优秀的作家或学者来说，从事文学创作或著书立说的出发点既不是为了赚取高额版税，也不是为了获得某个奖项，而是怀着对人类精神创造的敬重和执著，追求高质量的精神成果。同样，对于有信念的编辑和出版人来说，从事编辑出版工作也会坚守这样的理念和追求。回顾上海文艺出版社与莫言等众多作家所走过的合作之路，其所秉持和坚守的正是这样一种理念：敬重有益的精神文化，坚守有价值的理想和信念。

早在20世纪80年代中期，上海文艺出版社就注意到了在文坛上初出茅庐的莫言。那个时代也是整个社会都充满文学的朝气和热情的时代，每一位有创作潜力的作家随时都有可能遇到自己的伯乐。当时的莫言还没有发表奠定其文坛地位的"红高粱系列"，还在用其本名管谟业。1984年，时任《小说界》编辑的郏宗培（后来任上海文艺出版社总编辑）怀着发现新作者的热情，向在文坛上尚没有什么名气的莫言约稿，并得到他的一篇短篇小说——《石磨》。这篇小说刊登在《小说界》1985年第5期上。这可以说是上海文艺出版社与作家莫言合作的序曲和开端。

上海文艺出版社与莫言再续前缘、重新开始合作，是在20世纪即将逼近尾声的时候。1998年春天，上海文艺出版社登门拜访了在北京安家的莫言。那时，莫言已经出版了《红高粱家族》、《天堂蒜薹之歌》、《十三步》、《丰乳肥臀》、《酒国》等重要作品，在文坛上已是相当有名气的大作家。在那次见面过程中，聊了很多文学方面的问题。从他出版数年不被评论家关注的《酒国》谈到塞尔维亚作家帕维奇的作品《哈扎尔辞典》，谈到未来小说开放的文体结构；从乡村的苦难和复杂的现实，谈到日本译者翻译《丰乳肥臀》可能碰到

信念、坚守与收获

的语言难题;从中国民间的狂化、戏谑、苦中作乐现象和精神,谈到巴赫金关于拉伯雷的研究;等等。之后,随着与莫言接触次数的增多和对他的作品的深入了解,笔者感到他旺盛的想象力和创造力即使放到 20 世纪的世界文学中去观照,也是出类拔萃的,堪与君特·格拉斯和拉什迪那样的大师相媲比。他所创造的文学王国是那么丰富,那么无边无际,一个人若想对其做出某种概括,一定会陷入窘迫尴尬的境地。但是作为一位知名作家,莫言从不把自己摆在高于平民大众的位置上。他经常谦逊地说自己是一个农民,虽然他所读过的书不比任何号称读了万卷书的人少,他对文学的见解也不比任何夸夸其谈的理论家逊色。他身上这种谦卑的品格,恐怕是与他出生于纯朴的农民家庭,对乡村现实具有丰厚的感性认识有关。对他来说,谦卑绝不仅仅是一种为人处世的美德或姿态,它同时也使他获得了一种观察现实和世界的独特方式。他把这种谦卑自觉地渗透到了他的所有写作之中;他不需要故弄玄虚的文字游戏,而是把写作的根深深扎入肥沃的民间土壤。这样的作家,毫无疑问是值得尊敬的,他所创作的作品更是值得出版人去争取的。

  1998 年春天的那次见面,重新开启了上海文艺出版社与莫言合作的局面。最初只是约他为《小说界》杂志撰稿。一年之后,又开始酝酿编辑出版他的短篇小说系列作品。这套系列作品就是于 2000 年出版的"莫言精短小说系列"——《老枪·宝刀》、《苍蝇·门牙》和《初恋·神嫖》。在这套短篇小说系列的编选思路上,上海文艺出版社和莫言可谓一拍即合,很快就达成了共识。当时上海文艺出版社的主要想法是,无论文学界还是政府或读者,对长篇小说的出版极其重视,但对在创作中要求极高的短篇小说却比较忽视;而我们中国文学在短篇小说方面不仅富有深厚传统,而且有许多短篇小说方面的经典名作,比如明清时期有"三言两拍",现代文学中很多作家更是以短篇著称,鲁迅先生在小说创作方面则更是只有 3 本短篇小说结集。

至于国外，有很多优秀作家在短篇小说方面的影响更是不容忽视、令人敬服，如乔伊斯的《都柏林人》等；而且外国许多重要的文学奖项也经常奖给一个作家的短篇小说集，哪怕那是作家的第一本书。而上海文艺出版社当时之所以选择编辑出版莫言的短篇小说，主要也是基于当时对莫言作品的认识和由衷的喜爱。因为莫言的短篇小说故事饱满，风格多样，如同从肥沃而复杂的中国土地上自然生长出来的丰富多彩的朵朵奇葩，那些故事既有荒诞离奇却又逼真入神、不乏黑色幽默的传奇述说，也有对乡村纯朴人情的感人描摹，更有对乡村残酷现实的犀利挖掘。

在"莫言精短小说系列"出版后，笔者在上海文艺出版社自办的内部刊物《书海知音》曾写过一篇题为《描写乡村的大师莫言》的文章。

如果要我选择一位当代最杰出的小说家，我一定会毫不犹豫地选择莫言。这不仅仅是因为莫言创作的那些想象奇谲丰富的鸿篇巨制《红高粱家族》、《十三步》、《食草家族》、《丰乳肥臀》，也不仅仅是因为他创作了那部描写农民苦难的带血的愤怒之书《天堂蒜薹之歌》，更不仅仅是因为他创作了唯独他可以、而所有别的中国作家、当然也包括所有外国作家都不可能创作得出来的那部十足完美而又完全开放的、使批评家们瞠目结舌的《酒国》。我选择莫言，是因为除了上述长篇杰作外，他还创作了大量的像北方的乡村一样复杂丰富的中短篇小说，同时他又是一位始终保存着一颗谦卑的乡村之子的淳朴心灵的作家，是一位始终把自己作为艺术家的根深深地扎入肥沃而广阔的乡村现实的作家。

今天，莫言的长篇小说《红高粱家族》、《天堂蒜薹之歌》、《丰乳肥臀》、《酒国》等，早已作为当代汉语文学中的经典被社

信念、坚守与收获

会所接受；而且这些长篇小说大都已被翻译成多种外国语言，受到外国读者的重视和赞赏，但是莫言创作的近百万字的中短篇小说的价值却不是很多人所了解的，尽管这些中短篇小说与他的长篇巨制比较起来丝毫也不逊色。毫不夸张地讲，我们完全可以拿莫言的中短篇小说去与契诃夫、莫泊桑等外国著名的短篇小说大师们的作品媲美。甚至，对于生活在中国这块土地上的人来说，莫言的中短篇小说对生活的反映面之广阔、对现实的揭示之深刻、在艺术创新方面之丰富，是莫泊桑、契诃夫们也无法匹比的。

"莫言精短小说系列"3本书的出版，是上海文艺出版社与莫言成规模出版合作的开始。2004年，在这套系列印刷两次并售罄后，上海文艺出版社与莫言联系，建议把他的所有短篇小说，包括他刚出道时的短篇作品，全部汇集起来，以"莫言短篇小说全集"的形式出版，目的是让喜欢他的读者和评论家能够系统地看到他在短篇小说创作上的全貌。于是，就有了2005年上海文艺出版社出版的"莫言短篇小说全集"——《白狗秋千架》和《与大师约会》。与这两本短篇小说集同时出版的还有莫言的代表性作品《红高粱家族》和长篇小说《食草家族》。这四种书组成了上海文艺版社的第一批"莫言作品系列"。

那时候，上海文艺出版社出版的莫言作品，虽然都是他的旧作或短篇小说汇编，但上海文艺出版社始终认为优秀的作品都是能够经得起时间考验的，值得不断向读者推荐。基于对20世纪世界文学发展脉络与动态的了解和认识，在与当代外国优秀作家的作品相比较时，上海文艺出版社从来不觉得中国当代一流作家的作品质量真的逊色。相反，从20世纪90年代以来，莫言、贾平凹、王安忆、阎连科、余华、格非等几位实力派作家的作品，不仅用真正属于汉语文学的方式,充满力量地写出了历史、现实以及人性中丰沛的荒诞,甚至也以他们非凡的敏感,预言式地写出了比他们的作品晚到的荒诞现实。在这些中国作家中,莫言又是最为突出的一位,因为不仅他的作品在当时已经达到了世界级的水平,他笔下的"高密东北乡"文学王国也已经牢牢在世界文学版图中奠定了自己的位置。所以,上海文艺出版社从和莫言开始合作之时就认为,对一家以打造原创文学出版高地为目标的文艺出版社来说,能够出版莫言等实力派作品不仅是必要的,也是出版社的荣幸。

正是因为有这样的认识和对莫言等实力派作家的重视,上海文艺出版社与莫言的关系变得越来越密切和深入。经过一段时间酝酿,"莫言获奖长篇小说系列"在2008年正式出炉。这套书收入了莫言获得过海内外各种重要文学奖项的5部长篇小说——《红高粱家族》、《酒国》、《檀香刑》、《四十一炮》和《生死疲劳》,此为上海文艺出版社的第二批"莫言作品系列"。紧随这套书,上海文艺出版社很快又把莫言其他4部未曾获得任何文学奖项的长篇小说汇编在一起,以"莫言长篇小说系列"的形式出版。至此,等于把莫言的几乎所有长篇小说旧作争取到了上海文艺出版社。当时的想法是,即便上海文艺出版社可能永远无缘出版莫言的长篇新作,但能够把莫言的全部旧作不断出版也是值得去做的工作。然而,日久见真情,信念有回报。上海文艺出版社的真诚,对优秀文学的信念,对纯文学的坚守,不仅加固了上海文艺出版社与莫言的友谊,而且赢得了丰厚的收获。2009年,莫言把他酝酿10年、笔耕4载的新长篇小说《蛙》交给上海文艺出版社编辑出版;2010年,他又把全部中篇小说作品分3卷交给上海文艺出版社;2011年,在《蛙》获得茅盾文学奖之后,他更是爽快无比地把全部小说作品(16册)的出版权交给了上海文艺出版社。

诺贝尔文学奖评委会在发布莫言获奖消息时,提到的莫言5部长篇小说中有3部(《檀香刑》、《生死疲劳》和《蛙》)在21世纪的

信念、坚守与收获

第一个10年中创作出版的；而这段时间也正是上海文艺出版社与他密切合作的时间。他这10年中的第一部长篇小说是《檀香刑》。在这部作品里，他有意识地把自己的文学创作大踏步地撤向了中国民间，特别是融入了中国民间说唱艺术的精髓，把小说演变成一部诉诸声音、可以用耳朵阅读的神品妙构。这是莫言对近代以来大面积影响中国文学的西方中产阶级知识分子写作的有力抵制；虽然在这部十足本土化的小说里不乏魔幻现实主义的描写，但这就是我们真实的民间，这就是我们真实的现实。第二部长篇小说《生死疲劳》堪称是莫言在艺术上向中国古典章回体小说和民间叙事的伟大传统致敬的巨制，关于生命的六道轮回想象支撑起这座气势宏大的文学建筑；这部小说充分杂糅了民间想象与传统说书的精气，用气势如虹的文笔写出了半个世纪中国历史的残酷与荒诞，再现了农民的苦难和乡村社会的变迁。而在由上海文艺出版社出版的《蛙》中，莫言在把人物放在大陆计划生育大历史背景中的同时，更是将笔触深入到了中国知识分子卑微、尴尬、纠结、矛盾的灵魂世界，在某种程度上也可以说是莫言对自己做了一次灵魂剖析；在反省历史和现实时，莫言的态度就是他人有罪、自己也有罪，作家应该勇于写灵魂深处最痛的地方。这些作品，毫无疑问都是具有沉甸甸的分量的，放到世界文学大背景中去看也都是属于高质量的。也正是因为对莫言这样的实力派作家有着长期的认知，当他终于获得诺贝尔文学奖的时候，上海文艺出版人才没有过分地觉得吃惊，因为在上海文艺出版社看来那不过是水到渠成的事情。

毋庸置疑，上海文艺出版社在与莫言合作的过程中，上海的文化氛围起了至关重要的作用。上海市政府长期以来对发展上海文化的高度重视，上海文艺出版集团和上海世纪出版集团对上海文艺出版社与莫言等实力派作家长期合作的帮助和支持，都为上海文艺出版社与莫言的合作提供的优良的环境和平台。2008年，上海文艺出版社推出

"莫言获奖长篇小说系列"时，邀请莫言参加了上海书展上的一系列活动。上海书展有序的活动组织和上海读者的热情，让莫言对上海产生了很强的认同感，并由衷地认为"上海是世界上最具文化感召力的城市，上海书展是作家重要的舞台"。也是从那时开始，莫言成了出席上海书展次数最多的著名实力派作家之一，曾经多次担任上海书展的嘉宾，与上海结下了持久而充满信赖的深厚友谊。

在一篇写上海文艺出版社的文章里，莫言谈到："作家与出版社的关系，说到底还是与出版社里人的关系。人好社才好。"在这"人好"两字的背后既蕴含着作家对上海文艺出版人坚守文学信念的认同，也蕴含着他在各个方面敬重作家、爱护作家的做事原则的认同，因为上海文艺出版社绝不会像唯利是图的商人那样只知道功利主义地利用作家。只要拥有作家的这种认同，即使纸质出版的环境日益艰难，上海文艺出版社也不会失去信心和希望，并坚信文艺出版工作会不断取得真正的硕果。

B.3
"诺奖"旋风后的思考：
上海文学的2012与未来

傅小平*

摘　要：

　　莫言获得诺贝尔文学奖是2012年文坛的大事件。而从文学创作的角度看，我们更应关注的是，莫言获奖是否拥有激活当代文学的能量，具体到上海这样一个地域，又有哪些可供吸取的经验。这一事件对于当代文学价值评估、当代文学批评、文学翻译都提出了诸多需要思考的问题。

关键词：

　　莫言　文学价值　上海文学　文学批评　文学翻译

　　莫言获2012年诺贝尔文学奖，对于当下文学如此具有爆炸性，尽管这一年的文学创作实际上并没有特别突出的表现，因为这一事件的引力，多少年后我们翻阅久远的历史记忆，都注定很难把这个年份从文学的星空里抹去。

　　莫言获奖将对当下文学带来怎样的影响，已经变相繁殖出各种言说且将继续延伸。尽管种种说法看上去言之凿凿，但最终还是得交由时间来评判。大事件是不可或缺的挂钩，一年的文学图景就挂在这个挂钩上。我们所希望的是，这个具有魔幻色彩的"挂钩"如现实一

---

*　傅小平，记者，现供职于《文学报》社。

般的坚固，可以挂得住文学的春华秋实，而不是脱落并最终蜕化成为时间之墙上的斑点，只是让我们在对这影影绰绰的斑点究竟为何物的猜想中，留下无尽的喟叹。

一

在盘点2011年的上海文学时，评论家杨扬冠之以"小团圆"的概述。他感叹传统意义上的文学在当下终究只是少数人的事，大多数人生活在文学之外。①那时他大概没有想到，一年后因为莫言的获奖，当下文学被迅即推上公共谈论的"风口浪尖"。这一年里，会上会下、茶余饭后，听到的都是有关莫言获奖的谈论。回想文学在过去很多年里如此的不被惦记，而今被反复谈论，似乎很可感到欣慰，但欣慰之余，还是不免问问：当我们谈论莫言时，我们在谈些什么？除了莫言之外，我们还能谈些什么？如此一想才觉得，文学并没有因一两次大事件而"团圆"。若说莫言获奖在当下文学中画出了大圈，同时也画出了更大的一片圈外的空白。

事实上，无论在文学圈内还是圈外，谈论莫言获奖涉及更多的，并不是文学。它可以是政治，可以是经济，可以是泛泛的文化，也可以是娱乐八卦，还可以是地域。这就得说到上海，记得这一年里世纪出版集团总裁陈昕和上海新闻出版局副局长阚宁辉都不约而同谈到，莫言凭《蛙》获第八届茅盾文学奖，着实让上海文学出版提振了精神。等到莫言获了诺奖，坊间就有议论，在这之前颁给他茅盾文学奖是何其明智的决断，要是一个诺奖得主都不曾获国内文学界的这项最高荣誉，中国文坛情何以堪。虽然实事求是地讲，《蛙》很难说是莫

---

① 杨扬：《小团圆：2011年的上海文学》，《上海文学发展报告（2012）》，社会科学文献出版社，2012，第1页。

"诺奖"旋风后的思考：上海文学的 2012 与未来

言整体创作中最出色的一部，更谈不上是他的巅峰力作。

凭借诺奖的巨大辐射力，莫言获奖迅速发酵成全国上下都在讨论的大事件。此时再谈对上海文学的影响似乎不近情理。但要当真说起来，莫言和上海文学界的渊源不可谓不深厚。他的几部重要长篇都是在《收获》杂志上首发的，他的作品大多也是在上海出版的。有人调侃道，莫言获奖后，写《莫言评传》的《收获》杂志编辑部主任叶开和策划出版"十六卷莫言作品系列"的上海文艺出版社副总编辑曹元勇也跟着一路飘红。莫言赴瑞典斯德哥尔摩发表获奖言说时，叶开受某知名网站的邀请，连夜对莫言的演讲作同步评点。尽管熬了一通宵，难免睡眼惺忪，但看他说起莫言来痛快淋漓、意犹未尽的架势，足见他打心眼里高兴，也为莫言喝彩。顺带着，他还调侃了一句当时远在斯德哥尔摩的曹元勇：打认识起就没见他穿着打扮这么讲究过。

作为媒体中人，免不了染上职业病，凡事喜欢刨根究底。但凡越是和文学相关的事，就越是想知道文学之外发生了什么。就拿近年不怎么景气的文学出版来说，有媒体同行就开玩笑道，凭莫言作品销量得来的滚滚红利，上海文艺出版社就能潇洒好几年了。可偏偏就半路杀出个程咬金，在莫言获奖的消息传来不久，北京精典博维文化发展有限公司就声称买断了莫言作品的版权和影视改编权，让人顿生"同室操戈、相煎何急"之叹。说实在的，这也怨不得上海文艺出版社，当初莫言在签订版权协议时，就附加了特别条款。如此，在"新版莫言作品系列上海首发式"上，曹元勇就一反媒体的期待，对共同出版莫言作品表示谨慎的欢迎。

上海文艺出版社表现出来的沉着风度着实让人钦佩，但从中不难透视中国文学出版机制存在的问题。几年前，译林出版社的编审王理行先生在接受采访时说，在国外一般由掌握大量作家作品的文学经纪人与出版社直接交涉。一旦一家出版社取得某位作家作品的出版权,那么在这些作品的版权进入公共领域之前,除出现图书在市场上脱销、出版社不能满足读者需要却又不肯重印的特殊情况下,这些作品的出版权就一直归特定的出版社所有。这就意味着,考虑到维护自己的信誉和作家作品的可成长性,无论是文学经纪人还是出版社都会专心打磨作品。这样出版的图书,文学水准就自然会多一些保证。

在某种意义上,国内文学图书水准不尽如人意,确实和缺少文学经纪人制度有些关联。作家们也不是没认识到这个问题,无奈国内总体上看还缺乏经纪人存在的土壤。文学经纪人的事被纷纷扰扰谈论了那么多年,到现在也只是一场空。当然,准文学经纪人毕竟还是存在的。如《甄嬛传》的作者流潋紫,所谓的经纪人其实是她丈夫。在2013年"两会"期间,莫言也在微博上挂出,今后自己的作品出版和影视改编事宜都交由女儿全权代理。据说,作家池莉在全国有6个助理帮忙打理相关事宜,不知道她的助理是否都和她沾亲带故。可喜的是,作家少些杂事牵绊就可能多一些时间投入创作。如此说来,不管最终是什么人扮演了作家"经纪人"的角色,多一些这般角色的存在,似乎也可证明文学会多一点繁荣景象。

二

莫言是在对中国当代文学评价歧见纷出的语境下获奖的。他获奖之后,是否需要对其作品的文学价值进行重新评估,当代文学应以何种标准确立自己的价值,就成了文学界内外争论和思考的问题。从这个意义上讲,2012年年底由《文学报》与《文汇报》文艺部联合主办的"诺贝尔文学奖与当代文学价值重估"大型学术研讨会开得非常及时。

显而易见,莫言获奖并不意味着中国文学存在的一些问题就会自

"诺奖"旋风后的思考：上海文学的 2012 与未来

行消失，也不代表当代作家这一群体忽然间变得高大伟岸起来。相反，因为莫言获奖，当下文学如此切近地被放置到中外文学的坐标上加以打量，我们才得以更贴近地审视其微妙处境。而从文学创作的角度看，我们更应关注的是，莫言获奖是否拥有激活当代文学的能量，具体到上海这样一个地域，又有哪些可供吸取的经验？

回顾几十年来围绕莫言的批评，最大的"争议"莫过于指责他的作品缺乏道德感。不少对其持保留态度的评论家，在获悉莫言获奖的时刻，都不能不感到疑惑：何以以理想主义自居的诺奖，颁给了因描写了诸多血腥、暴力等场景而在国内颇有争议的莫言？事实上，对于作家的创作，任何简单的道德评判都会失之于武断。诚如作家毕飞宇在接受采访时曾谈到的那样，艺术最高的道德就是真实。由此，我们与其质疑莫言创作的道德感，不如探讨莫言的作品是否叙述了真实。

作为 2012 年上海文学的一部重要作品，《成为和平饭店》面对的就是这样的拷问。如同很多有着浪漫想象的怀旧者，陈丹燕显然不满意和平饭店的改造。但她明白，城市像人一样在成长，有些东西连同对它们的记忆都会消失，她所能做的就是要留住那些行将消失的真实记忆。小说并不试图描绘普通读者希望"成为"的和平饭店，而是以冷冷清清的葬礼开场，勉勉强强的性事结尾。而这恰恰显示了她作为一个严肃作家的态度：她不让叙述迎合任何主观的希望，而是让真实像裸露出枝干的白桦树一样迎着风沙沙作响。

陈丹燕的小说聚焦上海和平饭店这一标志性的建筑，金宇澄的长篇小说《繁花》则是关于上海的城市书写。我们注意到成功的创作，往往都有自己的"精神之乡"。这可以是马尔克斯的马贡多小镇，福克纳的约克纳帕塔法县，莫言的高密东北乡，也可以是乔伊斯的都柏林，狄更斯的伦敦，还可以是上海本土作家笔下的上海。文学评论家朱小如读《繁花》，就感觉被作者领着重新逛了一遍上海的淮海路和南京路，以及苏州河的两岸。①用另一个在上海土生土长的评论家程德培的话来说，"读《繁花》犹如招魂一般，我那早已迷失的少年记忆随之涌现"。②

相比而言，作家孙颙提供了另一个看上海的视角。他的长篇小说《漂移者》以上海为舞台，经由一个美国青年马克在中国的冒险经历，表现了中西交汇下的当代城市生活。青年作家滕晓澜、路内、周嘉宁各自的长篇《双生花》、《花街往事》和《荒芜城》，基本上都以上海为淡化了的背景，讲述青春和成长的传奇经历，或者从一个懵懂少年的角度出发讲述父辈的故事。在凸显小说叙述形式的同时，如有评论所指出的，这些作品普遍存在历史感缺失的问题，难以给人特别的厚重感。也因为此，他们执意表达的上海，就没能达到"精神原乡"的艺术境界。

其实，所谓的"精神原乡"并不仅仅在于作家在写作中如不可一世的帝王般开拓了怎样一片辽阔的文学疆域，更在于这片疆域为文学提供了何种新的特质。实际上，文学也好，艺术也好，最可宝贵的价值都在于创新。当年莫言用了"我爷爷、我奶奶"的视角创作《红高粱》，对当代小说创作而言就是一个突破，而莫言之所以能获诺奖，某种意义上也在于他的艺术创新。等到"我爷爷、我奶奶"成了流行的套路，就成了没有创造性的重复。然而普遍的规律是，一旦有样本被奉为典范，总会有模仿者趋之若鹜、乐此不疲。也因为此，在文学创作上怎样另辟蹊径获得新的突破，就成了一个常谈常新的话题。

2012年年底，由上海市作协与《文学报》联合主办的"上海散

---

① 朱小如：《为〈繁花〉鼓掌》，《新民晚报》2013年1月27日。
② 程德培：《我讲你讲他讲 闲聊对聊神聊——〈繁花〉的上海叙事》，《收获（长篇专号）》2012秋冬卷。

文创作论坛"关注的就是这个话题。散文家韩小惠记得很清楚,当时余秋雨的一系列文章发表后,很多人并不认为它是散文,认为杨朔、峻青等老一辈写的才是正牌散文;等到余秋雨终于写成了,得到了社会的认可,散文的半径也就扩大了,他的文化散文愈发火了,就有众多模仿者盲目跟风了,结果形成了新的"余秋雨体"模式。① 相比而言,上海作家写石库门或弄堂的海派散文的传统倒可贵了起来。因为他们比较多地借助于那些日常生活的具体事例,或是一些小感触,小感觉来表达自己的想法或见解,或许看不到大的格局和气象,但不至于陷入大而空的泛泛之谈。

　　无论如何,当跟风变为习惯,当突破成为重复,文学创作便迫切需要从视野到风格再来一次革命性的创新。莫言获奖后,莫言大火了,一度门可罗雀的各大书店都掀起了排队抢购莫言作品的热潮。这景象把莫言同代人的文学记忆一下子拉回到盛行"读书热"的20世纪80年代,而对于"80后"、"90后"的年轻读者来说,只有在通宵排队抢买《哈利波特》系列图书时,才见过这等火爆场面。当有记者采访某家长问他为何买莫言的书时,这位家长欣欣然回道,买回家让孩子练习作文。如此举动着实让人感动,感动之余不免欣慰地想到,国民的文学水准会跟着水涨船高。欣慰之余还不免想到,以后大、中、小学里会不会出现很多"小莫言"乃至"小小莫言",他们会不会都写出长着莫言面孔的作文。好在这种担忧或许是多余的,2012年第二届郁达夫小说奖颁奖期间,作家蒋韵确定地说莫言是天才型的作家,而"横空出世"的天才是难以模仿的。事实似乎印证了她的判断,至少从现在看,预期中的"莫言模式"并没有出现,或许永远不会出现。

---

　　① 吴越:《散文何时走出"余秋雨模式"》,《文汇报》2013年1月16日。

三

在2010年7月复旦大学举行的"莫言创作研讨会"上,莫言像是蓄谋已久地说过这样一番话:人们呼唤出现划时代的经典作品,呼唤出现空前绝后的大作家。如果说迟迟没有出现,其中有一个很大的原因是我们缺少伟大的批评家。因此他调侃道,如果说当代作家的写作没有跃上一个大家所认可的新高度,批评家责无旁贷。

然而,莫言竟这样"胡碰乱撞"撞上了诺奖。或许我们未必据此就能断言莫言是我们期望的"空前绝后的大作家",但这似乎反证了我们时代是有大批评家的,至少在把莫言推向文学巅峰的路上,批评家起到过相应的作用。莫言对此大概有清醒的认识。他赴斯德哥尔摩领奖时,知名学者、批评家陈思和教授也受邀前往,就是很好的证明。

当然国内批评界甚至是普通读者,对莫言的评价一直呈现两极化状态。近些年,可以陆陆续续看到很多对莫言创作推崇备至的文章。评论家张清华在2008年4月于上海作协举行的"新时期文学三十年研讨会"上就称,莫言作为大师级作家,早就写出了《丰乳肥臀》这样具大师级水准的作品。并断言除余华之外,莫言最有希望得到"诺奖"。

但也有批评家对莫言的创作很不买账,见有莫言的作品发表就冲上去一顿猛批。有人曾见证莫言和某知名评论家在一次会上上演过在一团和气的当下文坛所难得一见的骂战。其实这"捧杀"和"棒杀"的两极评价可以说是当下批评界由来已久的积习,说来似乎也不难找到原因。近些年的文学批评,总体看一直是那么不冷不热的。套用池莉小说的话,也就是"冷也好热也好,活着就好"。但批评毕竟难以安于"活着就好"的尴尬境地,这样不仅无力把当下创作推向大家认可的新高度，是否能确保自己不被喧嚣的时代吞没都难说。所以，当下针对作家作品的各式批评，多半也包含了让批评本身得到关注的意图。而理性平和的声音在这个时代里的确不那么吸引眼球，所谓酷评的极致的声音就有了广阔的表演舞台。但倘使演技不好，弄不好这般批评就只能像是穿过寂静山林的阵阵呼哨，听起来不但没有穿越时空的穿透力，反而是怎么听都觉得刺耳。

由此之故，我们呼唤时代的辩证法，我们呼唤理性平和的声音。事实上，这样的声音一直作为潜流存在，我们也相信，多少年后回过头看，这些被忽略的声音终会像被掩埋的金子一样重见天日闪闪发光，但把辩证法用到邪道上去，就着实不那么光彩了。《文学报》总编陈歆耕曾提到一个现象：某位学者在莫言获奖之前写了一篇文章，说其作品中存在若干问题；得知莫言获奖后，很不凑巧又要去一个地方就此发表演讲，如此一来，原来文章里的若干个问题人间蒸发，摇身一变统统成了优点。如此现象除了证明一些批评家何其缺乏自信，何其善于变通，又何其缺乏独立的批评立场外，更是暴露出当下文学批评存在的弊病。

复旦大学中文系教授、评论家郜元宝于此深有体会。他感慨，当下文学批评的神经确实太弱了，一旦外面有了风吹草动，那种一锤定音的气概整个就崩盘了。"莫言获奖给我最尖锐的感觉，正是来自我们批评界本身。我不觉得诺贝尔奖真的改变了我们整个文学界对莫言的评价，或者对当代文学的评价，倒是我们批评本身冒出了很多问题，特别是批评心态的问题。"① 如郜元宝所说，当下"为了个人利益摈弃真实感受，把文学和文学批评作为材料去迎合被认为是重要而正确的强势话语"的不良批评心态，的确在批评界内外的既得利益或即将获利的人群里广泛存在着。"无名时代"里更为普遍的"无名

---

① 傅小平：《"莫言热"背后，如何确立当代文学价值?》，《文学报》2012年12月6日。

批评"，其主要目的更可能在于我们之前提到的那样急切渴望得到社会的认可，读者的关注。但评论的真谛，其实并不在于做出高屋建瓴的姿态，说出一锤定音的话语，写下轰动一时的作品，而在于其声音和话语是否真正深入人心。

而所谓的"深入人心"，也未必在于它是急风暴雨式的，它很有可能是"润物细无声"的；未必在于它是锋芒毕露、咄咄逼人的，它很有可能是潜隐的、内敛的，让你在慢慢回味中豁然开悟。而即使它是锐利的，那也首先在于它拥有一份真诚和善意。这也正是于2011年6月创办的《文学报·新批评》的初衷，该刊倡导一种真诚、善意和锐利的批评风格。从真诚出发，用善意做基本态度，以锐利做必要标准。事实上有了这份真诚和善意，纵使批评再锐利，终究会慢慢获得作家和读者的理解。如杨扬在《小团圆》一文中提到的，因为对作家作品的评论而遭遇的"批评之外的压力"，《文学报》记者由此承受的那种"意想不到的社会压力"，在这一年里的确是少了，所能看到的"作家的颜色"也确乎是越来越正常了。而这一年里，《文学报·新批评》在拓展批评疆域的同时，让"批"与"评"有了内在的平衡，让围绕作家作品和文学现象的截然不同的评论有了碰撞和对话。某种意义上，这正是我们寄希望于《文学报·新批评》的理由，也是寄希望于其他新开创、新增设的文艺评论阵地的理由。

这一年里，得益于上海文艺评论专项基金的设立，《解放日报》和《文汇报》分别对各自的评论专版做了扩版，对当下文艺创作的热点作品和各种文化现象发表评论；《新民晚报》每月出一期文艺评论专版，还增设了文艺时评专栏。与此同时，《上海文学》、《上海文化》、《上海作家》和《上海采风》等杂志也加强了文艺评论。这些评论诚如有过专门研究的评论家葛红兵所说，或是连续刊发深度文章讨论当代汉语文学尤其是上海文学的发展；或是用文化思维对当代文

"诺奖"旋风后的思考:上海文学的2012与未来

艺整体发言;或是一如既往坚持作家作品评论,给作家提供自我审视的眼界;或是刊发文艺方面的综合采访文章,这些都为上海文艺评论的活跃拓展了新空间。

我们要进一步追问的是,新空间何以"新",如何"新"?文艺评论阵地的扩大,固然为造就我们期望的文学新质创造了有利条件,它让不同的论争有了各自施展拳脚的舞台。《文学报·新批评》在不同时段刊登不同意见的文章,让批评家之间进行对话,让作家及其作品得到更深入的讨论,自然会对读者多一些启发。当然,读者或许还特别希望看到一种被批评的对象能同时在场,而非被缺席表扬抑或被缺席审判的批评。比如,评论家李建军对《西夏咒》的批评在《文学报·新批评》上一发表,该小说的作者、甘肃作家雪漠旋即在该刊上做出回应,就是一个很好的范例。而这种作家与批评家之间的平等对话,的确能开启文学批评新的可能性。

遗憾的是,这样的争论特别稀缺。究其因或许在于当下无论是创作还是批评都成了专门的职业,作家、批评家们各自经营自己的"一亩三分地",偶有关联也只是违心的相互吹捧或是恶意的相互诋毁,却难有真正的对话与交流。正因为此,在我们的时代里,我们呼唤出现批评家式的作家或作家式的批评家,一如我们同样呼唤建基于生活之上,能融汇世事万象,且有着大境界、大气象的大批评。事实上,但凡真正的大作家往往也是大批评家,反之也是如此。比如英国诗人、批评家T. S. 艾略特,美国大批评家、作家哈罗德·布鲁姆。上海译文出版社在这一年里推出五卷本《艾略特文集》,在收入艾略特的经典诗作和剧本外,还几乎囊括其篇幅最为壮观的重要评论,不妨视为对这种呼唤的一种正面呼应。

其实新的批评空间的开创,不只在于如雨后春笋般出现新的评论阵地,更在于让其创造出新的开阔气象。而批评的真正目的,也并非只是做耸人听闻、夺人眼球的否定和批判,终落得"白茫茫一片大地真干净"的虚无和荒凉,而更应该如评论家李敬泽在 2012 年 6 月于上海举行的"首届文艺评论骨干培训班"上做的题为《文学批评之困难与偏见》的演讲中所说的,"通过交锋、对话、争鸣、讨论,不断确认我们的文学和文化中珍贵的东西"。与偏于否定的批判相比,这样建设性、创造性的批评,显然有着更为积极的意义。李敬泽说,一个大批评家之所以成其为大批评家,重要的不在于他有多大的社会影响力,而在于他是否有深刻的洞察力,思想的原创力,并让这种思想真正惠及作家和读者,或许这正是莫言在谈到"我们时代缺乏大批评家"时没有言传却可意会的"言下之意"。

四

从谈莫言获奖到论文学翻译,只是隔了张一捅就破的纸的距离。这么说是因为在莫言获奖前的几年里,当代文学就一直为"如何走向世界"而焦虑。笔者比较早感受到这种扑面而来的焦虑,是在 2010 年 10 月《江南》杂志举行的"全国长篇小说创作研讨会暨笔会"上,加拿大裔作家张翎引用她的国际版权经纪人给出的数据说,此前一年的美国图书翻译市场里,总共出版了 348 本外文翻过去的书,中文仅占 10 本,其中只有 7 本中国作家的书作为正式商品流通到图书市场,而即使是这些图书,也往往只是享受"坐拥"书店某一角落的冷遇。

此后参加各种会议,就会时不时与这几个数字打照面,而"中国文学走向世界"的呼唤,更是在全国各大书展上频频响起。在这样的呼唤中,文学翻译问题粉墨登场。但所谈无非是"中译外"和"外译中"存在严重的不平衡,中外背景存在如此之大的差异,外文很难传达出中文的韵味,翻译效果大打折扣难以让西方读者信服,等等。话虽如此,文学翻译的重要性是无论怎样强调都不会过的。在为

"诺奖"旋风后的思考：上海文学的 2012 与未来

山西作家曹乃谦出版的六卷本作品集"站台"时，一直以来被认为是"中国文学走向西方世界"的重要推手的瑞典汉学家马悦然先生就引用瑞典学院前常务秘书的话说，"世界文学是什么呢？世界文学就是翻译"。他还进一步强调，"他说得很对，没有翻译就没有世界文学"。

这就能解释莫言获奖后，马悦然还有随后到访的诺贝尔文学奖评委会前主席谢尔·埃斯普马克何以受到前所未有的关注。尽管据说莫言和马悦然只有"三根烟"的交情，尽管莫言作品的主要译者并不是马悦然，而是他的学生陈安娜。但马悦然作为诺奖终身评委中唯一懂中文的评委的事实，就当得起中国作家和读者的这般青睐。耐人寻味的是，马悦然在莫言获奖之后来到中国参加的活动其实都跟莫言搭不上多少关系，但媒体问来问去都是和莫言获奖有关的话题。这还顺带连累了 2011 年度"诺奖"得主，瑞典诗人特朗斯特罗姆。趁着莫言获奖的东风，特朗斯特罗姆的几部作品引进出版。马悦然在上海谈论特朗斯特罗姆的诗歌，却没有像他预期的那样掀起热潮。反倒是他答记者问时说到某山东文化干部试图贿赂他获"诺奖"提名的事，一时间闹得沸沸扬扬。他谈到自己翻译特朗斯特罗姆的诗歌是因为此前读过的两部中文译作"发现很多错误"的内容，也引来译者之一，瑞典籍诗人、诗歌翻译家李笠的"绝地反击"。就笔者个人的阅读感受，单看马悦然把特朗斯特罗姆的诗集名译成《巨大的谜语》，就约略明白这位传说中能说地道四川话，会写中文古诗词的十足的"中国通"，并不理解何为中文的韵味。当然这也反证了文学翻译的重要性，以及传达出"另一种乡愁"里语言精妙之处的难度。

有一种解释就认为，莫言之所以能获奖在很大程度上得益于好的翻译。而之所以能被大量译介，也是因为他的作品风格更接近于西方文学界的习惯和想象。但即便如此，他的作品实际上没有得到"忠实"的翻译。有人注意到，有些译本省略或简化了莫言原作的一些段落和词句。实际上，为了使中国文学更好地被国外读者接受，英美出版社通常采用大幅度编译的方法。美国汉学家葛浩文就对莫言小说的结构进行大幅度修改，甚至编写了新的开头或结局；在翻译刘震云的《手机》时，他还打乱了小说时间顺序，以便能适合美国读者的口味。

很显然，这和我们眼下所强调的"全译、直译"原则相背离。这是不是说，在严格要求"外译中"做到"信达雅"的同时，涉及"中译外"时，这一原则本身有可商榷之处？2012年年底，上海大学朱振武教授召集10多位上海各领域的专家聚集于苏州，以"从莫言获奖看中国文学如何走出去"为题，对此作了深入探讨。翻译理论家谢天振认为，当今西方各国阅读中文作品的读者大致相当于严复、林纾那个年代阅读西方作品的中国读者，而且多数西方读者对他者文化着实缺乏热情，这就能解释我国提供的忠实于原文的译本为何在西方遭到冷遇，西方翻译家翻译中文作品时为何会对原本做不同程度的删节。由此他认为，我们向外译介中国文学时，不要操之过急，贪多、贪大、贪全，不妨考虑多出节译本、改写本。

如此看来，在相当长时间里，"中译外"恐怕都很难做到"直译、全译"的标准。但复旦大学外国语言文学学院副教授袁莉依然确定地认为，西方读者是可以培养的，而培养西方读者，很大程度上有赖于翻译家的对外译介。这不仅需要中国翻译家自身做出艰苦的努力，更需要多出现一些精通汉语并能深刻理解中国文化的外国专家。作家叶辛则认为，在海外生活的华裔族群中，应该会有一部分文化人士对文学感兴趣。如果能吸引他们来译介母语文学，不失为一种很好的选择。问题还在于，如何激发他们翻译中国文学的热情？2012年凭译著《第二性》首次为上海捧得傅雷翻译出版奖的翻译家郑克鲁认为，不妨学习外国人的做法，设立一些重要语种的翻译奖，奖励外国翻译家，"时间一长就会很起作用。"

我们或可期待的是如袁莉所说，设想有一天中西方建立起没有落差的文化交融平台，文学作品的选择、中译外的方法和策略会愈加丰富，翻译标准的讨论，甚至翻译本身终将回归本真。在做这样的设想时，我们有必要回顾一下可媲美"光荣荆棘路"的文学翻译史。上海辞书出版社就在这样的背景下，推出了《林纾译著经典》，对比一下，就能明白什么叫"恍如隔世"。2012年，爱尔兰作家詹姆斯·乔伊斯不可译的"天书"《芬尼根的守灵夜》也由上海人民出版社出版。为此耗尽多年心血的复旦大学中文系副教授戴从容，也受到在翻译界尤为稀缺的关注。有意思的是，虽贵为"天书"，中译本第一卷出版后不到一个月，首印8000册就销售一空。该书还是各大媒体2012年年终盘点时的"香饽饽"，且连连斩获"年度金翻译大奖"等殊荣。借助于巨大的辐射力，广告商还"破天荒"为其免费在上海、北京、广州等全国8大城市的繁华街头打出巨幅户外广告。

或许像《芬尼根的守灵夜》这样的"天书"既然是"不可译"的，也就很难用诸如是否准确、到位等一般的翻译标准来做评价了。有专家认真读了此书中译本后就表示，他实在没法理解某些段落里，为何八竿子打不着关系的一些词会突兀地并置在一起？想必乔伊斯他老人家绝对有超乎寻常的语感，然而一经翻译怎么就接不上气了呢？疑问是可贵的，更难能可贵的是，戴从容为了翻译乔伊斯做了10数年的研究，并为此写了《乔伊斯小说的形式实验》、《自由之书：〈芬尼根的守灵〉解读》等专著，而以乔伊斯设定的举世皆知的高水准、高难度，想必会让她用这一生去无怨无悔地付出。如此，戴从容对乔伊斯作品的情感投入之多、之深，绝非亲身经历的人所能想象。翻译家草婴曾打过一个比方，他说，翻译好比演绎乐曲，尽管不同的演奏面对的是同一乐谱。但成功的演奏都渗透了自己独特的思想感情。在2012年3月上海巴金故居举行的"草婴译十二卷彩色插图本《托尔斯泰小说全集》捐赠暨研讨会"上，曹元勇就感慨，大翻译家的翻

译背后都有大的人文情怀,现在很多译者,更是随便拿到什么作品信手就译,全无更高层次的精神追求。要说什么是差距,这就是很大的差距。

回到"中国文学走向世界"的话题,尽管马悦然说的"中国文学早就在世界上"的说法当然非常正确,却不免显得有些矫情。以为莫言获奖,在中国还有十几位与他有同等水准的作家,就断定当下文学其实已经走在了世界前列,充其量只是一种典型的中国式思维。若是把中国文学没能在世界文坛发挥更大影响力,简单地归结为没有得到大量译介,则多半是得了无视翻译背后更深层次问题的幼稚病。陈昕接受采访时说,因为文化体制、意识形态差异等原因,原创文学"走出去"还存在一定的难度。相比而言,中国经济发展、中国道路形成等话题,对国外更有吸引力,也更能超越意识形态方面的差异,相关图书在海外也就更有市场。莫言获奖后,国人的确对"中国文学由此融入世界"多了一份期待。此时,不知作为老牌出版人陈昕是否在某种程度上调整了看法?

五

莫言获奖的直观印象,无过于在当下文坛并不明朗的星空下亮起了一束光,树起了一面墙。很多很多的人,各式专家、文学大众,还有和文学扯不上太大关系的过客,都在尽情欢呼着,歌舞着,墙壁上映现的是各式眼花缭乱的姿势和景象。然而,如果在朦胧的灯光里仔细瞧定了人们的表情,很可能会觉得异乎寻常的单调。那可能是极其亢奋的,甚或是在特定年代里见过的那种亢奋。被压抑、被"雪藏"了多少年的中国文学从此站起来了,从此要迈开大步走向世界了。这能不亢奋吗?

当然,还会看到特别愤世嫉俗的表情。在这些如标尺般被准确设定的表情里，写下的是如许的疑惑和不解：既然当下水平和莫言相当的作家数以十计，超过莫言的也未必就没有，以他的作品来代表中国当代文学的水准，这合理吗？他们的愤世嫉俗似乎也是很有道理的。然而，面对大大小小的事件，国人的表情不止两种，而是很多种。而我们也可以多一份潇洒和从容，纵使喜马拉雅山于我们地底下突然耸起，或泰山倏忽间崩于眼前，我们都能安然享受着春风拂面的美好感觉，欣然看到万物花开。

B.4
"上海出品"电视剧形成品牌优势
——京沪专家共同讨论2011～2012上海优秀电视剧*

编者按：从2011年献礼剧《开天辟地》在央视一套热播，到2012年《誓言今生》、《悬崖》、《儿女情更长》、《浮沉》、《心术》、《风和日丽》等题材各异、风格不同的电视剧广受好评，两年时间内，一批沪产电视剧在全国渐渐形成主旋律和多样化并进的"上海出品"品牌优势。据统计，仅2012年上半年就有10部"上海出品"电视剧登陆央视。上海电视剧创作缘何走上成功之路？如何最大限度地解放艺术生产力？如何面对未来的发展与机遇？由上海市重大文艺创作领导小组主办的"2011～2012上海优秀电视剧创作研讨会"于7月9日在沪举行，来自京沪两地共70余名专家学者参与讨论，共论上海电视剧的现状与未来。本书撷取了与会部分专家的发言摘要。

一 "井喷"：上海电视剧异军突起

（一）透过"井喷"看上海电视剧特色和优势

王丹彦（国家广电总局宣传管理司副司长、中国电视艺术委员会副主任兼秘书长）：

---

* 本文为"2011～2012上海优秀电视剧创作研讨会"的发言，其中部分发言内容已由《文汇报》和《解放日报》于2012年7月27日刊发。

"上海出品"电视剧形成品牌优势

近期,由上海主创出品的电视剧出现"井喷"之势,正在全国电视荧屏上呈现出一道异军突起、异彩纷呈的文化景观,《开天辟地》、《幸福密码》、《悬崖》、《心术》、《风和日丽》、《誓言今生》、《儿女情更长》等一大批优秀作品在社会上产生强烈反响。据统计,仅2012年上半年,上海出品的电视剧已有10部登陆央视播出,引发轰动效应。上海电视剧正随着上海国际文化大都市建设和文化体制改革的推进,凸显强势崛起的崭新格局。

任何表象之"果"的背后定有必然性之"因"。对于上海电视剧近期出现的"井喷"现象,我们应当努力探寻其幕后的内在本质与深层因素。在观察分析的过程中,我们可以清晰而深刻地感受到,就全国范围而言,上海在电视剧创作方面有三点显著的独家优势:第一,机构助推资源整合是上海电视剧生产优于他处、具有传承性质的优势。第二,人才聚合是上海电视剧呈现繁荣态势的根本性因素。第三,管理者的战略引领与一线洞察为上海电视剧的突起提供了保证。

从我国当下电视剧理论与实践的角度来看,有一些根本性问题需要我们总结、梳理和高度重视。恰好上海电视剧的创作佳绩也进一步印证了这些问题的重要性。

首先,要紧紧把握以人民为中心的创作方向,更主动地坚持人民性与艺术性相统一的态度。引起轰动性社会反响的电视剧《儿女情更长》便再一次证明,能不能触及人内心最柔软的地方,关键在于创作者是否有生活经验,是否能够深入群众中间,只有贴近再贴近,才能真正使作品有血有肉,有情有神,也才能够使其最大限度地赢得市场。

其次,坚持正确导向,自觉融入并彰显中华民族昂扬向上的时代精神。在上海制作生产的电视剧中,无论是细腻刻画海峡两岸"血浓于水"的《誓言今生》、开辟谍战剧崭新创作方向的《悬崖》，还是首部全景式展现第一次国内革命战争壮丽画卷的《开天辟地》等，都自觉而艺术地将民族精神、奉献情怀、高尚品德等植入故事叙述中，使观众在情感投入的过程中春风化雨般地受到灵魂洗礼。

最后，树立文化自觉，推进中国特色社会主义先进文化建设，支持健康和谐的有益文化，抵制落后腐朽的有害文化。电视是我国当代文化建设的关键方阵，因此包括电视剧人在内的全体中国电视人需要有不可推卸的历史责任和文化担当。当下电视剧创作格局中相对于家庭伦理剧、战争剧、谍战剧、古装历史剧而言真正具有现实主义品格的创作不太多，而伪现实、超现实、小矛盾的剧作却不少。因此，对于我们当下电视剧创作者来说需要更加主动、自觉地捕捉创作中现实主义的热点、难点与焦点，以更加广阔的视野选择现实题材，以更加深刻的思维挖掘现实内涵，以更加准确的站位提炼现实生活启迪，突破难点，创造亮点，使现实主义作品更好地实现主流价值观与视听艺术的有机统一；不断研究大众精神文化生活的新特点、新趋势，不断把握大众审美需求的新变化，用多姿多彩的手法维护积极昂扬向上、健康有益无害的文化生态，满足多层次电视观众的文化选择权。以《心术》、《幸福密码》等为代表的一批上海电视剧便在全方位展示现实生活、多角度表现社会问题、深层次揭示社会矛盾方面各具特色，可圈可点，受到大多数观众的由衷喜爱。

上海电视剧事业取得的佳绩已经有目共睹，但在当今这样一个竞争加剧、不进则退的行业大环境中，切不可沉浸在成就的喜悦中而不思进取、忽视创新，而应在现有的优势基础上再接再厉，勇攀新的高度。因此，针对上海下一步的电视剧创作谈三点建议：其一，加快中国文化"走出去"、提升民族文化话语权、扩大中国文化国际影响力,这是电视剧事业理应承担起的重要历史使命。因此,从打造中国电视剧第一方阵的目标出发,建议上海能够对有利于"走出去"战略的创意给予更多的各项支持和创作指导。其二,在重大革命历史题材方面希望能看到上海有更多的优秀作品问世。只有通过整合力量,早抓选题,才能结出更丰硕的果实。其三,电视剧艺术创作的发展和创新需要有一种健康良性的外部环境与生态氛围,进一步提升电视剧评奖、评论、评优水平便是其中的重要方面。

(二)精英合作铸造优品、名品

阎晶明(文艺报社总编):

第一点,上海电视剧取得了突破性的成就,已经成为中国电视剧非常重要的重镇。其实电视剧创作跟别的艺术创作有很大的不同,它是一个团队合作结合的产物,实际上也就是出品方就变得非常重要。也许,要是把出品人或者出品单位去掉的话很难说电视剧是哪派的。之所以上海优秀电视剧创作是由我们组织,由我们来策划,由我们把这些各种力量凝聚在一起的,我觉得这一点也是我们今天探讨上海电视剧创作主要的目的。也就是说这两年上海电视剧跟全国其他地方的电视剧在这方面也是一样的,必须要体现广阔的视野,而且要有强大的整合能力。因为电视剧创作是一个团队,有编剧,有导演,有演员,还有更多其他的合作者,是精英合作的结果。上海电视剧创作本身有很强大的力量,但是它并没有拘泥于上海本土的故事,而是把目光投向全国,所以更加具有特殊的意义。就咱们今天谈的几个作品,比如说像《悬崖》、《焦裕禄》,共同点是由上海出品的,是由上海组织创作、领衔的结果。在这点上更应该挖掘电视剧创作的特点,以及上海在组织电视剧创作方面的经验。在这一点来说,更主要的是政府部门在这方面怎么抓的。剧里面的演员、编剧、导演都不一定是上海的,但是把这些力量凝聚在一起,这就是我们最值得去深化研究的理论,包括从经验上去总结。

整个电视剧创作最看重选题的重要性,以及作品的艺术性。最后体现的都是上海本土的文化地域特点,这一点也是给我印象最强烈的。

第二点,上海的电视剧创作特别注重重大题材的挖掘、表现,突出重大题材,这些方面都体现出上海电视剧界创作的责任感和使命感。比如像《开天辟地》这样的作品确实非常优秀,剧本从一开始创作到后来表演都很成功,我们在这方面达到很成熟的地步。

第三点,上海电视剧创作在展现当代中国社会全方位、多层面上提供了非常丰富的样本。比如说大家反复提到《儿女情更长》以及最近热播的《浮沉》、《心术》,既是一种对家庭伦理、儿女情长的叙述,也是全方位、多层面对社会不同领域的艺术表现。《心术》在表现医患关系方面同类题材中我个人认为是非常突出的。这几年此类直面现实的电视剧已经有好几部,在客观性、矛盾的复杂性,以及互相理解的表达方面,都达到了很高的程度。

(三)独特的"海派味道"

彭程(光明日报社文艺部主任):

今天好几位在发言中不约而同地用了同一个词"井喷",来描绘上海电视剧这两年异军突起的态势,我相信这是大家发自内心的共同感受。

从题材上看,这些电视剧充分体现了丰富性、多样性。既有对重大革命历史事件的再现(《开天辟地》),也有对令人眼花缭乱的今日上海大都市生活的描摹(《儿女情更长》和《浮沉》);既有对人所共知的英模人物的艺术重塑(《焦裕禄》),也有对鲜为人知的隐蔽战线斗争的揭秘(《誓言今生》和《悬崖》),堪称异彩纷呈。

这些优秀电视剧的成功,首先是制作方怀着一种强烈的社会责任感,一种使命意识,凭借着高度的敬业精神和良好的专业素养,遵循艺术创作的内在规律来从事电视剧的创作。在电视剧的取材立意、人物塑造、情节布设、细节刻画、氛围营造、角色表演等各个环节各个方面,都认真筹划,精心构思,仔细打磨。特别是对创新性的追求这一点,体现得十分突出。创新是艺术的生命。近年来上海出品的一些优秀电视剧,题材上的创新是一个鲜明的特点。

其次,"海派"文艺的审美特色,也在这些电视剧中得到了较为生动的反映。说到上海的文艺创作,总躲避不开一个"海派"特色的话题,这是因为这个城市的文化气质十分独特,十分浓郁,势必对文艺作品的生产及其美学风貌产生影响。概括起来讲,应该主要体现为两个方面。一是草根性和大众性。贴近普通百姓、草根阶层,关注日常的生活,关注生活的细部。擅长于从平凡的人和事切入,真实细腻地表达人物情感,生动准确地塑造人物形象。看似平淡细碎,但却往往能够发掘出人性中的深层次的东西,捕捉并表达出时代脉搏的跃动。二是开放性和时尚性。上海作为现代化的国际大都市,既博采融汇了中国各地文化,也是中外文化撞击和融合最为活跃和强烈之地。对不同文化的充分吸收和包容，形成了一种海纳百川的气度和胸怀。由此出发，也决定了它的得风气之先的时尚性。这种时尚性既体现在器物和生活方式上，更体现为新观念新思想等属于精神层面的东西。这方面上海始终引领全国。所有这些，体现在文艺作品中，就形成了一种独特的"海派"味道。对一些以表现上海本土生活为主要内容的电视剧，它们的成功，我理解为是较好地把握和处理了普遍性和特殊性两者之间的关系。特殊性中包括了普遍性。它们受到欢迎，绝不仅仅是因为它描写了上海人和他们的生活，而首先是因为它对这种生活及其本质的揭示，达到了真实和深刻的结合，塑造了有个性有特点的人物，生动展现了矛盾冲突的过程，表达了时代的精神，而这些正是一切优秀文艺作品的共同特点。在这种前提和基础之上，再进一步加入和放大一些带有特殊的地域文化元素，就更易于成功。这是锦上添花，首先你的东西要是一块质地上乘的绸缎。或者换一种说法：一部描绘特定区域生活的文艺作品，只要创作者真正忠实于生活，遵照艺术创作的一般规律来处理，也就同时能够生动准确地反映出地域的风土人情，这是一个自然而然的、并不需要刻意地经营的过程。《儿女情更长》就是一个具有说服力的例证。

（四）崛起是一次战略性的胜利

任仲伦（上海电影集团公司总裁）：

"上海出品"的优秀电视剧近两年在央视接二连三地播映，标志上海电视剧在沉寂后的再次崛起。我觉得这次崛起是一次战略性的胜利。上海建设国际文化大都市，不仅要成为文化交流的码头，更要成为原创的源头。上海电视剧之所以成为率先突破的

"上海出品"电视剧形成品牌优势

原创领域,首先是战略思想的提升。在认识到电视剧成为当前传播力最强、影响力最大的文艺样式后,集中优势的创作力量和政策资源,不懈努力在电视剧创作上谋求突破而终于硕果累累。

上影集团在制片思路上坚持处理好主流价值与大众接受,传承传统与创新创造的关系。作为出品人和制片人,我经常思考的就是题材规划与团队配置,就是作品价值判断与价值实现。《开天辟地》是纪念建党90周年国家重点作品。题材宏大,在重大历史背景下,表现了以毛泽东、周恩来等为代表的一批追求社会真理的青年革命者成长成熟的历程,全片充满浴血的青春气息。上影出品的另一部国家重点剧《焦裕禄》则以共和国前期苦难与辉煌为历史叙述,尽情表现焦裕禄对百姓的深情与责任。民本民生成为作品的价值底色。主流价值需要寻找符合大众接受的表达。因为只有接受后才能实现价值。《儿女情更长》、《心术》都是贴近现实与生活之作。前者是描述上海市民的日常生活和情感,提炼的是普通的生活伦理:风雨再大,家也不能散;后者则触及当前敏感的医患矛盾,作品没有用文学手法去扩大其间的尖锐与冲突,而是用一种智慧去表现理解与包容。《心术》艺术表现是当代性的。上海有丰厚的市民剧传统,并且传承着一种人情与民生关注的美学趣味。《十字街头》、《马路天使》,包括《一江春水向东流》等。我把这种美学传统称之为"温暖现实主义"。即使批判现实,也寻找普通人和生活的美好。上影近年在央视播出并产生影响的还有《幸福密码》、《海魂》,其中《神话》则代表一种新颖的更加契合青年观众趣味的艺术追求。

上海蕴含着丰富的创作资源。上海题材,全国影响,要成为我们的价值判断。其实上海百年变迁本身深刻影响着中国历史。我们在创作的《苏州河》表现中国民族资本的崛起;《石库门》则反映市民阶层的斑斓生活,还有《大上海1949》、《上海往事》

等将多角度表现这座城市的历史与魅力。上影集团坚持主流价值、艺术价值与商业价值兼顾共呈的创作格局。百花齐放才是文艺繁荣的标志。

二 解码电视剧创作的"上海现象"

（一）沪产电视剧创作的突破与创新

郦国义（上海文化发展基金会理事长）：

20世纪八九十年代，上海曾经是中国电视剧创作的重镇，可是到了21世纪的第一个10年，这种优势地位有所减弱。21世纪的第二个10年，上海电视剧创作打了一个翻身仗。短短两年时间，已有多部电视剧上了央视一套黄金档和八套黄金档，显示了上海电视剧创作蓬勃发展的新势头。

坚持正确创作导向，革命历史题材出力作。电视剧《开天辟地》在建党90周年之际隆重播出，以及《新四军女兵》、《革命人永远是年轻》等作品的成功，是上海重大革命历史题材创作的重要收获，是上海坚持正确的文艺创作方向，大力推进革命圣地文化建设的结果，充分体现了上海影视工作者的使命感和责任感。诚如市委常委、宣传部长杨振武同志所言，上海是中国共产党的诞生地，是中国共产党人的革命圣地，上海的文艺工作者理应创作出与之相当的重大作品。坚持正确的创作导向，注重革命历史题材的创作，是上海文艺工作者努力思考和实践的课题。这两年上海市重大文艺创作项目立项和基金会的项目资助中，革命题材和现实题材的申报数量占到70%左右，革命历史题材在

"上海出品"电视剧形成品牌优势

重大文艺创作立项中占到50%左右,充分体现了上海在革命历史题材创作方面形成的良好氛围。

紧扣时代社会热点,"海派"剧创作新突破。"海派"剧以家庭伦理剧见长,擅长对生活的细腻表现,但有时也存在着过于琐碎的缺陷,不能与时代大潮有力地呼应。《儿女情更长》体现了当今家庭伦理剧创作的新的高度。《儿女情更长》着力塑造了三位平凡但心灵品行很美的女性,尤其是奚美娟饰演的"大姐",是近年来在家庭伦理剧中难得一见的道德楷模形象。家庭是社会的细胞,家和万事兴。当前,我们的社会面临各种利益调整,呈现各种矛盾冲突,这种矛盾有时还比较尖锐和令人忧虑,而《儿女情更长》用核心价值观去关照、化解这些矛盾和冲突,如一股清泉滋润着我们的心灵。"家不能散",这"戏核",成了观众美好的心理寄托,寄托了我们对和谐社会的希冀。有道德的高点,有理想的光辉,有美好的象征意义,这也许就是《儿女情更长》这部家庭伦理剧在今天能在央视一套黄金档播出并受到观众欢迎的重要原因吧。《儿女情更长》超越了海派剧的某些地域局限,赢得了广泛的受众和热烈的共鸣。这是海派电视剧的突破和创新。

背靠文学参天大树,提升思想与美学品位。上海电视剧创作对文学的借鉴和倚重有着很好的传统。谢晋导演的10部名作中,有七八部都是根据文学名著改编的。电视剧《围城》更是一个成功改编文学名著的范例。这些成功都证明了电视剧创作不可忽略文学性。当今的某些电视剧制作是资本独大、明星大腕独尊、创作心态浮躁,唯独轻视甚至忽略了最重要的文学原创。在这样一种业态下,《悬崖》、《誓言今生》以及《风和日丽》和《浮沉》等作品,背靠文学这棵参天大树,反复地认证、推敲、修改文学剧本,从影视创作的艺术规律出发,最终成就佳作,也赢得了观众。

值得一提的是，这些年上海从政策扶植层面持续加大对原创文学剧本的投入。仅2010年至2012年上半年，相对前一个两年半，上海文化发展基金会对电视剧文学原创和摄制的资助总额就增长了350%左右。如今，这些投入已初见成效，呈现良性循环的势头，为新一波的影视创作提供更多更好的一剧之本。

当今群众的审美需求日益多元化，为了满足千千万万电视观众对电视剧的观赏需求，需要我们努力抓好各种类型的作品，注重思想性、艺术性、观赏性相统一，使得电视剧百花园中不仅要有国色天香牡丹，诸如在央视一套播出的那些电视剧力作，还要有玫瑰、丁香，有百合、紫罗兰，只要不是媚俗、低俗、恶俗的罂粟花，都要培育和扶植。这些年来，上海广播电视台及其所属的影视公司创作和播出了不少内容健康、为观众喜闻乐见的电视剧，这是可喜的收获。而如何总结提升，也是一个重要的课题。尤其是对那些普通老百姓乃至知识分子、干部都喜欢的电视剧，应该下功夫研究，剖析成功的原因，探寻赢得观众的规律。这对于我们努力满足人民群众多方面的文化需求，对于我们有效抵御某些不良文化的影响，具有重要的现实意义。

（二）努力打造电视剧的高端产品

王纪人（上海市作家协会副主席）：

电视剧是当下中国受众面最广的荧屏视听艺术，一方面观看长篇电视连续剧早已成为亿万人宅在家里低消费享受的娱乐方式。另一方面电视剧的成功播出也给方方面面带来很高的回报率。正因为如此，有关职能部门、各大电视台和传媒集团，几千

"上海出品"电视剧形成品牌优势

家影视公司,以及众多的投资方和广告商都乐此不疲,聚焦于电视剧的制作生产和播出,造成了中国电视剧创作的空前盛况。目前国产电视剧的年产量大约在15000集上下,位居全球第一,超过美剧、韩剧、日剧年产量的总和。但年播出量则大打折扣,仅3000集,造成了较大的资源浪费。有人说,这反映了电视剧生产过热,供大于求,但优胜劣汰从来是市场经济的铁则。其实真正为大众喜闻乐见的优秀电视剧永远不会供大于求。因此,让既懂行又有原创力的人来策划、制作和营销电视剧的高端产品,是解决这一矛盾的关键。沪产电视剧的重新崛起提供了不少有益的经验。

第一,在目前体制的框架下,通过多年的探索实践,上海电视剧的制作已经形成了有效的助推和保障机制。其中包括职能部门的引领、立项、沟通协调、资金补贴和奖励激励机制等等,都使得电视剧的制作得到很大程度的推动和保障。

第二,以沪地主导出品为主。由于电视剧是一种综合艺术,它的制作和传播又涉及方方面面,耗资也不菲,所以必须聚集各方人力、物力和财力来经营打造。现在电视剧的制作往往采取多方合资的方式,沪产电视剧也不例外。但近年来以沪地影视机构为主导出品方的电视剧渐次增多,这说明上海的电视剧创作凝聚了更多的财力,在制作和营销方面也拥有更大的话语权和决策权,保证了版权所有,这无疑是一大进步。电视剧的制作队伍相当庞大,尤其是在编导演的主创队伍方面,完全可以面向全国,海纳百川,利用国内优秀的创作人才,以弥补本地的不足。以上列举的四部电视剧,除《儿女情更长》的主创团队和《心术》的编剧外,其他编剧、导演都是外聘的。但从长远看,上海的影视主创人员的队伍还有待引进和大力培养。本土的人才还是重要的,尤其在摄制以上海社会生活为题材的影视作品时,没有一点上海阅历的编剧、导演和演员,一般而言,是难以胜任的,首先味道就不对。

第三,强调原创意识,走精品路线。现在国内的电视剧生产,跟风现象比较突出,往往一部走红,就有同类型的作品竞相仿效,造成题材重复,人物关系大同小异,看多了就有疲劳感。上海的电视剧制作更多地强调原创性,即使类型相近的作品,也尽量在创作中注意差异性的开拓。近期播出的《誓言今生》、《悬崖》、《心术》都是很明显的例子。有一阶段写家长里短、婆媳大战的作品泛滥,而到了《儿女情更长》更多地表现亲情和温情,在不回避现实矛盾的同时,更多地以美好的人伦情怀来化解矛盾,给人以健康向上的启迪。上海的电视剧创作不局限于本地的故事,取材向全国辐射,具有更大的包容性。另一方面,本土的故事还有待发掘和营构,在表现历史和现实生活方面,同样需要有上海城市特色的精品力作。

(三)顶"天"立"地":解码电视剧创作"上海现象"

毛时安(文艺评论家):

电视剧是在当代中国国情下,近30年来发展最为迅猛、影响最为广泛、成就最为巨大的一门新兴艺术。它以自己空前的生机和富于艺术感染力的核心竞争力,丰富的内容和生动的讲述,在较短的时间里扭转了在与进口电视剧竞争中的颓势,并且确立了自己为中国百姓喜闻乐见的巨大优势。但是,作为一门群众性、商业性、市场性突出的艺术样式,对它的创作规律我们依然处于不太清晰的探索和理解之中。从2011年到2012年,中国电视剧创作中出现的"上海现象",为我们提供了一个具有强大个

"上海出品"电视剧形成品牌优势

案特色的解码平台。

从 2011 年起到现在,上海先后推出了在中国荧屏热播的电视剧《开天辟地》、《幸福密码》、《新四军女兵》、《悬崖》、《誓言今生》、《儿女情更长》、《心术》、《金枝玉叶》等,在央视一套和八套的黄金时段已经和即将播出 16 部上海主导创作、生产的长篇电视连续剧。和上一波上海电视剧创作热潮相比,这次电视剧创作生产来势更汹涌,时间更集中,节奏更密集,数量更多,影响也更大。我想用四个字来概括、解码近期电视剧创作的"上海现象",这就是:顶"天"立"地"。

顶"天"立"地"之一,"上海现象"取材不拘一格,海纳百川,自由地翱翔在历史的天空和现实的大地之间。顶"天"立"地"之二,电视剧的"地"是故事,电视剧的"天"是思想,是情感,是境界的提升。电视剧创作必须从我们视为常识和小儿科的讲故事做起,讲好故事。在戏剧创作中,我一直提倡"好看主义"。顶"天"立"地"之三,是电视剧"上海现象"在接受美学上给予我们的启示。电视剧必须尊重观众,深入浅出,才能深者得其深,浅者得其浅。这批作品在接受上,大体做到下受普通黎民百姓喜欢,上为精英阶层欣赏。顶"天"立"地"之四,是电视剧的创作体制机制,上有政府,下有社会和市场。电视剧的创作机制是一个全新的课题。上海能在两年的电视剧创作中产生有巨大社会影响的"井喷"式效应,其在创作体制机制上的追求值得我们关注。

应该承认,电视剧是一门市场性、社会性很强的艺术。但是这是否意味着可以把电视剧的生产完全放到社会和市场里去呢?"上海现象"中非常值得关注的是在上海电视剧创作生产机制中党和政府主管职能部门的地位和作用。事实上,这拨"井喷"离不开党和政府积极而有效地参与、推动。这些年的文艺创作实践活动，使我真切地认识到，党和政府主管职能部门的作用地位是一个必须解决的难题。在目前的中国国情下，文艺创作党和政府越俎代庖样样都管，自然不行。同样，党和政府完全袖手旁观放任自流，彻底把创作放到社会和市场中去，也不行。因此，党和政府经常在其中扮演着不是"越位"就是"缺位"的"两难"的尴尬角色。电视剧创作因为其规模大、投资多、风险高、综合性强，尤其需要党和政府适当、有效的介入。上海市委宣传部和政府职能部门积极摸索自己在电视剧创作生产中的准确定位。首先在宣传主流意识形态和倡导核心价值体系的电视剧创作中，党和政府应该责无旁贷义不容辞地承担起自己应有责任，组织国有大中型企业攻坚克难。但更主要的是营造电视剧创作生产的有效机制。比如提供政策、增加财政投入支持的力度，尤其是充分发挥党和政府的优势，组织延请优秀艺术家，组合多样社会资源。特别是强化艺术界和银行界的联系，推出了低息、贴息贷款等各种资金支持机制，从生产源头上解决电视剧高投资的困难。

三 沪产电视剧的美学品格

（一）文化视野、价值思考和美学品格

赵化勇（原中央电视台台长）：

参加这次研讨的作品，类型多样，风格各异，都是近一两年来在中央电视台播出的剧目。看了这些作品，有几点突出的感受：

一是上海电视剧创作的大局意识鲜明而突出，比如为庆祝中

国共产党成立90周年而制作的《开天辟地》，为迎接党的十八大而制作的《焦裕禄》，唱响了主旋律。《开天辟地》在21世纪新阶段缅怀我们党的创建史，让观众在历史的回响中，看到了历史对中国共产党的选择，激励人民群众紧紧团结在党的周围实现民族复兴的伟大意志。《焦裕禄》通过典型刻画，把人民公仆的形象塑造得生动感人，弘扬情为民所系、权为民所用、利为民所谋的正气。这些作品为继承和弘扬主流价值观，作出了积极贡献。

二是在满足人民群众多样化的审美需求方面不但积极，而且相当有效。《幸福密码》、《儿女情更长》细腻地描绘了现实生活中老百姓的喜怒哀乐，在家长里短和柴米油盐中，把生活的味道酝酿得浓烈而精彩，从生活的点滴中让观众体验家的温馨与和谐之美。又如《誓言今生》和《悬崖》，把谍战剧演绎得扣人心弦。

三是这些精品力作充分展示了上海影视工作者的艺术追求。比如，在十几年前拍摄了《儿女情长》之后，今年又推出了《儿女情更长》，对一家人的生活进行了断代式的描写，让观众不仅看见了历史的变化，也看出了人们精神的变化。又如《誓言今生》用隐喻的手法，在黄以轩和孙世安长达半个多世纪的爱恨纠葛中，把炎黄子孙同文同种、同根同源的关系展现得有血有肉。

中央电视台每年的播出容量不是很大，但有这么多上海作品登陆央视，说明上海电视剧创作的成绩是格外突出的。众所周知，一部电视剧从策划到播出，需要相当长的时间，是管理者、策划者、执行者长期策划、精心布局、审时度势、积极努力的结果。从为庆祝党的90华诞而制作的《开天辟地》，到表现普通民众日常生活的《幸福密码》，我们能看到在弘扬主旋律、贴近现实、贴近群众、贴近生活中，上海电视剧创作在历史与现实、引领与关注、提升与抚慰等方面确实做到了统筹兼顾、和谐发展。

（二）儿女情·风俗志·价值观

赵彤（中国电视艺术家协会理论研究部主任）：

从夏衍先生创作的《上海屋檐下》到上海滑稽剧团的名作《七十二家房客》，从电影《乌鸦与麻雀》到1996年上海永乐电视集团出品的电视剧《儿女情长》，通过对一个微观社会单元横断面的观察，来塑造群像、结构故事、描摹人情世态乃至历史变动，将散点聚合起来，达到即小见大的效果，这种叙事方法在上海影视剧创作的历史中，有着丰富的成功例证。电视剧《儿女情更长》，是这种创作视角下的别有新意的一部作品。

孔子说："诗，可以兴、可以观、可以群、可以怨。"所谓观，汉代大儒郑玄解释为"观风俗之盛衰"。风俗不在庙堂，而在民间，在基层。我们民族伟大的诗歌总集《诗经》中的国风，就来自于田间地头、水畔湖滨，来自于百姓中间，来自于儿女情长。

北京有胡同，上海有里弄。里弄，是上海特有的市民生活空间。里弄故事，也是上海影视创作中长期关注的一个课题。上海出品的诸多电影，如《今天我休息》、《逆光》、《大桥下面》、《快乐的单身汉》等等，以及以上面提到的那些作品，都将基层叙事的视点放在了里弄。

电视剧《儿女情更长》较之前作《儿女情长》，沿用了关照大家族中的若干小家庭的模式，前作中的童家"建"字辈一代人仍是续作中的贯穿人物，故事主线仍然是儿女情。但前后相比，有一个重大变化，就是叙事空间从里弄彻底转换成了单元楼。在22集电视剧《儿女情长》中，大片大片平房群的空镜头屡屡出现，而在《儿女情更长》中，通片的空镜头已经变成了鳞次栉比的高楼大厦、商品房。在《儿女情长》中被特写的福康里已经淡出了《儿女情更长》的视域。这个变化，是上海近二十年来，城市景观、物质基础发展的使然。作为叙事的基础情境之一，在这个由欠发达到发达的物质转换过后，人们的情所系、心所求又有怎样的变化？创作者试图给出怎样的导引？这不能不说是转型期中国的一个重大社会课题。《儿女情更长》关注的就是这个课题。

下一代的婚恋与成长、父母一辈的情感关系以及两代人之间的观念纠葛，复合成本剧的多样叙事线。张茜对童沙波母亲可能干涉小家庭生活的恐惧、安琪对做母亲的不适应；童鸣在独立道路上的坎坷；雨欣萌动的情感和在音乐爱好选择上的被干涉；袁园在婚姻上的失意与追求，均构成了从少年到青年这个新一代序列的多样光谱。

人间儿女情与世态烟火色是密不可分的。在本剧的生活流中，我们得以窥见当代上海普通民众的生活景象。建兰的心理诊所映射着当下普遍的心理焦虑；建菊的花店隐含着上海人的社交习俗；建强的股票被套牢、胡巾娣的依附式生存、高企的房价、房产证上的户主、上海新移民的艰难与理想等等，成为当代生活映像志中的一部分，既植根于上海也属于中国。

在生活的浮沉变化中，创作者着力塑造了童建菊、袁园和谭芳芳三位女性，把平淡从容的性格色彩赋予她们，使她们成为生活流中的主流。隐忍淡泊是童建菊的形象主调，选择身世平凡、但踏实勤奋的恋人是袁园儿女情和价值观，成人之美甘为他人做嫁衣是谭芳芳的处世原则。由此，在本剧中，她们的光彩格外美丽。"正声感人，而顺气应之。顺气成象，而和乐兴焉。"传统礼乐文化的精神负载，通过她们体现出来。

家庭是观察社会变化、体察心态律动的窗口。家庭伦理剧正是这个窗口视角中的形象景观。看家庭伦理剧，不仅能看到儿女情，而且能看到风俗志，以及其中蕴含的价值观。电视剧《儿女情更长》就是一个很好的样本。

当我们从纪录片《话说长江》到《再说长江》的间隔中，看到了历史、自然与社会的变化时，我们感叹纪录片的社会观察力量。其实，电视剧也具有这种功能。从《儿女情长》到《儿女情更长》，一个大家庭三代人历时近二十年的生活，断续地呈现在我们面前，电视剧作为社会影像志的功能显示了出来。假设再过若干年，还能以这个家庭为样本再拍摄一部电视剧，或者中国电视剧能创作隔年观察式样的作品，电视剧作为社会形象记录的功能、作为历史文本的价值会更高。

（三）上海电视剧主旋律和多样化并进

张彦民（中国电视艺术家协会副秘书长）：

这次研讨的上海电视剧新作，类型多样，风格鲜明，可以说是融思想性、艺术性和观赏性为一体，充分展示了主旋律和多样化并进的生动景象。在这些作品里，有庆祝建党90周年的献礼剧《开天辟地》，细致地描绘了我们党创建的历史必然性，揭示了我们党为民族国家而奋斗的壮阔情怀，是一部具有文献价值的优秀作品。在"谍战剧"泥沙俱下的时候，《悬崖》别开生面地描绘了一段真实的历史故事，联想到当年发生在上海的《永不消逝的电波》,让观众在真实的历史情景下、在悬疑的险境中感受到地下工作者执著的信念。《幸福密码》和《儿女情更长》贴近现实、贴近生活、贴近群众,也贴近上海,展开生活的长卷,塑造生动的性格,揭示和谐的真谛,很好地发挥了电视剧的社会记录的价值和社会抚慰的功能。《誓言今生》也别有特色,它以大历史为背景,以大跨度的叙事篇幅,将国共两个阵营中两家人的价值冲突和情感连接浓缩起来,叙事节奏张弛有序,精彩不断。即将播出的《焦裕禄》,将在晚些时候由中国视协组织研讨,相信也会取得上佳的成绩。在历届中国电视金鹰奖电视剧评选中,上海都留下了坚实而辉煌的成绩。相信在建设社会主义文化强国的进程中,上海电视剧也将书写新的辉煌。

四 创造海派电视剧新气象

(一)培育新世纪"海派"电视剧的大气象

曾庆瑞(中国传媒大学教授、博导):

这次会议的一个话题是:"导向为魂,内容为王,创意制胜,剧作为本"。这个话题表达了一种愿望。我希望上海电视剧界的朋友们能够用一流故事、一流表达不停地铸造新的辉煌,站在大时代的潮头上展示风景这边独好。

2011~2012年度上海优秀电视剧创作经验,可以概括为24个字:努力追随崇高,发掘本土题材,致力艺术创新,张扬海派风格。如果总结上海电视剧30年的经验,发扬其好传统,也有24个字:注重当下题材,演绎史诗上海,展开多种叙事,追求艺术精致。这48个字都不细说了。我着重讲在未来十年如何培育新世纪海派电视剧大气象。我首先提出一个问题：我们上海的电视剧还缺什么？接下来就是要做上海电视剧题材规划，做资源做整合，人才建设，理论建设，产业发展，给上海电视剧气象做定位，考虑怎么培育上海电视剧的大气象。

上海有自己的光荣历史。中华民族开始复兴的时候，太平天国、辛亥革命都有上海的参与。另外，中国民族工商业的摇篮是上海，中国近代大的工业都是在上海展开布局。上海还是新思想的策源地之一，揭开了现代中国思想启蒙运动大幕的《青年杂志》就是1915年由陈独秀在上海创刊的，这个杂志后来搬到北京才改名叫《新青年》。中国共产党在上海诞生后，"五卅"运动就是在这里发生的。当然，"4.12"惨案也发生在上海。

我们上海的文学家艺术家和文化工作者们，几十年里，都紧紧地跟随这个步伐，不断向前进的。俄国"十月革命"发生不久，瞿秋白从这里出发到了苏联，写出了报告文学《饿乡纪程》和《赤都心史》。1929年世界经济危机爆发，西方资本主义国家把危机转嫁到中国，茅盾很快写了《春蚕》、《秋收》、《残冬》、《子夜》和《林家铺子》，描写了这个危机在中国的影响。还有抗战时期，除了一部分文艺家坚守在"孤岛"之外，大量的文化人走出亭子间，走向延安，走向重庆，走向武汉、长沙、桂林，蔚为壮观。那时候，遍布全国的抗战文艺大军，很大一部分都是从上海出发的。可以说，支撑着抗日文艺战线的那支大军，大量都是从上海出发的。大家知道，光是5个抗敌文艺演出队，包括儿童演出队，就把抗战的火种播撒到广袤的抗日战场和大后方的许多地方。上海始终有让文艺紧紧地跟着时代步伐前进的这个传统。我们这个伟大的时代，发生那么多大事情，提供给我们那么多大题材，如果我们不辜负大时代对我们的厚爱，我们就应该在电视剧领域里有大的作为。希望我们上海的艺术工作者挺身而出。

在讨论电视剧《誓言今生》的时候，我说它是"横空出世"。我就希望我们在大时代、大题材关注过程中，我们上海的电视剧再创辉煌。我希望我们上海的朋友在电视剧上做到"人无我有，人有我优，人优我特，引领潮流"。

我们有时候在私底下开玩笑说，中国电视剧分几个群体，如果北京和周边地区的电视剧界算作是"北方舰队"，广州那边算作是"南海舰队"，我们上海无疑是"东海舰队"。在我们这代人心目中，上海是一个轰轰烈烈的城市，又是一个美轮美奂的城市，我希望，在未来，中国电视剧艺术事业和文化产业里，上海同样做到轰轰烈烈，美轮美奂。

（二）进一步形成"海派"风

向云驹（中国艺术报社社长）：

我们很有必要经常把我们集群式的作品，集体亮相，集体讨论，强化普通观众对上海作品整体的认识。实际上，整体的认识就是要重新恢复人们对"海派"文化的认识。我觉得"海派"是一个历史的文化胎记，你甩不掉的。我们应该把不同的时代有什么样的特点呈现出来。我们现在越来越感到整个城市或者整个文化发展的非差异化，趋同化。这是一个大的潮流在涌动。同时差异化、多样化的抵抗或者坚持、坚守也在同步进行，恐怕最后还是要多样化来选择人类文化发展根本的出路。

要坚守这种多样化。我们已经形成不同的流派，不同地域的文化，包括历史上形成的有很多文化圈，在今后发展中恐怕要重拾这些东西。离得不远的"海派"文化更是不能放弃的。而且有相当一个时期由于我们没有集中发展"海派"文化的独特性，自己特立独行的品格渐渐淡化。所以我希望通过这样集群的电视剧亮相，更多的还要强化对"海派"电视剧或者"海派"文化的集中张扬，确定"海派"文化的一些发展目标。

目前，就是电视剧刮什么风，大家关注什么风。前后我们刮了各种各样的风，如宫廷剧、穿越剧、韩流、谍战剧、家庭剧等。我倒是希望我们下一步刮的一个风，也可能形成一种"海派"风。现在有几个剧一看上海味太浓了，一看就是上海的，但是其他外地人也看得津津有味。《浮沉》甫一播出，都说你应该看看这个《浮沉》，而且我们马上要改制，要改革，你先看看里边有很多改革的思想。确实非常深刻，不是地域的问题，是对整个大环境的思考。

进一步整合"海派"群体的展示、亮相。甚至应该有意识的，像谍战剧那样市场操作非常快，马上形成一批的东西。这个势头形成一个群体效应，是不是可以在"海派"的创作上，各种体制下文艺创作队伍和创作机构都能够形成一个"海派"风。有时候社会应该加点引导，加点推动，加点鼓励，促成已经初具的苗头更加强大，刮得更加使劲。我在开会的路上一直在思考，上海文化发展哪些是最值得关注的？我简单地认为，第一个在上海的历史上，从近代以来这几个重大的历史节点的大事件都是震动中国的。艺术作品对这个问题的发掘，形象的解读还远远不够。这是可以挖掘出非常深刻的东西，能够推动中国发展的。这样重大的题材上海有很多，上海很多事情涉及中国整个发展。

新的"海派"文化里边有时代性、市民性、市场性、都市性、开放性、地方性、国际性、独创性等等，是非常丰富的，还需要我们的理论家进行深入解读。我也看了很多同志对"海派"

"上海出品"电视剧形成品牌优势

文化的讨论,上海的专家、理论家、思想家也一直在考虑"海派"的性格、"海派"的思想、"海派"的文化基础,上海今后的发展。我觉得这需要进一步地整合,在市场上有一个引领,有一个引导,有一个解读。所以我觉得这是一个无穷的资源,上海的文化比任何一个地方的文化,都值得大做特做,而且都应该以电视剧的形式体现出来。上海整个整体文化形象就会得到更大的改观。

(三)上海电视剧作的"上海创意"

聂伟(上海大学影视学院教授、博导):

作为一位影视评论工作者,尤其是生活在上海的电视观众,2012年上半年的观看体验令我倍感幸福。黄金时段打开电视机,不管是央视一套或者八套,还是几家重要的卫星电视频道,都能够与沪产电视剧照面。这种打照面的概率,放到五六年前,是一年一两部;推后到近两年,是半年三四部;进入2012年上半年,则变成一个季度五六部,几乎每个月份都有一两部优秀电视剧作入主央视一套、八套的黄金档。就在本次研讨会筹备召开期间,又有一部沪产电视剧《浮沉》正在四大卫视热播。在国产电视剧大批量生产、产能严重过剩的市场高风险阶段,沪产优秀电视剧全面开花的"井喷"局面,堪称惊艳。

从一二、三四到五六,这个数字排列,真实地记录了近年来上海影视文化管理部门、影视剧创作者与产业营销单位合力打造"新品、精品、优品"三品工程的坚守与付出,同时也展示出机制体制创新带给沪产电视剧巨大的文化灵感与市场活力。

我们注意到,在中国影视剧生产史上,以"上海"为关键词的经典剧作举不胜举，1980年代的《上海滩》、《上海大风暴》成就了TVB民国剧类型题材的辉煌，1990年代的《孽债》、《儿女情长》与21世纪之初的《长恨歌》都是上海当代电视剧现实主义"海派"美学的代表作。在此后的一段时间里，上海似乎疏离了电视镜头，屡屡进入好莱坞大片的取景器。《致命紫罗兰》、《碟中谍3》、《神奇四侠2》、《变形金刚2》中，多次出现上海的地标性建筑物。上述个案，从积极的认同性角度来看，说明上海日益成为亚洲乃至全球瞩目的中心；而从文化地缘构成来看，恰恰说明在那个时段内，上海并没有及时生产出具有原创性和辐射力的大众文化产品。创意短路，题材短路，市场短路，一度处于"被描写"的状态。

一个"被描写"的上海，处处有上海，处处无上海，无法真实地反映出上海改革开放以来社会生活的快速转型与多元变化。即便有东方明珠塔、环球金融中心、金茂大厦这样的城市地标，精神内容也是虚空的。那么，如何借助电视剧这种大众最喜闻乐见的艺术形式，从婆婆妈妈的小弄堂、自娱自乐的小天地中走出来，讲述大时代语境中上海生动活泼的本地故事，讲述老百姓乐于聆听、乐于观看的上海传奇，进而通过这些传奇故事，潜移默化地弘扬"公正、包容、责任、诚信"的上海城市精神，这就对上海电视剧作的"上海创意"提出了更高的要求。

何谓"上海创意"？基于《儿女情更长》、《金枝玉叶》、《幸福密码》和《浮沉》的成功，从侧面证明国产电视剧当代都市现实主义题材的匮乏，以及老百姓对这类题材的极度渴望。而沪产电视剧关注当代都市社会现实生活的创意自觉，恰恰与上海处于中国内地都市化发展程度最高的阶段性文化需求相符合。

实现"上海创意"，需要具备美学自觉与市场自觉。"上海创意"的美学自觉来源于历史悠久的都市文化传统。正是有了

"上海出品"电视剧形成品牌优势

这份传统的积淀,才能在《儿女情长》的基础上生发出《儿女情更长》;才会有《浮沉》这样充分接都市生活"地气"的写实之作;才会上演像《金枝玉叶》这样"内地版"《珠光宝气》的商战传奇。

(四)上海电视剧应该努力打造当代经典

石川(上海市电影家协会副主席):

这几年上海电视剧创作的进步不仅我个人感同身受,大家也是有目共睹。现在的观众,特别是"80后"、"90后"观众,他们观看电视剧的方式、口味都发生了很大的变化。他们一般不是在电视机上看电视剧,而是在网上看。他们并不太关注重大题材,反倒是比较愿意追捧美剧、日剧、韩剧。这种观看方式和口味,无形中为我们当下电视剧创作提出了挑战,让重大题材的国产剧和美日韩剧之间形成了一种竞争关系。在这样的背景下,上海电视剧应该如何发展,如何应对来自网络和美日韩等外来剧的竞争,就成为创作生产者不得不面对和思考的问题。

在日益浮躁的电视文化消费环境中,我们还能不能创作出经得起历史检验的经典作品?

所谓经典不是一个单一的概念,它应该有不同的意义层面,比如思想层面、意识形态层面、美学层面、价值层面等等。就价值层面而言,今天的经典,就必须要体现出当下的主流价值观。换言之,它的价值观必须具有一种鲜明的当下性。按照年轻人的说法,就是"接地气"。不管是什么类型,什么题材,什么风格,谍战剧也好,古装剧也好,职场剧也好,或是像《焦裕禄》这样的英雄模范人物的传记片也好,都要努力去建立起一套能与当代观众进行心灵对话的叙事机制，让你的剧情、人物、主题能与当代生活之间建立起一种情感和价值的共鸣。

我们之所以特别强调价值观的当下性，因为价值观不是抽象的概念，它必须包含时代、地域、社会生活和实践的具体内容。它一方面是历史的，是传统的继承和延续；另外一方面它也有新的生长点，是在传统基础上的一种超越和创新。《浮沉》里，陆帆有一段台词，涉及"善良"和"财富"的关系，他说："善良、坦诚、率真，这些都是每一个人天生具有的特质，可它不能让你在上海活下来……"，"我用我的财富来保护我的善良，保护我最大限度的自由，当赚钱和善良两个选项有冲突的时候，我只能先放弃一个，去换取另外一些东西……"这句台词，引发了我的思考，财富和善良究竟是一种什么样的关系？有的人为富不仁，拥有了财富却放逐了善良；有的人乐善好施，用财富去帮助别人，实践自己的善良。在财富和善良两者之间，并不存在非黑即白、非正即反的绝对冲突，而是可以达成彼此的互惠和共赢。陆帆的这番话，让人感到他并不一定是个高尚的人，他有私欲、有杂念，他不像乔莉那么天真，也不像王贵林那样有精神洁癖，但他却是一个有底线的人，他不会像于志德那样为了个人的贪欲而孤注一掷。那么，我们在现实中应该如何看待这样的人？是宽容、接纳，还是像过去那样拿着"毫不利己、专门利人"的照妖镜，去"轧出他皮袍下面藏着的'小'来"？这个问题，也许会触及当代人思维困境中的某些核心命题，不管是否找到答案，我觉得作者能把这个问题提出来，至少就是一种有情怀、有担当的表现。所以说，对于很多现实问题，我们不能仅仅满足于从先辈那里继承下来的现成观念，而是必须在现实生活中去发现、建构一些新的思想和新的观念。这就是所谓的价值的反思和重建。

"上海出品"电视剧形成品牌优势

上海的电视剧创作,应该有这样的追求,能够对处于历史转型时期的中国社会进行更加深入的梳理和反思,能够在对现实经验进行高度概括基础上,提出一些经得起时间和历史检验的思想和价值命题,当然,还应该在美学和叙事上为电视剧的良性发展提供最新的范本。这就是我所说的打造当代经典的具体所指。

从全国的电视剧格局看,近四五年上海电视剧处于一个相对比较平稳的发展阶段,电视剧产量所占全国的比重不是很大。不以数量取胜,但能集中出品一批具有广泛社会影响,能够得到不同年龄层次观众积极回应的精品优品,为上海电视剧打造当代经典探索新的道路和新的突破口。

年度作品

Works of 2012

B.5 《繁花》：2012年沪上小说奇观
——关于《繁花》的未完成评说

何 平*

摘　要：

《繁花》不是一部装腔作势后撤到中国传统的长篇小说，不是一部沪语方言小说，不是一部市民小说。《繁花》是一部有着自己腔调和言说印记的，发现并肯定日常经验和平凡物事"诗意"的小说。

关键词：

《繁花》　中国小说　"方言"　"诗意"

《繁花》不是一部怎样的小说？《繁花》是一部怎样的小说？

---

* 何平，文学博士，南京师范大学文学院教授。

《繁花》：2012年沪上小说奇观

这是笔者读了半年，读了3遍，读了《收获》长篇小说专号上的简本，读了电子版全本之后的疑问。是的，《繁花》这部小说自发表以来收获的荣光不少，很多人议论并激赏。笔者就是在小说家朱文颖的催促下，没有任何准备地读第一遍，读得很慢，读到最后，也忘记了小说都说了什么，一个接一个小的欢场，男男女女的小风月，大时代的流年碎影。而第二遍第三遍读得更慢，好像读出味道，但及至回头想抓住一些什么，凝定了，写一篇观点上站得住，逻辑上说得过去的像模像样的"论文"，还真不好写。笔者也翻了翻谈论《繁花》的论文，十几篇总是有的。作为一部在"专号"上面世的小说，有这么多人谈论，不算少。这些论、这些文，谈小说的沪语、谈上海往事、谈时间和声音等。《繁花》写得从容散漫，谈《繁花》的论文写得深奥缠绕。倒是随刊奉送的程德培那篇《我讲你讲他讲，闲聊对聊神聊》与小说真正的心气相通。其实，《繁花》这部小说，如果真的要做评论，可能最适合的是张竹坡、金圣叹的点评路数，茶酒伺候，看一两行，点批一下。

《繁花》不是一部地域小说。这个问题最好解决，我们不能因为小说附刊的几幅上海地图，就想当然地以为《繁花》是一部地域小说。而且《繁花》不是一部沪语方言小说，不是一部装腔作势后撤到中国传统的长篇小说，不是一部市民小说，不是一部没有结构意识的小说。至少不仅仅是吧。遗憾的是这些命名从《繁花》甫一面世就成为附着在其上的一些似是而非的"观念"和"概念"。

首先，《繁花》不是一部装腔作势后撤到中国传统的长篇小说。笔者揣测金宇澄也没有向中国小说"伟大传统"致敬的企图。现在，谈论《繁花》一个重要的参照系就是中国古典长篇小说，这样的结果在一定意义上和金宇澄自己的暗示有关，金宇澄在小说后面的"跋"里说：

073

《繁花》开头写道：……陶陶说，长远不见，进来吃杯茶。沪生说，我有事体。陶陶说，进来嘛，进来看风景……对话一来一去，一股熟悉的力量，忽然涌来。

话本的样式，一条旧辙，今日之轮滑落进去，仍旧顺达，新异。

放弃"心理层面的幽冥"，口语铺陈，意气渐平，如何说，如何做，由一件事，带出另一件事，讲完张三，讲李四，以各自语气、行为、穿戴，划分各自环境，过各自生活。对话不分行，标点简单——《喧哗与骚动》，文字也大块大块，如梦呓，如中式古本，读者自由断句，但中式叙事，习染不同，吃中国饭，面对是一张圆台，十多双筷子，一桌酒，人多且杂，一并在背景里流过去，注重调动，编织人物关系；西餐为狭长桌面，相对独立，中心聚焦——其实《繁花》这一桌菜，已经免不了西式调味，然而中西之比，仍有人种、水土、价值观念的差异。

《繁花》感兴趣的是，当下的小说形态，与旧文本之间的夹层，会是什么。

西方认为，无名讲故事者，先于一切文学而存在，论及中国文学，"摆脱说书人的叙事方式"，曾是一句好话；有论者说，中西共有的问题是——当代书面语的波长，缺少"调性"，如能到传统里寻找力量，瞬息间，就有"闪耀的韵致"。

"话本"、"《喧哗与骚动》"、"中国文学"、"中西之比"……金宇澄想象中的《繁花》是"话本的样式，一条旧辙，今日之轮滑落进去，仍旧顺达，新异"。不知道这种"过于明晰"的小说观是小说未尝成篇之前作者的预期，还是小说齐备后的后设？换句话说，小说写成现在这样子，是自觉的有意为之，还是"无意插柳柳成荫"的结果？"中国"小说的标志从外观上看，最明显的有两个，一个是结构，一个是叙事的态度和腔调。《繁花》共三十一章，前有引子，后有尾声,每章三或四个小段落,貌似约等于一百回的古典章回小说格局。小说前二十八章,奇数章节写的是20世纪六七十年代,偶数章节写的是20世纪八九十年代。第二十九章好像忽然按了快进键,奇数章节和偶数章节的时间会合。为什么忽然的就由"慢"到"快",其实金宇澄是可以慢下来的,但"当代"小说已经很难让金宇澄漫无节制的"慢"。但事实上,中国小说的"慢的"和"漫的","慢的"是节奏,"漫的"是漫不经心的态度和声腔。中国小说的"慢"和"漫不经心"几乎是现代小说家的共识,也只有在"现代"才发现了中国古典小说的"散漫的精神"① 和"散漫无结构"②。也因为如此,"中国小说结构松散的特点一直被当做这一体裁的弱点而为欧洲美学理论所诟病"。③

我们可以笼统地指称"中国"小说,或者"中国"叙事,但"中国"小说是有内在的差异性的。这种差异是小说与小说之间的,也是中国古典小说批评对小说的建构与小说文本之间的。值得注意的是,我们今天谈论的中国古典长篇小说很大一部分由小说评点家通过批评和改写活动的创造性建构。因此,一定意义上,所谓中国小说的伟大传统其实是一个想象中的传统。而如果我们承认中国古典小说和话本之间存在一种内源的关系。话本确实是匮乏一种结构意识的,而中国古典长篇小说事实上却不是民间艺人所为,而是文人"有意结构"的个人创作。揭示这一点,笔者是想要说,我们是在一种什么意义上去讨论《繁花》和中国古典长篇小说之间的关系?茅盾曾经提过一个"民族形式的结构"。这对于我们思考《繁花》的结构可能

---

① 鲍司:《应问》,钱理群编《二十世纪中国小说理论资料》(第四卷 1937~1949),北京大学出版社,1997,第 149 页。
② 楚天阁:《过去,现在,未来》,钱理群编《二十世纪中国小说理论资料》(第四卷 1937~1949),北京大学出版社,1997,第 162 页。
③ 〔美〕艾梅兰:《竞争的话语——明清小说中的正统性、本真性及其生成意义》,罗琳译,江苏人民出版社,2005,第 2 页。

是有启发的。茅盾认为自宋人话本到《孽海花》,"其结构的变化发展,显然可见:由简到繁,由平面到立体,由平行到交错。……在这发展过程中,我们的长篇小说却完成了民族形式的结构。这可以12个字来概括:可分可合,疏密相间,似断实联。如果拿建筑作比喻,一部长篇小说可以比作一座花园,花园里一处处的楼台庭院各自成为独立完整的小单位,各有它的格局,这好比长篇小说的各章(回),各有重点,有高峰,自成局面;各有重点的各章错综相间,形成了整个小说的波澜,也好比各个自成格局、个性不同的亭台、水榭、湖山石、花树等形成了整个花园的有雄伟也有幽雅,有辽阔也有曲折的局面"。①"可分可合,疏密相间,似断实联"确实可以用来说《繁花》的"形式的结构",但这种"形式的结构"是不是就是"民族"的?进而,在当下中国还存在"非西方"小说吗?这也是浦安迪在讨论"前现代中国的小说"所提出的问题。②没有"西方",何来"中国";或者倒过来说,没有"中国",何来"西方"?当代小说的中国发现,正是因为有一个"西方"的潜文本。和那个"慢"和"漫不经心"的"中国"不同,那个"西方"如希利斯·米勒所言:"任何小说都无法毫不含糊地结束,也无法毫不含糊地不结束。"③ 事实上,在"西方"小说是不可以的,而"中国"小说却是可以的。《繁花》中的好多人物的"结束"和"不结束"都被金宇澄"含糊"掉了。不仅如此,在希利斯·米勒看来,小说应该有一种"秩序":"无论是在叙事作品和生活中,还是在词语中,意义都取决于连贯性,取决于由一连串同质成分组成的一根完整无缺的线条。由于人们对连贯性有着极为强烈的需求,因此无论先后出现的东西多么杂乱无章,人们

---

① 茅盾:《漫谈文学的民族形式》,《人民日报》1959年2月24日。
② 〔美〕浦安迪:《前现代中国的小说》,《浦安迪自选集》,生活·读书·新知三联书店,2011,第79页。
③ 〔美〕希利斯·米勒:《解读叙事》,申丹译,北京大学出版社,2002,第52页。

《繁花》：2012年沪上小说奇观

都会在其中找到某种秩序。"① 按照这种观点，小说的"写"与"读"其实是作者和读者共同参与的意义寻找和秩序建构。从这种意义上看，每个读者都有心目中的好故事。这取决阅读者的品位，也取决于阅读者的能力。所以，在有的阅读者的心目中，《知音》、《故事会》里面的"故事"也可能是好故事。而在希利斯·米勒认为很难的事情，"要将处于开头和结尾之间的一系列叙事成分组成一个连贯的整体，会遇到困难，其原因之一在于难以确立一个原则来准确判断什么是不相干的成分，而不在于有可能出现支离破碎或者离题无关的成分。……无论从什么角度，人们都可能会采用因果链或者有机生长的模式来描述叙事之合乎人意的连贯性。人们将线性连贯性视为理所当然，很容易将之强加于一组从另一角度看上去杂乱无章、支离破碎的叙事片段。"② 但是如果像《繁花》这样对所有的"叙事成分"充分尊重呢？如果叙事成分没有"相干"和"不相干"的界限呢？如果小说的叙事成分不是彼此的征服和取代呢？直接的结果就是小说的"秩序"如何被建构起来。就像艾梅兰指出的："中国小说结构松散的特点一直被当做这一体裁的弱点而为欧洲美学理论所诟病，但是它也能够被看成是增加了一种异样的宽频，让不同的声音以同等的权力说话。从解构主义的角度看，这些文本的全部意义刚好可以在其各部分之间的不可化解的张力中被发掘。"③ 而这似乎恰恰和最现代的小说又是暗合的。事实上，中国古典长篇小说是做不到艾梅兰"异样的宽频"，也做不到"让不同的声音以同等的权力说话"。在当代西方的中国古典小说研究中，类似的"误读"和"过度阐释"是相当普遍的，比如浦安迪就认为中国古典以《西游记》、《三国演义》、

---

① 〔美〕希利斯·米勒：《解读叙事》，申丹译，北京大学出版社，2002，第59页。
② 〔美〕希利斯·米勒：《解读叙事》，申丹译，北京大学出版社，2002，第59~60页。
③ 〔美〕艾梅兰：《竞争的话语——明清小说中的正统性、本真性及其生成意义》，罗琳译，江苏人民出版社，2005，第2页。

《金瓶梅》和《红楼梦》为代表的"四大奇书","在最伟大的传统作品之中,我们会发现,同样是重复,叙事线索细针密线的复调交织,通过在各个事件中产生微妙的交互作用,最终导致了意义含蓄的细微差别。叙述纹理丰富多彩的饶有意味的重复——我曾称之为'形象迭用'(figural recurrence)"。①

再有就是小说的态度和声腔。"上帝不响,像一切全由我定……"叙述者交代自己的藏身何处,这是古老的叙述者和说书人合一副声口的讲故事方式。这意味着在这部30余万字的小说中,作者不准备在叙述者上面玩什么花招。师承话本,全知全能,"一切全由我定",他不但负责讲什么故事给你听,负责故事的进程,而且会时不时地跳出来解释、评价。"独上阁楼,最好是夜里。""否极泰来,这半分钟,是上海味道。""八十年代,上海人聪明,……""古罗马诗人有言,不亵则不能使人欢笑。"而且他的讲与评不是自说自话的,"如果不相信,头伸出老虎窗,啊夜,……""谁"不相信?显然,叙述者时刻意识到他的读者在场,所以他要挑逗,激发读者,让读者参与到他的故事中来。应该意识到在一个"非书场"的时代,一个作家对"书场"经验的强调,如果放在当代艺术里,我们马上可以识别出是一种先锋姿态。但文学批评还缺少一种形式上的敏感和警醒。同样,"说书人"传统的意义也被"西方"夸张。"熟练套用书场口吻,除了具有在结构上将叙述流程分割为要素单元的功能外,还在写作及阅读这个本质上属于私人的领域之中,插入了一个想象的公共意义场所。"② 因此,《繁花》的"复调"、"异样的宽频"只有在"现代"才可能发生,也只有在"现代"才有可能出现"私人领域"和"想象

---

① 〔美〕浦安迪:《前现代中国的小说》,《浦安迪自选集》,生活·读书·新知三联书店,2011,第90页。
② 〔美〕浦安迪:《前现代中国的小说》,《浦安迪自选集》,生活·读书·新知三联书店,2011,第100页。

的公共意义场所"的意义旅行。所以说《繁花》不是一部装模作样后撤到中国传统的长篇小说,而是一部彻头彻尾的"现代"小说。

《繁花》不是一部沪语方言小说,即《繁花》不是一部像《海上花》和《九尾龟》那样的"方言"小说。因为,这两部小说是现代国语运动之前的"方言"书写。《繁花》的"语言"问题和他们不是一个语境。当然《繁花》也不是现代国语运动,不是20世纪50年代之后的普通话推广运动中的"方言"写作,甚至不是90年代"外语"霸权背景下的"方言"写作。举一个例子,1958年2月25日在《文艺报》举办文风座谈会上,老舍、臧克家、赵树理、冰心、叶圣陶、宗白华、王瑶、郭小川和陈白尘等22位知名作家、诗人、戏剧家、文艺理论家和文学史专家参加。座谈会上大家达成共识:"语言问题,也是政治问题"。在语言问题也是政治问题的时代,有着自己方言的作家在标准的普通话下的写作成为母语的"异乡人"。在当代语言的整饬运动中,吴语或者说沪语确实成了文学语言的边疆。笔者在阅读《繁花》时比照了《繁花》和滩簧、沪剧、滑稽戏、越剧、昆曲等在沪上流行的涉及语言的艺术样式,也向朱小如咨询过《繁花》的语言是一种什么语言。小说家吴组缃在20世纪三四十年代说过,"文字永远追不上语言。'我手写我口'?'言文一致'?'怎么说怎么写'?我认为根本无此可能"。"笔者自己是皖南人,自小学会本地土语。平时说惯了这种土话,觉不出什么,但与现行的白话文比较起来一想,就发现它可惊的丰富与活泼。""我读过《九尾龟》、《海上花》等苏语的作品和山东土语的《金瓶梅》和蒲松龄先生的变文之类的作品,想来他们的运用口语也曾经经过选择,并且受了文字的限制,未必能够纯粹,更未必与其口语符合一致。"① 因此,《繁花》

---

① 吴组缃:《文字永远追不上语言》,钱理群编《二十世纪中国小说理论资料》(第四卷1937~1949),北京大学出版社,1997,第136~140页。

的小说语言是什么样的"沪语"值得仔细辨识。现在对《繁花》的语言是什么也还在思考中,但吴组缃说的"想来他们的运用口语也曾经经过选择,并且受了文字的限制,未必能够纯粹,更未必与其口语符合一致",在《繁花》中肯定也是这样的。笔者反对的是,笼统地用吴语、沪语小说来粗糙地指认《繁花》,对《繁花》的文学语言学研究是必须真正具备"语言学"的基本前提的。

《繁花》不是一部市民小说。笔者认同夏志清明确地肯定"四大奇书"是文人小说。因此,笔者不同意现在学界似是而非地认为中国小说传统就是市民小说传统。如果仔细辨识,中国古典小说传统中其实发育出市民和文人各自建构的小说传统,就像20世纪50年代丁玲所说:"章回小说(不是指《红楼梦》、《水浒》,而是指流行于现在社会的一般长篇连载的旧形式小说),是拥有不少读者,它为一般小市民所喜爱。……这些小说爱写的是些无意义的琐事,……一切是酒后茶余的无聊的谈资。……这种文学是奉命去迎合一些人的低级趣味而写作,但同时有以这种闲聊的低级趣味的东西去影响人,教育人,养成人们一种爱以闲谈而消永昼的人生享受。因此,我们今天须要和这些东西作战。我们要用正确的人生观改变这种小说读者的思想和趣味。我们而且要求原来的人在原有形式的基础上以一种新的观点去写作。"① 问题是,虽然客观上确实存在着各自建构的市民和文人的小说传统,但"爱以闲谈而消永昼"是不是仅仅属于市民小说传统部分?至少金宇澄的《繁花》证明了恰恰是文人小说传统最"爱以闲谈而消永昼"。

《繁花》不是这样一部小说,不是那样一部小说,那么《繁花》究竟是一部怎样一部小说呢?笔者认为《繁花》是一部有着自己腔

---

① 丁玲:《争取小市民层的读者——记旧的连载、章回小说作者座谈会》,《文艺报》1949年第1卷第1期。

调和言说印记的,发现并肯定日常经验和平凡物事的"诗意",而不仅仅是"史意"的小说,就像浦安迪所言:"小说本质上是对日常通识(familiar)的重建,将小说的叙事焦点及叙事步调缩小为日常经验的参量,……小说从平凡物事中辨识出非凡畸异的品质,开辟了一条重新认识日常经验世界细节的新路。"① 也正是在这里,《繁花》同 20 世纪 90 年代以来号称写邮票大的地方的"小历史"的小说书写区分开来。

《繁花》是 2012 年沪上小说奇观,就像小说本身发微着的"日常"奇观。

---

① 〔美〕浦安迪:《前现代中国的小说》,《浦安迪自选集》,生活·读书·新知三联书店,2011,第 103~104 页。

B.6
《繁花》：重建一种写作方式

项 静*

摘 要：

虽然方言作为一种文学策略一直都是各地作家经常使用的，但如小说《繁花》自觉地实验重建一种文学的写作方式却也并不多见。在《繁花》中，方言对话承担起叙述的功能，创造一种不同于同时代主流的语言方式和讲故事的方式。

关键词：

《繁花》 方言 对话

1926年6月，胡适为亚东版《海上花列传》作序，他十分郑重地说："我们希望这部吴语文学的开山作品的重新出世能够引起一些说吴语的文人的注意，希望他们继续发展这个已经成熟的吴语文学的趋势。如果这一部方言文学的杰作还能引起别处文人创作各地方言文学的兴味，如果从今以后有各地的方言文学继续起来供给中国新文学的新材料、新血液、新生命——那么，韩子云与他的《海上花列传》真可以说是给中国文学开一个新局面了。"① 时至今日，80多年过去了，在这段漫长的历史中，新文学的确打开了新局面，不过不是靠方言文学开创的，而是国语的文学。不过胡适认为这并无矛盾之处，国

---

* 项静，文学博士，现供职于上海市作家协会。
① 胡适：《亚东本〈海上花列传〉序》，《重印亚东本〈海上花列传〉》，海南出版社，1997。

语不过是最优胜的一种方言,今日的国语文学在多少年前都是方言的文学。正因为当时的人肯用方言作文学,敢用方言作文学,所以1000多年之中积下了不少的活文学,其中那些最有普遍性的部分逐渐被公认为国语文学的基础。遗憾的是并没有如胡适所期冀的那样,各地的方言文学兴起。虽然方言作为一种文学策略一直都是各地作家经常使用的,在新时期的地方文学大观中颇有生气,例如文学上的山药蛋派、陕军东征、豫军突起等,吸收了方言文学中对话和词汇的特色,用普通话模拟方言描摹具有地域特色的语言和人物。方言作为一种装饰、标记一直都存在,但如《繁花》自觉地实验重建一种文学的写作方式却也并不多见。

作家西飏所说:"《繁花》的路数,几乎是现今小说潮流的相反方向,它的叙述部分被压缩至最低限度,对话量则无限放大,并承担起许多原本叙述的功能……写上海和上海人开口没那么容易。"① 开口的上海人都是上海话,不再是改造的普通话,这是其一。更为重要的是,方言对话承担起叙述的功能,创造一种不同于同时代主流的语言方式和讲故事的方式,或许后者更为重要。

一 方言的引子

《繁花》的惊艳,首先来自借由方言的活力来起事。方言提供了一种对既成文学形式、文学现状反动的可能。胡适等人开创的新文学及其语言方式,已经逆转而成为主导文学方式,反而在非自觉情势下不断挤压方言文学的空间。于是《繁花》的出现就回到了胡适的问题:向方言的文学里去寻新材料、新血液、新生命。如果为《繁花》做一个注解的话,最欣赏小说结尾,主人公之一小毛去世后,他的朋

---

① 吴越:《"上海爷叔"的心灵史》,《文汇报》2012年11月10日。

友阿宝和沪生去见小毛生前的外国友人芮福安,他要以上海苏州河一代为背景拍电影,他说了一段话:"头脑里的电影,总是活的,最后死在剧本里;拍的阶段,它又活了,最后死在底片里;剪的阶段,又复活了,到正式放映的时候,它又死了。"沪生接着说:"活的斗不过死的。"死是难逃的结局,不过无论文学、电影还是生命,都在追求活的路上。五四时期新文学的发难之语就是要建立活的文学、人的文学,摒弃僵硬的文学、濒死的文学。

当下小说写作存在许多问题,几乎成为一个共识,作家批评家给出了各种各样的诊断,从思想能力到想象能力,到对现实的切近与逃离,而作为与新时期文学几乎同步的文学杂志编辑金宇澄的看法可能更加具有现场感,也更关注怎么写的问题。他在访谈中说:"几乎是一样的西文翻译味道,小说文字越来越趋同化,残守故事完整性,文学对语言造成影响功能丧失殆尽。"[①] 金宇澄在访谈中引用了普鲁斯特的话:"文学在语言中开拓了一种外语,它既非另一种语言,也非被重新发现的方言,而是语言的生成它者,是这一大民族语言的小民族化,是将它掠走的谵妄,是逃脱了主导体系的巫婆路线。"这种文学通过创造句法,分解或破坏母语,并且在语言中创造了一种新的语言。所以如果作为整体的语言不被颠覆或推至极限,推至由不再属于语言的视像和声响构成的外部或反面,那么就不可能在语言中形成一种外语。由此得出结论,作为看者和听者的作家,文学的目的就是:它是生命在构成理念的语言中的旅程。

二 生命的旅程

金宇澄说,不希望自己的小说被作为方言小说来看,这是对小说

[①] 金宇澄、朱小如:《我想做一个位置很低的说书人》,《文学报》2012年11月8日。

《繁花》：重建一种写作方式

中上海生活和"生命"的一种呵护。我们都知道建立在社会言语上的文学语言永远摆脱不掉一种限制了它的描述性质，因为在社会实际状况中的语言的普遍性是一种听觉现象，而绝不是说出的现象。对话就是一个最直接的呈现听觉的方式，每个人都是他自己语言的囚徒，语言或者说话标志着、充分确定着和表现着人及其全部历史。《繁花》有一段写沪生和老师的对话：

> 三年级上学期，沪生到茂名南路上课，独立别墅大厅，洋式鹿角枝形大吊灯。宋老师是上海人，但刚从北方来。有次放学，宋老师托了沪生朝南昌路走，经瑞金路，到思南路转弯。宋老师说，班里叫沪生"腻先生"，啥意思。沪生不响。宋老师说，讲呀。沪生说，不晓得。宋老师说，上海人的事体，老师不懂。沪生说，斗败的蟋蟀，上海叫"腻先生"。宋老师不响。沪生说，第二次再斗，一般也输的。宋老师说，不想奋斗了。沪生说，是的。宋老师说，太难听了。沪生说，是黄老师取的。宋老师说，黄老师的爸爸，据说每年养这种小虫赌博，派出所已经挂号。沪生不响。宋老师说，随便跟同学取绰号，不应该。沪生说，不要紧。宋老师说，考试开红灯，逃学，一点不难过。沪生不响。宋老师说，不要怕失败，要勇敢。沪生不响。宋老师说，答应老师呀。沪生不响。宋老师说，讲呀。沪生说，蟋蟀再勇敢，斗到最后，还是输的，要死的，人也一样。宋老师说，小家伙，小小年纪，厉害的，要气煞老师对吧。宋老师托一把沪生说，认真做功课，听到吧。沪生说，嗯。此刻，两人不开口，走到思南路，绿茵笼罩，行人稀少，风也凉爽。

叙述语言和对话语言参差地平衡，基本全是小短句，停顿性强，配合对话者的语气和节奏，把沪生散淡的性格凸显出来，沪生在三年级的时候已经把人生看出了眉高眼低，有一股未老先衰的暮气。关于斗败的蟋蟀这个形象，我们可以看到沪生、阿宝、小毛等一干人的身上都有它的影子。小说的主体故事分成两个时代，20世纪的60年代和70年代多半是悲剧，80年代和90年代以闹剧为多。

小说中的梅瑞跟沪生、阿宝都谈过恋爱。她说，沪生结婚大半年，老婆跑到国外不回来，沪生肯定有生理毛病；怀疑阿宝有心理问题，虽然一直有联系，但一到关键阶段就装糊涂。梅瑞的评价多半是讲讲笑话，消遣两位。不过玩笑话里也可以看出两位的生活态度，整个小说大半篇幅都是些花花草草的故事，添枝加叶，故事有荤有素，多半来自他人的讲述，是最热闹的部分。而他们自己的故事，却都是寥落的，沪生、阿宝的故事几乎都很平淡，或者当事人在重逢旧事时不响而过。阿宝跟蓓蒂、雪芝、梅瑞、李李，沪生跟姝华、小珍、兰兰、梅瑞，点缀在20世纪80年代和90年代的生活中。这就使得小说中3个主角阿宝、沪生、小毛，有两个人对世界是冷冷的观望的，就像当时年代两个人的生活轨迹，流连于各种各样的聚会宴席，应了小说以对话为主要呈现方式，人生就是旁听侧谈。小毛是一个异数，他先是对银凤动了心，在不明原因的分手后，跟银凤、沪生和阿宝由于误会，伤心大恸，决定拗断与二人的友情，离开原来的生活环境。小毛在母亲的安排下寻到春香结婚，从不情不愿到最后爱上这个女人。不过小毛总是福祸相依，春香死于难产，留下小毛单身一人。从形式上来说，3个人都是一样的单身，阿宝和沪生是主动的选择，小毛是被动的选择，所以小毛是悲剧感最强的一个人。

沪生的出场就是从旁听侧谈开始的，在沪生和阿宝与小毛拗断友情之后，替代小毛位置的就是陶陶，陶陶一入小说就是从他绘声绘色讲述菜市场的各种八卦绯闻故事、男女私情开始。吊诡的是，陶陶几乎成了小说中最具八卦性质的主角。陶陶和芳妹是正经夫妻，陶陶先是招惹了潘静，潘静三番五次骚扰芳妹，闹得家庭不安静，陶陶甩掉

《繁花》：重建一种写作方式

潘静。不久，陶陶发现了让他欲罢不能的小琴，最后要离开芳妹，和小琴厮守。恼羞成怒的芳妹与陶陶之间开始拉锯战、家庭大战，一幕幕的狗血剧上演，陶陶乐在其中不疾不徐，终于获得自由身，抱得美人归。不承想却乐极生悲，小琴跌落阳台殒命，陶陶看到小琴的日记，原来自己幻想的好女人与爱情都是镜中风景，陶陶折腾到最后，居然是一场空。梅瑞、梅瑞妈妈与香港小开关系不清不楚，先是热闹红火地做生意，随后生产线出了问题，变成上海瘪三。李李突然皈依佛门，邀请朋友们去见证落发为尼、撇掉红尘的过程，主持的方丈是个和尚，李李落发后离众人而去。汪小姐与徐总在罗生门式的一夜情后怀上孩子，而且要坚持生下孩子，孩子的父亲不知道是现任老公还是徐总，老公离婚，徐总回避，为了给孩子一个合法身份，汪小姐跟小毛假结婚，而这个在一团矛盾中来到的孩子还没出生就被检查出是一个怪胎。

　　一个连着一个的故事，几乎组成了故事的泥潭，浓得化不开。这些故事一方面使得由主要人物小毛、沪生、阿宝为起点，不断地递接外延，在两个时间段之间来回闪现，交叉出场，彼此毗连，圆和在一起。另一方面，也是铺开生活面的过程，从市中心再到工人新村，到江苏常熟、新疆、黑龙江、香港等故事人物偶现的地点，到各自的生活圈子和生活足迹，像一张大网，慢慢笼络起这个城市的各种不同人生，看起来不相干的人物，阶级、生活方式、品位、经历大相径庭，却又不是泾渭分明，通过各种潜在的关系扭结在一起，形成一股强大的生活流。

　　每一个故事说到底都是以欲望为推动力的，政治的欲望、生理的欲望、金钱的欲望、爱的欲望，或者是以其他的面目呈现出来的需要。不过在这个泥潭之上，我们还是能够发现小说中的人物对这种生活本身的超越、疏离。比如阿宝的邻居蓓蒂，她和阿婆的故事是《繁花》中最为引人注目的故事之一，阿婆最喜欢讲的故事就是自己

087

的外婆在南京当天王府宫女携带黄金逃跑的经历,绍兴家乡的老坟则是她唯一的牵挂。带黄金逃难的故事在新社会不能乱讲,家乡的祖坟也不见了。蓓蒂的父母参加"社教运动",被人举报回不来了,一老一少相依为命,蓓蒂最爱的钢琴又在"抄家运动"中石沉大海。这一老一少在这个世界上几乎无可依恃,于是他们只能做些梦,生出很多幻觉,最后又以幻觉的形式消失在铭记他们的世界里。再无回声,却也消失不去,蓓蒂像一个符号,被作者写出了神话的味道,她是滚入世俗生活的姝华眼中的那一丝希望,是阿宝不肯结婚的一个心理疾病。蓓蒂的出现和消失都不在现实的轨道上。小毛的老婆春香像是耶稣送来的一个搭救他的女人,小毛的故事都是在春香这里打下了底,春香在小毛处境困难的时候突然就降临小毛的生活,并且琴瑟相和,过了一段神仙眷侣的生活,在与沪生、阿宝拗断的时光里,春香一直安慰小毛。春香的死也是生活法则对美好的无情破坏,和蓓蒂、李李遁入佛门一样,留给这个年代和世界的只是背影,和带有宗教意味的一束光。

上海这个城市注定没有办法像一个普通空间一样被编织到一个寻常故事中,它太过炫目的历史与传奇色彩,对于以上海为描写对象的作家来说,却不是福音。在一个城市自带的光环与重新上釉之间,到底是谁吸纳了谁,难辨你我,这也许就是一个地域自身的画地为牢,它往往带来叙事的限制与难以规避的陷阱。另起炉灶是逃离限制的一个直接的巫婆路线。作者金宇澄说:"我感兴趣的是,当下小说形式语言,与旧文本间夹层,会是什么。以前西方专家评论中文作者,'摆脱了说书人的叙事方式',是一句好话,同时也提出中西都存在的问题———现代书面语的波长,缺少'调性',如能够到传统文字里寻找力量,瞬息之间,具有'闪耀的韵致'。"① 按照中国小说的发

---

① 金宇澄、朱小如:《我想做一个位置很低的说书人》,《文学报》2012年11月8日。

《繁花》：重建一种写作方式

展历史来说，就是颠覆之颠覆，讲故事的方式回到说书人的视点上去，作家的叙述部分尽量退缩，对话成为故事的主角，游走在故事里的人物，如走马灯，最主要的对象不是某个人，而是说话本身。批评家程德培的文章题目十分传神地概括了小说的这一特征——"你讲我讲他讲，闲聊对聊神聊"。在满腹语言的世界里，重新讲述上海都市的生命故事，说书人这一弱化的叙事者，降低了俯瞰生活的视线，使得故事宕开了收紧的发条，沿着平面发散开去，朝着一路放松的笔致而行。主人公小毛病重后，阿宝和沪生恢复了跟小毛的联系，小毛断断续续说，我只想摆一桌饭，请大家吃吃谈谈。吃吃谈谈就是上海城市生活中闪耀的韵致，是灰白的记忆中跳跃的精神。

《繁花》以港片《阿飞正传》的最后一个镜头为由头开始讲述，世人眼中繁华至极的都市生活，转到光影的背后，多半都是相似的面孔，就像作家重述梁朝伟的那一串那分解到最小的动作。"否极泰来，这半分钟，是上海的味道。"一种味道或许就是这部小说的开幕词，20世纪60年代和70年代，80年代和90年代的上海，伴随着娓娓的语调，分立在眼前：奉命维谨的年代，和风里苏州河的潮气，咸菜大汤黄鱼味道，那些鲜活动人的少年时光；抖擞扩张的年代，觥筹交错欢乐场，又有莺声燕语和通风不良的镬气。在偌大的上海，一部小说不过是几个生活片段，几段时空，几个人物，这些散落的人生，有繁复的粗枝大叶也有繁复的浓墨重彩，随着时间落幕终止。而城市的味道永存，风流永在，打散了再集聚，集聚了再遗失，循环往复，增删添漏，无止无息。

创作与批评

Writing and Criticism

B.7

上海文艺批评的新变

葛红兵*

摘　要：

近年来的上海文艺批评发生了积极的新变。不但批评的阵地拓展了，而且文艺批评的状貌也发生了变化。2012 年的上海批评，拒绝文学理论应对现实的失语困境，聚焦"诺奖"事件、代笔风波等，对它们作了深度评述。当然，上海文艺批评之"新"还需要进一步的理论创新、方法创新、论域创新来支撑。

关键词：

文艺批评　新变　批评精神　批评方法

---

* 葛红兵，文学博士，上海大学文学院教授、博士生导师。

上海文艺批评的新变

文艺批评有两个基本功能：一是阐释，让晦暗不明、隐而未现的得以彰显；二是针砭，让好的得褒扬，让差的受贬斥。好的文艺批评犹如光亮，照亮人们的文艺生活，甚至引领人们的文艺生活。

新时期以来，上海的文艺批评一直占据着国内相对前沿的位置。当然，曾几何时也曾随着大势落寞，可喜的是近年发生了积极的新变，文艺批评的阵地增加了，状貌发生了新变。2012年的上海批评，聚焦"诺奖"事件，韩寒代笔风波等，拒绝文学理论应对现实的失语困境，而对它们做了深度评述。

一

2012年上海批评界话题不少。有一些争鸣文章，如王彬彬对于蔡翔《革命/叙述》的批评，也没像当年他批评汪晖"抄袭"那样，引发持续经年的左右混战。毛泽东《在延安文艺座谈会上的讲话》发表70周年纪念转换成了作家手抄"讲话"的新闻事件，在上海也只是小有余绪。何其芳、郭沫若等知名作家诞辰的学术研讨，话题虽集中却也未引起上海批评界的热情。但是，2012年的上海批评，却聚焦"诺奖"事件、代笔风波，拒绝文学理论应对现实的失语困境，而对它们做了深度评述。

诺贝尔文学奖，无疑是一项具有世界影响力的文学奖，莫言获得诺贝尔文学奖，让沉寂多时的中国文坛热闹起来，但最热闹的是传媒界，最积极的是出版界，中国股市甚至还出现了一波莫言概念股炒作浪潮，理论批评界却反而处于某种失语状态，较少积极地正面回应。在我们看来，这理论界的失语，可能恰恰显示的是60年来，中国文学理论批评界整体的状貌：似乎我们还没有发展出一种独立有效的阐释能力，来与世界做一场真正的思想对话。上海在这方面则是国内较少做出了积极回应的地区，在媒体狂欢、阅读高潮之外，上海显现出不少"莫言热"之外的"冷思考"。但这些所谓"冷思考",大体涉及三个层面,一个是对莫言获奖资格的质疑,一个是对诺贝尔文学奖评奖机制的重估,一个是对中国当代文学发展高度的研判,却唯独缺少了对莫言作品本体的有效阐释。

不可否认,在瑞典皇家科学院诺贝尔奖评审委员会揭开文学奖谜底的第二天,中国多数媒体的头版位置都给了莫言,而舆论也出现了"井喷"奇观,将中国的文学激情推向峰顶。似乎"上至精英,下至草根,都在为莫言获奖奔走相告,拥挤的赞美一度掉得满地都是"[1]。但赞美只是一个侧面,吐槽的声音也所在多是。莫言的小说真有那么好吗?这提问的背后,当然有对诺贝尔文学奖权威的承认,但也对这次是否走了眼而充满疑虑。2012年11月4日,刘震云在某论坛上表示,"莫言能获奖,表明中国至少有十个人,也可以获奖"[2]。任何一种选择,都可能意味着一种遗漏。被诺奖错过的作家,本来就有很多的,比如俄罗斯的托尔斯泰,中国的鲁迅、老舍、沈从文等。并不能因为有所遗漏,而认为被选中的,就一定是被选错的,这其间的道理应是不言而喻的。

相较而言,更多具有公共知识分子色彩的人,却将质疑集中在莫言的政治态度。"体制内"似乎成了莫言的阿克琉斯之踵。他抄写毛泽东《在延安文艺座谈会上的讲话》,也被当成一条"罪证"。这实际上是一种错误的研判,毕竟诺贝尔文学奖不是政治奖,而深刻的人性探寻和高超的文学表现,才应是其首要考量,小说是文学而不是政论,以文学方式触及社会阴暗面,并不一定非要按照异议人士的方式。"这个奖或许说明,随着中国更加强大,并非只有反体制者才有被西方社会接纳的机会"[3],胡锡进这一说法或因缠绕太多文学外的

---

[1] 张涛甫:《莫言热背后的冷思考》,《文汇读书周报》2012年10月19日。
[2] 李建军:《直议莫言与诺奖》,《文学报》2013年1月10日。
[3] 黄慧敏:《文艺界:莫言获诺贝尔奖是对中国文学的肯定》,《联合早报》2012年10月12日。

考量而值得商榷，但以文学方式批评莫言的诺奖资格，即使不一定准确，却是一条正确路径。在此意义上，李建军一以贯之地给莫言挑刺是值得肯定的，而且他也下了很多细读功夫，比起那些简单地从政治立场出发而不读莫言作品就对他挥舞一通大棒，简直是云泥之别，但惜乎他的文学标准太过狭隘，审美理想太过单一，即便对莫言"语法上的错误，修辞上疏拙，细节上的失实，逻辑上的混乱"有所指正，而终不免盲人摸象的感觉。其关于莫言"用西方人熟悉的技巧，来写符合西方人想象的中国经验"①的说法也不见新鲜，是把20世纪90年代以来就已流行开来的批评张艺谋等中国电影导演有意"迎合"西方电影节的论调，几乎是不假思索地被移植到对莫言获得诺贝尔文学奖这一事件的评论中了。

王彬彬在共和国文学60年的历史维度上考察了对诺贝尔文学奖的认识："这六十多年间，前三十年无视、蔑视、敌视这个奖，后三十年是仰视、膜拜、追逐这个奖。"他认为："从不认可诺贝尔文学奖到终于承认、接受、追求这个奖，这是一种进步。这表明我们认可了文学的普世价值，表明我们承认文学的内涵是普遍人性，表明我们不愿自外于世界民族之林。"但是否就应该"把这个奖看得高不可攀"呢，王彬彬的态度是，认为这里面有"高估"的成分。在他看来，"诺贝尔文学奖，是具有一定权威性的世界性奖项，但在诺贝尔奖的诸门类中，文学奖是最具有随意性、最不具有客观性、因而也是权威性最差的"②。王彬彬对莫言作品的文学价值是持怀疑态度的，他认为可能是翻译"翻译得太好了"。诺贝尔文学奖错过了中国，是因为翻译得不好，颁给了中国，却又是因为翻译的太好，这其间的心态，真是耐人寻味。

---

① 李建军：《直议莫言与诺奖》，《文学报》2013年1月10日。
② 王彬彬：《从丁玲获"斯奖"到莫言获"诺奖"》，《文学报》2012年12月13日。

其实，莫言获奖，任何轻率的赞美和否定都是不可取的，真正应该面对的，是对莫言小说的本体研究。在中国，小说理论和批评还是一个尚未真正科学化的领域，这个领域甚至还没找到让出于个人喜好的喜欢和不喜欢、出于立场偏见的价值判断好和坏同时容身，同时更让我们有一个能够超越喜欢与不喜欢、超越好与坏来一起讨论问题的共识平台。中国当代文学在深描中国地方生活及借此而与世界对话方面，至少在莫言那里，已经形成一套独特的小说技艺，而面对获奖之后的莫言，理论批评界如要摆脱杂乱无章的喧哗，就不要再执迷于喜欢或不喜欢，好或坏，而要把重点放在莫言是谁，他写了什么，他怎么写的，从而思考如何清理出一个小说本体论的平台，给世界提供一个莫言的全方位的中国批评阐释。理论界需要一套"用莫言的方式阐释莫言"的文化阐释学批评策略。莫言回到了农民出身，用一种反启蒙叙事的态度，反现代革命伦理的态度，反现代知性白话语言的态度，用一种非常极端的莫式乡土语言，发展了一种用乡土演绎乡土的叙事技术，一种展示"地方知识"、"地方思想"、"地方感觉"，一种真正不依赖外部"理论"和"世界观"来解释在地生活和现象的小说叙事技术。

二

回顾2012年上海的文艺批评事件，韩寒的"代笔"风波，是不能回避的。此事似是八卦，但若不是仅仅纠缠于内幕的猜测、是非的判断，倒可有助于我们思考一下文化消费时代的写作伦理及其隐含的政治逻辑，思考一下上海文艺批评的整体生态。最先引爆韩寒代笔风波的是"麦田"，他在《人造韩寒：一场关于"公民的闹剧"》的博文里说，当年因新概念作文大赛而让韩寒一举成名的《杯中窥人》，旁征博引，引经据典，用笔老到，最后甚至还出来了拉丁文，这对一个连英语都不顺溜的17岁少年,似乎不可能现场写作,而出题人李其纲又恰好与韩寒的父亲韩仁均同学,因此韩寒的出名,很可能是"拼爹"的结果。而《三重门》之后,路金波成了韩寒背后的重要推手,让其在博客中从"骂教育"到"骂文化",再到"骂社会",从而将之包装成为一个批判性的公共知识分子。"你不可能一边进行着非常专业的赛车比赛,一边还好整以暇的写时政博客",麦田质疑,"公民韩寒"可能是路金波团队包装的产物,韩寒的文章也可能是由团队"代笔"①。对此,韩寒、路金波、韩仁均都作出了激烈的回应,甚至韩寒还公开"悬赏",凡有人能列举可证明质疑的证据,"均奖励人民币2000万元"。结果,一边是声称"人造"和"代笔",一边是"辩诬"和"悬赏",这事就引起了活跃在网上的"打假斗士"方舟子的注意,他在一些网友的怂恿之下,通过微博调侃韩寒"一边重金悬赏,一边销毁证据"的做法而遭到韩寒的激烈回应,于是他发表《答韩寒〈正常文章一篇〉》正式卷入论战。②虽然这个时候,始作俑者麦田道歉退出,但因为方舟子和韩寒二人在网络上的影响力,迅速将"代笔"风波演化为一场媒体事件,引发了众多的围观和点评。

尽管方舟子仍持之以恒地做着努力,然而,"代笔"一事,却很难被证实或证伪。韩寒许多文字都在比赛空余完成,这成为他遭质疑的缘由。其实,如张宗刚所指出的,对于处在思维活跃且体能最佳的二三十岁年龄段的作者,赛车期间可能文思泉涌;倘专门抽出时间写,拿不出一个字也是可能的。③方舟子认定《求医》一文,不可能

---

① 麦田:《人造韩寒:一场关于"公民"的闹剧》,新浪博客,2012年1月16日;http://blog.sina.com.cn/s/blog_53d349a301011xtb.html?tj=1。
② 方舟子:《答韩寒〈正常文章一篇〉》,新浪博客,2012年1月19日;http://blog.sina.com.cn/s/blog_474068790102dwyj.html。
③ 张宗刚:《韩寒"代写门":偶像的黄昏》,《粤海风》2012年第2期,第29页。

出自17岁的体育特长生之手,而应该是一个中老年病号的代笔,这也可能忽略了一个有天分的文学青年,完全可以通过阅读或旁听等间接的方式获知的。① 要知道,《求医》不过是一篇文学性游戏笔墨之作,方舟子通过将作为"生活真实"的"求医"和作为"艺术真实"的《求医》进行机械比对而判断说韩寒的《求医》不符合当时"求医"的真实,这并没有什么问题,但用这个判断进而去推断"这篇文章不是韩寒所写"就完全是匪夷所思了。

缘木求鱼式的索引法确不足取,疑邻窃斧式的有罪推理要不得。于是,在这隔山打牛的论战中,很多人想到了黑暗甬道的另一条出口,欲拿下韩寒"文学天才"的桂冠,其实是为了指向那"公共知识分子"的身份。只要稍加回顾,就不难知道韩寒"文学天才"的神话是跟"反应试教育"的神话相伴创生的。因《求医》而被发现并随后以《杯中窥人》获"新概念作文大赛"首奖的韩寒,因有两度期末考试包括语文在内七科不及格而留级乃至退学的经历,恰好符合该作文大赛反思应试教育的定位。如果韩寒是公认的重点中学尖子生,他的获奖反倒成了一个尴尬。肖鹰将"天才韩寒"的神话与当代中国的"反智主义"联系在一起,认为,韩寒作为17岁辍学的高中生出版《三重门》,"无异于对中国教育和文化投放了一枚颠覆性的炸弹",不仅在"偏才辍学生"和"文学天才"之间划出等号,而且成为反抗"应试教育"的"不读书的天才英雄"。② 这种论述虽有所指,却并不能揭示韩寒现象后面更加深奥的文化政治逻辑。

《南方周末》评论员笑蜀就在《人物》杂志发文说:"以韩寒考场上的失败为理由,尤其以韩寒对反智教育的抵制为理由,来指控韩

---

① 方舟子:《"天才"韩寒作品〈求医〉分析》,新浪博客,2012年1月27日;http://blog.sina.com.cn/s/blog_474068790102dx40.html。
② 肖鹰:《韩寒神话与当代反智主义》,《贵州社会科学》2012年第5期,第6页。

寒反智"[1],其实是一种"知智不分"的表现。毫无疑问,早期韩粉有崇拜"不读书的文学天才韩寒"的成分,但是后期韩粉多将他当成网络"意见领袖"。这些人在他的博客上拼抢"沙发",在他的微博上"求关注",同时构成消费群体,使他出版的作品、主编的杂志、代言的广告以及其他相关的文化衍生品具有了强大的市场号召力。为维系这一号召力,不停地更新自己的博客,刷新自己的微博,制造热点话题,引发社会关注和争议,是文化消费时代再正常不过的事情了。但"代笔"风波,显然超出了"噱头"的范畴,坐实麦田和方舟子的"指控",这种釜底抽薪之举,不仅仅指向的是一个"文学神话"的破灭,更多指向的是一个"意见领袖"的倒下。

这样一种猜测,既有无聊加嫉妒的看客心态掺杂其中,也包含了对新媒介时代文化消费规律的误读。不可否认,文学创作是一种个体化的精神劳动,但在文化消费时代,它更是一种文化产业,所以,围绕文学创作而进行的一切活动,都无法摆脱经济规律的控制。在这种情况下,韩寒,无论作为一个传统文学观念的持有者,还是文化消费时代的文化符码,他都有理由努力自证清白。但若因此而将他所谓不容"触犯我作为写字人可以容忍的底线"的态度,视为"不止是对自己负责,对读者负责,更是要表达留住那一份对文学、对写作、对文字的敬畏之心"[2],并一再将诉求放在对文学及文化生产的复制化、模式化、类型化的抵制上,继续为写作的个性色彩、人格特质、精神品格、灵魂深度、生命体验等概念背书,就未免有些一厢情愿了。迫切的或许是,如何从这一具体的"代笔"风波中跳出来,反思一下以个人化的精神劳动为标榜的写作者在消费时代的写作伦理和政治伦理问题。

---

① 笑蜀:《韩寒反智,还是应试教育反智》,笑蜀新浪微博,2012 年 3 月 12 日;http://weibo.com/xiaoshushiping。
② 杜浩:《韩寒为什么不容触犯"写字人的底线"?》,《工人日报》2012 年 1 月 30 日。

回顾上海2012年的文学批评大势，为了促进上海文学批评的进一步发展，还有更多的事情要做。上海的批评非常好的一点在于，即使是对一部作品已经进行了非常充足的讨论与剖析，如果有不同的观点与意见出现，依然会提供足够的版面再进行深入讨论。有时是在不同的时段刊登不同意见的文章，有时甚至是意见完全相左的文章同时刊出，让批评家之间进行对话，让读者有更多的选择，读者可以得到多向的启发。目前，部分文章还没有摆脱一味质疑市场化运作，把粗制滥造和媚俗创作等任何时代都有的现象简单归咎于"市场"的倾向；部分文章对文化产业化发展心存疑虑，不承认文化生产和消费的新现象、新规律，对当下文学生产机制不了解而对某些作品产生隔膜，部分批评家因为存在文学代沟现象，对新锐作家的创作不够理解，未能深入这些新锐作家创作的情感逻辑和生活逻辑内部……上海的批评之"新"还需要进一步的理论创新、方法创新、论域创新来支撑。

上海的批评要敢于直面当下热点和难点，比如，韩寒代笔风波，上海给予的版面和发表的文章就显然较少。上海批评还要敢于对我们的文化事业和产业发展现状做出整体的研究和评论，要敢于对我们的公共文化政策、产业政策提出建设性批评并积极参与地方文化事业及产业发展政策的研究制定，对于现实的数字化城市、智慧城市、文化创新城市等建设提出有价值的建议。有了这样的视野，对个别作品、作家的评论，才能做到中肯公允，同时又不失尖锐，才能真正推动时代文艺生活的进步。

B.8
城市文学从人开始

——评孙颙《漂移者》

李伟长*

摘　要：

《漂移者》延续了城市文学的一种建构方式，通过写城市中的人来写城市变迁和人心变幻。小说选择一个美国青年作为主人公，写他在中国的商业经历，这是一个非常独特的角度。小说进而展现了主人公形象的复杂性。这是一部具有文本示范意义的城市小说，当然作品在表现城市历史文化的纵深性方面还可以做得更好。

关键词：

《漂移者》　城市文学　复杂性

熟悉地理和赛车知识的读者，不难体会《漂移者》书名中漂移二字的寓意：一是地理学上的大陆漂移概念，二是赛车急速转弯的反向技巧。孙颙先生这部长篇小说的主角马克，从美国来到上海滩，要融入上海这座城市，就需要完成一套类似漂移的组合动作，空间移动，快速转向，安全拐弯。漂移者不仅需要跨越地理概念上的距离，还需要完成文化观念上的和解与融入。

---

* 李伟长，书评人，现供职于上海市作家协会。

一种视角：从城市人到城市文学

这些年来，我们一直纠结于城市文学和乡土文学的分割线，期望锻造城市文学的新篇章，却又迷恋于乡土叙事而不能自拔。不仅作家如此，评论家们也同样如此。面对乡土作品，评论家们得心应手，甚至无比娴熟，总能轻易地寻找到文学与现实、伦理与现代的对接话语，但在城市文学方面，就显得不那么有底气，尽管外来的都市文化理论并不算少，但与本土作品的对接就未免有些生搬硬套。现实状况就是，文学作品中的城市形象比乡村形象要单调得多。上海、北京等大都市里生活的写作者，一直也在寻找如何建立真正有效的至少可与乡土叙事对抗的城市文学模式。先锋小说、实验小说、新写实小说、新市民小说等文学热潮，都留下过一些印迹，但也都没来得及建立足够厚实的城市文学之墙便匆匆流逝，更多的写作者依旧在为找不到进入城市文学的有效途径而焦虑和苦恼。

《漂移者》延续了城市文学的一种建构方式——着墨于城市中的人，通过写人来写城市变迁和人心变幻。从文学史看，这算不上新发明，但却是最常用、最成功的办法。在西方城市文学传统里，通过写城市人物，比如贵族、暴发户或者梦想爬入上流社会的底层青年，来完成对城市的文学建构，早已经被证明了是行之有效的好方法。巴尔扎卡之高老头，司汤达之于连，狄更斯之奥立弗，陀思妥耶夫斯基之伊凡等著名的作品人物谱系，也证明了伟大的文学作品无不是通过人进入城市文学的。就像《高老头》里的拉斯蒂涅，《红与黑》中的于连等人物一样，他们怀揣梦想来到大城市，渴望出人头地，却逐渐被残酷的现实生活挤压，逐渐失去原有的纯真，变成一个道德沦丧的投机者。在西方文学作品中，这是一个相对成熟的主题，有着极为丰富的文学创作经验和评价体系。

孙颙的小说继承了这个传统。实际上，他之前的中篇小说《拍卖师阿独》就已经这么做了——书写城市人物传奇，由此带出当下城市文化走向。这种方式并不新，但卓有成效。不先锋，但极具传奇性。在《漂移者》中，写作对象发生了变化，从本土人士变成了国外来华的外国人，故事内容自然也有了一定的变化。需要指出的是，叙写对象的这种改变对一个国际化都市来说很有意思。外国人已经成为这个城市人群的一部分，也成为城市性格的一部分，他们各自带来的文化在适应着、也在改变着这个城市原有的结构和生态。用文学方式关注这种文化改变，国内此类作品很少，外国人作为第一叙述主角的更是少之又少。中国人在东京、在纽约、在巴黎等题材倒是有不少小说家涉猎过，而美国人、法国人或者英国人在上海、北京这样的设置很少见。在文化交流不断拓展的今日，国际化都市的码头化是文明发展的趋势。从这个点而言，作者敏锐地找到了一个绝佳角度，一个未曾有过多少人登上的观景台，由此一览城市各等市井人物，具有开拓性和前瞻性的意义。

更有文学价值的是，我们就此延续上了城市文学写作的一种可能——写城市人。这个庞大的复杂的都市，由一个个职业、一个个阶层、一群群人组成，关注他们，就是关注城市。书写他们，就是书写城市，就是了解和表现城市欲望、城市生活、城市经济文化的渠道。在孙颙以往的小说中，城市的各种人始终是他重点观察和剖析的对象，《雪庐》、《烟尘》与《门槛》等3部长篇小说关注知识分子家族史、当代知识分子的境况，《门卫之死》和《拍卖师阿独》两部中短篇小说，则关注了城市中几类处境不同的职业和岗位上的人性变化。再到这部《马克》，关注一个中国通式的美国青年在中国的从商、人际和情感经历。这些人物的变化，实际上牵涉的是作者关注点的变化，从重大社会问题到知识分子再到城市人，不但看得出作者身上的使命感，还可以读出他内心的理想主义情结，这也是孙颙这一代知识

分子的某种共通性。

从《漂移者》来说，选择一个美国青年作为主人公，写他在中国的商业经历，这真是一个非常独特的角度。一个独特的点，对一部小说而言意味着创作成功了一半。

一个人物：美国青年漂移上海滩

马克在上海的漂移之旅，分情感和商业两部分。情感部分相对细腻舒缓，商业内容则较为紧张。小说一开始侧重马克的情欲游戏，写他与东方女性间的暧昧。犹如脱缰的野马，马克在东方寻找到了久违的草原，自信而又放肆，凭借着西方人独有的魅力，迅速拿下了一个姑娘。作者在他身上用了一个形容词——快乐，没有隔夜愁，看上去快快乐乐，看得出作者意在用这部分内容过渡和铺垫，在于表现一个不同于中国青年价值观和思维方式的马克，同时为小说接下来的文化冲突做好了铺垫。快乐是马克的价值取向，但凡不快乐的事情马克是不愿意将就的。在马克看来，中国人的生活哲学过于实际，被物质所累，不够自由。在与中国女孩恋爱的过程中，这种生活态度展现得很充分，因此带来的小冲突小摩擦不断，其中最大的表现是对房产和两性相处的态度，中国姑娘苏月想买房产，马克只想租，并且下意识地应该各自过各自的，以保持彼此空间。苏月认为马克对她缺乏尊重，但马克却不这样认为，以至于对苏月的提醒不放在心上。这种文化差异导致了两人关系的破裂，但也恰是这种差异最终让马克认识到了问题所在，深陷困境中的马克体会到了自己想要怎样的生活。

如果说，情感叙事是柔软的，只是展现了东西青年人生活态度的不同，那接下来的内容聚焦商战则是异样的风景，甚至让人有意外之感，在商业领域，马克的价值观与手段，与中国商人相比有过之而无不及。故事紧凑，结构有张力，人物个性表现充分，更关键的是从中可看出许多作者对社会、经济的综合思考。一个好的小说家应该是一个杂家，应该具有相当的综合素质，对各行各业都要懂一些，至少要保持好奇心和求知欲，平时有观察有思考。一旦创作时需要调动相关知识时，不会手忙脚乱或者不懂装懂。从当前小说发展态势来说，私人化写作较为多见。耽于叙述私人空间和个人生活经验的小说作者，对身外的生活似乎也缺乏探知的兴趣。倘若需要某方面的知识，大多搜自网络，没有自己的看法，自然就谈不上深刻与独特。孙颙展现出的对经济宏观的理解和微观的体察，不是一般小说家能够写得出的，看得出作者平时的积累，他发表过一系列经济时评。关于国企的积重难返，关于跨国企业内部的权力斗争，关于培养企业接班人，关于全球化思潮，甚至关于中国市场的影响力，以及商业圈内的潜规则，小说都有涉及，并且有相当的深度，一则增加了小说的厚度和专业性，二来加强了小说的可读性。作为读者，谁不喜欢阅读真正深入的内容呢。

作者将马克塑造成了一个精通中国潜规则，并且还能将这些潜规则以国际做法进行自我合理化的复杂人物，通过他的嘴巴，表现了他对中国企业官商结合的看法和熟练运用。除了精彩的商业博弈和权力更迭外，马克的人物性格得到了细致展现，有一段话能说明马克身上的全部属性："我知道你们一些老板的口头禅：国家的钱不用白不用；我们一样啊，总部的钱不用白不用。像总部的财务总监到上海活动，所有费用是他们的，你安排招待各方面，完全应该在五星级最好的酒店，面子上好看。以后碰到这类情况，你千万不要考虑节省，还要把我们平时想招待的全部请来。这样，我们自己的招待费就能少用些。噢，我知道你们的酒店还能把准备外带的烟、酒做进餐费，你也可以试试啊。总部的招待费没有限制，他们也搞不清楚中国的价格。捎带些好烟好酒，我们以后在业务上派用场。"这是马克在招待美国总部来的财务总监时说的话，其精妙处在于将马克的深层次性格呈现

103

了出来。聪明，敏捷，决断力强，更重要的还有对规则烂熟于心，运作起来得心应手，如鱼得水，没有障碍，甚至还能将中国规则用得更加自如和熟练。

马克这个人物的文学价值就在于他身上的复杂性，生活态度的"快乐"准则和非物质主义，生意场上却又八面玲珑，对规则烂熟于心，甚至无视商业道德。在小说的后半部分，在卷入了商业博弈后，马克的道德底线每次突破又伴随着内心的挣扎，在自觉和不自觉中摇晃左右不是，尤其当情感被当成了商业斗争的筹码后，马可身上的人性和欲望的纠缠表现很有质感。尽管，他最终失败了，但我更愿意认为这是作者的善意安排。纵然马克熟悉规则，也不排斥潜规则，但问题在于他内心深处不是一个坏人，他还是做不到像某些毫无道德可言的中国商人那样穷凶极恶，那样肆意妄为，那样毫无底线可言。就像上文说到的那样，马克的"快乐"生活态度，他对爱情的向往，影响了他的行为处事。他坏，但还没坏透，这便是马克的可爱，也是小说人物的文学价值所在。倘若是一个满分的坏蛋，和满分的好人一样，也就无趣了。

一种期望：关注城市历史纵深性

尽管这是一部具有文本示范意义的城市小说，但作品在表现城市历史文化的纵深性方面还可以做得更好。所谓城市历史精神的纵深性，指的就是城市文化在经历历史性转变前后呈现出的异同，比如上海在1949年前后、改革开放前后，无论是时代环境、人性和商业规则等方面都会表现得不同。小说家观察一个城市的前世今生，需要关注到这些不同，以及其中的人物性格和命运的不同。作为一部关注外国青年在新上海的小说，作者也在小说中塑造了一个半个世纪前闯荡过上海滩的外国商人，明显有横跨上海半个世纪前后的野心，但在文本中表现当下较多，和老上海文化少有链接，比较少地考虑到老上海和新上海在商业规则上的异同，人心的变化，以及政治形势的差异，这削弱了小说的厚重和恢弘气势。这在主角马克和他爷爷老马克的设置上表现得更为充分。

马克是小说的主人公，这个美国青年熟知中国式的商场文化与生意伎俩，有为人处世的"中国式"哲学，也自以为了解中国姑娘的风情，但他依旧是一个自省的失败者，事业上被人击垮，感情上也谈不上成功。与其说小说写了一个美国人不同于中国人的价值观，不如说作品的魅力就在于写出了马克的失败，他聪明反被聪明误，能把握小事却难控全局，过度自信以至于变成自负。正是他的失败让人物表现得丰满，失败而能自省更具有感染力。马克身上的商业元素更具有吸引力，他的行为符合当前青年人追逐的职场小说，作者需要将马克重重地丢进中国职场，去闯，去碰，去留血，去失败，去获得新体验，而不是从一开始就给出一个精明强干的马克。至于老马克，他半个世纪前曾在上海滩淘过金，认为上海可以成就马克的事业。正是在他的鼓励下，马克才来到了上海。小说中对这个老人家花过一些笔墨，但可惜老人的经验并没有成为亮点，也没有独特化，比如他告诉马克——闯上海要有一个中国人带着，所谓强龙难压地头蛇，这样的经验还不够独特。读者更愿意看到一个对中国有独特而深刻理解的外国老商人，洞悉中国人的人性、中国的商业规则和上海的城市秘密，甚至他传给马克的行事指南都要系统化。考虑到两代外国人相差半个多世纪，读者难免要暗问老马克的经验还适应当下的中国么？老马克到底参透了中国的什么秘密？不同的历史环境和商业氛围，对人的考量显然是不一样的。

从可读性来说，老马克这个人物身上具有的传奇性可以打动读者，很能激起读者对半个多世纪以前外国商人的想象。他在中国所收获的经验经历数十年的沉淀和发酵，说出来的时候将具有怎样的分量?打个粗浅的比方,就像武侠小说里的世外高人,因缘巧合传授功夫给一个年轻人,往往都是蕴含数十年功力的绝技,那老马克说出来的话,该具有怎样的智慧?或者具有怎样的厚黑?至少要比目前小说中闪现出的老马克的想法要深刻,这需要作者有一个系统性的认知。还有,老马克经历的商业世界与马克的同样复杂,甚至更加杂乱。如果小说中稍加笔墨,带出老马克时代的商业中国,反观马克所处的当下中国,彼此的对照无疑会加重小说的厚重性,其间万般奥妙,均可纳入笔下。读者会乐于看到这种不同和变化,这样的大开大合和历史前后的关照,对写作者是一个大考验,知识储备一般的写作者难以进入,而作者孙颙不一样,他之前关于中国经济和政治等领域的思考和创作实践,提供了这种可能。

B.9
招魂幡,与无尽的谜

——《成为和平饭店》印象记

金 理*

摘 要:

《成为和平饭店》这部新作是陈丹燕"上海故事"谱系水到渠成的收束,其首要的贡献在于书写与形式上的探索。全篇故事不是按照线性推动,而是如一张精心结撰的网络,由这些交叉点演绎开来。小说留下诸多的"空白",是作家抛给读者的无尽的谜。

关键词:

非虚构 小说 和平饭店 陈丹燕

一

在 2003 年《外滩:影像与传奇》的素材筹备过程中,陈丹燕就开始大量收集与和平饭店有关的资料,她遍寻无人问津的档案,记录飘散的故人记忆,调动"长达二十年的丰厚储备",终于在 2012 年捧出了长篇"非虚构体小说"——《成为和平饭店》。拘囿在书斋里的写作(与知识生产)无法回应历史,也无法建立与日新月异的世界的关联,这似乎越来越成为人们的共识。不过,陈丹燕并非凑近来

---

* 金理,文学博士,复旦大学中文系教师。

文坛蔚为大观的"非虚构"的热闹,熟悉其创作的读者都知道,这部新作是其"上海故事"谱系中水到渠成的收束,而这一谱系的开端已经可以上溯到1992年。此外,一般我们对"非虚构文学"的理解是:作家通过故事的技巧和小说家的直觉洞察力去"对当代事件发表自己即刻的见解"[1];而陈丹燕架设的则是长时段的历史视角,或者说,她对"当代事件"的"见解"是通过对历史的招魂而叠映出来的。说起"招魂",你可记得书中历史学家孟建新的特殊禀赋,穿越时光隧道的他站在绿色长幔帘的阴影里,仔细打量过往浮华世界的狂欢者,自由出入他们的内心感受……陈丹燕这样来解释孟建新自小"对特定空间的特殊感应":"他的创造力总是因为这种感应而被突然唤醒。他其实是依靠自己的感性,而不是知性来做历史学家的。他要写作以前,总是多次去将要写到的地方游荡。写作的过程更像作家的创作。……写作时,浮现在眼前的,都是具体的形象,带着被历史造就的感情。他必须与一段可以触摸的历史一起工作,必须与它有活生生的感情。"毫无疑问,这是陈丹燕写作姿态的自画像。

钱钟书先生有一段话:"遥体人情,悬想事势,设身局中,潜心腔内,忖之度之,以揣以摩,庶几入情合理。"[2] 这是"史家追叙真人实事"的方法,但钱先生特为指出,"盖与小说、院本之臆造人物、虚构境地,不尽同而可相通"。陈丹燕实证式的书写姿态悉数提供关于器物、环境的细节,比如饭店套房内的床,有着深褐色的木床套,席梦思架子嵌在床套里,下面还装着小轮,两边床头柜的抽屉刻有菱形图案……仿佛纪录片镜头的展示。但是,所有这些细节都不只是作为外来的"素材"或"点缀",直接进入小说以强化所谓"非虚构"的真实感。陈丹燕是通过"与一段可以触摸的历史一起工作",

---

[1] 〔美〕霍洛韦尔:《非虚构小说的写作》,仲大军、周友皋译,春风文艺出版社,1988,第19页。
[2] 钱钟书:《管锥编(一)》,生活·读书·新知三联书店,2001,第317、318页。

与之发生"活生生的感情",来获致一种历史想象力,将外在的材料"揉碎",内在地为写作建立起历史情境。"非虚构小说写作并非在于记录事件,亦非在于塑造人物,而是企图在尽量真实的历史事件中表现人物内心世界与外界的联系……它呈现出的现实、历史与虚构的关系,是富有象征和隐喻的。"① 这是陈丹燕独特的历史想象力及其追求所在。

小说人物丛出,时代各异。犹太商人维克多·沙逊家族、资本家后代夏工之一家、历史学者孟建新夫妇、当年的左翼青年学生西蒙、酒店服务生阿四与年轻员工季晓晓,还串联起荣毅仁、王洪文等各色历史人物。而叙述时间时而聚焦于上海飞速发展的今天,时而回溯到1930年代和新中国成立后的17年。行文中还掺杂由4组新闻纪实性文字和图片构成的纪念碑章节,与小说情节虚实相间,形成相得益彰的互文。陈丹燕处理的是繁复的大工程,其间又细心布下草蛇灰线:比如第二章中,夏先生与前一章出场的夏工之一家有亲属关系;夏工之保留爹爹留下的银勺子与最后"小孩偷饭店的勺子"首尾呼应;孟建新夫妇尴尬的情事,与1929年英国剧作家在和平饭店创作的剧本《私人生活》中男女主人公的故事,形成内外映照……全篇故事不是按照线性推动,而是如一张精心结撰的网络,由这些交叉点演绎开来。《成为和平饭店》历时8年,4易其稿,陈丹燕首要的贡献在于书写与形式上的探索。

二

1935年的化装舞会上,一位鸦片富商的后代牵去一头活驴,在"挤满人的明亮舞厅里","它终于大叫一声,'噗'地拉下一大坨

---

① 曹元勇:《历史、现实与非虚构》,《新闻晚报》2012年8月16日。

屎";沙逊转过脸来,指着大吼:"快把它弄出去!"……这一刻,陈丹燕穷形尽相地描画出上海这座城市文化渊源的一斑。一方面,半殖民地的统治者以胡闹、撒野来放纵在自己国土里被循规蹈矩所禁止的情欲,"有什么比这更能说明远东殖民地生活的无法无天呢?这对在家乡不得不过着循规蹈矩生活的基督徒们,不就是另一版本的《丛林传奇》吗"?另一方面,沙逊的喝止,又体现出在殖民地维持宗主国文明与尊严象征的努力。不过话说回来,沙逊在和平饭店维多利亚式的金色天棚下,举办一场以马戏团为主题、"奇形怪状"的化装舞会,本就是"无法无天"的举动吧。同一个维克多·沙逊,会以"非常上海"的方式回击日军高官,在被迫决定离开上海时无比痛苦,其中无疑有着一份直把他乡认故乡的珍重(书中还提供了不少"上海走失多年的儿子"们)……陈丹燕带着读者走向历史峡谷错综复杂的幽径,她既借助孟建新来追问"建造华懋饭店的维克多·沙逊如何看待他们家族经商的道德问题",这个家族的财富"与殖民时代东方的灾难联系在一起";同时也喟叹正是沙逊这代人、"这一代上海人",培育成熟了这座城市"中西合璧的精神"。

卫慧的《上海宝贝》记述了一个细节:"我们照例慢慢步行到外滩。每逢夜深,这儿就成了一个安静的天堂。我们爬到和平饭店的顶楼,我们知道一条翻过女厕所的矮窗,再从防火楼梯爬上去的秘密通道";"在这积满历史尘埃的顶楼上","在饭店老年爵士乐队奏出的若有若无的一丝靡靡之音里","我"开始宽衣解带……请容许笔者唐突设想:如果把卫慧笔下的这个倪可安插到《成为和平饭店》中去,会是哪个人物?也许就是夏先生话里的那类小姑娘吧——"现在上海年轻小姑娘的脸相很有兵气"。夏先生对"现在上海年轻小姑娘"的这声叹息,仿佛就如纪念碑般屹立的和平饭店,傲然(或许漠然)注视着隔江对岸那千奇百怪、不断攀爬的摩天建筑群。这只是一个很无厘头的设想,没法当真。陈丹燕对和平饭店熟稔无比,但可能她并不知道卫慧寻获（虚构？）的那条"隐秘通道"。不过，卫慧的这条"隐秘通道"其实正是1935年那场化装舞会的延续（所以倪可这样的新新人类无法抵御和平饭店的神秘"召唤"）：冲破传统压抑而追求生命享受的欲望，本就离不开外来异质文化的召唤与发酵，尤其是经济上的冒险、繁荣，与情欲肆无忌惮的畸形膨胀之间的互为激发。这条"隐秘通道"所联系的前世今生，恰构成了东方殖民地的文化奇观，或如陈思和先生所谓"繁华与糜烂同体"的海派传统①。

似乎没有人能抵御它的魔力，纷纷以各种各样的方式去接近。早在1998年出版的《上海的风花雪月》中，陈丹燕已描述过和平饭店散发的这种召唤力量："好像什么东西都又回来了，饭店里的英式房间里生着壁炉，美式房间里有银烛台，西班牙式房间里放着老式的高柱子木床，侍者的黑发上擦着亮晶晶的发蜡，笑容矜持而殷勤。一句'到和平饭店喝咖啡去'，说出了上海年轻人一个怀旧的夜晚。坐在那里，他们想要是自己早生五十年，会有什么样的生活，能有什么样的故事。那是比坐在他们邻桌的欧洲老人更梦幻的心情吧，也是只有上海孩子才能有的心情：对欧化的、富裕生活的深深的迷恋。对自己生活的城市曾经有过的历史的深深的自珍。到那里去的上海年轻人，希望自己有更好的英文，更懂得怎样用刀叉吃饭，更喜欢西洋音乐，有一天，可以拿出来一张美国护照，指甲里没有一点点脏东西。这也是这个城市年轻人潜在的传统，从来没有被大声说出来过，也从来没有停止过。"② 想来，陈丹燕附着于和平饭店之上的历史意识其实有着悖论性的两面：一方面这种"潜在的传统"在中国现代启蒙与救亡的宏大叙事结构中被压制于边缘，"从来没有被大声说出来过"；

---

① 陈思和：《海派文学的传统》，收入《草心集》，广东教育出版社，2004。
② 陈丹燕：《水边的老酒店》，载于《上海的风花雪月》，作家出版社，1998，第37、38页。

另一方面正像《和平饭店》所记,"在外滩这样始终富有象征意义的地方",周围大楼历经砸毁、各类人物塑像推倒又矗立、纪念碑随着时代变迁此起彼伏,唯有和平饭店"保留了完整的历史印记",甚至其"张扬炫耀渐渐圆润沉着",当真是"从来没有停止过"……压抑,与亘古长流——这是和平饭店的历史,是这座城市的传统,也是城市中人们心底的欲望。

和平饭店之于这座城市,就仿佛是招魂的幡。1991年,威廉姆森在和平饭店举办贝拉·维斯塔舞会是小说中一场重头戏。这个时候,"饭店外面看上去很好,可里面都已败坏";年轻人对华懋饭店的"旧闻"一无所知。望着改造过的客房和家具,众人一度陷入绝望,威廉姆森要求的是"原样恢复",时光倒流回到"地道的旧时代"。重建的大幕由此拉开,引导者显然是威廉姆森:他帮助饭店里年轻的员工辨识"难以表达的神秘与高雅",纠正董经理"厚玻璃"的说法(那叫"拉力克"),替季晓晓解释顶楼上"两条狗的图案"正是"华懋饭店的LOGO"。很快,套房里的"老家具"从一度处理去的郊县招待所拉回,退休的老员工出山回来坐镇……豪华盛宴上演,和平饭店终于恢复"一个真正的大饭店"。仿佛一吻惊醒沉睡多年的美丽公主,仿佛念起了阿里巴巴的咒语,一座紧闭许久的宝藏刹那间打开了门,也许空气中晦暗的余味还未散去,也许地上还有前代的废墟碎片——就如同带有流苏的旧家具已散落到郊县的招待所,但是在威廉姆森的一声指令之下,遍地的"无序"迅速被整合起来。——这是1980年代的"重建",它意味着速度、技术、科学、管理、制度、热情、信心……这个召唤指令发出的背后站着威廉姆森先生,换个称谓吧,今天我们习惯于叫它"现代性"。——这哪里只是和平饭店的重建?这就是我们刚刚走过的历史吧。陈丹燕曾特意解释为什么在书名上添加"成为"二字:"对于一座城市来说,从华懋饭店到和平饭店有着很长的一段路要走,这个过程跟上海这座城市的演变史一样的——我们所看到的城市并不是上海人自己建造起来的，而经历了由外来者所强加、在慢慢的社会发展过程中被逐渐吸收、转化为自己的东西的过程，这其中有一个身份认同的问题。对于一个饭店、对于一座城市，都是这样。"① 和平饭店经历1990年代初的这场舞会而焕然一新（"焕然如旧"？），这一情节很能体现"被逐渐吸收、转化为自己"的"身份认同"问题。我们自然会心于这一幕，却又在其间无数历史意识的关节点上犹豫而无语：是何种力量在引领我们再续辉煌？这份辉煌源自何方（或者，能有辨识得清的单一来源）？历史的遗忘归咎于谁？再写历史的主体又是谁？

这是我们引以为豪的"家底"，其中又深藏着被侮辱、受损害的伤痕，如此缠夹，其实我们今天也无法理清。孟建新的身份是历史学家，他小心翼翼的求解，也终究无法给出拨云见日的答案。这位历史学家在阅尽海上繁华沧桑梦之后，回复到"私人生活"，然而那是多么勉强的一段"私人生活"，小说的这个终章似乎流露出微妙的反讽。就像陈丹燕所说，"故事和故事，人物和人物之间有空白"，这些"空白"，是作家抛给读者的无尽的谜。

---

① 张滢莹：《陈丹燕：书写"非虚构"的上海》，《文学报》2012年7月19日。

B.10
人性与灵魂的歌泣
——评竹林长篇新作《魂之歌》

丁亚平*

摘　要：

　　竹林长篇新作《魂之歌》不是从哪种意识形态给定的理论、定义去描写历史和现实，而是让生活境遇与人性、人的灵魂纠结碰撞，让人物按自己的人生轨迹去自由地思索探寻，从而写出了一个个性格特点各异的活生生的人物形象，抒发了他们的一曲曲灵魂之歌。小说的叙事颇富体验性和抒情色彩，笔触细致，让人物灵魂在艰险的环境里锤炼，凸显出了逆境中的诗意。

关键词：

　　《魂之歌》　人性　灵魂　诗意

　　多年前，竹林的《挚爱在人间》，以一个女知青催人泪下的人生故事和充满诗意的语言获得了全国优秀长篇小说奖。这部作品前不久由青年导演朱晓伟以《匆匆》为名搬上了银幕。这些年来，竹林佳作不断：她的长篇小说《女巫》，青春校园小说《今日出门昨夜归》在读者中产生了很大的反响，后者还获得了"五个一工程奖"；《生活的路》开知青文学之先河；第二部知青长篇《呜咽的澜沧江》在海外也颇受重视。现在，她的第三部知青长篇小说《魂之歌》，又由

---

* 丁亚平，中国艺术研究院电影电视艺术研究所所长、研究员、博士生导师。

人性与灵魂的歌泣

《中国作家》重点推出。这部小说长达52万余字,将她自己的知青文学创作推向了第三个高度。这是她潜心10年精心构思的巨著。作品思想激情澎湃,叙事沉郁浑厚,人物心理表现细腻、真切,展示了作家无尽的文学想象和艺术才华。这部小说涉猎内容丰富,结构紧凑,情节曲折生动,不仅非常好看,极为契合现代读者的兴趣与感知能力,而且指涉人类社会与历史、科学与宗教、阶级和人性、青年人的理想与追求等严肃命题,充满哲理思辨,具有警示人心的意义;同时在艺术上,又以奇特的异国风情和发散式结构组织故事、安排人物命运,运用优美的抒情语言,使作品具有诡异神秘的氛围,扣人心弦,又洋溢着诗情画意。

一 人生与特定现实环境的复杂纠结

《魂之歌》中,作者以物理学和宇宙学的前沿——激光和光能研究作为引出故事线索的触媒,并借此结构情节,设置悬念。但作品的本意并不在此。作品的中心是写人,写人的命运在特定现实境遇中的复杂纠结,进而拷问社会,拷问人性与灵魂。

作品翔实细致地描写了男主人公刘强的成长历程和命运变迁。他本是一个思想单纯善良的青年,紧随主旋律的说教和追求理想信仰;然而一场"文革",彻底改变了他的人生命运。在那个特殊的境遇之下,追求文学梦想的他被按上了"以小说反党、歪曲马克思主义、攻击无产阶级专政和社会主义制度,反对文化大革命"的罪名,成了"反动学生和反革命狗崽子"。他惊慌失措地想逃离,不料事情败露;接下来便是监禁、审讯和判刑。

在那个年代,他也曾经想将自己融入潮流,努力奋发上进;他以青年人特有的敏锐思维和事业心追求真理、热爱文学;然而他却因此坠入了万劫不复的深渊;而最使他困惑、百思不得其解的是,那个学养深厚的江教授,风度翩翩,满腹经纶,他的道德文章,令学生人人叹服。然而正是这个慈父般的教授告密出卖了他,成了他苦难命运的始作俑者。这究竟是为什么?刘强不得不对人生理想、人性和人的灵魂进行深入的考察和思索。

在监狱里关了两年以后,刘强被遣送至云南边境的农场劳动改造。6年以后,在亚热带的莽莽丛林里,一场突发的地震成全了他。他乘混乱之机踏上了逃亡之旅,进入了缅北山区。他"衣衫褴褛,蓬头垢面",历经磨难,几涉生死险境,但因此也认识了真实的社会与人生。他遇到过真心帮助他、爱他的人;他也真诚地去爱过、帮助过和拯救过他人。在爱恨情仇的人性波涛中,他被淹没、失落、痛苦过,也快乐、开心、幸福过。

但是,人生的目标究竟是什么?人性的真谛又何在?刘强始终没有放弃追寻。在他漫长的流浪生涯中,他遇见了基督教士泰牧师和佛教高僧老祜巴,使他对科学、宗教、人性之间的辩证关系有了进一步的认识、理解与感悟。然而,人类社会的复杂性注定了这两个问题不可能有终极答案。刘强也注定要在自己人生命运的跌宕中继续追寻下去。

作品着力刻画的另一个人物是刀二羊。他本名刘仁祥。父亲是一个专门在乡下给农民看病的民间医生,所在单位卫生院为了凑数将他划成了右派。这个右派父亲将父爱与自己的人生希望全都寄托在念大学物理系儿子身上。儿子毕业后分到上海的一家光学研究机构,潜心研究X光激光。但他的研究不被"文革"中的领导和同事看好。不过,他仍以陈景润式的艰难与执著继续他的科学追寻,并且终于取得了突破性成果——他在实验中看到了真实的X光激光现象。这是个震惊世界的伟大发现。美国人得到启发后很快就投入了研究,里根总统以此提出了"星球大战计划"。然而这位光学领域里开创性的发现者却因此而招来了厄运:他的研究成果被剽窃,无人承认;不得已他

人性与灵魂的歌泣

将自己的成果寄往美国的科学杂志以求发表，不料因此成了里通外国的反革命。于是他与刘强一样开始了逃亡生涯。

云南边陲一所寺庙里的老祜巴，从大蟒蛇口中救了刘仁祥父子的性命，同时也以佛教形而上的唯心观，引导这位科学家从科学的执迷中走出来，开始了他的另一种人生，也开始了人性和灵魂的探索与追寻。他从此将自己的名字解析出一半，改名叫刀二羊。

为了寻找那块从山谷里发出神秘绿光的宝石，他到一个山青人部落里当了巫师，并且在那里遇到了误入此地的刘强。于是这两位"文革"中的逃犯，在异国他乡的蛮荒之地，又上演了一场人性的博弈与撞击。

虽然他与刘强在人性的本质上都是向善向爱的，但是两人的境遇不同，对人生的体悟也各异。如果说刘强将自己爱人助人的人性向桃花源式的乌托邦发展的话，刀二羊则在与一个名叫依拉娟的傣族女子的恩怨纠葛中，逐渐走上了色空和忍的灵魂归宿。

傣族女子依拉娟，则是一个被严酷的社会环境逼迫和压抑，被仇恨之火燃烧得灵魂变形的普通民众。虽然善良的本性始终未变，然而复仇的火焰却将她推上了生命的终点。她的一生，演绎了一曲令人扼腕悲叹的人生悲歌。

还有那个红卫兵出身的艾蛟，从怀着"左倾"激情、以知青身份投奔缅共游击队，到沦落为土匪强盗贩毒者，以后又回国当上了大款。他对理想信仰的追求从狂热到失落再到蜕变，灵魂也在社会大环境的变迁中经历了特殊的扭曲与异化过程，发人深省。

陈团长的经历，令人扼腕之余，又让读者充满了同情。他和自己的部下原是一支抗日劲旅，在国共战争中败退缅甸的一处山区，为生存历经磨难；有家有国不能回的痛楚使他的心灵变得坚硬粗糙，他富有正义感但否定一切信仰，只相信人世间弱肉强食的生存法则。

而作为科学家的 Uncle（叔叔），他经历了从中华民族到西方世

界两个价值观对立的社会,因之能站在人类的高度用科学和宗教双重的视角去看待人生。他对人性和人的灵魂有自己智慧的理解和认识。他向刘强指出人类没有什么终极目标、绝对真理,只有坚持自由思想,人的灵魂才能最终以光的形式遨游于宇宙之中。

总之,《魂之歌》不是从哪种意识形态给定的理论、定义去描写历史和现实,而是让生活境遇与人性、人的灵魂纠结碰撞,让人物按自己的人生轨迹去自由地思索探寻,从而写出了一个个性格特点各异的活生生的人物形象,抒发了他们的一曲曲灵魂之歌。

二 逆境中的诗意

《魂之歌》的叙事颇富体验性和抒情色彩,笔触细致,让人物灵魂在艰险的环境里锤炼,突显出了逆境中的诗意。

小说写主人公刘强,身处绝境,就要被山青人砍下头颅当球踢时,想起了曾让自己初萌春心的女友皎皎对他的楚楚深情,让他倍感撕心裂肺。"他昂起头,注视黑暗天宇上那几颗寂寥的晨星,心里无数遍地呼唤:皎皎,皎皎,我要找你去了,无论我变成宇宙中的哪一颗尘埃,你都要把我认出来,要把我认出来啊!""想着,一大滴泪落在地上:皎皎,如果天国也降雪,你一定要再伸出你娇嫩的手指,接一朵雪花,舔一舔,尝一尝,看它在你的掌心溶成透明的水,也许那就是我咸涩的泪,是我对你千年不变的爱啊!"刘强一想到皎皎、想到有关皎皎的一切,他的心就要撕裂,就要爆炸。"皎皎白驹,在彼空谷。生刍一束,其人如玉。"这段情感意像、心灵独白,与其遭遇的命运与环境形成了强烈的对照,使作品的感情张力扩充到了极致!

作者随后还描写了刘强祈祷时的心理活动:"晨星相继淡化,不动声色,真不知上帝在哪里,也不知在那些星座上住着怎样的智慧生命。他们有没有梦？有没有理想和追求？有没有野蛮和争斗？也许他们已经超越了生，超越了死，超越了仇恨、贪欲、残忍等地球人最卑劣的本性。而我们何时才能臻此高度，以另一种全新的文明，全新的道德规范，来使自己活得高尚与美好呢？"

刘强作为那个时代的知青，虽然人处边陲，他依然对理想、对生活、对感情的追求一往情深。小说以简洁而又抒情的笔触，表现他对自己所爱之人的浪漫化的期许和浸透个人色彩的云水离合之情——

嘎德公主是个土著女子，她给予刘强的爱，既如梦似幻，又执著坚定、至死不渝，颇为奇特。"嘎德的眼神，有一种单纯如水的流动。"她喜欢上了刘强。看到刘强执意要走，她就把刘强以自己生命为代价从谷底取上来的那个能发出"绿光"的稀世宝物交给了他。

> 刘强问："不是说它是你们山青人的镇山之宝，你们的魂，为什么要给我啊？"
>
> "因为你好。"嘎德说："我跟你在一起很开心，所以我把宝贝给你——让我的魂跟着你。"
>
> 嘎德把宝贝塞进刘强的怀里，然后又变戏法似的从自己身上掏出了一个红布包。她将它打开来，里面是刘强的那本《圣经》。嘎德说："我知道这是你的宝贝，你的魂；我把它留在我这里，你就不会把我忘记了。"
>
> 刘强此刻感觉到，有一颗温暖的心，在自己怀里跳动，扑通、扑通；他突然想哭。

一年以后，嘎德以爱的本能为保护刘强，献出了自己宝贵的生命。

后来刘强遇上了玉哨。刘强与玉哨的爱情又是一种类型。玉哨是傣家村寨里的美丽姑娘。但玉哨初次出场的形象，却是从巫师刀二羊眼中看到的,这就很耐人寻味:"她的美不仅仅体现在外貌上——不错,她漂亮,画家见了会走不动路,不把她当模特画下,会引为终身憾事!而比漂亮更夺人的是她的眼神,似梦非梦,似羞非羞,说不清的美善与邪恶都隔着一层纱。巫师现在要做的是掀开那层纱看到她的内心。"

事实上,一层精神的纱、神秘的纱、诗意的纱,始终挥之不去地笼罩在整个作品的字里行间。

小说写玉哨和刘强这对小夫妻在一间小小的茅草屋里的柔情蜜意:"刘强一进门,就见桌上已经摆好了几盘摆夷风味的菜肴……玉哨做起家务来,好像天神英帕雅跳舞,轻盈而快捷。每当她轻松地变出满桌菜肴时,刘强都会轻呼一声:'啊,我的田螺姑娘!'……"

玉哨的幸福是短暂的。当她在丛林里的一处湖泊旁向仇人放蛊时,遇见了与自己同命运的依拉娟。两人相依为命。但不久玉哨失踪了,孤立无援的依拉娟抱着自己的女儿小玉香在湖边痴痴地等待。我们且看作者接下来的描写——

怀抱着这个热乎乎的生命实体,依拉娟将疲惫的身躯靠在一棵大青树上。那种坚硬粗糙的接触使她感到悲凉,想睡一刻,却不能够。夜的寂静如一条没有一丝波痕的河流,沉沉包围了她,偶然一声啾啾的虫鸣,也在她的心中激起回响。月亮升起来了,这个半透明的圆镜,把林莽湖泊照得昏昏惨惨,似是而非。怀着一种莫名的期待,她侧耳倾听着茅草房里的动静……

后来,曙光出现了。依拉娟不曾注意到最初的曙光是从哪一刻跃出来的。当她发觉的时候,已经有绯红的雾霭浮现在湖泊之上,像玉哨柔软飘逸的筒裙。蝴蝶也飞来了,一只接一只,首尾相衔,悬于四周,缤纷的色彩与绚烂的晨光交相辉映。在天空,在湖面,在亮闪闪的棕榈树的绿叶上,处处闪烁着一种难以言说

人性与灵魂的歌泣

的奇特气息，好像处处隐藏着希望，又处处包含着绝望。依拉娟觉得自己的心跳得特别。如果不是有身边的小玉香，她也想一头扎进这蝴蝶织成的彩带下面那一片诱人的蔚蓝中去了。

如梦如幻的场景和诗意的文字让读者看到了林莽中那变幻无穷的奇特景象，同时也进入了这位被命运驱赶而深感孤独和绝望的妇女的内心世界。德国有句谚语："暗透了，更能看得见星光。"作者笔下人物奇特的命运和小说所发掘出人性的诗意的审美性，正符合了其中的哲理。

同样，作品中的另一个人物刀二羊逃离汉人区，带着病中的孩子闯进一个傣族人的寨子时，自以为脱离了疯狂的"文革"环境。可是他马上就傻眼了。他看见了贴在竹楼上的大标语，还有那些戴着红袖章的青年男女——人家也在造反，也在搞"文化大革命"。小说写他吓得心惊肉跳，真正体会到了无产阶级专政的天罗地网！在这样的几乎无法回避的红色恐怖的时代背景下，只有傣族佛寺里的住持老祜巴是个异数。"他皓首银须，衣袂飘飘，黄袈裟在身，举手投足之间有一种难以言说的气韵。""以前作为一个科学家，刀二羊只信唯物主义，不信宗教。此时，他开始从内心深处升腾起了一种对宗教的敬畏、感激之情。"因缘相契，他见到老祜巴就像见到了亲人，他把自己隐秘的事都告诉了他。他感觉老祜巴"只要默默看我一眼，我的心就会悸动，我心灵深处的东西就会受到猛烈的撞击，我就想哭，想诉说……"

老祜巴地处荒野边地，经年累月坚持在寺庙的菩提树下给孩子们讲经，以悲悯的情怀关注大众的生存；同时，他探究佛教义理，思考科学、宗教。在他看来，"科学是什么？是让我们搞清楚眼前种种物质现象的一种知识。可人不能只顾眼前，人活着还需要信念，需要有长远的终极目标，这就是宗教。如果说科学能让人活得更好更舒服些

的话，那么宗教则让人明确活着的意义。当然，如果一个人只追求宗教而拒绝科学，那也只是一个盲目的信徒，也不过是半个人。"

个人在乱世的存在和选择，与悟道、寻理联系在一起，看似恍同隔世，而将情感之门的轻轻敲响，将命运之旅贯穿其中，就构成了人物诗意的灵魂和故事的脊梁。

小说还直接用诗、民歌及歌词等形式来叠显思想意蕴和人物命运。

作品一开头主人公刘强便在逃亡中下意识地写下了一首诗："全怪上帝的神经质/将生命之胚/无意识地抛洒/落在这荒凉贫瘠的经纬线上/被莫名的风吹拂/被污浊的水戏弄/变成无辜的绿叶/变成山野的狼群/征战和撕咬是残酷的/阴谷和密林中有性/爱是狼的第一颗牙齿/爱是母亲的目光和乳汁……"

这首诗既是刘强苦难经历的写照，又是作品主题的宣示。

作品中的那几首《知青之歌》，也紧紧扣住了读者的心弦，充溢着浓烈的情感韵味和对知青命运的沉重思索。还有陈团长唱的那支"华夏的弃儿在异乡流泪"的歌曲，更是将一群身处异乡、有家有国不能回的华夏儿女的痛苦郁闷之情，抒发得淋漓尽致，让人读了痛彻心扉。

作品中充满哲理的叙事与诗意的描写几乎俯拾即是。这是这部长篇小说的一大亮色，也是它在艺术上的成熟表现。

三　正能量与人性力

小说将故事架构的基础，置于寻找"沙姆巴拉"的想象之上。沙姆巴拉洞穴，是传说中的地球轴心，据说这个地球轴心能任意控制时间和事件的变化。《魂之歌》中的这个情节设计，增强了文学叙事的神秘性，又让它与有巫史传统的原始部落有关，似假还真，似真又假。小说中的老祜巴对"沙姆巴拉"的考证和探究极有兴趣，认为如果找到沙姆巴拉洞穴中的魔石（又称"X"），人类便可通过它从利用地球能量飞跃到可利用银河系或整个宇宙的能量，洞悉暗物质和反物质的秘密，从而进入新的宇宙时空，使地球村的文明来个特大的飞跃。在努力搜集和分析了当地大量的民间传说和资料后，他认为，沙姆巴拉不在西藏，应该在喜马拉雅山的南麓。正好他派到那个方向去行脚的弟子回来报告说，在缅甸境内靠近印度边境的某座山洼里，每天早晨太阳出山时，会有一道明亮的绿光闪现。作为曾以全身心的狂热探寻光的秘密的科学家，刀二羊一听，马上就浑身一颤，"好像人被一道光穿透了似的，心里陡然一亮"。他直觉那绿光可能就是外太空来到地球的某种能量系统，可能跟他研究的 X 光激光有关！这样，寻找和争夺那能发绿光的魔石 X，就成为《魂之歌》故事复杂架构的辐射点；而作品的情节和人物命运，便也从这里环环相扣地层层展开。于是，小说就随着 X 的走向而悬念迭起，扣人心弦，让读者欲罢不能。

　　作品用传说与现实——虚实两条线编织缝合故事，既搜寻和打捞那些业已被遗忘的历史碎片加以认真的识辨，并赋予深刻的寓意，也直面严酷的现实世界，反映特定政治环境下的时代症候和人的命运的不可捉摸的苍凉和沉重。但不管叙事如何亦真亦幻，人物的精神历程、对人生价值的追索始终是有力的正能量。

　　刘强坚信爱人、同情和帮助人是人性的本能与基础。为了追寻他的理想，他在麻风村建立了自己的"理想国"——那些麻风病人被雷区隔断了和外界的联络，生活在仅有一个秘密洞口作为进口的坝子里。他们被装在筐里从洞口吊下来以后，就再也出不去了。这里没医没药没吃的，"根本就是一座活人的坟墓！"刘强却在那里冒着生命危险给他们排雷、帮他们改善生活，还漫山遍野去寻找中草药，千方百计为他们治病；更重要的是，他尊重他们，给予他们人性的同情和理解。他的善良与坚持，感动了所有的麻风病人。他们由衷地信任和爱戴他。

《魂之歌》中的人物心路，对人性力的追求，细微而丰富；他们的人生让我们感觉熟悉而陌生。他们都有自己对理想的向往和追求。他们探求马克思主义的学说和论述，德、赛二先生的遗产，科学和科学家的价值以及宗教的义理。这些背后潜藏着充满歧义的政治和社会文化意涵，与情节、人物命运结合，给小说带来了反观、咀嚼的多维、复杂的意蕴。

作者的笔墨在故事、想象、情感、风景描写、理论探究上随兴泼洒，信息量丰富、缝合绵密，但最有特点、着墨最多的仍是人物的思想追求和心理刻画。有时候，人物为竭力想弄清楚自己的状态究竟如何，这人这梦这周遭的一切都是怎么回事，常常会陷入或真或幻的状态，扑朔迷离又细致入微。他们会忽然听见一种奇异的声音在耳边响起："这声音沉闷、抑郁，乍听像是鬼哭，""细细辨别，仿佛来自天际，又仿佛出自他自己的心灵。""这声音恰如酵母一般，植入了他那因饥饿、衰弱而变得粉团般模糊的大脑，震动着他的灵魂，使他的神经如春天植物的枝叶一样舒展起来。"

如是心灵史，恍如在我们记忆的荒漠上竖起了一块路碑。小说中的人物一直处于精神与心理的颠沛流离之中。像刘强，他有自己的政治追求，但不是"根红苗正"；他轻身躁进，却幸有情感邂逅和宗教引导；水逝云飞，信仰的力量和无微不至的福音却常常让他感受到一种异乎寻常的吸引力。"梅神父是他全部监狱生活中的唯一留恋。他本是一个彻底的唯物主义者，从小受的教育和学到的课本知识都告诉他，世界是纯物质的，世上没有上帝，没有神。可是此时此刻，他又分明看到了梅神父飘然的白发和明净的前额，看到了梅神父深沉的目光和悲天悯人的表情。他左转右拐，用双手拨开阻挡脚步、牵扯衣服的荆棘，全副身心地向着那个声音而去，仿佛那是对他疲惫身躯的抚慰，对他备受创伤的苦难灵魂的祝福。"逃亡路上，多亏带了那本用语录封皮包着的圣经,才使那一带信奉上帝的景颇人将他当成自己的教友,好吃好喝地招待他,给他穿上了民族服装,帮他逃出了国境。他的内心仿佛也在响应着那神秘的力量的感召。他隐瞒了自己的真实姓名——刘啸狮,随口给自己编了个名字——刘强。从此他在东南亚的丛林里开始了新的人生。显然,这里的身份选择,在外在故事层面是和宗教、和信仰改变联系在一起的;但实质上,更具深刻象征和转折意义的是:现实、命运向人提出了什么是"构成一个人、人性力和人类精神"的问题。这远远超越了社会阶级的命题。其中,第一,是对非人性的意识形态的自觉和抵抗。培养自己敏锐的神经,观察、搜索、应对周围的环境,与暴虐命运不屈的抗争。第二,是爱情。跨越血缘与信仰的爱情,在梦幻与冲突之间拥有彼此的爱,并传达出一种动人的气韵和力量。第三,是深味人性力"有着惊心动魄的能量"。它时时撞击人们的心胸,使之欲罢不能、践履前行。在人们展现出的那难以置信的友善和热情中,我们看到了它;在人与人的矛盾斗争中,我们深刻体会到了生命之流、生之顽强和睿思本能;在与自然、社会的广泛接触、联结中,我们感受到了人类的这种普遍的道德价值观——人类之爱的社会正能量,这是人性中蕴含着的最伟大的精神。罗曼·罗兰曾在《名人传》中写道:"我称为英雄的,并非以思想或强力称雄的人,而是靠心灵而伟大的人……"心灵信仰,鸿爪雪泥,虽然时移世易,却构成作品人物的灵魂。小说中的不少人物,他们勇敢追求,性格、形象各异,在某种意义上都是自己的命运的开拓者。他们:皎皎落落大方,爱得异常执著,她的美丽不是神话,她的爱情被染上命运的颜色;刘强历经风雨,他身上的优秀特质也难以改变苦涩深重的宿命;嘎德公主风风火火,一往情深,敢于为爱牺牲;玉哨俊俏动人,聪明善良,她那美丽的笑容里浸满了生命中苦难的泪水;刀二羊是斯文的学者,不乏锐敏和犀利,认真和诚恳,却遁入了空门;陈太太吐气若兰,岁月却无法抚平她心中的创伤;依拉娟善良,她的意志"好比湖里的水,多么锋利的刀刃也劈不断"。此外,还有刘军长、冰儿、小老虎的爸爸、Uncle 爷爷等。

小说主题深邃,颇富时代和历史感;表现社会底层民众的心理与伤痛、抚慰与救赎,异常生动感人。作品也写了一些曲折而面貌复杂的人物,如艾蛟、泰阳牧师、艾罕等,他们背后潜藏着历史政治和人性思潮的异变,也颇能给人以省思。底层人民的生命本能、情感、精神,为作品主人公点起的内心的烛光,以几乎完全意想不到的方式,映现了时代社会和历史的复杂性。他们人性的努力展现和变奏,同时也何尝不是和中国与世界的命运相联结。这一切,小说都用委婉生动的笔调展开叙事,平静中时显深层的思想意蕴。

四 结语

《魂之歌》的叙事虽有科学和幻想,有巫术,有神话和传说,但它却是一部实实在在的现实主义小说。据笔者所知,这部小说所写的故事,都是有其真实的生活原型的,素材的积累所花的时间达数十年之久。作者又花了近 8 年的时间,才将它写出来。这部长篇的题名叫《魂之歌》。诚如题意,它虽有引人入胜的故事,但其主旨却是写人,剖析人性和人的灵魂。尤其可贵的是,作者是将它放到人类社会和宇宙的大背景中去考察和追寻人性的。因此,作品就没有小家子气,没有凌空蹈虚,而是显得大气磅礴,思想深邃,情感充沛。写灵魂的伤痛,灵魂的矛盾和纠结,灵魂的追索与探寻,满溢着哲理;情感的抒发,常常转换为真实、清新而不无知性的叙事形式,展示了叙事与文学描写"真正解放的可能性"。

在一定意义上说,这部作品创造了一种新的文学形式,取得了突破性成功,为作者的创作竖起了一个里程碑,无论于她本人还是当代文学而言,都具有重要的标志意义。

B.11 纸上鹤飞去
——浅析黄裳散文艺术特色

王　铮*

摘　要：

丰富的人生经历赋予了黄裳先生与众不同的精神气质，这一精神气质造就了自成一家的黄裳散文。黄裳先生为不同体式的散文赋予了不同的特色，各具格局，各领风骚，形成了独特的艺术风格：书香气里有家常味儿，怀古情里有对现实的思考，历经磨难依旧不改的老天真又掺和着狡黠机智的小世故。

关键词：

黄裳　散文　文体

2012年9月5日，著名作家、藏书家黄裳先生在上海瑞金医院离世，享年93岁。

黄裳先生自20世纪30年代末开始尝试散文创作，数十年来笔耕不辍，为我们留下了不少散文佳作。正如黄裳先生的友人在挽联中所称道的那样："榆下燕归来，顾曲谭书，才华不数黄荛圃；纸上鹤飞去，多能富学，笔力堪追周会稽。"他读万卷书，行万里路，一双慧眼看遍悲欢离合，一支健笔写尽人世沧桑，今天重读黄裳散文，既可以领略他独特艺术魅力，对当代散文的发展也同样具有重要的现

---

* 王铮，上海社会科学院文学研究所硕士研究生。

实意义。

黄裳先生出生于1919年,他有着中西结合的家学渊源,伯父是清朝最后一科举人,父亲是德国留学的工程师,从伯父那里,他得到了传统文化的熏陶,而从父亲身上,他又接受了现代化科学的洗礼;他还有着文理双修的求学经历,因为国文成绩优秀,被交通大学录取,但专业却是电机系,文学的书籍培养了他感性的思索,而工科的学习则赋予了他理性的视野。

他曾是象牙塔里不食人间疾苦的青年学子,又阴差阳错成为了驻华美军的翻译官,接触了大后方苦痛挣扎的劳苦大众,曾经的感伤情怀经历了现实的激荡和磨砺,感情的粗与细在他的身上形成了一种奇妙的调和;他又以记者为终身职业,参与政治事件,撰写头条新闻,走访重要人物,结识社会贤达,记者生涯使他聚焦了纷繁复杂的世象,见识了形形色色的人,看遍了甘苦交杂的情,这样的经历使得他的思想更为复杂和立体。"文革"时期,他被下放农村,接受劳动锻炼,收藏尽被抄去,心血化为乌有,然而他言笑晏晏,寄沉痛于悠闲,淡然度日,不改初衷。他是编辑,藏书家,翻译家,剧评家,当然更是一个散文家。人生路远,文海生波,其命运随着时代的浪潮数度辗转,几经变迁,人生经历堪称丰富多彩,跌宕起伏。

这多重的身份和复杂的经历,固然给其带来了许多变数与磨砺,荆棘与坎坷,但同时,也开拓了他的人生视野,丰富了他的生命印记,更赋予了他敏锐的感受和表达的欲望,形成了他乐天知命潇洒达观的自适心态。在黄裳散文中,读者可以自然地感受到那无时无刻不交织着的复杂的精神气质:长者的超脱,青年的激情,和赤子情怀的糅合;学者气质,才子风流与普通人心态的呼应。

丰富的人生经历赋予黄裳先生与众不同的精神气质,这一精神气质造就了自成一家的黄裳散文。在现代文学诸文体中,散文的内容最为庞杂,形式最为自由,全靠散文家信手拈来,兴感触发,往往运笔如风，不拘定法。而黄裳散文就可以说深得"散"字之精华，形散而神聚，笔旷而意凝，既有丰富广博的社会人文内涵，又涵盖了散文文体的诸多体式；既有疏朗宏阔的视野，又不乏雅瞻深邃的诗情，既有丰富的历史细节，又有真切的现实追求。既有天真磊落的趣味性，又饱含严谨求实的知识性。

说黄裳先生视野开阔绝非谬赞。在其笔下，有以《榆下说书》、《银鱼集》为代表的论书散文，以《旧戏新谈》为代表的论剧杂文，以《金陵五记》、《锦帆集》为代表的游记散文；还有介绍明代版画的《插图的故事》、漫谈红楼的《门外谈红》；更不消说还有在记者生涯中写下的大量记人散文，如《访傅斯年》、《老虎桥边看知堂》等。从谈戏到说书，从叙事到记人，从游记到杂感，黄裳的散文包罗万象，笔触深广，唐弢曾赞誉黄裳"实在是一个文体家"，此言诚哉！黄裳先生为不同体式的散文赋予了不同的特色，各具格局，各领风骚，形成了独特的艺术风格。在黄裳那些最好的散文中，我们可以发现这样的特点：书香气里有家常味儿，怀古情里有对现实的思考，历经磨难依旧不改的老天真又掺和着狡黠机智的小世故。

一　书香气里的家常味儿

既是具有深厚学养的学者，又是文采风流的作家，黄裳先生的散文往往取材于文人雅好之物，然而洗去了高居庙堂的酸腐之气，带上了生动自然的生活乐趣，在他的作品中，既有清雅书话，又有珍品题跋，谈善本（《谈善本》），谈诗（《放翁诗》），谈墨（《买墨的故事》），谈砚（《我的端砚》），谈酒（《酒话》），谈画（《晚明的版画》），谈文论艺，纵贯古今，无所不谈而尽显雅士本色，其高雅清谈近北宋黄庭坚，而清新活泼又似清代袁枚。

仅以《榆下说书》这本集子为例，《书痴》介绍叶昌炽的《藏书纪事诗》，对历代藏书家的故事如数家珍；《古书之作伪》对版本目录学颇富见解；而《晚明的版画》又就晚明版画的历史、代表作和艺术成就漫谈开去，此外还有不少文史知识的介绍，以及对历史人物的评点，知识含量相当丰富。但是，本书却绝非知识普及读物，更不是生涩无趣的教科书，作者不时穿插进自己的奇思和趣语，将学术个性，专业个性与自己的日常个性艺术个性巧妙糅合。如《书痴》的开头，作者没有直接讨论藏书家的辛苦和成就，而是和读者开了一个玩笑"看题目，这好像是从聊斋志异中抄了来的。一个年轻人废寝忘食地在书斋里读书，半夜里，一张少女漂亮的脸在窗外出现了"①，然后在第二段的开头，作者又做出了澄清，"自然，这不过是说笑话"。进而引出了关于读书人的真实故事。而《论焦大》一文的开头石破天惊："焦大可以算是贾府的屈原。"自然会引起读者的好奇和阅读的兴趣。然后作者才用他谐趣而犀利的笔调批判了封建时代礼教的虚伪和肮脏。在结尾，作者也不忘幽他一默："凤姐下令原不过是捆起来，塞上满嘴马粪可就是站在一旁的小厮们的发明创造了。这一创造也实在不能不说是天才的。不过无论怎样天才洋溢，小厮们还想不到要切断焦大的喉管，看来这只有归因于时代的局限了。"②又对奴隶性进行了巧妙地讽刺，不能不说是妙笔生花。

　　余光中先生曾这样定义散文的知性："所谓知性，应该包括知识与见解。知识是静态的，被动的，见解却高一层。见解动于内，是思考，形于外，是议论。"的确，知识更加原始和客观，而见解则经过了作者的加工，更带有主观色彩，可以更自由，更直接，更艺术地抒写性情，表达观点。同时，余光中先生还强调，"散文的知性不同于论文的知性，不宜长篇大论，尤其是刻板而露骨的推理。散文的知性

---

① 黄裳：《榆下说书》，安徽教育出版社，2006，第49页。
② 黄裳：《榆下说书》，安徽教育出版社，2006，第207页。

该是智慧的自然洋溢，而非博学的刻意炫夸。知性在散文里往往要跟感性交融，才成其为'理趣'"①。学者散文的一个重要审美特征，也正在于对于知性与感性的完美结合。黄裳的许多散文中都将"理"与"趣"做到了相当程度的协调，既非枯燥说理，也非泛滥抒情，将抽象知识进行了巧妙的艺术传达，有层次，有波澜，有形象，有色彩。作者看似任意闲谈娓娓道来，然而在轻松的氛围和舒徐的文气之外，历史典故信手拈来，专业知识广博精深，机智，灵活，巧妙，书香气里带着家常味儿，让读者在开阔视野之余又不免会心一笑。

二　怀古情里的现实感

黄裳的游记自成一家，文笔简明质朴，然则形象鲜明，比喻巧妙，在游览山水古迹之时，时时处处贯穿着对历史的思考，以及对现实的针砭。黄裳自己就曾在《我写游记》中这样写道："表面是'怀古'，隐伏在底下的则是'伤今'，借对南明史事的追寻，寄托了现实的感慨。"②而邵燕祥也曾评价说："黄裳生于忧患的年代，社会的阅历，广泛的阅读，使他很快结束了'少年爱绮丽'的闲情阶段。国家多难，民生困顿，也殃及个人生计，他在写作中不可能雅好空灵以至凌虚蹈空，自然走的是'言之有物'的一路。什么叫言之有物？言之有情，言之有理，言之有象，都是言之有物。而在黄裳，我更愿说他是：言之有'史'。"③

的确，黄裳先生的游记亦写山水妙趣，如《白门秋柳》写道："眼前是一望无际的江天，一片荒寒的白水，疏落地散布着几个小洲，在一片夕阳里，无数的水鸟飞起飞落，多荒凉的地方。"寥寥数

---

① 余光中：《散文的知性与感性》，《羊城晚报》1994年7月24日。
② 李辉：《黄裳自述》，大象出版社，2002，第50页。
③ 邵燕祥：《黄裳的"散文王国"》，《随笔》2006年第5期。

笔,就摹画出一派开阔空寂而萧瑟的苍茫景色。然而作者并没有满足于纯粹的景物描写,也没有止步于"我感到自己是一个渺小的人,站在这么一个古老而空阔的地方"这样的感伤喟叹,而是笔锋一转,写到了秦淮清唱,产生了烟笼寒水月笼沙的联想,"重复了唐代诗人同样的情感",既有对家国沉沦的伤痛,又有对麻木民众的谴责,也有着对沦落歌女的深深同情。感情幽微复杂,环环相扣,而结尾的一句总结,"这就是秦淮,一个从东晋以来就出名了的出产着美丽歌女的地方"①,更是余音袅袅,引人思考。在黄裳的游记中,这绝不是单独的现象。他写柳如是也写王安石,写汪精卫也写"四人帮",借山水古迹,抒胸中怀抱,难道这不正是"言之有史"的确凿证据吗?

然而,黄裳先生的散文又不仅仅是"言之有史",更是"言之有时","言之有实",对历史掌故的描写和追怀并非他的最终目的,对于当前社会现实的思考和追问才是作者一贯的自觉追求。"英雄若是无儿女,千古河山漫寂寥"。怀古情里仍有现实感,正是黄裳纪游类散文的独特标签。

学者散文的一个重要审美特征是它对历史与现实以及文化的反思和批判,而这种反思与批判,使得作者"对自我、社会和时代的内在困惑与矛盾的思考更近"。②黄裳散文大多将自我放在社会与历史的大背景之前,去突出人的思考探索和情感冲撞,更富文化气息和现实意义。

三 老天真里的小世故

有研究者曾经依据文化人格类型将学者散文家略分为五型,将黄

---

① 黄裳:《白门秋柳》,江苏文艺出版社,2004,第7~10页。
② 黄科安:《中国散文的民族化与现代化》,中国社会科学出版社,2010,第275页。

裳归入冷察型的散文家——"退守学术或文学之一隅,用冷静的批判之眼与闹哄哄的时代、政治保持相当距离"。① 这一分类方法清晰有据,将黄裳如此归类有其合理性。然而,黄裳散文谈文论戏,雅话诗书,的确不常针砭时事臧否政治,但是,其情感取向也绝非冷峻旁观,而是在"冷"的内容下掩藏着"热"的底子。

前文中提到,黄裳先生的散文中时常交织着这样的精神特质:长者的超脱,青年的激情,和赤子情怀的糅合,所以,在黄裳散文中,我们既可以看到历经波折不改初衷的善良和信念,可谓之为"老天真",又可以看到世事练达人情冷暖之后的通透和了悟,可谓之为"小世故"。两者巧妙并存又互为补充,自然而又富有张力。这绝不同于冷察型的退守和旁观,相反,他热肠挂住,心血牵连,时时刻刻让读者感受到他表达的熨帖,感受的直接和情感的热切。

他爱憎分明,坦白直露。他对窦尔敦的阴险狠毒十分厌恶反感(《盗御马》),对柳如是强烈的政治倾向颇为欣赏(《柳如是》),对周作人不掩憎恶之情(《老虎桥上看知堂》)。《钱梅兰芳》则既表达了对梅兰芳的敬重,也直言梅兰芳的芳华老去,嗓音竭蹶,引发了极大争议。他还勇于自省,在《十年旧梦》中,悔恨自己在"文革"中"没有能严肃认真地对待生活,失去了做一个正直公民的勇气"。②在《思索》中面对巴金先生则自愧道:"论年龄,论经历,提出这种谨小慎微意见的应该是他而不是我。正直、勇敢这些美好品质在他身上发出的光闪,不能不使我感到异常惭愧了。"③ 他对英雄仰慕,对宵小鄙夷,对弱者饱含同情,对美好的事物不吝惜赞美,讲直觉,重感情,有一种爱憎分明,直白坦荡的天真态度。

然而,作者也并非不通世务,他对于世事常常有一种狡黠巧妙的

---

① 喻大翔:《现代中文散文十五讲》,同济大学出版社,2007,第130页。
② 李辉:《黄裳自述》,大象出版社,2002,第22页。
③ 李辉:《黄裳自述》,大象出版社,2002,第18页。

洞察。在《雌雄镖》中，作者这样写道："好的喜剧都该有一种淡淡的哀愁。'教镖'一场，该是人生中最完美的场面了吧，然而有一种掩抑在底下的'不完美'在。"① 在《空城计》中先生写道："政治家不妨在某些场合使用'外交辞令'，然而这却并非职业。偶尔说一次谎是天才，以说谎为家常便饭的则不免为蠢材了。"② 细细读来，其中蕴含着处事和为人的小哲思、小智慧，又岂能说不是一种类型的"小世故"？

天真让人发觉情感的美，而世故让人体会现实的力，这两者冲撞交错，形成了黄裳散文特有的杂谈气息。

四　借鉴与启示

总的说来，黄裳散文文笔朴直，情感自然，题材广泛，文体多样，的确形成了自己独具一格的艺术世界。然而，任何风格独特的作家作品都不可能尽善尽美，视野宏阔者难免有失细腻，情感激荡者往往不加节制，文笔华美者极易失之空洞。黄裳先生的散文，当然也存在着一些问题和局限。首先，黄裳先生的散文借古鉴今，的确富于现实关怀，但是相对来讲，缺乏更加超越的视野和观点。没有将笔触探入人性的深层，缺少更富于哲学意义的终极关怀。这也许和他的记者生涯有密切关系，新闻稿件讲究真实性、时效性、准确性；记者则关注现实问题，简明扼要做出反馈。所以黄裳先生的散文比较注重现实评论，缺乏形而上的哲学思考。其次，黄裳先生情感上比较浓烈单纯，浅白直露，在那些最好的作品中，他做到了相对含蓄和圆融，但是在另一些作品中，他过分强烈的情感倾向，使文章的立论有些单

---

① 黄裳：《旧戏新谈》，北京出版社，2011，第140页。
② 黄裳：《旧戏新谈》，北京出版社，2011，第120页。

薄，倾向有些偏激。这在他与止庵先生的论战中或许可窥出几分端倪。止庵就曾在《远书》中批评黄裳散文"思想上往往很左"，尽管这种评论本身也有失偏颇。再次，黄裳先生谈书论史，取材高雅，但是有些作品引经据典，罗列知识，理与趣没有做到恰到好处的调和。当然，白璧微瑕，不能掩盖黄裳先生在散文领域的杰出成就，我们也不应多做苛求。

在中国古代，散文乃是文学的正宗和中心，而"五四"以来，散文在现代文学中依旧始终占据着重要地位，鲁迅先生曾说：（五四时期）散文小品的成功，几乎在小说戏曲和诗歌之上。仅以上海而论，无论是以施蛰存、叶灵凤为代表的海派作家创作的富有都市情怀，追求流行色彩的散文，还是张爱玲自成一家的"流言体"散文，抑或是"开明派散文"强调积极人生态度和真实情感流露的散文，都显示了散文的百花齐放，异彩纷呈。然而，进入当代以来，由于商品经济的发展，文学内部关系的变化，以及散文自身的某些文体特性，散文越来越边缘化，难以避免被冷落、被忽视的命运。尽管20世纪90年代，随着文化热的兴起，文化散文也随之重新流行，赫赫扬扬，然而始终被视为特色浓厚而格局狭窄。今天重新品读黄裳先生的散文，理解他开阔而独到的艺术世界，领略他学者文人一体的精神风貌，或对散文的未来发展，有一些启示和借鉴。向远处探索，往深处挖掘，从高处俯瞰，在保留自身特色的基础上全方位拓展散文的视野和题材，或许会焕发新的生机与活力。

青年作家
Young Writers

ᛒ.12
多领域的收获
——2012年上海青年作家小说创作备忘

李伟长*

摘　要：

　　当前上海青年作家的结构和阵容已成梯队，且不乏具有全国影响力的作家作品。2012年，上海的青年作家在传统文学、类型文学和网络文学三块领域皆有建树，也悄然完成了承上启下的更替。

关键词：

　　青年作家　传统文学　类型文学　网络文学

"青黄不接"这四个字被多次用来形容上海作家队伍，且有悲调

---

* 李伟长，书评人，现供职上海市作家协会。

哀鸣之感,说青年人接不上来云云。然一时代有一时代之青年,一时代也有一时代之文学,该变的是老眼光,青年人一直在写,在抢滩,在进步。上海青年作家队伍已然成形,且在传统文学、类型文学和网络文学三个领域皆有建树,也悄然完成了承上启下的更替。

一

从1970年生人到"80后"作家,再到上海走在全国前列的"90后"写作者培育计划,当前上海青年作家的结构和阵容已成梯队,且不乏具有全国影响力的作家作品。从"70后"来说,滕肖澜、薛舒、小白、路内、蔡骏、那多、走走、任晓雯、楚惜刀、殷健灵、孙未等作家,都是富有创作特点的青年作家,已经有了相当的创作成绩,且与全国同年龄段作家相比,毫不逊色。尤其值得一提的是,在这批作家身上,纯文学和市场化兼而有之,融合得比较好,如蔡骏、那多、李西闽和楚惜刀,就在实践提高类型小说的文学性。"80后"作家更不用提了,上海历来是大本营。年近而立之年的"80后"在调整中成长,如周嘉宁、小饭、苏德、夜×、张冠仁、王若虚、甫跃辉、张怡微等作家的上升势头很快。至于小荷才露尖尖角的"90后"写作者,上海作协开展近5年的"文学百校行"也进入收获期了。三三、张晓晗、吴清缘、国生等写作者展现出了一定的创作实力。经过近5年时间的发展,"文学百校行"工作已经建立了核心模式,在校园文学推广、发掘写作者、推广作家方面摸索出了一套行之有效的办法。

从以王安忆、叶辛、王小鹰为代表的上海中坚力量,到以小白、路内、薛舒、滕肖澜、周嘉宁为代表的新生代青年作家,有一位作家需要提起,就是近年来创作了众多非虚构作品的陈丹燕,她扮演了承上启下的角色。陈丹燕这10年来在非虚构写作领域取得的创作成绩有目共睹。可以这样说，王安忆的小说和陈丹燕的非虚构小说构成了我们阅读上海这座城市的两个极。从《上海的风花雪月》（1998）、《上海的金枝玉叶》（1999）、《上海的红颜遗事》（2000）、《外滩影像与传奇》（2008）、《公家花园》（2009），到2012年出版的《成为和平饭店》，10多年时间里，她写了6本关于上海的非虚构作品。一个作家用如此长的时间为她的城市写了6本书，这是一件了不起的事情，尤其最后一本《成为和平饭店》，从构思、收集资料到最后完成，足足花了8年时间。然而，值得我们警醒的，许多读者包括一些评论家，望文生义，看见这些书中含风带雪的标题，就下意识地认为陈丹燕不过是小资写作的变身而已，写的是老上海的恩怨情仇、风花雪月，这样的想当然显然荒唐。但凡沉下心来认真阅读过陈丹燕作品的人，都会更新观念，对她的文章态度有新的认识。陈丹燕关心这座城市，以一种理性的批判的文学态度，而不是挖掘和捕捉城市过往暧昧的印象。她在试图回答一个大问题——上海是怎么成为今日上海的。作为当前上海承上启下的代表人物，我们有理由相信，在未来，陈丹燕还会呈献给我们关于这座城市和人的新作。

二

小白、路内两位才气斐然的青年男作家是这几年上海文学最大的发现，在被笑称为"阴盛阳衰"的上海文学界，优秀的男作家尤显得珍稀。小白凭借优质的专栏文章为读者熟知，陈村、孙甘露等名家颇为推崇，有鬼才之誉。他之前出版了《好色的哈姆雷特》、《局点》、《租界》3本书。评论家李敬泽对他赞誉有加，认为小白小说的独特性价值在于，有助于批评界对当下四平八稳的所谓"好"小说进行一番新的打量和审视。2012年，小白在继续创作长篇小说《孤岛》的同时，出版了一部散文集《表演与偷窥》，此书既有学术价值,又不乏英式幽默,文学性也可圈可点。放置全国,小白的随笔写作也是独特存在。其随笔一扫当前无关痛痒、专栏化的俗腔滥调。从我个人阅读体会而言,他让我想起了钱钟书先生,行文幽默风趣,各式材料信手拈来,有才气,有学识,也有见识。

关于路内,有一个词不能不提,就是1990年代。路内和他小说里的1990年代,是一个独特而迷人的文学现象。国内还没有一个"70后"作家像路内这样对1990年代如此情有独钟。他反映中国1990年代城镇青年生活状态的长篇小说捕获了许多读者。他本人对1990年代的迷恋也是有趣的话题。从第一部小说《少年巴比伦》开始,路内就将目光投至在1990年代背景下二线城镇的变迁,写那个年代里的人和事,侧面写出了社会变迁的大气象。王安忆谈到路内的小说,就认为其价值就在于下意识地写出了1990年代社会转型期的人心变幻。2012年对路内来说,是丰收的一年。他不仅出版了一部长篇小说《云中人》,还在《人民文学》上发表了新长篇小说《花街往事》。《云中人》依旧重返1990年代,向历史深处探去,以寻找杀人凶手为线索,写出了那个年代社会烦乱复杂的情形,并对当时青年人的浮躁和茫然有着力刻画。《花街往事》也是关于历史的记忆,从"文革"到改革,路内写了一条街上的各色人等。这是一个有着惊人天赋和不羁性格的小说家,有许多值得研究和挖掘的内容,许多人被他作品的青春叙事所迷惑,而忽略了他关于时代、社会以及人心的洞察。

同小白和路内不同,薛舒和滕肖澜延续的是上海文学传统。作为近年来崛起的青年作家,她们的小说已经有了全国影响,被转载的频率很高。薛舒在2012年,除了发表《婚纱照》、《隐声街》等中篇小说和出版小说集《天亮就走人》之外,最重要的是她完成了谋划已久的长篇小说《问鬼》,先发表在《作家》2012年第三期,单行本近期由上海文艺出版社出版了。这是一部很有意思的小说,通过上海郊区农村的一种看似神秘的乡村旧俗——问鬼,去写人生的生死爱恨,其中蕴含着作者对自我灵魂的一种追问。都说作家有自己的文学母题,那薛舒对都市郊区城乡的记忆或许会助她开拓新的文学之眼。需要提出的是,在如何提升生死和鬼神等问题的哲学高度时,这部小说似乎显得有些力不从心,从而没能进一步拓展作品的格局。

滕肖澜也完成了一部长篇小说,先以《双生花》发表在《收获》长篇专号上,单行本更名为《海上明珠》。写了两个女人出生时被抱错,由此改变了一生。乍看如此戏剧化的情节设置,很像电视剧的开篇布局,会不会有损小说的文学性?但滕肖澜却从另一个角度来开掘这个人生错误,迅速让两人互晓身份,回归各自原本的位置,彼此如何适应新的身份才是小说的重点。小说将一个出身农家的女人突然回到富贵人家的心态刻画得极为细腻,对日常生活的精确叙写也展现了滕肖澜的功力。滕肖澜对身份这个问题的追索让小说增加了重量——新身份的形成需要多少条件?人真能获得新生么?如果一开始就错了,果真能够校正么?还是任你如何努力,这个错误都将伴随终生?对滕肖澜来说,她面临写作"新生"。她需要提升写作难度,需要从庸常生活中找出不庸常的灵魂。贴地飞行固然好,但腾空起飞更为必要,不然时间久了,就会被庸常所累,再也飞不起来了。

三

同样是女作家,走走和周嘉宁却展现了完全不一样的小说世界,是2012年上海文学界最大的惊喜。以先锋面目示人的走走,其实骨子里藏着比现实主义更炙热的现实关怀和反思。在她的新长篇小说《我快要碎掉了》里,走走写了一群城市里的边缘人物,以及城市生活中的某种无力感,制造文字垃圾的专栏作家,被逼刺杀城管的小贩,以荒唐方式成名的艺术家等,这些人物都遭遇了生活无逻辑的困境。走走捕捉到了"无力感"这种弥漫于城市人群中的消极情绪，正是小说的价值所在。灯红酒绿之外的都市生活中，有许多被忽略的生命在挣扎，在认真地奋斗，也在认真地失败。城市生活就像鲁迅笔下的无物之阵，你闯进去，却找不到明确的对手，而束缚感又无处不在，使得你寸步难行。想要改变，却又无处着力。走走没有刻意去描写小摊贩与城管的冲突，而是以悲悯的笔触去写这个摊贩杀人之前的生活遭遇，有一种悲悯的情怀在，这才是小说家该有的态度，警惕简单的愤怒，保持冷静和悲悯。作者的游离在于，既期望读者在意形式，又不希望她精心设置的小说情节和人物被忽略。既要形式的特别，也要内容的深切，此等企图值得我们关注她的未来。

作为"80后"作家的代表性人物，周嘉宁的小说创作一开始就呈现出了向内心伸展的特点。即使在上海女作家的写作传统中，周嘉宁也是少有的真正敢于挖掘个人生活和内心世界的人，而不是习惯性地回避自我只写别人的故事。她发表于《收获》长篇小说专号上的《荒芜城》就是一部开掘自我的作品，看似写了一个城市女孩从上海到北京再回到上海的各种生活，深层次里却是作者对生命存在感的追问和寻找。如何在荒芜的都市安放好灵魂，找到身体的归宿。"身体"是小说里一个富有象征意味的意象，在主人公一次次用自己身体与城市沟通的时候，小说弥漫着绝望和希望交错的情感。周嘉宁展现出的"生命之痛"在于：复杂生活背后的纯真，"恶"背后的"善"，放逐背后的寻找，荒芜城里是否还有净土？这部看似满篇残酷物语的小说，背后暗藏一颗小说家灼热而温暖的心。

同为"80后"，更为年轻的张怡微在2012年出版了一部"怀旧"之作《你所不知道的夜晚》。这个生于1987年的年轻女孩，试图表达她对20世纪六七十年代的上海的理解。所谓怀旧，重点在"怀"，而不是"旧"。作为文艺手法，怀旧不是简单重建一个过去时代，也不仅是缅怀过去某个特定时代，其核心在于通过缅怀来重新审视现在。怀旧不只是情感流露,也是一种历史观和一种表达态度的方法。张怡微写了上海20世纪六七十年代的工人新村,一个近乎封闭的城市空间。新村里有工厂,有医院,有学校,还有火葬场,一个人的生死都可以在这里完成。这的确是一个有意思的文学空间形象,年轻的张怡微在提醒我们要重新审视上海这座城市,不仅是现在的,还有过去的。如果说这种态度值得肯定,那张怡微展现出来的虚构能力更值得注意。她对不熟悉的生活进行文本塑造,依靠材料进行虚构,处理得可圈可点。小说营造出了当年的时代气氛,对工人新村这样独具中国特色的环境特点捕捉得也颇为准确。

四

类型小说被诟病许久,尤其是被传统小说家和评论家认为缺失文学性是其通病。可作为文学的一部分,我们无法忽略这个存在。同时,我们还得看到一种现象,类型小说家的文学追求。上海的类型小说家比其他地方的作者要有追求得多。比如这几年舞神弄鬼的盗墓系列很受市场欢迎,但上海类型小说家就没有跟进,而是继续着自己擅长的领域。从这些年来的创作情况看来,以蔡骏、那多、楚惜刀、树下野狐、君天、李西闽等为代表的上海类型小说家,不约而同地在文学性和市场性结合方面进行了大量探索,努力在提升类型小说的文学品质。

蔡骏被称为悬疑小说第一人,就是从纯文学起的步,从2011年的《谋杀似水年华》起,他就开始在思索类型小说与社会题材如何进行有效结合,而不仅仅是在可读性上大做文章。2012年蔡骏完成了新作《地狱变》,关注灾难发生后的众生相,在悬念中展现残酷的社会现象和丛林规则。那多这几年一直在尝试将中国传统文化知识融入类型小说创作。从《清明幻河图》(2009)开始,到2012年完成的《一路去死》和《喂食者协会》,那多通过犯罪活动来表示人性之恶。人以及人性是这两位悬疑小说家如今更为关注的内容。李西闽被称为恐怖小说大王，但事实上他的创作呈现出了浓郁的文学气息，2009年他就凭借《幸存者》荣获华语文学传媒大奖年度散文家奖。上海文艺出版社2011年出版了他的《唐镇三部曲》，说是惊悚小说，但笔法老到，文学性很强。2012年他出版了《温暖的人皮》，以现实案件为素材，写了一个变态杀人犯的一生，小说在冷静的叙事中，探讨一个深层次的社会问题，如此灭绝人性的杀人犯，是如何产生的？社会扮演了怎样的角色？罪犯身边的众人做了怎样的推手？楚惜刀和树下野狐两位作家的身份值得注意，前者是南京大学的文艺硕士，后者是北京大学的毕业生，受教育程度很高。楚惜刀虽然写的是历史武侠，但文字之雅致，放眼全国，同类作家能出其右者难寻几个。写作时讲究考据，经史子集或琐言杂谈，她均有涉猎。2012年她完成了长篇小说《明日歌·凤凰于飞》，发行量据说让出版社喜笑颜开。树下野狐当年被网友称为北大蒲松龄，开创了东方新神话风格的奇幻写作，是最早一批网络作家。他的《搜神记》如今依旧还是奇幻小说的开山代表作。他去年出版了《光年1：迷失银河》，有想象力，有系统知识，有软科学信息。这些类型小说家并不像外界形容的那样，迎合庸俗读者，迷失于市场。只能说，我们对他们有着太多的偏见。

在纯文学读者不断流失而类型小说越发流行的当下，我们不能忽略一部发行百万册的类型小说。这背后涉及写作策略，更说明我们的小说观念和读者品味的距离有多远，作为小说家是否应该调整好策略，是见仁见智的问题。作为文学管理机构，是该放任类型小说的发展，还是参与其中，是一个显而易见的课题。要知道上海是类型小说的大本营，悬疑小说、科幻小说、历史武侠、玄幻小说等类型最好的写作者都在上海，这支队伍相当庞大，其社会影响力尤其是网络影响力数倍于传统文学都不止。坐井观天是要不得的。愿意提升文学性的类型小说家，当然值得我们关注和研究。

B.13
"80后"作家笔下的都市"异乡者"
——读《荒芜城》、《你所不知道的夜晚》

郭雅倩*

摘　要：

张怡微和周嘉宁在2012年各有一部长篇新作，《你所不知道的夜晚》和《荒芜城》。虽然两部作品所涉及的时代背景并不相同，使用的语言风格各有特色，本质却不约而同地指向了同样的精神内核，即都市与"异乡者"。在《你所不知道的夜晚》中，张怡微关注的是上一辈人自1949年以后随着工人新村的建成在上海扎根的故事。而《荒芜城》中"我"这个上海原住民，在经历了上海—北京—上海的旅程后，无论是回望北京的生活还是重新审视上海的一切，都显示出了无法掩盖的"异乡者"的姿态。

关键词：

张怡微　周嘉宁　都市　"异乡者"

以"新概念作文大赛"获奖者身份而进入文学创作领域的周嘉宁和张怡微，同样也是上海"80后"作家的代表人物。而如今她们的写作已经告别了早期充满想象、梦幻般的"青春文学"，转而开始关注真正的现实生活世界。在摆脱了"小我"的局限和束缚之后，

---

* 郭雅倩，上海社会科学院文学研究所硕士研究生。

也将目光更多地投向父祖辈和他者的生活。两人在2012年各有一部长篇新作：张怡微的《你所不知道的夜晚》（以下简称《夜晚》）于2012年3月由上海文艺出版社出版，并获得当年"华语文学传媒大奖"新人奖提名；周嘉宁的《荒芜城》刊发于2012年《收获》长篇专号秋冬卷（以下关于这篇小说的引文皆出于此，不再另注）。虽然两部作品所涉及的时代背景并不相同，使用的语言风格各有特色，本质却不约而同地指向了同样的精神内核，即都市与"异乡者"。在《夜晚》中，张怡微关注的是上一辈人自1949年以后随着工人新村的建成在上海扎根的故事。而《荒芜城》中"我"这个上海原住民，在经历了上海—北京—上海的旅程后，无论是回望北京的生活还是重新审视上海的一切，都显示出了无法掩盖的"异乡者"的姿态。

一　大地上的异乡者

"灵魂，大地上的异乡者。"这是出自奥地利诗人特拉克尔《灵魂之春》中的诗句。关于"异乡者"，海德格尔的解释是，"往别处去，在去某地的途中"。所以，异乡者不一定是离开了原乡的人。在这种意义上，异乡者已经成为一种象征。在城市日益扩张的时代，异乡者在被都市生活的繁华缭乱吸引的同时，自身又会产生一种与之对抗的张力，从而在通向家园的道路上努力去追寻一种召唤着他的呼声。

（一）《荒芜城》：孤独异乡

《荒芜城》的开头，"我"做了一个梦，梦见那个曾经打过工的咖啡馆。梦醒后"我已回到了上海，可是喜悦荡然无存。我再次闭上眼睛，只希望梦境不要跟随着我渗透到白昼里去"。整部小说，也因此奠定下了一种低沉缥缈的基调。

"我"从北京受了感情的伤害回到上海，看似是逃离却并没有让自己喜悦。而回归后的第一个消息便是保罗先生的死讯。来自美国的保罗，对咖啡馆的人们来说，既陌生又熟悉。他不过是咖啡馆的一位常客罢了，从"我"还在咖啡馆的日子就常常在店里消磨时光。保罗曾经上过战场，"他就此从未摆脱过噩梦，一做梦就不得不喝酒。喝酒能够消灭梦境。他的梦里都是血光冲天。每次喝多了他就大喊，把枪放下。完全没法再在家乡那个小镇待下去"。在这样的境况下，与其说他背井离乡，不如说是去异乡寻找生命的自由与解脱。而这也就不难理解为什么在薇薇眼中"他看起来那么孤独，简直无药可救，而当时的我应该算是他的同类吧。我们是一种人，但是一种人难免会有些彼此仇视"。他自称是"诗人"，然而却没有人知道他真正的收入来源是什么，以至于到最后独自死在家中，还是咖啡馆的胖子发现的他。"他竟然穷得没有钱去更换心脏起搏器的电池。他就这样拖着，到最后电池没电了，死了。到底是个诗人，死得也像是在写诗一样。"胖子的这句话虽然带着几分戏谑，背后却更多地透露出对于孤独"异乡者"的悲伤与无奈。胖子找来保罗的姐姐，以处理他的后事。然而，这位保罗唯一的至亲却因为不愿承担丧葬费用而临阵脱逃。在《荒芜城》整部小说中，处处能够显示出这种人与人，甚至亲人之间的冷漠与陌生。在纷繁复杂的都市环境中，越来越多的人开始表现出一种"自我保护"意识，从而从心底阻断了与外界及他人的亲密联系。而这样的人则以"异乡者"为主要群体。

而无论活着还是死亡，人的生命过程总是伴随着刺骨的孤独。作者对这一点，有着深刻而清醒的认识。大奇，这位咖啡馆的常客，与"我"应该算是半个陌生人。两人却在咖啡馆重逢后立刻跨越了陌生人的界限。而在与大奇失败的做爱之后，我梦到的却是与阿乔在什刹海旁饭店二楼的那场晚餐。"这样仿佛才是最好的，我意识到此刻如同过去的无数个时刻一样，做爱对我来说并不是最重要的事情，我渴望的无非是人与人之间无限的贴近。""我"试图用做爱来达到人与人无间的亲密。却还是在与曾经的北京情人阿乔的相处中,明白了这样的道理:"人与人的近距离相处太痛苦,我们也开始质疑这个世界上并不存在相互交流这样的东西,也没有心灵相通,人人都陷在深深的孤独里。"爱情,总是无力的,或者说肉体的交合与缠绵也无法带来真正渴望的灵魂的契合。

"我"离开上海的理由,看似因为阿尔泰的那条描述北京温暖阳光的短信息。其实,"我"无非是想抱着"生活在别处"的愿景去追求自己向往的所谓新生活。在这之后,阿尔泰成为了"我"初到北京时的情人,这段关系持续的时间很短。其实当这段最初的关系结束之后,"我"对于北京曾经热烈的期待也随之消散。"我"终于发现,城市的变换,并无法真正改变自己的现状,"异乡者"之于"我"已经成为一种心灵状态。无论在现实或在内心中,"我"始终找不到一个归宿,漂泊感始终萦绕身边。

(二)《你所不知道的夜晚》:故乡即他乡

《夜晚》的故事,像是浓缩了整个上海田林社区的发展历程。与《荒芜城》中的背景时间相比,《夜晚》说的是上一代人的生活。或者说,更像是"我"的母亲的故事。

对于茉莉来说,受父母的影响,茉莉从小向往的便是"上海人"的身份,所以在她的内心,虽然明白常州是自己真正的故乡,却抗拒这样的归属,外在的表现中也企图把自己和故乡划清界限。"她是绝不会在自己的口中流露出丝毫乡音的,即使她在常州住过4年,什么都会说,什么都能听,可对故乡就是毫无挂念之情。尤其是上学以后,她更极少提起常州,写作文都不会用到常州的回忆、及姨婆一家辛勤务农保生产的例子。……常州,就仿佛是她频繁亲历的梦境,一遍又一遍行走,一遍又一遍走不出去。这一份焦虑与惶惑,似乎是从她头一次离开上海起,就再也摆脱不了的梦魇。"①

从故乡回到上海之后,摆在茉莉面前的又是这样一番景象:"幼年记忆中弥散的柔情蜜意被彻底清洗而去,……可这对于一直想要回上海的茉莉来说,无疑是一种心灵的伤害。她最初想要保护的东西被无情地摧毁了,就仿佛是一个幻觉。"② 然而,由于妹妹玫瑰的存在,命运对于茉莉来说似乎总是不公平的。成为一名真正"上海城市人"的愿望总是会面临严峻的考验。"拿到户口本的那天,茉莉看着自己的名字大哭一场。她竟将从此以后,孤孤单单成为一个农民,再也不是上海人了。无父无母,也无兄弟姊妹。独独一个人,与一个寂寥的户口本。"③ 于是,茉莉就此成为了知识青年上山下乡的又一位牺牲者。最终茉莉通过婚姻完成了身份的转变,在经历了所有生活的磨砺之后,"她终于真正意义上离开了城郊,走入城心"。然而对于茉莉来说,"这样的感觉竟然一点欣喜都没有,是那么沉痛、哀伤,第一次,也是唯一一次"。④ 而正是因为在玫瑰跳楼自杀后,家庭已经破败不堪的境遇下,茉莉终于实现了成为"上海城市人"的梦想,所有曾经支撑她走下去的动力似乎一瞬间崩塌。而正是这一刻,茉莉才有了向真正具有"异乡者"精神气质的方向发展。

其实,无论是《夜晚》中自诩为上海人的玫瑰和茉莉,还是《荒芜城》中真正土生土长的上海人"我",故乡和他乡从来都是交错杂糅在一起的,分辨不清,或者说它们更像是一个模糊的幻影。这样的感受,又何尝不是"80后"一代的集体幻象呢。或许可以用"只缘身在此山中"来解释城中人的"幻象之感",然而,现代社会中故乡与他乡之间的界限的愈发不分明,才是这一切真正的缘由。

---

① 张怡微:《你所不知道的夜晚》,上海文艺出版社,2012,第21页。
② 张怡微:《你所不知道的夜晚》,上海文艺出版社,2012,第23页。
③ 张怡微:《你所不知道的夜晚》,上海文艺出版社,2012,第113页。
④ 张怡微:《你所不知道的夜晚》,上海文艺出版社,2012,第186页。

(三)游荡异乡

近年来,中国都市的新发展,其显著特征是,社会流动性日益复杂,在这种情况下,效率和肮脏、适应性和混浊、灵活性和朦雾、长期性和粗糙性等居然押韵般地共存。① "异乡者"正是城市发展、社会流动的产物。寄居在城中的他们,竭尽全力所能了解的也不过是这座巨大城池的冰山一角。正如卡尔维诺在《看不见的城市》中所描述的形形色色的城市,死亡城市,水的城市,标识城市等。然而,所有的不同的城市其实都是一个城市,那就是威尼斯的某个方面或片段。因为,人可以经历的永远都只是这些城市的侧面。也就是说,我们只可能看到一个个威尼斯,而无法看到一个威尼斯,威尼斯是"隐形城市"。② 同样,上海也是如此。

所以,人们只能从离自己生活最近的环境而了解一个城市。就像《荒芜城》中的咖啡馆和《夜晚》中的田林路65弄一样。关于建筑、环境与城中人的关系,意大利建筑师阿尔多·罗西认为,"城市是集体记忆的场所",它像海绵一样,不断汲取着发生在其中的事件和情感,并将其包容进过往的记忆以及潜在的有关未来的记忆中去。当城市与记忆通过时间性扭结、空间性扭结与物质性扭结牢固结合在一起时,城市就成为人类集体记忆的一种综合体。③

本雅明将整日徘徊在街道上的人称为"游荡者"。在这里我们可以将"游荡者"和"异乡者"合而为一,或者说,在城市中,他们本就是同一个群体。尤其是精神气质上的契合。于是,"异乡者"的城市游荡,就变成了一种天然的,甚至唯一的了解身在城市的途径。

记忆因时间而生,却借助空间维系生命。它与人和昆虫、鸟及植

---

① 蒋原伦、史建:《溢出的都市》,广西师范大学出版社,2004,第1页。
② 〔意大利〕卡尔维诺:《看不见的城市》,张宓译,译林出版社,2006。
③ 蒋原伦、史建:《溢出的都市》,广西师范大学出版社,2004,第149页。

物，都是寄居于城市的住客。而饱含记忆往往都是基于与城市中某些微小的局部，可以勾起观者回忆起那些"戏剧性的事件"。《荒芜城》中的咖啡馆，正是这些游荡者的一个城市寄身场所。小说中的"我"曾说："可是，谁也不能在咖啡馆里待一辈子。"其实，在作者笔下，咖啡馆已经成为了一个隐喻。是"异乡者"在寻找原乡的旅程中的心灵暂居地。而咖啡馆本身之于上海这座城市来说，也有着极其重要的意义。上海的第一家咖啡馆，东海咖啡开业于1934年，位于南京东路靠近江西中路一带，在这家咖啡馆的带动下，上海的咖啡馆陆续多了起来。就像西餐厅一样，咖啡馆作为西方文化的符号，同时也是都市生活不可或缺的一部分。《荒芜城》选择咖啡馆作为一个现实的窗口，同样也是作者自己回忆的窗口，尽观世间百态。

在《夜晚》中，和"咖啡馆"起了同样作用的是田林路65弄，也就是小说中人物每天生活的地方。茉莉和玫瑰一路走来的这条里弄，生活在这里展开，看似波澜不惊却又暗流涌动。每个人的私生活都在这种与邻居和他人的近距离相处中被无限放大。在她们心中，早已厌弃了这样的日子。那个在空间距离上并不遥远，却又仿佛永远不可及的"上海"才是从儿时起就开始梦想的地方。然而，"在田林的当地人是不会没事就往城里跑的，他们习惯专心务农，对于任何都市的象征都没有迫切的参与精神"①，"在田林人心中的上海之梦，是近在咫尺的不可得，可远观又不可亲"。② 所以，对于茉莉和玫瑰这样怀揣着"上海梦"的"异乡者"，田林永远不是现实和灵魂的归宿，在经过几番挣扎之后，玫瑰的自杀和茉莉的"成功"似乎都实现了她们曾经的梦想。然而，却付出了如此惨烈的代价，肉体和精神在最后一刻都遭到了毁灭。

---

① 张怡微：《你所不知道的夜晚》，上海文艺出版社，2012，第6页。
② 张怡微：《你所不知道的夜晚》，上海文艺出版社，2012，第8页。

"80后"作家笔下的都市"异乡者"

（四）身死异乡

如今，我们似乎早已经克服了"客死他乡"的恐惧。然而，落叶归根却是人类所共通的执念。

《荒芜城》的故事由保罗的死开始，这不仅仅是整部小说的开端，还是接下来更多死亡的序幕。所以，作品中所弥漫的沉郁的氛围，也包括了由这些死亡所造成的冷寂与阴暗。死亡是否会成为"异乡者"找到灵魂原乡的终极途径，作者没有给我们答案。却还是为笔下的生命安排了这样的结局。继保罗之后，按照小说的叙述顺序，依次死亡的是：木耳（咖啡馆里的虎斑猫）、面馆的阿婆、阿乔送我的蟋蟀。同时，身患绝症的前咖啡馆店员阿杰、被抑郁症折磨而几次企图自杀的薇薇，以及结尾处"我"和母亲、姨妈一起去扫墓的情节也都充满着死亡的气息。保罗的死，同样是贯穿小说的一条暗线，每个人从最初得知死讯时的震惊，到明白保罗生前死后的经历后开始自怜，再到最后平静的面对保罗的追悼会。这一刻，只有约翰·邓恩那段著名的布道词能表明我们的心情："没有人是自成一体、与世隔绝的孤岛，每一个人都是广袤大陆的一部分。如果海浪冲掉了一块岩石，欧洲就减少。如同一个海岬失掉一角，如同你的朋友或者你自己的领地失掉一块。每个人的死亡都是我的哀伤，因为我是人类的一员。所以，不要问丧钟为谁而鸣，它就为你而鸣！"这样的对于客死异乡的领悟，似乎已经把眼前的这些"异乡人"拉入了另一层境界之中。然而，小说结尾，作者刻意安排的"我"在扫墓时与母亲的和解，以及最后的描述，"我坐在旁边，听她们说话。秋天的太阳真好，我不得不用手遮一遮眼睛。有风、有云朵、有青绿色的小虫胡乱撞到我们的衣服上。那些爱情，迷惘，梦，此刻都退得远远的，像个淡淡的水渍。仿佛不会再跟随于我，仿佛不过是些幻觉而已"，又彻底消解了前面刚刚被发掘出的人生哲学意蕴。作者用简单的"不

过是些幻觉而已"的理由,回避了那些真正重要的生死问题。

而在《夜晚》中,玫瑰的自杀却是小说的高潮之处。之前不紧不慢的平铺直叙仿佛都是为了这一刻的到来。玫瑰从一出生就注定是一个需要以自我灭亡来结束生命的角色。从而表明,一个没有经过任何努力和挣扎的所谓"异乡人",是无法在这座城市中拥有一个合理的身份。所以,与《荒芜城》中死亡线索之于"我"内心发展的时间功用相比,玫瑰的死更像是一种命运的宣判。

二 异乡者的精神内核——抵抗日常生活

在英国电影《猜火车》的结尾处有这样一段经典的台词:"我为什么那么做?有一百万个答案,但全是错的,原因是我根本就是个坏胚子,但那会改变,我要改变,这是最后一件坏事,我要洗心革面,向前走,选择人生,我已经在期望了。我会跟你一样,工作,家庭,大电视机,洗衣机,汽车,CD播放机,电动开罐器,健康,低胆固醇,牙医保险,贷款,购屋,休闲服,行李箱,三件式的西装,DIY,猜谜节目,垃圾食物,孩子,公园散步,朝九晚五,高尔夫球,洗车,运动衫,阖家过耶诞,养老金,免税,清水沟,只往前看,直到你死掉那天为止。"影片中整日游荡在街头的一群苏格兰小混混,无疑是抵抗日常生活的极端代表。然而,这段话却清晰的揭示出这些城市"异乡者"最本真的精神内核,他们在心灵深处所抵触和逃避的正是普通人的"日常生活"。这段台词同样被周嘉宁写入了《荒芜城》中。在面对从美国回来办婚礼的表妹与其丈夫时,"我觉得自己完全像个多余的人,便站到商店门口的马路边去抽根烟,然后我透过玻璃看着她们,营业员们也看着他们,大家都看着他们说不出话来。他们完全像是从电影里走出来的人,却活生生地站在那儿代表着幸福生活的可能性"。接着"我"便开始在心中默念这段魔咒一般

"80"作家笔下的都市"异乡者"

的台词。既是害怕自己被这样日常生活的幸福幻影所魅惑,也是一种发自内心的抵抗。所以当"我心里对日常生活的恐慌又都回来了,这感觉反而令我稍微好受些,我索性在那些购物袋堆起来的小山后面,摊开手脚,昏睡过去"。而小说中"我"之所以和阿乔爱得如此炙热浓烈,但是最终还是无法走下去。阿乔和"我"是两个世界的人,或者说只有"我"是真正的"异乡者"而阿乔"对于一切日常生活都保持着煞有介事的认真。有时候我根本无法再欺骗自己,他并不如我一般享受与世隔绝,他只是被我拖入其中,没有找到解脱的途径"。所以,当我们把所有问题都归结到"异乡者"对日常生活的抵抗,一切的不合理似乎就都有了答案。而这种抵抗又不仅仅局限于自身与外在生活的抗衡,更表现在与他人的相处过程中。用《荒芜城》中的表述也就是:"交流,这明明不是我所擅长的,甚至称得上是致命伤。"的确,人际交往,对于像"我"这样的"异乡者"来说是一种痛苦的煎熬。

同样,《夜晚》中的玫瑰,从小就摆出一副这样的姿态:"小的玫瑰就与茉莉完全不一样,长得纤细白皙,面目中颇有些杂芜颠顶的纯净。要说漂亮,大约能漂亮过家姐,可在这细巧精致的眉眼之下,反倒看不出什么生活的气息。关键是玫瑰妹妹遇到人也不热情,不搭理,死样怪气";[1]"玫瑰却总是一副事不关己的样子,什么都不放在眼里。"这种"看不出的生活气息"正是一种天然的抵抗。而当玫瑰长大后,"不再是曾经那个任性、娇气的小女孩,而自有一番精怪的处世之道……不再是一个神秘的、遥远的少女,而蜕变为市井的、聪明的上海女孩"[2]——年少时独特的精神气质已然褪去。当玫瑰对日常生活的兴趣越来越高涨,却不知道她离自我的灭亡越来越近了。所

---

[1] 张怡微:《你所不知道的夜晚》,上海文艺出版社,2012,第28页。
[2] 张怡微:《你所不知道的夜晚》,上海文艺出版社,2012,第170~171页。

以，保持与他人与日常生活的疏离感，才是"异乡者"的生存之道。

通过对两部作品中这种人与人之间的亲近又疏离的关系的分析，可以更清楚地看到这一点。且以《荒芜城》中"我"与薇薇、《夜晚》中茉莉与玫瑰为例。

虽然薇薇并不是"我"在血缘关系上的姐妹，两个人的亲密程度却可以甚至超越了这种血亲关系。然而，情感甚至肉体上的亲近却还是无法让两个从心底排斥外在生活的人，真正心灵相通。在"我"与薇薇之间那种已经超越了普通同性朋友的情谊中，两个人却始终徘徊不前，似乎谁也不愿意先迈出那一步。而在彼此眼中，她们却又是如此相像："吧台背面，那个侧脸站着的女生，男孩气的面孔，松着扣子的衬衫，头发又短又柔软，随时倒向一边。焦点都聚拢在她的脸上，她轻轻皱着眉头，像是与谁生气，又不愿意妥协，也不愿意置身热闹中"；"你远远站在门口，像个男孩，非常坚毅，长身玉立。然后你此刻开口说话，表达又完全是个女孩，运转自如。"这两段描写，就像在形容同一个人。或者说，薇薇和"我"的确就是同一个人，所以才能这样趋同，却又彼此隔离。"现在想来，能够在一个狭小的空间里彼此心安理得保持沉默的人，也只剩下她了。比起一个可以一起沉默的人来说，要找到一个无话不说的人反而更容易些。"① 沉默，无疑是抵抗外在生活的最好办法。然而，不是每个个体都可以找到一个愿意和自己一起沉默的人。

抑郁症，似乎是"异乡者"的通病，只不过每个人患病的程度轻重不同而已。薇薇显然已经是重度患者，几次企图自杀。只是，这一部分隐私性的生活，薇薇并没有在一开始就与"我"分享。从这样的角度出发，也就不难明白，从前的薇薇为什么会这样执著于文身。"我从前总是以为，在皮肤上纹了图案，那些相关的记忆就不会再被忘记。可其实完全不是这样的。就算碰到很糟糕的文身师，图案

---

① 张怡微：《你所不知道的夜晚》，上海文艺出版社，2012，第208页。

也要隔很久很久才会模糊起来,但记忆迅速就模糊了。"薇薇有着自己关于文身的理论,她把"这个世界上的人分成有文身的人与没有文身的人,纹了第一个以后就把自己归入另一类人里去了"。以至于"我"在当时"突然决定要去文身大概只是因为想要变成与微微一样的人,心情迫切到根本不在乎到底纹什么样的图案,不在乎纹在什么样的部位,所有的犹豫都变得微不足道,自己完全无法理解"。① 用文身来为人群归类,其实不过是作者对划分"异乡人"的另一种直观的阐释。"我"虽然是不在乎到底文什么样的图案,不在乎纹在什么样的部位,但最终的选择还是充满隐喻:在右侧脖子纹了一株绿色的树苗。"担心自己总是离地太远,希望以后树根会真的长起来。"② 离地太远,离日常生活太远,这正是"异乡者"的精神气质,如果说薇薇是下定决心要在这条缺乏烟火气的孤单道路上走到底,那么,"我"在与生活对抗之外,也有着想要转向的期望。也就是树根真的长起来那一天。青春最后的挣扎,最终都是失败的,并且还会找到各种看似能说服自己的理由来接受日常生活。

而《夜晚》中茉莉与玫瑰的关系,则更具意味。茉莉因为玫瑰的出现而不得不搬去乡下生活,玫瑰则因茉莉的回归而打破了自己是独苗的幻想。而在家庭中"好像就只有茉莉和母亲是常州人,父亲和玫瑰则是上海人,泾渭分明"。③ 即使"回上海这十余年来,茉莉一次都没有回过常州。对茉莉来说,常州的记忆虽然温暖,却给她的人生造成了不可弥补的坏影响,使得玫瑰一直以为,她是个外来人,早晚都是要走的"。④ 而随着年龄的增长,茉莉虽然在所有事情上都因为是长姐而为玫瑰让路,两个人的内心却有了相反的发展变化。特

---

① 张怡微:《你所不知道的夜晚》,上海文艺出版社,2012,第180页。
② 张怡微:《你所不知道的夜晚》,上海文艺出版社,2012,第181页。
③ 张怡微:《你所不知道的夜晚》,上海文艺出版社,2012,第105页。
④ 张怡微:《你所不知道的夜晚》,上海文艺出版社,2012,第104页。

别是在茉莉去下乡之后,"这十七年来,她日日想着通过劳动来换得大人的喜爱、保护,却始终不得要领。羡慕别人的事,她是极少做的,因为羡慕是最徒劳的。小的时候她羡慕杉杉,后来与杉杉有了隔阂;初中时候羡慕青青,后来青青郁郁寡欢地离开了她。所有的羡慕都转变成为强烈的失意,住在她心底深处,最隐秘的角落"。[1] 曾经对于生活的热情追求,在经历了这一次次打击之后,茉莉渐渐开始陷入绝望。"茉莉不再思念任何旧人,也不再掏心掏肺去爱任何新人。她在意过的每一个人,都已彻底离她远去。她已经选择了重新开始,所有可被顾念到的生活都已被粉饰太平。"[2] 而玫瑰却因为生活的顺风顺水,"不再会因为鸡毛蒜皮的小事迁怒茉莉,相反,她不断讨好着茉莉,利用所有人对茉莉的信任,开展自己冒险的旅程"。[3] 此时的茉莉却已经离生活越来越远,她看到玫瑰"就仿佛看到一个不可能的自己,任由她去疯,就仿佛允许自己陪伴着一同撒欢一样"。[4] 玫瑰这样狂欢般的生活却在情节高潮处的争吵以及毫无征兆的自杀之后,戛然而止。作者在这里其实是为茉莉和玫瑰两人做了一种内在的转换。脱离了少年"异乡者"气质的玫瑰,在正要全身心投入热烈的生活时,是注定要灭亡的,因为此刻的她已经背离了"异乡者"的身份。取而代之的则是,在经历了所有挣扎与折磨后,终于成为了"上海人"的茉莉,此时的她虽然现实地生活在城中,内心却已经在背离人群,朝着"异乡者"的道路上行走。

同属于上海"80后"作家的周嘉宁和张怡微,为何会不约而同地选择都市"异乡者"的主题进行小说创作呢?抛开所有附会在作者身上的理由,不妨听听她们自己的说法。

---

[1] 张怡微:《你所不知道的夜晚》,上海文艺出版社,2012,第112页。
[2] 张怡微:《你所不知道的夜晚》,上海文艺出版社,2012,第185页。
[3] 张怡微:《你所不知道的夜晚》,上海文艺出版社,2012,第170页。
[4] 张怡微:《你所不知道的夜晚》,上海文艺出版社,2012,第171页。

"80后"作家笔下的都市"异乡者"

周嘉宁在接受采访时曾说,"我现在只想写一件事情,就是无聊"。"以前接触到的都是年轻人,这两年接触的都是一些年纪比我大的人,比如说40岁以上的人。在他们身上会看到一种很清晰的状态,就是精神上面'暗'的东西越来越多,内心是空的、焦虑的。我对他们这种状态很着迷。人普遍的那种无所追求,随着时间的流逝什么都无法改变,路越走越窄,最后总是失望……这种状态,我特别想写。"这样看来;《荒芜城》写的更像是这种"无聊"状态的前传,当"我"在结尾处最终被日常生活所俘获,摆脱"异乡者"的自我认同,想要重新开始的时候,内心的空虚与焦虑也就会不期而至。

张怡微在《夜晚》的序中则这样谈到,小说讲述的"故事很不新鲜,说的是上海,又仿佛是上海的背面——一个眼看着'上海'生活的小圈子。有平淡的流逝,也有流逝中的五味杂陈。这种感觉就仿佛觉得日子好像是过不完的,遥遥无期,明天是今天的延续。但事实上,总有一种力量打破惯性的脚步,令平静的生活戛然而止。小说写到末尾,或有着这样的紧张感。仿佛突然被切掉一块,呈现出连着血肉的横截面。这个横截面,其实是我非常有兴趣的,即生活怎么就变成了这样,变得那么苦涩、那么挣扎,变得那么需要勇气、需要狠狠心才能努力过下去。所有的平淡,都指向最后的不平淡"。① 生活究竟如何变成了这样,作者所感兴趣的这一点,其实已经在茉莉与玫瑰的角逐之间有了答案。所有生活表面的平淡与繁华,会指向的不仅仅是最后的不平淡,更是对于生命和个体的认知。所以,《荒芜城》和《夜晚》在最后都清晰的表明一点,即人人都是"异乡者",无论是曾经还是未来,"异乡者"是生命中无法跨越的一段旅程,有的人走过并遗忘,有的人则摒弃了肉身的负重,把生命永远定格在这一刻。

---

① 张怡微:《你所不知道的夜晚》,上海文艺出版社,2012,第1~2页。

B.14
"80后"作家的上海想象

黄 平*

摘　要：

　　"新概念作文大赛"与"80后"作家的登场，代表着城市化进程所构建的新主体与新文学。城市化进程推动着青年一代的主体重构，这一代"新人"的心灵印记与情感结构将在"80后"文学中显影。本文尝试严肃对待这批作家，以韩寒、郭敬明为代表，历史化地考察"80后"文学的兴起；并且以韩寒、郭敬明对于上海的想象为中心，讨论"80后"文学如何处理不断城市化、现代化的中国，这场文学运动与当代中国的历史进程如何互相形构。

关键词：

　　"新概念作文大赛"　上海想象　"80后"文学

　　1999年，当韩寒凭借一篇《杯里窥人》的作文获得首届"新概念作文比赛"一等奖的时候，他可能很难预料到，10多年之后，第十四届"新概念作文大赛"复赛的题目，变成了《韩寒》。不仅是韩寒，"新概念作文大赛"召唤出一代青年作家。郭敬明等日后与韩寒齐名的作家，都凭借"新概念"的平台成名，先后汇聚在上海这座中国最现代化的城市。写城市，也为城市里的读者写作。对于过去

---

* 黄平，文学博士，华东师范大学中文系副教授。

"80后"作家的上海想象

10年的中国文学图书市场而言,这批青年作家成为市场的风向标,作品一版再版,读者数以百万。拥有悠久的乡土文学传统的中国文学界,一直苦于找不到书写城市的方式,这批和"改革"同龄、出生在城市中的青年作家的作品,正在以不同的艺术方式,描摹城市一代成长中的灵魂。

在偏见、闹剧与粉丝式的追捧之外,本文尝试严肃对待这批作家,以韩寒、郭敬明为代表,历史化地考察"80后文学"的兴起;并且以韩寒、郭敬明对于上海的想象为中心,讨论"80后文学"如何处理不断城市化、现代化的中国,这场文学运动与当代中国的历史进程如何互相形构。和20世纪初类似,上海在20世纪末再次成为"新青年"的策源地。"新概念作家大赛"发生于上海,"80后"作家汇集于上海,新一代作家开始讲述既"新"又"古老"的"上海故事"。

一 "新概念作文大赛"与"80后"作家的出场

且回到作为"80后"作家出场标志的"新概念作文大赛"[①]。这场比赛起因于上海作家协会《萌芽》杂志的改版,而《萌芽》改版首先是一次经济救赎。"创刊于1956年7月的《萌芽》杂志是新中国第一本青年文学杂志,刚一创刊,就获得广大读者的欢迎。创刊号发行3600册,一年不到就达到20万册,在文学界和青年读者中产生了很大影响。"[②] 然而,《萌芽》杂志在办刊过程中伴随着长期的资金

---

① 吴俊指出:"在这里之所以要提到'新概念作文大赛',主要原因就是中国当代最新的一代作家、一般称为'80后'的作家,是以该大赛为契机实现了群体性的崛起,而且也因此产生了自己的代表性作家。"参见吴俊《文学史的视角:新媒介·亚文化·80后——兼以〈萌芽〉新概念作文的个案为例》,《文艺争鸣》2009年第9期。
② 赵长天:《从〈萌芽〉杂志50年历史谈起》,《文艺争鸣》2007年第4期。

紧张。早在1984年的时候，《萌芽》就设想过针对当时上海中小学生午餐难的问题，组建快餐派送公司，来"以副养刊"，经济的窘境可见一斑。

这种困境在1990年代中国全面市场化改革后愈演愈烈。赵长天在1995年接任《萌芽》主编时，杂志发行量只剩下一万多份，读者群不断萎缩。赵长天开始了第一次改革，大规模地引入"市场经济"的思路，"既然明确文学杂志是商品，那么对于商家来说顾客是上帝，对于杂志来说读者就是上帝。我们反复强调树立市场意识"。[1] 延续这一思路，赵长天开始细分市场受众，"寻找"他的读者，"在那么多的杂志并存的情况下，每本杂志都要有细分的读者对象。'青年'，还是一个太笼统的概念。经过分析和实践，最终把'我们的读者'定位为以高中生为主体的爱好文学的青年学生"。[2] 从1996年1月开始，赵长天率领《萌芽》团队开始了第一次改革。"1996年1月开始的改版指导方针是摸索文学和市场的切合点。在当时青年学生对《萌芽》一无所知的情况下，我们首先考虑的是怎么吸引他们的眼球。在杂志最醒目的位置，我们不像以前通常所做的，放最好的小说，而是刊登学生关心的热点纪实作品。比如当时非常热门的申花足球明星的报道等等。读者可能是为了看自己关心的热点而买《萌芽》的，买来后，或许他们会再看看别的内容，比如小说、散文、诗歌。"[3] 这次改革不算失败，但成效不大，赵长天后来回忆："经过一年的努力，刊物销量上升了一倍。但是，两万多的发行量，离我们的目标还是很远。我们经过调查和分析，发现主要原因是杂志刊登的文

---

[1] 赵长天：《绝处逢生说〈萌芽〉》，《编辑学刊》2004年第3期。
[2] 赵长天：《从〈萌芽〉杂志50年历史谈起》。在同一篇文章中赵长天曾回忆："为了让《萌芽》杂志办得更受青年读者的欢迎，我们委托复旦大学社会学系办的一家调查公司，在北京、上海、武汉、广州、兰州五个城市，通过抽样调查的方式，作了非常详细的'青年人阅读取向'调查，这使我们的改版更有了针对性和目标感。"
[3] 赵长天：《从〈萌芽〉杂志50年历史谈起》，《编辑学刊》2004年第3期。

章，基本作者都是中年人，这些文章和我们期待的读者的兴趣有距离。或者说我们的作者和我们的读者有代沟。我们应该多刊登年轻人自己写的文章。"

赵长天的"改革"逐渐抓到了问题的关键，与其迎合"读者"，不如更有生产性地制造"读者"，通过"年轻人自己写的文章"，循环性地生产出"文本"与"读者"，或者说"想象"与"身份"。在彼此指认、辩证共生的关系中，在青年共同体的网络中激活《萌芽》的能量。1998年赵长天开始了第二次改革："新概念作文大赛"。"新概念作文大赛"出台的背景，在于1997年爆发的"语文教育大讨论"。1997年第11期的《北京文学》，以《忧思中国语文教育》为题，刊登王丽的《中学语文教育手记》、邹静之的《女儿的作业》和薛毅的《文学教育的悲哀》3篇文章，揭示语文教育的严重弊端，成为轰动一时的热点话题。《中国教育报》、《中国青年报》、《光明日报》、《文艺报》、《新民晚报》等媒体纷纷转载，并就语文教育问题刊发大量评论文章。中央电视台、中国教育电视台同时跟进，制作了相关的专题节目。据当事人王丽回忆，文章发表后几个月，当时主管教育的领导人做出批示，有关部门邀请她参加了全国语文中考改革指导会议，启动了世纪末中国语文教育改革。[①]

在这样的改革浪潮中，《萌芽》顺势推出"新概念作文大赛"，邀请国内一流的文学家、编辑和人文学者担任评委，定于1999年1月1日起，每年举办一次，分为初赛与复赛，复赛地点设在上海。参赛对象分为三组，A组是应届高中毕业生，B组是除高三以外的初高中学生，C组是除中学生以外30岁以下的青年人。《萌芽》就此发表《"新概念作文大赛"倡议书》（以下简称《倡议书》），开篇就谈到

---

① 王丽：《历史将记上一笔——关于〈北京文学〉与中国语文教育大讨论》，《北京文学》2000年第10期。

"自1997年年末肇始,整个中国的舆论界对中学语文教育投以了极大的关注"[1]。《倡议书》认为:"中学语文教育的种种问题,概言之,是将充满人性之美和生活趣味的语文变成机械枯燥的应试训练。"[2] 在《新思维新表达真体验——"新概念作文大赛"征文启事》中,《萌芽》将自己对于理想作文的设想,概括为"两新一真"。[3]

> "新概念"旨在提倡:
>
> "新思维"——创造性、发散型思维,打破旧观念、旧规范的束缚,打破僵化保守,无拘无束;
>
> "新表达"——不受题材、体裁限制,使用属于自己的充满个性的语言,反对套话,反对千人一面、众口一词;
>
> "真体验"——真实、真切、真诚、真挚地关注、感受、体察生活。

"新概念作文大赛"的倡议书与启事充满了显而易见地对于应试教育的批判,但饶有意味的是,倡议书也表达了对于成为"语文奥赛"的渴望,"应该指出的是中学的许多基础学科,如数学、物理、化学都已经有了全国性的奥林匹克大赛,而唯独作为从小学到大学(包括理工科大学)都要学习的语文学科却没有与之相称的全国性大赛形式"。[4] 而且,"新概念作文大赛"能够从无数类似作文竞赛中脱颖而出,正在于征用了体制的力量,巧妙地联合7所重点大学(北京

---

[1] 《"新概念作文大赛"倡议书》,选自《首届全国新概念作文大赛获奖作品选(A卷)》,作家出版社,1999,第3页。

[2] 《"新概念作文大赛"倡议书》,选自《首届全国新概念作文大赛获奖作品选(A卷)》,作家出版社,1999,第3页。

[3] 《新思维新表达真体验——"新概念作文大赛"征文启事》:选自《首届全国新概念作文大赛获奖作品选(A卷)》,作家出版社,1999,第8页。

[4] 《"新概念作文大赛"倡议书》,第5页。

大学、复旦大学、华东师范大学、南京大学、南开大学、山东大学、厦门大学),承诺"获奖的或入围的应届高中毕业生将进入这7所著名高校重点关注范围,视其具体情况予以提前录取或优先考虑"①,并在获奖作品选封底印上"获奖者被全国重点大学免试录取名单",由此搭建了一条保送大学的民间路径。有研究者分析道,"现在看来,'新概念'的成功离不开《萌芽》对传媒资源和教育资源的巧妙整合——创造一个极具诱惑力的承诺:进入名校深造的'直通车',即与大赛合作的名校达成协议,承诺优先免试录取大赛获奖者。据悉,仅1999年第一届、2000年第二届的新概念作文大赛中,就有21名一等奖获得者被各知名高校破格免试录取"。②在某种程度上,这种既叛逆又体制化的吊诡的统一,对于"80后文学"的发展有微妙而深远的影响。

更重要的是,"新概念作文大赛"所规划的"新"与"真",指向着对于"新人"的询唤——这既是《萌芽》渴望的"作者",也是《萌芽》渴望的"读者"。这里的"新"与"真"不是泛泛的说教,而是有其特定的内涵。就当时的语文教育改革而言,批判者列出了一批"不合格"的中学课文,如《纪念白求恩》、《谁是最可爱的人》、《荔枝蜜》。③对此曾组织专辑予以辩论,尽管那类大批判的语言与逻辑值得商榷,但有一点观察是准确的:"改变教材,归根结蒂是为了改变人心"④。对于"新概念作文大赛",有研究者指出:"在评选过程中,'人性标准'和'审美标准'代替了'政治标准'和'道德标准'成为引导参赛者写作的标杆。以传播在成人文学界业已成为

---

① 《新思维新表达真体验——"新概念作文大赛"征文启事》:选自《首届全国新概念作文大赛获奖作品选(A卷)》,作家出版社,1999,第9页。
② 张振胜:《萌芽中的"新概念作家群"向何处去》,《中华读书报》2004年10月27日。
③ 孔庆东、摩罗、余杰等:《审视中学语文教育》,汕头大学出版社,1999。
④ 凡夫:《拯救还是戕害——对〈审视中学语文教育〉的审视》,《文艺理论与研究》2000年第2期。

'主流'的文学观。"①"人性"与"审美"提供了一种新的意识形态，这种意识形态的核心是"个人"，一个去政治化的、反共同体的个人。正如贺桂梅的分析："感性、情感、体验等个体主观经验被作为跨越人的分裂式生存的解决方式，个人可以在'审美'之中成为一个完整的正体，从而试图更为干净地撇清其与国家/社会等社会组织形态之间的关系。"②"新概念作为大赛"之后，青年写作中"我"大行其道，个体的内心体验被放大到无以复加的地步。

以"个人"为核心的意识形态，构成了"80后"诞生的基点。在"关键词"的意义上考察"80后"的谱系，这一命名最早出现在2003年"萌芽小说族"丛书的宣传：《萌芽》与浙江文艺社联手再推文坛"80后"。③ 随即，2004年2月《时代》周刊亚洲版选择北京21岁女作家春树（《北京娃娃》作者）作为封面人物，将她和韩寒视为"中国80后的代表"。伴随着海内外大众传媒的介入，"80后"这一命名溢出了文学领域，成为出生于1980～1989年一代青年的标签，构成了理解这一代青年的视角。几乎被遗忘的事实是，"80后"既起源于"80后文学"，又深受"80后文学"的形构，文学在当下中国并未边缘，只是更为隐秘地发挥着作用。正如李阳的分析："当《萌芽》转化为中学生之间的交流媒介以后，就不仅将中学生话语解放到纸媒介中，同时也把中学生这一社会身份鲜明地生产了出来。中学生话语和身份在符号意义上构成了自足的互相生产的关系——把自己的故事不断地讲给自己。当然，所谓中学生（更流行的说法是'80后'），与其说是一个具体的社会群体，不如说是一个被建构的文化身份。"④ 由

---

① 李玮：《从"新概念作文"到"青春文学"——论当代文学生产机制作用下"青春文学"审美形态的生成》，《山花》2010年第12期。
② 贺桂梅：《人道主义思潮及其话语变奏》，《人文学的想象力：当代中国思想文化与文学问题》，河南大学出版社，2005，第98页。
③ 陈坚：《〈萌芽〉与浙江文艺社联手再推"文坛80后"》，《出版参考》2003年第19期。
④ 李阳：《〈萌芽〉的转型与郭敬明的出现》，《当代作家评论》2011年第1期。

"80后"作家的上海想象

此,"80后文学"既让"80后"一代变得可见,同时也限定了"80后"想象的可能性。

郭敬明所命名的"小时代"到来了,《萌芽》有效地迎合了一代新人的历史性登场,迎来了全方位的成功。据赵长天回忆:"新概念作文大赛之后,《萌芽》发行量直线上升,2000年达到了10万份。其后,每年以10万份增加,2005年每期平均发行50多万份。"① 推崇"市场"的赵长天,打造了自己的市场产业链:"杂志、大赛、书系、网站、学校已经初步形成了一个萌芽产业链。"② 在市场上大获成功之后,《萌芽》也收获了国家意识形态的肯定:"2005年,《萌芽》杂志获得第三届国家期刊奖,被列为百种重点期刊。同年,萌芽杂志社被评为上海市宣传系统第一届文明单位。"③ 这种左右逢源、皆大欢喜的结果,显示出单纯以"市场"或"国家"为视域分析当代中国都显得褊狭,无论左翼或右翼的理论,都无法充分揭示当代中国的剧变。一切坚固的东西都烟消云散了,以浦东大开发为标志,上海构成了1990年代以来中国发展模式的隐喻;"新概念作文大赛"与"80后"作家的登场,代表着城市化进程所构建的新主体与新文学。城市化进程推动着青年一代的主体重构,这一代"新人"的心灵印记与情感结构将在"80后文学"中显影。

二 "小时代"的上海想象

作为中国最现代的城市,上海让四川省自贡市富顺县的高中生郭敬明无限向往,在高三的作文中,他写道,"是谁说过:燃亮整个上

---

① 张弘、郝琳:《〈萌芽〉:韩寒在这里一举成名》,中国网,http://www.china.com.cn/book/txt/2006-10/26/content_ 7280479.htm。
② 赵长天:《从〈萌芽〉杂志50年历史谈起》,《编辑学刊》2004年第3期。
③ 赵长天:《从〈萌芽〉杂志50年历史谈起》,《编辑学刊》2004年第3期。

海的灯火,就是一艘华丽的邮轮"。① "我的根似乎是扎根在上海的,就像人的迷走神经一样,一迷就那么远。这多少有点不可思议。"② 相比而言,"我的城市多少有些令人啼笑皆非。一句话,它是一个像农村一样的城市,一个像城市一样的农村"。③ "新概念作文大赛"为郭敬明打开了通往上海之路,他以《剧本》(第三届预赛作文)、《假如明天没有太阳》(第三届复赛作文)、《我们最后的校园民谣》(第四届预赛作文)等作文连续获得第三届、第四届"新概念作文大赛"一等奖。2002年郭敬明考入上海大学影视艺术工程专业,开始长久地生活在上海。

作为郭敬明文学之路起点的《剧本》,编织了一个关于"社会角色"的寓言,文章设置了3个人物(左岸、右岸、"我"),代表着3种社会角色在现代社会的命运:左岸偏激、冲动,是一个摇滚乐手、诗人;右岸则是规矩温顺的职员,"每天早上坐同一时间的地铁坐同一个座位去上班"④;"我"就像河床一样,在左岸与右岸之间,承担着生活的河流。只有在多元的、流动的现代社会,以及在现代社会中"自我"的观念诞生之后,扮演怎样的"社会角色"才构成一个挑战。《剧本》这篇显得幼稚的作文,已然表现出少年郭敬明对于"社会角色"的敏感,他清醒地明了"社会角色"不过是一个文化构造物,就像说台词的戏子,带有表演性。莱昂内尔·特里林精辟地指出这一点,"真诚的观念,自我的观念,认识并展示自我之艰难的观

---

① 郭敬明:《关于〈生活在别处〉的生活》,《左手倒影,右手年华》,上海译文出版社,2007,第211页。
② 郭敬明:《关于〈生活在别处〉的生活》,《左手倒影,右手年华》,上海译文出版社,2007,第209页。
③ 郭敬明:《关于〈生活在别处〉的生活》,《左手倒影,右手年华》,上海译文出版社,2007,第211页。
④ 郭敬明:《剧本》,选自《首届全国新概念作文大赛获奖作品选(A卷)》,作家出版社,1999,第325页。

念,开始在戏剧突然昌盛的时代兴起并困扰人类,这绝非偶然"。①

在《假如明天没有太阳》中,郭敬明用雕琢、抒情的文字(如"安静的夜"、"隐隐浮动的霓虹"、"墨蓝的天壁"等等),塑造了一个"我想快点快点快点,回家"的"孩子",伤感且莫可名状,所谓"有一种烦恼是莫名其妙的"②。在蝉联冠军的第四届"新概念作文大赛"中,郭敬明再次重复了这种美学策略,《我们最后的校园民谣》和校园民谣本身一样伤感,在盘点高晓松、老狼、叶蓓、沈庆等民谣歌手之后,郭敬明选择以民谣式的句子结尾:"我们最后的校园民谣,夕阳下我向你眺望,你带着流水的悲伤。"③

在这批早期的获奖作文中,郭敬明已经开始展现他的特长:他善于描写一类特别的"自我",忧伤、唯美的个人主义者,或者说"精致的利己主义者"④。在郭敬明的小说中,个人是觉醒的(作为中国现代文学之父,鲁迅一直努力唤醒"铁屋"中的青年,绝望于国人的麻木),然而这种"觉醒"和外在的世界无关,指向内在的情绪与体验,"自我"到近乎自私、自恋的地步。

这样一类"脱历史"的自我,如何与当代中国的城市生活相遇——郭敬明来到上海后的小说,无论他是否意识到,都围绕这一点展开。在《幻城》(2003)所编织的唯美、空洞、自我无限膨胀的奇幻故事大获成功后,郭敬明选择休学专事写作,并于2006年成立"上海柯艾文化传播有限公司(CASTOR)",成为"80后"作家中第一位以文化公司的方式运作文学生产、发行与推广的文化资本家。在2007年,郭敬明推出第一部描写上海生活的长篇小说《悲伤逆流成

---

① 〔美〕莱昂内尔·特里林:《诚与真》,刘佳林译,江苏教育出版社,2006,第11页。
② 郭敬明:《假如明天没有太阳》,选自《首届全国新概念作文大赛获奖作品选(A卷)》,作家出版社,1999,第416页。
③ 郭敬明:《我们最后的校园民谣》,选自《首届全国新概念作文大赛获奖作品选(A卷)》,作家出版社,1999,第177页。
④ 谢湘、堵力:《北大清华再争状元就没有希望》,《中国青年报》2012年5月3日。

河》,这部小说是郭敬明迄今为止唯一带有"底层"味道的作品。故事发生在上海这座国际大都会的暗影里,西上海那些逼仄、潮湿的弄堂之中,讲述善良的富家子弟齐铭与弄堂里的单亲少女易遥的残酷青春。过于敏感的爱情与过于曲折的情节,摧毁了青春期的主人公,同时牢牢抓住了同样处于青春期的读者。据郭敬明自述,《悲伤逆流成河》在当年"五一"7天长假中售出惊人的100万册。不过,无论怎样受到欢迎,郭敬明所擅长的伤感故事,在这部作品中变得过于沉重。毕竟,这个故事潜伏着当下流行的"上海故事"需要回避的阶级差异。

郭敬明很善于调整自己,一年之后推出代表作《小时代》三部曲的第一部,《小时代1.0折纸时代》。从老城区到陆家嘴,炫目的、繁华的、流光溢彩的上海扑面而来,小说以下面这个段落开始:

> 翻开最新一期的《人物和时代》,封面的选题是《上海与香港:谁是未来的经济中心》——北京早就被甩出去两百米的距离了,更不要说经济疯狂衰败的台北。
>
> 每一天都有无数的人涌入这个飞快旋转的城市——带着他们的宏伟蓝图,或者肥皂泡的白日梦想;每一天,也有无数的人离开这个生硬冷漠的摩天大楼组成的森林——留下他们的眼泪。[①]

这种对于上海都市景观近乎膜拜的赞叹,贯穿小说的全书。陆家嘴的摩天楼群,作为标志何为"现代"的景观,构成了一种"物化的世界观"[②]。然而,对于摩天楼群的景观,《小时代》的人物既是惊叹者,又是旁观者,她分享的位置是"看"。这是让她激动的城市,

---

[①] 郭敬明:《小时代1.0折纸时代》,长江文艺出版社,2008,第4页。
[②] 〔法〕居伊·德波:《景观社会》,王昭凤译,南京大学出版社,2007,第3页。

但不是她的城市。无论是金茂大厦还是环球金融中心,真正的持有者是国内外一流的财团。"小时代"里的人物与权贵阶层的关系只有两种:家族关系与雇佣关系,前者以顾里为代表,后者以林萧(即叙述人"我")为代表。舍此无他,政治参与、社会运动、舆论监督、文化批判等一概付之阙如。

郭敬明不是没有感知到这一点,只有缺乏足够的勇气正视,并且慢慢地通过文化公司的运作成为资本链条上的一环。在《小时代》中,郭敬明将"资本"的气质掩饰为"男性"气质,最多是一种"怪癖",比如 M.E 主编宫铭不允许主编助理林萧使用逗号和句号之外的标点符号,林萧的同事告诉她:"意义在于逗号和句号可以表现出我们的冷静和有条不紊,任何时候我们都是被设定成这样的机器人!"① 对于资本时代的冷漠法则,匮乏参与可能性的青年一代,充满了无力感,郭敬明也诚实地表达出这一点,"财富两极的迅速分化,活生生把人的灵魂撕成了两半。我们躺在自己小小的被窝里,我们微茫得几乎什么都不是"。② "我们活在浩瀚的宇宙里,漫天飘浮的宇宙尘埃和星河光尘,我们是比这些还要渺小的存在。"③

合乎逻辑,《小时代》的故事都发生在"内景"。从上海大学女生宿舍到毕业后主人公们租住的静安别墅,从顶级写字楼到豪宅里的聚会,郭敬明的小说是文学版的"室内剧",大上海流光溢彩的景观,和主人公的生活没有发生真正的关联。和第一部"室内剧"《渴望》在 1990 年饶有意味地播出一致,激荡在十字街头的能量变得衰微,一切都被吸纳到个人空间之中。和《子夜》、《上海屋檐下》等我们熟知的上海故事将政治波澜作为故事的推动力不同,在《小时代》之中,故事的推动力依赖人物间的对话与人物爱恨关系的调整重构。

---

① 郭敬明:《小时代1.0折纸时代》,长江文艺出版社,2008,第26页。
② 郭敬明:《小时代1.0折纸时代》,长江文艺出版社,2008,第5页。
③ 郭敬明:《小时代1.0折纸时代》,长江文艺出版社,2008,第108页。

郭敬明的经典主人公，就是这种被中国特色的现代性囚居在内室中的主体，始终处于一种不成熟的状态。郭敬明将这种状态指认为"孩子"，他安于这种无法长大的状态，"一个永远也不肯长大的孩子也许永远值得原谅"①。郭敬明的上海想象、美学风格与叙述策略，都是围绕"孩子"而展开。在《小时代》之中，顾里、林萧、南湘、唐宛如4个同宿舍的女孩子组成了"小共同体"，以抱团取暖的方式，扮演着"大时代"的局外人，"小时代"的剧中人。然而，这种与历史疏离的态势无法持久，《小时代》三部曲结束于"胶州路大火"，郭敬明安排他的所有人物在胶州路707弄1号聚会，时间是2010年11月15日。关注上海的读者都知道，在现实世界中上海同一天同一地点爆发了震惊全国的火灾，50余人葬身火海。

现实中的"上海"终于无比酷烈地闯进到"小时代"的世界中，将里面的男男女女焚烧干净。这样一个猛烈而意味深长的结尾，提升了《小时代》三部曲的境界。在小说结尾，劫后余生的林萧离开了上海，在漫长的岁月里反复做同一个梦：阳光明亮的大学寝室，她和女伴们穿着睡衣挤在沙发上窃窃私语，"我们俩的头发都又长又黑，长长软软地披散下来，缠绕在一起，分也分不开"②。"上海梦"化为灰烬，宛如幻城一梦，郭敬明写完《小时代》最后一行，是否会想起自己14岁时候发表的处女作《孤独》，这首预言般的小诗结束于这一句："我们不知道要去哪里。"

三 游弋在"他的国"

韩寒也未必知道要去哪里，但是和郭敬明不同，韩寒的主人公永

---

① 郭敬明：《四维读书之写在前面》，《爱与痛的边缘》（第4版），东方出版中心，2008，第93页。
② 郭敬明：《小时代3.0刺金时代》，长江文艺出版社，2011，第359页。

"80 后"作家的上海想象

远"在路上"。"新概念作文大赛"与《三重门》的成功后,韩寒很长一段时间去玩赛车,几年内成为中国汽车锦标赛场地赛、拉力赛双料冠军,目前是中国最出色的赛车手。同时,他继续着自己的写作,连续出版《长安乱》(2004)、《一座城池》(2006)、《光荣日》(2007)、《他的国》(2009)、《1988——我想和这个世界谈谈》(2010)等长篇小说;并且以"新浪博客"为平台,从 2008 年开始发表一系列杂文,戏谑反讽地抨击时弊,篇篇成为社会热议的话题。社会大众所理解的"韩寒"现象,基本上是这一系列时评所勾勒出来的。

体育记者方肇曾经如此评价韩寒的赛车:"韩寒理想的赛车,就是在危险到几乎失控的边缘驾驶着自己的线路。"① 这同样适合于描写韩寒的写作。韩寒写得是一种游弋的"公路小说",往往和道路与远方相关,描绘着不安分的青年游荡者。早在 2000 年,18 岁的韩寒就表现出对"远方"的向往,他在《永远的远方》一文中表示,苏童的短篇小说《一个朋友在路上》是"近年来唯一一篇让我读了两遍的小说"②。这篇小说描写叙述人"我"的好友力钧酷爱《在路上》,大学毕业后选择做一只"自由之鸟"在中国各地漫游,"冲破围墙到外面去,去看真实的世界,去找寻你的自我"③,这个主题显然击中了韩寒的内心深处,韩寒的小说都是"在路上"的各种变形,笔者就此曾经专门整理过:在《一座城池》中,小说第一页,"火车慢慢停下,这又是一个全新的地方",以为自己是"逃犯"的"我"和健叔在陌生的大地上逃亡;在《光荣日》中,一群青年自动放逐到远方,整部小说是一个疯狂的白日梦,"到了毕业分配的时候,这些人主动放弃了分配,跟随大麦来到了孔雀镇。一共 7 个人。大家坐

---

① 方肇:《韩寒:最好的年代》,华文出版社,2012,第 3 页。
② 韩寒:《永远的远方》,《韩寒五年文集(下)》,万卷出版公司,2008,第 227 页。
③ 苏童:《一个朋友在路上》,《上海文学》1993 年第 1 期。

着火车，摇摇晃晃，穿过一座山，再穿过一座山"；在《他的国》中，依靠着最后一个变异的大动物萤火虫的照亮，左小龙在大雾中开着摩托离开故乡亭林镇，幻想沿着318国道穿越中国。《1988——我想和这个世界谈谈》则更为彻底地将故事场景放置在318国道，"我"从上海到西藏，横贯东西，穿越整片广袤的中国。

和郭敬明自我囚禁的脆弱与忧伤不同，韩寒的人物，表征着经历巨变的当代中国价值认同的破碎。郭敬明的人物幻想着海上繁华梦，沉醉在一系列国际品牌与商业地标带来的物质迷幻之中；出生于上海的韩寒，反而拒绝了"上海"所规约的这一切，在上海召开世博会前夕，他针锋相对地表示，"城市，让生活更糟糕"（世博会口号："城市，让生活更美好"），在同题演讲中韩寒直言不讳"我是一个非常非常不喜欢大城市的人"[1]。如果说郭敬明一直竭力掩饰自己来自四川、努力扮演着"上海人"，那么韩寒则一直强调自己就是"乡下人"，"我的小时候在农村度过，农村的确是个好地方，至少可以放声高歌"[2]。上海的城市景观对于韩寒也是缺乏魅力的，"如果说城市的建筑是美丽的、值得欣赏的话，我宁愿成天对着一只火柴盒看。钢筋水泥是最没人情味的"[3]。

在《青春》等杂文中，韩寒表示自己关注的是"上海郊区普通人的生活"，他不是从宏大叙述——比如"中国崛起"、"浦东模式"开始，而是从身边的普通朋友出发，一笔一笔算起经济账，面对高昂的房价与物价，这些普通的年轻人未来渺茫。读《青春》，笔者想到的是谁也不会拿来和韩寒比较的赵树理。王晓明曾经这样分析赵树

---

[1] 韩寒：《城市，让生活更糟糕——嘉定区世博论坛演讲稿》，选自《青春》，湖南人民出版社，2011，第103页。
[2] 韩寒：《兄弟成长于天蓝年代》，《韩寒五年文集（下）》，万卷出版公司，2008，第186页。
[3] 韩寒：《来自海边》，《韩寒五年文集（下）》，万卷出版公司，2008，第185页。

理:"他是一个要替农民算实际的生活账的作家……他也坚信,这个社会主义应该能同时在政治和身体的层面令农民信任,应该能确实地改善他们的生活。他不相信单靠描绘未来图景——无论那多么新、多么美——就能长久地打动农民。必须有实际的数据,才能支持历史的逻辑,光用文字画一条历史进步的逻辑线条,小二黑是不会长久相信的。……1960年代,赵树理笔下再次出现了一批被称为'中间人物'的形象,他们一径低着脑袋,顽固地算着自己一家一户的小账。"①在《青春》中,韩寒和写《三里湾》的赵树理一样,耐心地计算着本阶级的"账目","一个月赚一千五百块"、"一个月可以补贴一千五"、"他的母亲在给人拧电灯泡,八百块一个月"、"但是上海郊区镇上的房子一套至少要五十万"……②和赵树理作为农民阶级的文学代理人相似,韩寒是属于中国正在崛起的中产阶级的作家,他对于公正、自由、民主等社会价值与房价、汽车、电影等具体问题的关注,以及通过博客与微博等网络新媒体与受众的互动与传播,都在不断强化他的中产阶级代言人身份。在一个文学丧失轰动效应的时代,韩寒的文字有如此呼风唤雨的魔力,正在于新兴的历史能量的支持。

  韩寒的作品,标志着中国中产阶级的美学倾向与社会处境。这是一个尴尬的阶级,一直被期许为"公民社会"的中坚力量,但在现实中举步维艰。面对社会等级不断凝固与分化的现状,中产阶级无法克服"社会板结"所导致的参与性危机。尽管上海所代表的中国各大城市在近年来高速发展,但是中产阶级缺乏有效地分享发展果实、有效地参与自身生活的方式,由此缺乏对于共同体的"认同"。麻省理工学院黄亚生教授结合具体经济数据分析道:"'上海模式'可以提高城市高楼大厦的楼高和国内生产总值的统计数据,但对提升居民

---

① 王晓明等:《笔谈赵树理》,《文艺理论研究》2008年第4期。
② 韩寒:《青春》,湖南人民出版社,2011,第1~3页。

的实际生活水平却是有限的。此外，上海可能是中国贫富差距最大的城市之一。"① 黄亚生就此发出严厉地批评，"世界上任何其他地方都不会像上海一样点燃如此多的梦想，也带来如此多的失望"。② 不过，和以往的批判型知识分子不同，关于"中国向何处去"③，韩寒没有一个确定的远景，他放弃了关于"乌托邦"的任何迷思。"如果说郭敬明的写作是'小时代'写作，韩寒则是'大时代'写作。在一个确定性可疑的世界里，以不确定的方式游弋，韩寒的杂文写作，正是一场属于这个时代的文化游击战。这里的'游击'，不仅仅是比喻意义上的，更是游击的本义，在没有找到自己'根据地'情况下的游荡、回击。"④

这种写作对应着中产阶级在社会结构中的处境，"游弋"的状态，没有超出100年前毛泽东在《中国社会各阶级的分析》中的论断："那动摇不定的中产阶级"⑤。这也解释了为什么韩寒的作品是反讽性的，如琳达·哈琴指出的，"反讽成了实际抵抗与反对的某种替代"。⑥ 反讽开始于"怀疑"，终止于"延宕"，反讽从不引燃任何"革命"。反讽者不满于这个世界，又维持着这个世界，和抱怨相比，反讽者更担心崩溃。"有越大的对立在运行着，也就越需要反讽，以便操纵、控制那些自行其是、竭力冲脱的魂灵。"⑦ 反讽最终提供的是关于"自由"的安慰，"在《精神现象学》中，黑格尔曾就反讽所

---

① 黄亚生：《"中国模式"到底有多独特？》，中信出版社，2011，第19页。
② 黄亚生：《"中国模式"到底有多独特？》，中信出版社，2011，第25页。
③ 毛泽东在《新民主主义论》中著名的设问，这构成了20世纪中国的"元问题"，一代代政治家、知识分子以不同的答案予以回应。
④ 黄平：《"大时代"与"小时代"——韩寒、郭敬明与"80后"写作》，《南方文坛》2011年第3期。
⑤ 毛泽东：《中国社会各阶级的分析》，《毛泽东选集》（第1卷），人民出版社，1991，第9页。
⑥ 〔加〕琳达·哈琴：《反讽之锋芒：反讽的理论与政见》，徐晓雯译，河南大学出版社，2010，第27页。
⑦ 〔丹〕克尔凯郭尔：《论反讽概念》，汤晨溪译，中国社会科学出版社，2005，第281页。

具有的知识上的价值进行过深入的阐述……黑格尔显然是说,通过这种讥讽嘲笑,精神就获得了一定程度的自由——我们把这种自由叫做疏离。如果'存在'可以被这样对待,它似乎不是完全认真的,那么精神受它的约束就比较少。这样,就可以无所悲伤地接受存在,必要时也可以无所怨恨地与存在打交道"。① 在参与性危机的状态下,这种反讽所带来的"疏离感",会推出一种灰暗而快乐的"自由感"。然而,这远远不够,这会慢慢变成另一种自我囚禁,滑稽而犬儒。在《"80后写作"与中国梦》的对话中,杨庆祥认为:"韩寒的这种看来很'新鲜'和'幽默'的表达方式可能潜藏着致命的问题,那就是,很多重要的问题被表达的形式所掩盖了。如果说得刻薄一点,在韩寒的很多博文中,有一种巧言令色的成分,他既没有从根本上去廓清一个问题,也没有在表达上给现代语言提供新颖的东西。……如果说韩寒的抵抗是成立的,这种抵抗仅仅是在一个非常简单的意义上成立,那就是利用媒体的作用,借助舆论的力量,来满足一种即时性的发泄欲望。这些东西,无法对道德和人性的重构起到有效的作用,也难以说就推动了社会和文化的进步。"②

四 重建共同体

"80后"写作,作为城市一代的寓言,归根结底是关于"中国梦"的叙述。在这个意义上,伴随"80后文学"的崛起以及深远的中国城市化进程,作为中国现代化城市的代表,上海可能凭借这种历史性的力量重新回到中国文化的中心。然而,关键之处在于,如同"纽约梦"之于美国,上海能否提供有说服力的"上海梦",并且在

---

① 〔美〕莱昂内尔·特里林:《诚与真》,刘佳林译,江苏教育出版社,2006,第118页。
② 杨庆祥、金理、黄平(三人谈):《"80后"写作与"中国梦"(上、下)》,《上海文学》2011年第6、7期。

此基础上升华为中国的核心价值？

显然，无论是郭敬明的忧伤，还是韩寒的游弋，形形色色的青年，都是无所寄托的"个人"。对于郭敬明而言，以女生宿舍所代表的"关系网络"构筑的"小共同体"，无法摆脱现代的"孤独"，如鲍曼的看法："正如理查德·桑内特反复指出的那样，共享私密往往是首选的、甚至可能是仅存的'构筑共同体'的方法。这种构筑技术，只能产生像支离破碎、游离不定的情感一样脆弱短命的'共同体'，它们毫无规律地变换着目标，茫然无计地寻找永远也找不着的安全港湾；在这些共同体中，人们共享着苦恼、焦虑或怨恨，但它们都是'钉子'共同体，众多孤独的个体短暂地围绕在钉子周围，并把他们孤独的个体恐惧悬挂在这颗钉子之上。"[1] 对于韩寒而言，游弋的个体最后可能走向韩寒所设想的反面，"倘若个体是公民的头号敌人，倘若个体化给公民身份和基于公民身份的政治带来麻烦，那是因为作为单个人的个体所关心的事情和他们的当务之急占据着公共空间，并宣称自己是公共空间唯一合法地占据者，把其他东西都从公共话语中挤出去了"。无论郭敬明还是韩寒，核心的问题在于，怎样定义"现代"的"个人"。对于当代中国而言，"现代"的"个人"不是已然完成，而是在汲取世界现代经验的基础上，能动性地向未来敞开。在这个意义上，无论是郭敬明的资本写作，还是韩寒的中产阶级写作，都有囿于自我、安于静止的致命缺陷。他们回避历史的运动，回避一种更为蓬勃的想象力。显然，新的共同体想象尚未完成，而是向未来敞开，一种新型的人与人的关系、人与国家的关系，等待着新一代文学的勘查与激活。在最高的期待上，何谓"80后文学"，何谓"上海"与"中国"的想象，真意在此。

---

[1] 〔波〕鲍曼：《个体地结合起来》，选自〔德〕乌尔里希·贝克、伊丽莎白·贝克－格恩斯海姆：《个体化》，李荣山等译，北京大学出版社，2011，第26页。

文学交流
Literature Communication

B.15
近距离的文学交流
——"上海写作计划"5年回顾

陈丽丽*

摘　要：

"上海写作计划"的设想是邀请世界各地，尤其是欧美以外的国家和地区的，已经取得一定成绩的作家，来沪体验两个月的市民生活。自 2008 年开始实施"上海写作计划"，迄今已邀请 30 名世界各地的作家前来上海生活。尽管"上海写作计划"对来沪作家的创作不做任何干涉，事实上却切实地影响了他们。到目前为止，上海作协得到的反馈是积极的，也鼓励着上海作协把这个计划继续下去。"上海写作计划"的风格和地位还需要进一步明确，但是坚持下去一定有助于上海文学、上海文化的对外传

---

* 陈丽丽，上海社会科学院文学研究所硕士研究生。

播，提升上海的城市形象。

关键词：

"上海写作计划"　"驻市作家"　文学交流

一　2012年"上海写作计划"概况

2012年9月3日，上海众多作家齐聚作协大厅欢迎来自世界各地的作家同行们，由此拉开2012年"上海写作计划"的帷幕。这是上海市作协为受邀前来的8位外国"驻市作家"举办的欢迎酒会，共计60多人参加了这次酒会，作协主席王安忆在欢迎酒会上祝词，副主席秦文君向驻市作家们赠送了上海作协近年编译出版的英文版上海作家散文集、小说集、诗歌集和儿童文学作品集。

2012年的"上海写作计划"迎来的8位外国"驻市作家"是：希腊富有创造性的年轻作家之一，2007年荣获美国全国艺术基金会颁发的"国际文学奖"的阿曼达·米查罗保罗（Amanda Michalopoulou）；获韩国"今日年轻艺术家奖"，其小说《我的紫色沙发》入选"最能代表1990年代韩国文学水准的22部短篇小说"的韩国作家赵京兰（Jo, Kyung Ran）；保加利亚笔会中心秘书长，曾获2008年欧洲图书奖提名，短篇小说入选过BBC世界十佳作品，同时又是翻译家的兹德拉夫科·伊蒂莫娃（Zdravka Evtimova）；保加利亚诗人、短篇小说作家、艺术家基里洛娃·格奥尔基耶娃（Svetla Georgieva）；"柏林艺术奖"、"恩斯特·迈斯特诗歌奖"等诸多德国重要奖项获得者德国小说家、诗人米尔科·邦内（Mirko Bonné）；全球知名畅销书，甘地传记《圣雄》的作者，入选2008年"奥古斯特奖"最佳纪实小说类评选的瑞典作家扎克·欧耶（Zac O'Yeah）；创作了包括儿童书籍、侦探小说在内40多部书，作品已在台湾翻译出

近距离的文学交流

版的瑞典作家培德·理德贝克（Petter Lidbeck）；波黑小说家、剧作家、诗人扎尔科·米勒尼克（Zarko Milenic）。加上在最后时刻因为个人健康原因不能前来的美国作家威尔斯·陶尔（Wells Tower）和伊拉克作家阿里·巴德尔（Ali Bader），2012年的"上海写作计划"在规模上有了新的突破。

2012年"上海写作计划"的主题是"生逢2012"，围绕该主题来访的外国"驻市作家"们分3场举行了报告会。报告会上，外国"驻市作家"以演讲的方式，与上海作家和读者分享他们多年的创作经验、文学观点、人生感悟，以及围绕主题"生逢2012"各自不同的思考。每场报告会上，在作家演讲后，都留出一个小时的时间，供上海作家和文学爱好者们提问，以期与外国"驻市作家"进行更加深入的交流。

9月11日，外国"驻市作家"到杭州参加一场名为"音乐与写作"的中外文学交流会。8位作家或是在音乐的伴奏下朗读自己的作品，或是在朗读作品后向读者呈上自己最喜欢的一段音乐。这些用各自母语朗读的作品和他们选择的音乐，让听众感受了不同语言的魅力和每位作家不同的喜好风格。交流会后，作家们还饶有兴趣地游览了杭州并出席了"城市、水域、心灵"——大运河国际文化论坛暨2012首届大运会国际诗歌节启动仪式。把外国"驻市作家"的文学交流活动扩展到上海市外，让更多的读者了解上海写作计划和外国"驻市作家"。

9月21日下午，外国"驻市作家"先后到上海师大一附小和世界外国语中学参观、活动，这是2012年"上海写作计划"的一项新增活动。在上师大一附小，外国"驻市作家"分成几组与学生们玩故事接龙；在世界外国语中学，由学生们带领外国"驻市作家"参观学校图书馆，介绍学校设施和校园生活。外国"驻市作家"与上海的中小学生自由攀谈，外国"驻市作家"认真地回答了学生的各种提问。

9月26日，外国"驻市作家"与上海当代作家进行了一场文学交流会。不同语言和写作风格的中外作家欢聚一堂，交流自己近期创

179

作情况。中外作家们还就保加利亚、波黑体制改变对创作的影响，作家的创作自由，中国专业作家的情况，网络文学发展的情况，年轻人使用博客和微博的情况，文学作品的出版发行情况，《哈利波特》等畅销书的情况等进行了交流。

10月9日晚上，外国"驻市作家"到复旦大学与复旦中文系的师生进行文学对话，分享各自的写作经验和文学观点。这是"上海写作计划"的保留"节目"，每年交流会现场都是水泄不通，复旦中文系的师生对来自世界各地的作家们兴趣盎然，作家们同时也感受到了复旦师生的热情和才学。

10月18日，外国"驻市作家"一行到上海作家家里做客。到作家家里做客，给了外国"驻市作家"接触上海家庭的机会，同时也给作家们提供了更宽松自在的交流环境。①

从报告会、座谈会、交流会，到参观中小学、上海家庭，"上海写作计划"的活动安排（见表1）点缀在外国"驻市作家"两个月的"日常生活"里，主办方旨在提供一个能全方位认识、了解上海的方式。

表1　2012年"上海写作计划"活动一览

序号	日期	地点	活动内容
1	9月3日	上海作协大厅	外国"驻市作家"欢迎酒会
2	9月16日	上海作协大厅	第一场主题报告会
3	9月22日	上海作协大厅	第二场主题报告会
4	9月11日	杭州	"音乐与写作"中外文学交流会
5	9月21日	上海师大一附小 世界外国语中学	外国"驻市作家"到中小学参观、活动
6	9月26日	上海作协大厅	外国"驻市作家"与上海当代作家进行的文学交流会
7	10月9日	复旦大学	外国"驻市作家"与复旦中文系师生的文学对话
8	10月18日	上海作家家里	外国"驻市作家"到上海作家家里做客
9	10月20日	上海作协大厅	第三场主题报告会

---

① 胡佩华：《生逢2012——记2012"上海写作计划"》，《上海作家》2012年第6期。

二 "上海写作计划"的发起

自2008年开始实施"上海写作计划",迄今已邀请30名世界各地的作家前来上海生活(见本文附录)。以文学之名,邀请世界各地小说家、诗人等到中国来体验生活,在国内属于首创,填补了国内在这方面的空白。上海市作家协会认为,这将有助于提升上海城市文化形象,增进外国作家对上海的了解。

在国际范围内,这样的写作计划已经成为各国作家到一个国家或城市体验生活、交流学习的重要方式。国际上比较知名的"爱荷华国际写作计划"成立于1967年,由著名作家聂华苓及其丈夫、美国诗人保罗·安格尔创办。自成立以来,截至2012年,已有超过120个国家及1100名作家获邀到访爱荷华大学,参与该写作计划。计划所邀请的作家,以一些已经获得一定知名度的、具潜质的作家为主,为期3个月,获邀的作家可以参与大学的课程,并安排各种座谈会、阅读会等。中国作家王蒙(1980年)、丁玲(1981年)、刘宾雁(1982年)、茹志鹃与王安忆(1983年)、北岛(1988年)、残雪(1992年)、苏童(2001年)、西川(2002年)、余华(2003年)、莫言(2004年),还有汪曾祺、阿城、刘索拉等都先后参加过这个"国际写作计划"。王蒙在自传《大块文章》中忆及在爱荷华的经历时说:"1980年8月至12月底,我在这里完成了中篇小说《杂色》。我吃面包抹黄油与鲜牛奶与意大利咖啡,我看全美广播公司与哥伦比亚广播公司播放的电视新闻……认识了纽约的夏志清、唐德刚,认识了后获诺贝尔文学奖的托尼·莫里森、哈佛大学的费正清。"在度过了3个月时光后,王蒙总结道:"无论如何,从此美国对于我是一扇大致敞开了的大门。"除了"爱荷华国际写作计划",意大利每年也会从世界范围内邀请一名作家在威尼斯住3个月,并交出一部作品,阿城就是在1992年在威尼斯生活3个月后写成了7万多字的《威尼斯日记》。① 类似的写作计划都旨在为作家们提供一段最佳的写作环境，以促进他们的写作。有些诗人和作家在某段时期要依靠这样的计划维持生计，例如张爱玲到美国后就曾参加过麦克道威尔文艺营，在那里住了半年；诗人黄翔曾作为匹兹堡"驻市作家"；顾城、北岛等都曾靠这样的计划来安心写作。

交流的作用是相互的，除了给作家提供帮助，给"驻市作家"提供真正了解该国、该城市的条件，写作计划也是一种文化的输出。曾多次组织过、参加过写作计划的龙应台说过："如果我有过在中国大陆真正的脚踩在泥土上的生活经验的话，我再来写（一些题材）会不一样，会更好。缺了这块泥土上真正的生活经验，你就比较不容易知道这片土地上真正的痛之所在和情感。"② 提到文化输出，她说，她视之（台北驻市作家计划）为文化的投资，希望台湾经验能够成为他们（驻市作家）文学的养分，也希望能透过他们的文字把台北及台湾带出去。③

正是基于这两方面的原因，上海作协启动了"上海写作计划"这项活动。事实上，作为此项活动的主要倡议和发起人——上海作协主席王安忆对1983年参加的"爱荷华国际写作计划"感受颇深。王安忆与母亲茹志鹃曾经于1983年奔赴美国爱荷华参加为期3个月的写作计划。王安忆在那里和来自不同国度的作家们相处交流，回国后与母亲合著了《母女漫游美利坚》。王安忆还曾在《谈话录——我的文学人生》中对这段经历进行了详细剖析。这说长不长、说短不短的3个月让王安忆感触良多，对其思想影响很大。

---

① 杨阳:《听阿城乱弹琴》,《南方周末》2000年6月30日。
② 燕舞:《龙应台:时代怎样"被记忆"》,《新民周刊》2009年第43期。
③ 《龙应台:望莫言获奖能令"中国心灵打开"》,凤凰网文化综合2012年10月12日; http://culture.ifeng.com/huodong/special/2012nuobeierwenxuejiang/content_1/detail_2012_10/12/18206231_0.shtml?_from_ralated。

中国作为大国崛起后，一直期望可以展示大国风采，提高国家影响力，尤其是提高国家软实力对国际社会的影响力，为此各部门和组织付出了很多心力、资金，效果却不甚明显。中国的文学界在世界更没有得到应有重视，人们似乎直到莫言得了诺贝尔文学奖才关注到当代中国文学。到底是什么原因导致的，难以一言以蔽之，但学习美国的"爱荷华国际写作计划"的确是不错的选择。

三 "上海写作计划"的实施

"上海写作计划"的设想是邀请世界各地，尤其是欧美以外的国家和地区中已经取得一定成绩的作家，来沪体验两个月的市民生活。

关于人员筛选，主要通过网站招募，领事馆、出版社、文学机构推荐，自荐等方式，主办方经过半年到3个季度的时间进行筛选，方能确定最后名单，通常这一届的写作计划刚刚落下帷幕，新一届的招募就紧锣密鼓开始了。在招募"驻市作家"的过程中，主办方一个主要的期待是：广泛听取主流之外的声音，因此大力邀请非主流国家的作家参加，打造非主流文学国家的交流平台。"上海写作计划"实施5年来，共有来自全球19个国家的30位作家先后来沪。（见表2）

表2 受邀作家来源地与人数统计

序号	国家	人数	序号	国家	人数
1	爱尔兰	3	11	法国	1
2	瑞典	3	12	韩国	1
3	澳大利亚	2	13	加拿大	1
4	保加利亚	2	14	墨西哥	1
5	德国	2	15	挪威	1
6	古巴	2	16	日本	1
7	希腊	2	17	瑞士	1
8	以色列	2	18	匈牙利	1
9	英国	2	19	印度	1
10	波黑	1	总计		30

上海市作协主席王安忆对受邀作家的构成比较满意,"现在世界上都是欧美的声音,我就希望有一点不同的声音"。爱荷华大学"国际写作计划"在选择作家时,比较注重第三世界。"上海写作计划"在筛选作家时,也青睐一些中国读者较陌生的名字。王安忆分析:"为什么近百年上海成为这么重要的文化重镇,除经济等原因,就是由于大量的世界文化与中国文化是在这里碰撞。"上海市作协党组书记、副主席孙颙表示:"上海文化在中国的地位很重要取决于内外的交流。"与经济领域日益频繁的世界交往不同,世界对中国文化了解太少。"上海要打造以中外文化交流中心为特色的文化大城市,文学是本。"孙颙认为,"那么多的作家来上海,随便和居民交流,生活在居民之中,只要他愿意写,就是他内心深处流出来的东西。"他甚至想起了当年斯诺所写的《西行漫记》,"显然比我们自己写的红军故事更能打动世界"。①

外国"驻市作家"来沪体验生活的时间被安排在9月1日到10月31日之间,这个时间段气候适宜,又恰逢国庆假期和传统节日"中秋节"。出于让其体验上海生活的目的,每年受邀作家来沪之后,通常都安排住在市民生活区,而不选择酒店里。为了方便外国"驻市作家"间的交流,每一年的"驻市作家"都被安排在同一栋居民楼里。"上海写作计划"不干涉来沪作家的创作自由,他们可以穿街走巷,也可以留在屋里创作,例如2012年来自瑞典的培德·理德贝克走到市井之中,到铜川路品美食,到城隍庙买徽章;而2010年来自古巴的劳尔·弗洛雷斯·伊里亚泰则乐意留在房间奋笔疾书。为帮助作家快速融入上海,一年一度的欢迎会都更像一场上海市民生活知识讲座,"培训内容"甚至包括购物时讨价还价的方法。

"上海写作计划"每年设计一个主题(见表3),要求参与的作

---

① 曹玲娟:《请进来,跟我们做邻居》,《人民日报》2010年10月11日。

家就这个主题做一个不限长短、不限文体的发言,发言稿会发表在《文汇报》和《Shanghai Daily》等报纸。集体的活动包括与上海当代作家座谈,与复旦大学中文系进行一场讨论会,到周边的市镇参观一天,到市民或作家家里访问,参观中小学等,其他时间由外国"驻市作家"自行决定。

表3 "上海写作计划"历年主题

年份	主题
2008	他乡与故乡 Native Land and Elsewhere
2009	你从哪里来 Where Are You From
2010	城市与写作 City and Writing
2011	东西方的未来 The future of the East and West
2012	生逢2012 My Encounter with 2012

上海作协公开表示,并不要求或者期望"驻市作家"日后一定要书写上海:"写作计划的目的仅仅是为了让他们获得一次跟上海接触的机会,相信他们将来一定会记起这段日子,并能记住这座城市所发生的变化。"王安忆表示,这样的心态,在中国的现实生活中很少见。"我们这边都太急,但'写作计划'现在还看不出一点好处。"王安忆强调自己的体会,"作家写作与生活经验有关,不大可能两个月就能写出些什么。"在王安忆看来,与其急着追求字里行间的成果,倒不如先筑好一条交流的通道。"让别人了解中国是很重要的。"她评论说:"改革开放后一直是我们对别人的兴趣大于别人对我们的,我们对别人的了解很多,国外的新书马上就能引进来。但别人对我们了解却并不多。"① 受"上海写作计划"的激发,最近几年,上海作协编选出版了上海当代作家的英文版散文集、诗歌集和短篇小说集等,以便和外国作家和读者交流。

---

① 曹玲娟:《请进来,跟我们做邻居》,《人民日报》2010年10月11日。

尽管"上海写作计划"对来沪作家的创作不做任何干涉，事实上却切实地影响了他们，有些体现在创作上，有些体现在往来交流中，有些体现在个人情感上。主办方把"驻市作家"从海外请进上海、请到中国，这些作家经过两个月的生活体悟，把上海写进了他们的思想和生命里，自然而然地上海与中国就跟随他们的足迹传出去了。到目前为止，上海作协得到的反馈是积极的，也鼓励着上海作协把这个计划继续下去。

历经5年，接待了超过30位世界各地的作家，绝大多数的相处是相当顺利和愉快的。上海作协作为主办方，在面对"驻市作家"形形色色的要求时，越发感到把握好原则，能帮则帮，不该破例的坚决不破例才能更有效、持续地进行"上海写作计划"。例如曾有两位作家在非特殊情况下，试图提前离开，这明显违反了"上海写作计划"的活动原则而被拒绝。"上海写作计划"对参加者有一点要求很明确，就是希望这些作家在上海做两个月的市民，真切体会和经历上海，而不是走过场。"上海写作计划"还有一个不成文的规定，同样也是国际上"写作计划"的基本原则，就是不以帮助作者出版、推广专著为目标。有位"驻市作家"提出过这样的想法，多次要求开作品推介会，都被果断拒绝。

四　交流与碰撞

人总是首先基于自己的立场思考问题，但与他人相处，尤其是与教育、文化背景迥异的人相处，就会碰撞出很多有趣的事情和引发有意义的思考。通过"上海写作计划"，中外作家能够比较从容地在一起坐下来交流，彼此对于文学、文化有了许多新的"发现"。

《牛虻》是我国1950年代的翻译作品，在国内引起了很大的反响，感染了无数的年轻读者，革命者牛虻成为了那个时代中国最有影响力的文学形象之一。《牛虻》的作者伏尼契出生在爱尔兰科尔市，但几届从爱尔兰来沪的作家都不熟悉该作家作品。究其原因发现，爱尔兰举国上下信奉天主教，而《牛虻》抨击了天主教会及其神父蒙太尼里的虚伪本质，男主角牛虻痛恨教会，认为教会是最凶恶的敌人，自然地导致土生土长的爱尔兰作家不熟悉《牛虻》。

瑞典是一个半禁酒的国家，他们限制各种酒的销售，禁止设立酒吧间。所有的菜馆饭店只准在晚餐时间出售极有限量的酒，人们在家中饮酒要凭"购酒特许证"到指定酒店里配购。① 因此瑞典的诗人、文学家没有把酒言欢、对酒当歌的传统，而在我们国家，酒文化相当盛行，尤其在诗人当中，历朝历代有关酒的诗歌不胜枚举。由此可见，在我们的观念中诗与酒的天然情结也不是那么"天然"的。

"驻市作家"中，2010年来沪的德国作家、记者蒂娜·余贝尔让人印象深刻。她一个人从德国坐火车，穿越德国腹地，经波兰、俄罗斯西伯利亚等地来到中国参加"上海写作计划"，广袤的森林、巍峨的山脉和目不暇接的各地建筑，那是何等的视觉享受和亲身体验。让人不得不佩服她的勇气和决心。

此外，也需要彼此更多地了解对方的文化，才能在日常交往中更好地表达相互的尊重。比如关于年龄、性别、身体、种族等，就有许多"雷区"。例如，我们总是习惯于在介绍女作家的时候强调其性别，但在西方的观念上，这就是性别歧视；中国人在发言的时候常常带有"那个那个"口头禅，由于"那个"跟对黑人的歧视称呼 Negro 发音相似，所以被认为含有明显的歧视含义。关于这一点，中外作家都觉得为了消除类似这样不经意的"歧视"或者误会，只有更多地来往、更充分地交流。

---

① 欧阳利咸：《半禁酒的国家——瑞典》，《世界知识》1980 年第 14 期。

五 "驻市作家"背后的故事

每个人背后都有一个故事,"驻市作家"也不例外。在上海作协接触的这 31 位作家中,有几位让人印象特别深刻。

(一)"我又开始写作了"

爱尔兰的科纳·克里顿在 2009 年来沪前经历了人生的阵痛——他的妹妹在与癌症抗争一年多后,于 2008 年 12 月病逝。悲痛可想而知,此后,科纳·克里顿"失去了生活的目标,甚而失去了写作的兴趣"。幸运的是,他来到了上海,参加了写作计划。上海作协、上海市民,甚至上海这座城市的朝气蓬勃、热情洋溢感染了他,令他"第一次在很长一段时间里,我快乐,且又爱上了写作"。回国之前,科纳·克里顿给上海作协主席王安忆写了封信[1],信中述说了他参加"上海写作计划"这 9 周的心境和体悟:

> 您为我们选择的住宿真是太好了。我很高兴我们没有住在类似于外国侨民集中的社区,这样会削弱对上海的文化体验。我渐渐爱上了这个社区和我的邻居们。周围的江宁路、陕西路和长寿路就像我家乡科克的街道,我称它们为玉佛谷。
>
> 它现在已经是我的社区了,我就要尽可能和我的邻居们交流。我和每个遇见的人打招呼:扫马路的、做小生意的、安保、白领、擦窗的、出租车司机、营业员、理发师等等,和每一个能够停下脚步来的人。我要伸出友谊的手。虽然这样的交流很有限,因为我不会说中文,他们也不会讲英文,但这实在不算什

---

[1] 《爱尔兰作家科纳·克里顿致王安忆的信》,《上海作家》2009 年第 6 期。

么，因为人与人交往，在需要情感表达时语言就显得不十分重要了。一旦隐匿的情感能被理解，还有什么比这更好的呢——世界多美好。

在过去的9周里，我认识了很多邻居。我介绍我自己叫Con，接着我周围的许多人就叫我"贡先生"，同时我也知道了很多中国人，毫无疑问，我并不能准确地叫出他们的名字，就像我不叫贡先生那样，但这是最直接的一种交流方式，能让我们彼此的接触更动心和美妙。

每天我都要在写作间隙走上街头，有时穿过长寿路，或是走到新会路口的游泳池，或走进陕西路上的茶馆要杯茶，视心情而定有时要杯绿茶，或是红茶。就是这些简简单单的平常事让我在上海的生活显得那么不一般。

或许很奇怪，但我却被他们深深吸引，在陕西路和新会路口那个包饺子的男人，爬上脏脏的大楼擦窗的人，还有捡拾垃圾的妇人，我感觉他们比浦东伟岸的建筑物更加吸引我，因为他们是和我家乡科克一样的邻居。我现在正在写一篇小说（发生在爱尔兰科克市），其中的一位主角就是一位街区清扫工，在小说中我这样介绍他：在这个城市，街区清扫工就是上帝。我相信一幅照片能反映出美丽的景色和了不起的建筑物，但感受人文的奇妙就只有通过与人的接触，面对面地，这也是我沉醉于鲜活的生活和与我交往的人群中的原因。

这与"上海写作计划"主办方的设想不谋而合。"上海写作计划"之所以坚持把"驻市作家"安排在居民区居住，坚持要两个月以上，坚持给作家们尽可能多的自由活动时间，都是为了让作家与上海、上海市民亲密接触。有了这样的亲密接触，上海就会自然而然地走进作家心里，进而通过笔端用不同的语言文字流淌出来。

（二）"我有一个中国女儿"

瑞典作家培德·理德贝克最早在1996年来过中国，并在江西南昌收养了一个4个月大的女婴，取名为林娜·锦吉·里德贝克（Linnea Jinji Lidbeck），与瑞典国花铃兰同名。收养林娜一年后，培德以她为主角，写作并出版了第一本书《来自余江的林娜》，在瑞典热卖。之后一发不可收拾，培德陆续创作了40多部作品，大多是儿童书籍，2012年开始创作一些供成年人阅读的书籍。最新写成的一本书已被翻译成了英文，于2012年年底在中国台湾出版。至2012年参加"上海写作计划"，培德已是第三次来中国，这一次，他接触了中国文学，认识了中国的作家们，对中国的感情也更加深刻了。以至于莫言获得诺贝尔文学奖的第一时间，他兴奋地表达道："中国作家莫言终于获奖！等了这么多年，是时候了！为莫言高兴！为中国高兴！祝贺！"①

人是感情动物，尤其是作家的情感更是细腻，而情感总是一点一点积累的。"上海写作计划"通过润物细无声的方式，要么开启了外国作家对中国的情感，要么强化了这种情感，气势无需恢弘，意义却是深远。

六 结束后的开始

上海作协没有刻意地关切外国"驻市作家"的最新进展，但外国"驻市作家"在回国后往往保持与上海作协、作家的联系。笔者通过各种渠道了解到，"驻市作家"虽然结束了"上海写作计划"，但他们与上海的缘分才刚刚真正开启。

---

① 欧阳媛华：《请放心，女儿过得很好》，《都市快报》2012年10月19日。

近距离的文学交流

2008年参加首届"上海写作计划"的加拿大作家玛德莲·邓回国后就开始着手创作一部以上海为背景的小说；2009年，爱尔兰作家科纳·克里顿用他在上海街头观察的清洁工形象来丰富他的创作；2012年，来自韩国的作家赵京兰计划把她偶遇的一对年轻情侣写进她的小说角色中；来自德国的米尔科·邦内则要把上海写进他的诗歌里；来自波黑的扎尔科·米勒尼克要用上海经历来完善他的小说角色；等等。

"上海写作计划"之后，澳大利亚、爱尔兰与上海市作协结成合作关系。澳大利亚来沪的"驻市作家"不需要上海市作协负担任何费用；2008年澳大利亚作家盖尔·琼斯回国后促成了上海作家叶辛在2009年5月作为驻校作家访问澳大利亚西悉尼大学。爱尔兰科克市文学中心已经邀请了两届上海作家到爱尔兰当"驻市作家"，科纳·克里顿（2009年驻市作家）还邀请上海作家住到他的亲人家里。

除此之外，2008年澳大利亚作家盖尔·琼斯回国后将在上海写作计划期间翻译出版的中文书籍赠送给了时任澳大利亚总理的陆克文；加拿大作家玛德莲·邓在参加美国"爱荷华写作计划"时也向来自世界各地的作家介绍了"上海写作计划"和在上海的生活情况；2010年的匈牙利作家阿提拉·巴提斯是一位摄影爱好者，回国后他筹办了一个上海摄影展；日本的茅野裕城子回国后在杂志上和大学里多次介绍了她参加"上海写作计划"的经历，后又专程携摄影师来沪作专题摄影采访活动；保加利亚、瑞士作家回国后开专门的讲座介绍上海；2012年的保加利亚作家兹德拉夫·伊蒂莫娃要把王安忆、赵丽宏等的作品翻译成保加利亚语进行出版，波黑作家扎尔科·米勒尼克回国后计划申请翻译基金，将上海作家的作品介绍给波黑的读者；等等。

七 结语

对"上海写作计划"而言，主办方可选的作家范围直接影响了该计划实施的水平和效果。目前，"上海写作计划"知名度还不高，因此来访申请还不够广泛。在如何提高知名度上，"上海写作计划"能否依托国际上大型的诗歌节、文学节、图书节进行宣传？能否在上海市进行对外城市推介，包括建立友好城市等时，把"上海写作计划"作为上海市对外交流的一种方式进行宣传？能否开辟一个专门中英文网站，长期跟进"上海写作计划"及其"驻市作家"的最新进展？能否联合国际上其他的写作计划，以期分享他们的经验和"驻市作家"？

"上海写作计划"实现的重要目标之一是向世界介绍上海作家、上海文学。"上海写作计划"只有通过"驻市作家"才能完成向世界输出的目的，因此"驻市作家"的吸收原则是影响目标实现的重要因素。目前主办方主要邀请有一定知名度、有潜力的第三世界作家，然而这样的筛选条件是否与"上海写作计划"实行的目标相匹配值得主办方思量一番。

主办方邀请"驻市作家"体验两个月"上海市民"生活的想法非常值得推崇，但"深入"上海市民生活的方式方法很重要，安排"驻市作家"住在市民中间是第一步，同时也要通过组织作家们深入真正的市民生活，那应当是包含人生的酸甜苦辣的，具体到老中少不同年龄段和吃穿住用行各方面等，只有这样才能展示一个活生生、有血有肉的上海。

"上海"是一个有魅力的城市，孕育出的文学自成一派，然而上海文学、上海作家没有在国际上展示出应有的风采，但上海的城市形象不能让文学缺席，正如欧洲诸多国家的文坛巨匠是该国的标志，"爱荷华国际写作计划"助力了爱荷华大学的名气，"上海写作计划"不仅是文学的，也是上海的。目前的"上海写作计划"还年轻，尚未形成自己的风格和地位，但主办方的设想和坚持必然能让该计划健康、茁壮地成长，我们有理由期待"上海写作计划"在不久的未来成长为代表上海文学、上海市，甚至中国的一株常青藤。

附录

"上海写作计划"历届"驻市作家"概况（2008～2012）

总排序	年份	姓名	国别	性别	出生年份	职业	主要作品（出版书籍）	其他
1	2008	玛德莲·邓 Madeleine Thien	加拿大	女	1974	小说家	《简单食谱》《确然书》	参加过世界各地的十几个文学节，短期驻校"爱荷华国际写作计划"
2	2008	盖尔·琼斯 Gail Jones	澳大利亚	女		小说家	《黑镜子》《六十盏灯》《梦语》《抱歉》《气味屋》《图腾》	
3	2008	茅野裕城子 Chino Yukiko	日本	女	1955	小说家	《韩素音之月》《大陆游民》《韩素音的月亮》《芭比》	
4	2009	欧大旭 Tash Aw	英国	男	1973	小说家	《丝之谜》	东南亚最受欢迎的作家之一
5	2009	科纳·克里顿 Conal Creedon	爱尔兰	男		小说家，剧作家，纪录片制作者	《激情播放》《潘乔和》《第二城市三部曲》	
6	2009	莲娜·奥赤里梵 Leanne O'Sullivan	爱尔兰	女	1983	诗人	《等待我的衣裳》	
7	2009	拉格纳尔·霍夫兰德 Ragnar Hovland	挪威	男	1952	小说家，剧作家，评论家	《总是多儿天》《飞翔的自行车和其他故事》《梅塞戴丝》《半夜飙车》、《小熊阿尔弗莱德和小狗塞缪尔离开硬纸盒》《一次冬天的旅行》《回顾1964》《不得安宁》等40余部	挪威最著名作家，几乎夺得过挪威国内所有重要的文学大奖

续表

总排序	年份	姓 名	国 别	性别	出生年份	职 业	主要作品（出版书籍）	其 他
8	2009	亚历克斯·斯坦麦提斯 Alexis Stamatis	希腊	男	1960	小说家、诗人	《福楼拜酒吧》《美国神游》《内部空间的建筑》等8部作品	2004年参加了世界著名的美国"爱荷华国际写作计划"。代表希腊参加过众多的书展和在世界各地召开的研讨会
9	2010	阿提拉·巴提斯 Bartis Attila	匈牙利	男	1968	小说家	《行走》《宁静》《拉萨路的伪经》、《浅蓝色的烟雾》《克里奥帕特拉，我的母亲》《衰败》	曾获得过很多文学津贴
10	2010	本尼·巴尔巴什 Benny Barbash	以色列	男	1951	小说家	3部长篇小说《大墙后面》等剧本	
11	2010	柯利尔·津萨贝尔 Klil Zisapel	以色列	女	1976	小说家、画家	《Malhach Basar Va Dam》《Egli Zehava Dema》《另类戒指：我的姐妹，我的新娘》《抗太复国主义者的喜剧》	参加伦敦书展及各种国际会议
12	2010	安娜·玛格丽塔·马提奥·帕尔默 Ana Margarita Mateo Palmer	古巴	女	1950	语言文学家	《米尔塔·阿吉雷》《她创作后现代批判主义》《天堂：神秘的探险》《加勒比的文化多音现象》《加勒比及其文学演讲》《孔雀的宫殿：神秘的旅程》《白色疯人院的故事》等	到多国大学进行学术交流，并获美国哈佛大学洛克菲勒西班牙文化研究中心等资助
13	2010	劳尔·弗洛雷斯·伊里亚泰 Raul Flores Iriarte	古巴	男		小说家	《出卖世界的人》《月光的印记》《雨天》《光束》《身体会发光的居人》、《艰辛的一夜》《富庶之乡》《珍妮特的民谣》《平装书作家》《海湾边的蓝色倒影》	获得过很多文学津贴

近距离的文学交流

续表

总排序	年份	姓名	国别	性别	出生年份	职业	主要作品(出版书籍)	其他
14	2010	蒂娜·余贝尔 Tina Uebel	德国	女	1969	文学活动家、小说家	《赢得世界的夫人薛定谔》、《我公爵》、《恐怖》、《关于弗兰基真相》、《幸运户库不再抽烟》	
15	2010	比吉塔·林克韦斯特 Birgitta Lindqvist	瑞典	女	1945	诗人、小说家	《不可分割》、《第三种力量》、《艾米莉亚与鸡》、《艾米莉亚与爱》、《艾米莉亚与海》、《防火的碗》、《中国匣子》、《穿越大门》、《探戈舞者》、《马嘴》、《无人能够达到的地方》	
16	2011	舒迪普·森 Sudeep Sen	印度	男		诗人		参加过众多的文学节,曾是苏格兰诗歌图书馆的国际"驻市作家"和爱尔兰泰隆加斯里中心的"驻市作家",哈佛大学的访问学者
17	2011	阿尔玛·布拉米 Alma Brami	法国	女	80后	小说家	《无她》、《他们把她留在那》、《只要你幸福》、《是为你好》、《我不喜欢像我这样》	
18	2011	科姆·布雷斯纳克 Colm Breathnach	爱尔兰	男	1961	诗人、小说家	7本诗集,1部小说	
19	2011	欧莫勤·查特吉 Amal Chatterjee	英国	男		评论家、小说家	《穿越湖泊》	2000年英国约克郡伊尔克利文学节的"驻市作家"

续表

总排序	年份	姓名	国别	性别	出生年份	职业	主要作品（出版书籍）	其他
20	2011	克里斯蒂娜·瑞斯康·卡斯特罗 Cristina Rascon Castro	墨西哥	女	1976	短篇小说家	《也许你就是Sahuaro》《Hanami》等4部短篇小说集	获得墨西哥国家文化和艺术基金，索诺拉州的阿蒂斯基北克行政院的艺术和文学基金，出席过众多的文学节活动。
21	2011	瑞麦·菲利普 Rahmy Philippe	瑞士	男	1965	诗人、摄影师	3本散文诗选,1部小说	
22	2011	琳达·尼尔 Linda Neil	澳大利亚	女		制作人、音乐家、作家	《学习如何呼吸》《加德满都的情歌》	
23	2012	米尔科·邦内 Mirko Bonné	德国	男	1965	小说家、诗人、翻译	《小弗特》《一次缓慢的坠落》《冰冷的天空》《我们是怎样消失的》及4部诗歌集	
24	2012	阿曼达·米查罗保罗 Amanda Michalopoulou	希腊	女	1966	小说家	《外面的生活多姿多彩》《如愿的回忆》《我愿意》《如何隐藏》等6部小说,2本短篇小说集和许多儿童作品	是希腊最成功和富有创造性的年轻作家之一。曾在德国柏林做交流学者，并参加过德国、法国、爱德华·阿尔比基金会、蓝色山脉中心和美国主办的"驻市作家"活动
25	2012	基里洛娃·格奥尔基耶娃 Svetla Georgieva	保加利亚	女		诗人、短篇小说家、艺术家	《非洲来信》《扇子》等3部短篇小说集,《Stelle e Malerbe》等4本诗集	多次在国际诗歌朗诵节上朗诵并演唱自己创作的诗歌并获奖

续表

总排序	年份	姓 名	国 别	性别	出生年份	职 业	主要作品（出版书籍）	其 他
26	2012	兹德拉夫科·伊蒂莫娃 Zdravka Evtimova	保加利亚	女	1959	短篇小说家	《苦涩的天空》《其他人》《丹尼拉小姐》《靓身美嗓》《白种人和其他后现代保加利亚故事》《卖国贼的上帝》《Vassil》《轮到你了》《拱门》《星期四》《你的影子是我的家》	短篇小说被30多个国家的文学杂志和文选登载
27	2012	赵京兰 Jo, Kyung Ran	韩国	女	1969	小说家	《法兰西眼镜院》《我的紫色沙发》《勺子的故事》《买气球》《烤面包的时间》《家族的起源》《我们曾经相逢》《赵京兰的鳄鱼故事》《舌尖上凋落的爱情》	
28	2012	扎尔科·米勒尼克 Zarko Milenic	波黑	男	1961	小说家、剧作家、评论家和诗人	《快速时代》《重复者》《为完成的故事》《随雨飘逝》《前奏》《目击者》《阿德拉》《在书桌旁的谋杀》《纪念馆》《从学校到家》《游戏和标记》《小说的气候》	参加过莫斯科、埃里温（亚美尼亚首都）、柏林、贝尔格莱德、萨拉热窝和马其顿等组织的众多的文学节、文学会议和文学朗读会
29	2012	扎克·欧耶 Zac O' Yeah	瑞典	男		小说家、畅销书作家	《宏伟先生！》《圣雄》等	数次获得瑞典作家基金会和瑞典艺术家基金会授予的津贴和奖金，瑞典阿尔图·隆德奎斯特学院最新一位"驻校作家"
30	2012	培德·理德贝克 Petter Lidbeck	瑞典	男		儿童作家	《来自余江的林娜》等40多部作品	

注：根据上海市作家协会网站"文学会馆"专题资料整理，网址：http://www.zuojia.com.cn/renda/node5661/node5671/userobject1ai1804099.html。

B.16
他山之石，可以攻玉
——近年上海翻译文学回顾与分析

汪文娟*

摘 要：

上海文学走向世界，需要借助翻译文学增进对外国文学系统及其文化超系统的了解，其中包括外国文学作品、文学理论、文学批评和社会思想的翻译。翻译文学应当为上海本土文学提供有益养分，体现外国文化、思想传统的特点，反映外国读者的主体审美习惯和精神需求。同时，要考虑翻译文学与上海本土文学融合的可能性。

关键词：

文学实践 文学理论 文学批评 文学系统 翻译文学

2008年，身为上海市作家协会主席的王安忆建议推出"上海写作计划"，邀请世界各地不同的作家到上海来连续居住两个月，让他们与上海的作家、大学师生、文学期刊及出版编辑，还有广大的文学爱好者广泛交流，为之提供一个良好的平台。截至2012年共有5批30位作家参与"上海写作计划"。对于来到中国参加写作计划的作家，主办方表示，尊重作家个人的写作自由，并不要求他们写出与中国或者上海直接联系的作品，只希望受邀的作家能够在这个过程中慢

---

* 汪文娟，上海行健职业学院教师。

慢了解上海的生活,并从中汲取养分。我们有理由相信,"上海写作计划"的持续成功举办,将增进外国作家对上海和上海文学的了解,提升上海城市文化形象。

上海城市形象走向世界,在历史上,这并不是第一次。早在20世纪20~40年代,中国作家林语堂、张爱玲等通过作品,向世人展示了上海的独特风韵。比如林语堂的英文作品《红牡丹》(汉语译名),描写一位追寻真爱的真性情女子红牡丹,大胆反叛传统礼教,追求爱情自由,追寻"理想的爱情",于失望中与杭州诗人安德年相遇,颇似文君相如,又一番热恋,几至私奔上海。该书在海外十分畅销,曾多次再版。林语堂和张爱玲的共同之处,就在于两人都熟悉中西文化,了解西方读者的审美及阅读习惯,作品以东方人物、场景为背景,面向西方读者,虽然展示的不是原汁原味的上海,但是已经让西方读者品得其中之韵味。近年来,根据上海作家王丽萍的小说改编的电视剧《媳妇的美好时代》在坦桑尼亚热播,成为上海文学形象对外传播的另一种形式。

上海文学的对外传播,已然有了成功的范例。除了开展"上海写作计划",还要坚持依靠本土的作家创作作品,通过各种合作形式,完成作品的翻译,最终进入外国文学体系并生根发芽,提升上海文学形象,传播上海文化和中国文化。为了实现这一目的,一方面上海作家需要加强对上海文学的深度挖掘;另一方面需要借助外国文学的译入,增强对外国文学体系的了解。作为国内了解外国文学的主要媒介之一,翻译外国文学可以成为本土文学创作的有力准备,并提升上海文学的对外传播与接受能力,实现上海文学的国际化。最后,融合两者,创造出能够体现上海文学特色、容纳西方读者审美期待的文学作品。

研究文学的对外传播,首先需要对本国作品即将进入的外国文学体系进行了解、认识,而外国文学体系需要被放在一个更大的文化系统内部进行讨论。埃文-佐哈尔指出:"处于历史语境中的文学可以被视作一个多元系统,即一个层次性很强的整体(a stratified whole);各种各样的层次关系作为一个系统在整体运作。"① 埃文-佐哈尔以及其他学者采用"内部环境"和"外部条件"相结合的方式来描绘一个文学系统的演化过程。一个社会的文学被视作一个"系统"(system),它在较大的系统——文化这个"多元系统"(poly-system)内运作,而后者在更大的系统——不同群体的文化构成的"超系统"(mega-poly-system)内运作。埃文-佐哈尔把一个社会的文学系统视作"多元系统",根据需要,可二分为典范系统和非典范系统两种系统,也可二分为翻译文学系统和本土文学系统两个子系统。

对于一个国家的文学体系而言,翻译文学与本土文学的生存空间是一样的,所以这个空间里的制约因素对两者的作用应该是相同的,即都要受到"文化建制"的影响和制约。多元系统论研究的是"文化"这个多元系统内的文学系统与其他系统(埃文-佐哈尔称其为"文化建制"②,包括意识形态、出版社、文学批评、文学团体以及其他决定品味或制定规范的工具)的关系。

从这个意义上来说,上海文学走向世界,需要做到知己知彼。上海文学对外传播的成功,一方面需要考虑到翻译目的语国家的文学空间及体系外的文化建制的影响,来反观上海文学的实践,汲取有益的文化思想内容,深刻了解中西方读者的文学评论,从其中汲取有利于上海文学创作的理论及实践经验。另一方面,可以借助于外国文学体系的汉语译介,也就是我们通常所讲的翻译文学,来构建外国文学体系。翻译文学应该被扩容为翻译文学体系,即包括外国文学作品、文

---

① Evan-Zohar, Itamar. "The Position of Translated Literature within the Literary Polysystem Invisibility." *Literature and Translation*, (J. S. Holmes, J. Lamebert & R. Van Den Broeck. Leuven: ACCO, 1978), 42.

② Even-Zohar, Itamar, "Polysystem Studies," *Poetics Today/* (1990): 23.

学理论及文学批评的翻译；除此之外，还要关注文化多元系统甚至超系统的翻译。

上海的几大出版社与文学杂志一直以来认真翻译文学作品，介绍文学理论，积极构建外国文学体系。主要体现在以下几个方面：一是不断引进主要作家的作品，完善作品子系统；尤其注重国内特别需要的文学类型的翻译。二是引进外国文学理论，特别注重引入作家的理论思考。三是尽力引进外国文学批评作品。四是超越文学子系统，积极翻译了许多社会思想方面的著作。

一 文学作品翻译现状

对于主要作家的作品的翻译，从关注其获奖作品和代表作，走向全面引进作品，甚至是作者的传记作品，从而全面展现作者的创造成长历程。这样的全面引入，为中国文学工作者研究其文学创作的内在机制、创作规律，揭示作者的内心提供了更全面的文本，有利于中国文学理论水平的提升。

如上海译文出版社从2008年开始引进英国大师级小说家格雷厄姆·格林（1904~1991年）的作品，到现在依然在进行中。其小说分为侦探小说和悬念惊悚小说两个类型，分别偏重于娱乐性和文学性，作品中还经常包含有深刻的哲学思想，比如《权力与荣耀》(*The Power and the Glory*)。最新引进的一部格雷厄姆·格林的文集《生活曾经这样》，是作家叙述自己传奇经历的一部名著，作者称其为"自传作品中最出色的成就之一"。该作品回忆了作者中学时代和在牛津大学求学的生活、经历，他的青春岁月，他如何迷上俄罗斯的轮盘赌，他的婚姻，以及第一部小说出版后如何匆忙从《泰晤士报》社辞职成为专业作家的，主要是其创作生涯准备期的经历。这些作品有利于在中国构建侦探小说和悬念惊悚小说的文献类型，也为文学研究和文学理论提供了丰富的素材。

另外,各大出版社始终坚持城市文学作品的翻译引入。如上海人民出版社出版的《天使坠落的城市》,讲述1996年1月29日晚,一场无名大火烧毁了历史悠久的威尼斯凤凰歌剧院。作者约翰·伯兰特恰在火灾3天后来到威尼斯,和15年前在沙凡纳一样,他扮演起记者兼侦探的角色,渐渐介入这个水上奇都的生活中,在复杂如威尼斯城中小路一样的人际关系中,见识到城与人的本相。随着作者的探寻,一座座古典宫邸打开神秘的大门,一个个贵族名人或者是无名小卒说出了心里的秘密。《天使坠落的城市》既是一部非虚构小说(威尼斯凤凰歌剧院1996年确实毁于大火),又是一部悬疑小说(这场火灾相当扑朔迷离)。很多读者对威尼斯历史与文化的介绍非常感兴趣

上海的出版社现在都注意系统全面引进重要作家的作品,丰富现有的文学类别。但是其中也暴露出翻译上的一些问题。同一作者的作品,被不同的译者翻译,虽然译者翻译的水平都不错,但是译者的风格各异,对于原作风格的传译会有影响。有时,也会出现同一译者翻译多个外国作家作品的情况,可能妨碍不同外国作者的风格多样性再现。希望以后对重要作家作品的翻译,能够呈现出与原文贴近的写作风格,才更加有利于中国作家对外国文学风格的了解和学习。

二 文学理论的翻译

文学理论的译介可以分为两类。

第一类是英语语言文学的研究学者,经过阅读英文资料,形成自己独特的对于某个重要作家的看法。这些研究是对外国文学体系中重要作家的译介,并且融合了中国学者的文学见地。在光明日报出版社推出的高校社科文库丛书中,郝桂莲所著的《反思的文学:苏珊·桑格塔小说

他山之石，可以攻玉

艺术研究》，介绍了苏珊·桑格塔的小说艺术，如叙述主体观、小说情节观、人物观、形式观等。刘克东的专著《趋于融合——谢尔曼·阿莱克西小说研究》详细全面地介绍了印第安文学的3个阶段等。以前文学理论译介，主要是翻译关于外国文学历史、流派等方面的原著，只表现了外国文学体系内的思考，在不同程度上与中国的文学实践和理论脱离。现在这类由中国学者，经过国外访学，对自己关注的外国作家及文学理论进行深入研究，融入了自己的视角。

第二类是翻译和引入外国作家总结自身的文学创作实践而写成的理论著作。此前，针对这些外国作家，工作重点在于翻译他们的文学创作。近年来，他们的文学理论越发受到重视。2004年、2011年、2012年，米兰·昆德拉的《小说的艺术》，被复译三次。在书中，米兰·昆德拉自认并不擅长理论，其思考是作为实践者而进行的，隐含着作者对小说历史的理解，以及作者关于"小说究竟是什么"的看法。2012年，复旦大学英语语言文学教授卢丽安翻译了戴维·洛奇的《小说的艺术》，戴维·洛奇展示了自己对重要小说家及他们的小说作品的研究，如乔治·艾略特、爱·摩·福斯特在小说创作过程中的著者介入，托马斯·哈代小说中的悬念设置技巧等。

由于这些文学理论以具体作家的创作实践为基础，并对创作技巧进行了深入的、立体式的分析，所以做到了理论与实践的紧密结合，摆脱了以往的理论引入与创作实践脱节的缺陷，体现了上海结合国内文学现实需求，以前期翻译文学作品的体系为基础，完善了文学理论体系的自觉意识。

三 文学批评的翻译

由于外国学者对中国当代作家及其作品的批评相对较为零碎，国内对这些文学批评的翻译也很难成为系统的工程，但是对中国传统文学的批评还是蔚为可观的。近年来，宇文所安对中国古典文学的研究不断被翻译进来，为中国作家和研究者提供了对比中外文学的独特视角，给中国作家评估中国文学价值、了解中国文学走向世界的有利与不利条件打开了一个窗口。从2004年开始，三联书店翻译了美国著名汉学家及文学家宇文所安的《初唐诗》，其后宇文所安的唐代诗歌研究与批评文集，《盛唐诗》、《中国"中世纪"的终结》、《晚唐（九世纪中叶的中国诗歌827～860)》陆续引入，从而构成完整的"唐诗四部曲"。该系列著作英文版由哈佛大学出版社出版。在最近的《晚唐（九世纪中叶的中国诗歌827～860)》一书中，作者继初唐、盛唐、中唐后，将焦点集中于晚唐的诗歌与文学史，重点落实于对几个代表性人物的研究：杜牧、李商隐和温庭筠。宇文所安认为，晚唐的诗风与盛唐和中唐的诗风相比，发生了急遽转变。这些作品的译者，有不少人在美国大学获得了比较文学博士学位。

目前，上海的出版社主要引进的是西方文学批评家对西方文学作品、作家及文学现象的批评。如上海译文出版社在2012年推出了《艾略特文集》五卷本，几乎囊括了艾略特作为诗人、评论家和剧作家所撰写的绝大部分作品，其中《传统与个人才能》卷共收录了艾略特在1919～1936年期间18篇评论文章和演讲稿，记录了艾略特对英国文学史上具有划时代重要性的代表诗人进行的审视，同时也表达了他对文学批评的意义和手法的独到见解。《批评批评家》卷收录了艾略特从1917～1961年间的9篇评论文章和演讲稿，艾略特论述了文学批评的运用，评价了对他产生巨大影响力的若干作家，并强调了接受真正的教育的重要性。艾略特因诗作获得1948年诺贝尔文学奖，最常被提及的身份是诗人。该套文集主编陆建德表示，艾略特在文学批评，尤其是诗歌批评上的成就，因为缺乏系统的译介而被忽视。通过译介这套文集，艾略特在文学批评领域的成就将在中国读者面前得到充分展示。当然，其批评方法及独特见解对于国内文学批评具有一定的借鉴意义，但是其真知灼见常呈零散状态，很接近中国传统的文学批评，系统性、整体性有所欠缺。

就目前来看，上海的出版社尚未翻译、引进外国比较文学专家关于中国当代文学作品的研究与批评著述。这对于我们评估中国本土文学在外国读者中的影响，进而了解中国文学，特别是经典文学在国外的接受情况，难免是一种遗憾。希望以后可以有这方面的翻译，对现有的文学作品及文学理论的翻译体系形成补充。

四　文化超系统：外国社会思想的翻译

很多学者尖锐指出了当代文艺创作对深度模式、历史意识、主体性和价值的削平，这种削平无疑使文学创作陷入了危机之中。"作家的天职在于使人的心灵变得高尚，使他的勇气、荣誉感、希望、自尊心、同情心、怜悯心和自我牺牲精神——这些情操正是昔日人类的光荣——复活起来，帮助他挺立起来。"[①] 而当下的中国文学创作却无法表达这样的精神境界，许多作品遮蔽了中国人真实的生存图景，缺乏对人精神世界的深刻洞察和探询，在历史内涵和人性深度上很难达到一定高度。[②] 对此，除了文学方面的努力之外，还可以翻译和引入比较成熟的外国文化超系统的社会学、历史学、思想领域的相关理论，加深对人性的思考。

作为上海文学的重要组成部分，城市文学至关重要。对于域外的城市文学、文学理论及其文化超系统的引入，对上海汲取城市文学的精髓，具有重要意义。陈晓明在《城市文学：无法现身的"他者"》

---

① 〔美〕艾略特、奥尼尔等：《美国作家论文学》，刘保端等译，生活·读书·新知三联书店，1984，第368页。
② 马琳：《交流的无奈——中国文学走向世界的传播困境与突围》，《社会科学辑刊》2007年第5期。

一文中,对中国文学历史上的城市文学进行了详细深入的考察,认为"20世纪90年代以来,中国社会的城市化日新月异,全球化的消费社会也开始进入我们的生活,中国的城市文学趋向活跃,年轻一代的作家表达了对城市的感受和反思,积极地探寻着新的审美表现力。但总体看来,城市文学依然很不充分,作家的视野中并没有深刻和开放的城市精神,文学作品没有找到表现更具有活力的城市生活状况的方式。城市文学依然是一种无法解放和现身的'他者',并且被无限期延搁于主体的历史之侧"。[1] 可见,对于城市精神的探寻、城市生活方式的体现,需要借助社会学、历史学乃至政治学等领域的思考。对域外这些学科理论著作的翻译引入,有利于提升中国文学家对城市文化的敏感度,为他们提供多元的、深刻的视角。

近年来,一些出版社在城市文化研究方面的引进力度加大。一类是对外国城市的文化研究,具有理论启示意义。如上海译文出版社推出道格·桑德斯的《落脚城市》,上海人民出版社推出都市文化研究译丛等。另一类是直接以中国和上海为叙事和研究对象的作品的译入,为理解中国城市和上海提供新的视角。

(一)外国城市文化研究的翻译

道格·桑德斯的《落脚城市》堪称城市社会科学的普及之作,带领读者更清晰地认识到今日城市在人类生活、人类历史发展进程中的塑造力量。该书记述了作者从重庆的六公里,到孟买,到巴黎,到阿姆斯特丹与洛杉矶的各种社区的游历和观察,特别是对落脚于城市的乡村移民的观察。作者认为这些城市的移民执著于他们想象中的城市中心,并在世界各地造就了极为相似的都会空间。这些乡村移民构成的城市飞地,往往位于人们的视线和旅游地图之外,饱受暴力和死

---

[1] 陈晓明:《城市文学:无法现身的"他者"》,《文艺研究》2006年第1期。

他山之石，可以攻玉

亡、漠视与误解，同时又充满了希望与活力。这个时代的历史，其实有一大部分是由漂泊的无根之人造就而成的，作者桑德斯深刻地认识到现在全世界已进入了有史以来最大的人口迁移潮时代。无论从人性、文明史、和当代社会科学与社会政策各种层面看，该书都是具有时代高度的杰出著作，让人的思考有焕然一新之感。

上海人民出版社的都市文化研究译丛，集中展现了国外城市文化和文学研究方面的成果，展现了城市发展与人类文化、精神之间的复杂关系，将对中国城市文化和文学建设有所增益。该社 2006 年推出《巴黎，19 世纪的首都》，该书是德国哲学家、文学评论家瓦尔特·本雅明的"拱廊研究计划"中的几篇完成稿。本雅明受阿拉贡小说的启发，决定通过对大城市异化景观——巴黎拱廊的研究，来展现 19 世纪"资本主义盛世"的风景。他敏锐地发现了拱廊在空间上给人类社会生活带来的新变化，展示了 19 世纪资本主义发展进程中，人与自身异化所做的斗争。该系列中另一本《布尔乔亚的恶梦——1870～1930 年的美国城市郊区》，论述的是美国独有的问题——在新开发的城市郊区，美国人对于不希望出现的一些改变，竭力加以阻止。它在某种程度上提供了一种对于 19 世纪末 20 世纪初美国社会的新视点。它揭示了美国城市郊区的成型，不仅来自于美好的梦想，也来自于"恶梦"；不仅来自于希望，也来自于害怕，害怕其他人，害怕少数族裔与穷人，害怕和他们自己一样的人，害怕市场，害怕改变。该书认为郊区化的步伐也正在其他一些国家加速，中国也身在其中。或许困扰美国人很长时期的对改变的恐惧可能扩展到世界各地。2013 年该社的这一系列丛书又新译了《漫长的革命》，阐述了英国工业革命以来发生在经济、政治、文化三个领域彼此联系的变化过程。这一进程的基本矛盾是资本主义解放出来的生产力和人类的交流本性之间的矛盾，劳资关系的再生产阻碍了民众学习和创造文化的机会。作者认为，解放文化的主要力量——工人阶级，已经被资本主义制度所容纳。资本主义竭力提倡一种肤浅的虚假的通俗文化，要么把严肃艺术边缘化，要么就使之成为仅仅属于上层阶级的精英文化。这些著作，作为国外相对成熟的研究成果，对中国的城市文化研究提供了宝贵的资料和启示。

（二）对上海（中国）城市文化理论的翻译

还有一些介于文学作品和社会学文本之间的著作，如译文出版社继《寻路中国：从乡村到工厂的自驾之旅》之后继续推出何伟的中国纪实三部曲。以美国人的视角透视中国，获得国人的大量关注，这可以从一个侧面证明，这个外国人写出来的东西或多或少震撼了中国人。何伟的前一部书《江城》描述了作者在涪陵这座城市的所见所闻，通过许多小故事，描述变动中的中国，十分生动深刻。《江城》一直稳居美国畅销书榜单。当美国人和欧洲人开始重新发现中国的时候，这本书恰好出版了。除了美国的读者，何伟发现，中国的读者对于这本书也有共鸣，他们愿意借助外国人的视角，渴望对自己国家的现状和未来进行一番评价。中国读者对这本书的接受方式，跟美国、英国以及其他欧洲国家的读者没有太大的不同。他们认识到自己的文化中所包含的复杂性，也理解为什么一个外国人会聚焦于几个特定的地方进行探究。何伟认识到，中国读者明白，没有人能够对中国做最后的断言。他希望这几本书能够起到一点作用，让人们读懂中国这一令人目眩神迷的国度。

这些以探索城市精神为目的的作品，还没有直接以上海为研究对象，但是外国研究者和作家的视角，对中国学者而言，拓展了视界，提供了新的理解和阐释空间，这些作品的翻译，也为城市文学提供了思想启迪。其中，特别有意思的是上海人民出版社引入的《上海歹土——战时恐怖活动与城市犯罪（1937～1941）》一书，作者魏斐德博士是当代著名的中国历史研究专家之一。该书论及1937年8月中、

他山之石，可以攻玉

日在上海正式开战后至1941年12月美、日爆发珍珠港战事之前的这段时期内，作为"孤岛"的上海政局和社会状况。作者叙述了上海的"孤岛"、国民党蓝衣社在上海的活动、"八·一三"事件之后国民党在上海的"救国"武装活动、日本方面报复性的恐怖活动、亲日分子的被刺案、日伪政权的恐怖统治、沪西"歹土"地区不良社会现象与政治的关系等。作者以独特的视角、翔实的材料、深入浅出的语言，生动地再现了上海这一段特殊的战乱岁月。有些资料至今鲜为国内的上海史研究者所见和所用，殊为珍贵，是了解上海城市历史的必读之作。

难能可贵的是，上海的出版社始终铭记引进跨学科城市文化著作的最终目的是更深入地理解上海的城市文化，创造出贴近上海现实的、可为上海文化代言的上海文学；或者借助上海文学更好地展示上海文化。虽然目前这些社会科学著作的引进，还没有直接影响上海文学的创作，但是，我们有理由相信，这些翻译文本蕴含的思想与理念会产生积极效果。

五　上海文学在海外文学体系中的生存与发展

翻译文学是我们了解外国文学系统和其文化超系统的钥匙，是我们接近外国读者文学审美习惯的途径，但是在这一过程中，我们需要处理好不同文学系统内部的关系。

在上海文学系统内，翻译文学、文学理论、超文化体系的翻译、引入应尽可能满足以下三个条件：首先，对上海本土文学是有益补充，能丰富上海本土文学及其相关理论的种类、创作技巧、文体风格，要避免盲目地追逐热门文学作品翻译。其次，翻译文学需要体现外国文化、思想传统，反映大多数外国读者的审美习惯和精神需求。要注意经典作品及有代表性的文学理论、社会理论的翻译；应当与人类共同关注问题相关，同时能提供相对于中国文学体系而言新颖的、有创造性的解决方案，体现其进入中国文学体系的价值与意义。再次，要考虑与上海本土文学相融合的可能性，也就是其在上海文学体系中的接受度。翻译文学的异质程度，不能超越上海文学体系的接受程度，保证其在上海文学系统中生根发芽、发展成熟的可能性。

翻译文学需要满足以上的条件，但这只是上海文学走向世界的第一步而已，可以看成是上海文学海外传播的准备阶段。其后就是上海文学进入外国文学体系阶段，如果上海文学作品本身及其翻译能够满足以上外国文学进入上海文学体系的要求，上海文学的翻译就可以进入外国文学体系了。在进入外国文学体系后，一些适应良好的作品将会被接受，并有可能成为外国文学体系中文学理论研究者的研究对象，成为外国文学批评家的批评对象。如果上海文学的翻译文本在外国文学体系内获得认可、取得成功，就可以成为上海文化的传播载体，甚至成为外国文学实践的借鉴对象，参与外国文学实践，实现上海文学在海外传播过程中的升华。中国文学在海外的传播有成功的经验可以借鉴。埃兹拉·庞德（1885～1972年），美国著名诗人，意象派运动主要发起人，现代文学领军人物，在20世纪20年代，从中国古典诗歌、日本俳句中生发出"诗歌意象"的理论，为东西方诗歌的互相借鉴做出了卓越贡献，为打破英美文学、尤其是英美诗歌的沉寂局面，促进美国文学的"复兴"做出了独特的贡献。

"上海写作计划"已经体现出上海文学、文化对外传播的期待与耐心。将外国文学翻译与上海文学特点相结合，创造出优秀的上海文学作品进行海外传播，更应该获得支持。在此过程中，要坚决抵制一些所谓的中国文化的"伪跨文化传播"。近来，一些经济实力雄厚的中国企业，参与国外电影制作，其作品不寻求进入国际市场，而是为国内影片市场提供"中国特供"版的影片。这些影片以外国文化为主体，添加中国文化因素，其本质与中国劣质家具挂上洋品牌，转而内销，如出一辙，甚至危害更大。这样的"伪跨文化"作品折射出一些人对中国文化不自信，希冀于依傍外国文化品牌，向国内宣扬中国文化中的一些自大虚妄的内容，其目标不是向海外宣传中国文化，而是借机为其企业文化宣传，甚至为其恶劣做法进行开脱。只有真正立足上海文化，学习外国文学的优点，做到为我所用，兼容并蓄，才是上海文化、文学走向世界的正道。

网络文学

Internet Literature

B.17
对"网络文学"发展的推动与阻碍
——"盛大文学"在 2012

许苗苗*

摘　要： "盛大文学有限公司"积极促进从"网络写手"到"网络作家"再到"作家"概念的升级和转变，在中国网络文学发展的大背景下，它意味着"网络文学"语意的变化和概念的重构。在重构概念本身的同时，"盛大文学"还通过积极维权、打击盗版以及技术开发、作者培训等方式对商业网络文学进行维护和拓展。但同时也应看到，目前"盛大文学"一系列以商业利益最大化为目的的行为，对网络文学的进一步发展也形成了阻碍。

---

* 许苗苗，文学博士，北京市社科院副研究员，首都文化发展研究中心专职研究员，主要研究方向为网络文化、都市文化。

对"网络文学"发展的推动与阻碍

关键词：

"网络文学"　概念重构　阻碍

2012年末，"中国网络作家富豪排行榜"出炉，上榜的20名作家中年龄最大者不过40岁，且前三名收入均过千万。在网民们纷纷对网络写作收入如此之高咋舌时，有一个更为特殊的现象值得关注，那就是在上榜的20名作者中，有17名是"盛大文学有限公司"签约作者，而其余3名则曾经与这家公司有关。这一榜单印证了"盛大文学"在中国网络文学领域内无可置疑的大鳄身份。"盛大文学"自2008年成立后，在原有的起点中文网、红袖添香网等网站基础上，通过收购、参股等手段将榕树下、潇湘书院、小说阅读网以及晋江文学城等多个知名度颇高且拥有大量原创资源的网络文学站点纳入麾下。截至2010年，"盛大文学"在成立短短两年后就一举占领了中国网络文学市场超过90%的份额。可以说，当前中国网络文学的整体格局离不开盛大动态，连中文"网络文学"一词都因盛大的运作而由原本带有些许先锋意味的新文学形式转换为一个成功的文化产业范例。本文依据盛大文学网2012年新闻动态内容分析该公司对"网络文学"概念的改造、维护和阻碍。

盛大文学网新闻动态栏目2012年所发布的新闻见表1（截至2012年12月10日）。

表1　2012年盛大文学网新闻动态栏目发布的新闻

序号	标　题
1	盛大文学获得"最佳商业模式成就奖"
2	盛大云中书城获得"最受用户喜欢安卓应用奖"
3	盛大文学全面抢占"2011百度搜索风云榜"
4	盛大文学推出中国首套作家明信片

续表

序号	标 题
5	盛大文学旗下起点中文网与搜狗达成战略合作
6	手机阅读首选云中书城十大应用市场排名前三
7	盛大文学总结审读工作展开打击"网络黑市"行动
8	盛大文学旗下《斗破苍穹》等小说系列位居中国移动互联网年度搜索亚军
9	盛大文学公布独家版权作品清单警示侵权风险
10	盛大文学去年共协助封停盗版小说网站89家,抓20余名犯罪嫌疑人
11	盛大文学十大明星作家微访谈受热捧,网友提问超过2000条
12	唐家三少申请吉尼斯纪录背后的盛大文学商业模式解析
13	云中书城与微软、诺基亚结成深度合作伙伴——百万招募白金书评人
14	侵犯盛大文学著作权,"小说5200"两负责人被判刑
15	云中书城付费订单数超900万 全平台发力移动互联网
16	盗版盛大文学五百余部作品,"读小说网"负责人被判刑
17	盛大文学维权案例入选国家版权局"十大案件"
18	尚雯婕发表新歌,风格融入网络文学元素
19	盛大文学"从网文到网游——网络娱乐时代巅峰对话"
20	盛大文学入选国家文化出口重点企业
21	盛大文学联手"牛顿" 共促两岸文化交流
22	起点中文网白金作家唐家三少出演盛大文学官方微电影
23	盛大文学旗下百位作家关于搜索引擎应积极保护著作权人合法权益的联合声明
24	360联手盛大文学维护正版版权
25	盛大文学推介五星级作品网络小说改编影视成第二次浪潮
26	盛大文学与上海图书馆合作网络文学"登堂入室"
27	搜狗再推版权保护,盛大文学呼吁其他搜索跟进
28	盛大文学云中书城发布2011年度数字图书销售排行榜及无线分榜
29	盛大文学云中书城周年庆 移动互联网布局成效显著
30	若雨中文网被查处 盛大文学再战盗版网站
31	盛大文学打击移动端盗版 最空网负责人被拘
32	盛大文学与四大搜索平台签署反盗版联合备忘录

由此可见,2012年度该网站公布的动态主要是营销活动和维权成就,对新产品应用也略有提及。这反映出"盛大文学"作为经济实体最注重的三个方面:营销是进行商业推广的日常手段,维权是维护经济利益的敏感点,创新则是维持发展和扩张的原动力。

对"网络文学"发展的推动与阻碍

一 对"网络文学"概念的改造与重构

在网站所罗列的诸多颁奖、合作、庆典之类的营销动态中,"盛大文学推出中国首套作家明信片"这则消息略显特别,它看似普通,却无意中透露出盛大文学对作家或网络作家身份的重新定义。

2012年春节前夕,"盛大文学"与"中国邮政"联手推出系列作家明信片。说起"作家",人们心目中的联想如果没有"四大名著"或"鲁郭茅巴老曹",起码也得是些上了年岁的殿堂级人物。然而,在盛大出品的这一号称"中国首套"作家明信片里,选择的却是港台词人许常德、林夕以及诸多网络热门作者,如"我吃西红柿"、"猫腻"、"唐家三少"等。其"作家"选取标准很值得咂摸:除盛大公布的"年轻且从事流行文学创作"标准之外,还有一个基本要求,那就是他们必须曾被盛大文学推荐,也即与该公司有合作关系。盛大文学网与公共事业"中国邮政"联合,在诸多宣传通稿中将其与前苏联1950年代发行作家明信片的国家行为并列。简单看来,这不过是一次把实质上的企业广告伪装成貌似权威、公允的行业评价甚至国家认证,实现以经济力量对文学身份篡改的商业营销;而如果放到网络文学的发展过程中看,这套明信片就不仅仅是商业推广,还是一次精心设计的、意在混淆"网络"与"传统"作家之间媒介差别的行为。

诚然,如今已有众多传统知名作家通过博客、微博等将自己的领地延伸上网,网络作者也在实体书出版市场上赢得了极高的版税和知名度,但在人们心目中,"传统作家"和"网络作家"称谓仍有区别。2000年前后,网络文学概念为广大民众认识之初,在网上创作的人们为了凸显身份的不同,自称"写手"。当时,"作家"是一个含有权威意味的特定词汇,而"写手"则带着几分新鲜和不羁。它意味着对写作形式的探索、对新媒体和技术的熟悉，也意味着年轻和创作的非专业化、非功利性。那时"网络文学"、"网络写手"都是新概念，有几分理想主义色彩，创作也多半纯粹出于个人爱好。然而，这种理想化的创作方式很快就随着互联网泡沫的消失、个人文学网站的纷纷倒闭而销声匿迹。现在我们仍能在网上看到仅有的几位早期网络写手，都已转型成文化名人：如出版商路金波（写手李寻欢），编剧宁财神、俞白眉，时尚作家安妮宝贝等。2003年以后，曾经蓬勃发展的非盈利性文学网站声势渐弱，取而代之擎起"网络文学"大旗的是商业化文学网站，其中最有实力的就是"起点中文网"（"盛大文学网"的首批站点之一），其试图开发的资源即原创作品和巨大的网页访问量，预期收入来源在于两个渠道。一是作品在线阅读每千字2分钱的费用；二是与传统出版商合作，利用网络品牌，销售实体图书，同时争取影视剧改编等。由于大多数读者还不习惯为网络内容付费，对这类网站来说，最佳盈利渠道就是以网络这一时尚媒体作为噱头，以偶像化作者、青春、言情、武侠类作品为主推对象，实现网络作品的线下出版和改编。一些在各类网络文学评奖中获奖的作品如《悟空传》（今何在）、《此间的少年》（江南）以及安意如所写的多种赏析文章获得包装出版。这种商业探索不过是强化了早期以痞子蔡的《第一次的亲密接触》为代表的网络作品的后续开发模式，即挑选人气作品出版畅销书、将作者包装为青春偶像、争取影视开发等。这一系列的努力可以视作以"网络"为标签，将网络文学导向通俗文学，将网络作者包装为文学领域的"新鲜人""异类"等形象。

而在实体图书市场上，或者说在文学、影视等传统大众文化领域内，文学依然是一个相对封闭的区域，"作家"称谓的含金量无疑远远高于人人都能参与的"写手"。于是，文学网站展开了包装旗下作者，实现"网络写手"向"网络作家"进化的行动。这一行动以2008年"盛大文学"成立后即着手组织的一系列网络文学的宣传推

对"网络文学"发展的推动与阻碍

广活动为开端;以 2009 年与鲁迅文学院联合开办"网络作家培训班"为标志性事件。该培训班授课的教师有陈建功、蒋子龙、胡平、马季等知名作家、评论家和文学编辑,而获得培训资格的则是盛大文学重点培养的唐家三少、任怨、秋远航、张小花等。在这一培训班里,传统知名作家以导师形象出现,而网络写手的形象则是文学爱好者和虔诚的学生。对培训的感受则是"尊重文字"、"开眼界、知不足"、"将珍惜此次与传统文学精英探讨交流的机会,补充文学创作的基础知识"等谦卑的论调。① 一再的自我否定表明了网络作者自信的缺乏,一旦得到机会,他们就迫不及待地摆脱"写手"的称呼,向着"网络作家"奔去。尽管也有个别作者呼吁网络不能丢,并声称"我更喜欢'写手'这样的称呼"②,但个人的否定完全被诸多网络作者向"作家"名号靠拢的热情吞没了。

文学网站所依附的商业力量需要其产品被最广泛的大众认可,推动签约作者从网络写手到网络作家的身份转变无疑能为网络文学经营者带来巨大的利益,因此,以"盛大"为代表的网络文学领域强大的商业力量积极促进着"网络作家"概念的成形。2010 年,"盛大"签约作者唐家三少顺利加入中国作协,成为首个由网络出发而受到传统作家权威组织认可身份的"网络作家"。2011 年,他还出席了全国作代会并成为中国作协全委会委员。对于作协来说,唐家三少的加入满足了会员多样化的需求;而对于唐家三少的雇主盛大文学网来说,旗下作者的"作家"身份则无疑是对其产品"文学性"、"思想性"、"权威性"的认可,也在销售过程中添加了有力的砝码。

通过积极促成作协吸纳网络作家会员,与传统文学机构联合组织

---

① 吴雨、李舒:《鲁迅文学院首开"网络文学作家培训班"》,新华网,2009 年 7 月 15 日;http://news.163.com/09/0715/18/5E9LCR52000120GU.html.

② 庹政:《在鲁迅文学院网络作家培训班分组讨论的感想》,庹政的新浪博客,2009 年 7 月 19 日;http://blog.sina.com.cn/s/blog_5396d0f60100el72.html.

培训班、讨论会等名为文学实为商业推广的活动,"盛大"促使"网络写手"概念升级为"网络作家";而下一步的努力则是从"网络作家"到"作家"的转变。对于爱好网络技术探索的写作者来说,"网络"身份是他们不愿失去的招牌,但对于"盛大"这样致力于经营文化产品的经济实体来说,在旗下"作家"身份已被接纳、写作水平得到认可之后,再以"网络"自称,无疑是对目标市场的限制。只有模糊作者身份,取消媒介差别,才能够赢得从网络猎奇者到传统文学爱好者在内的最大范围受众的认可。因此,2012年开春,盛大文学网策划的这次将传统作家和网络作家无差别地纳入明信片的活动,并不能简单地看做是一个企业的自我营销,而是着意模糊作者来源以达到融合受众的行为。

从"网络写手"到"网络作家"再到"作家",这一概念的整合和混淆不能简单地看做是文学网站的商业行为。在中国网络文学发展的大背景下,它意味着"网络文学"语意的变化和概念的重构。

二 对"网络文学"产品的维护与阻碍

如前所述,盛大文学网成立两年就宣称占有中国网络文学市场超过90%份额。作为国家第一批"文化产业示范基地"之一,"盛大"通过一系列行为重构网络文学概念,将其从诸多网民上网打发无聊时间的"非功利性"概念转变为一支前景看好、生产力活跃的经济生力军。在重构概念本身的同时,"盛大"还通过积极维权、打击盗版以及技术开发、作者培训等方式对商业网络文学进行维护和拓展。但同时也应看到,目前盛大在网络文学市场上实际已形成垄断,过高的市场份额,稀少的竞争对手必然导致创新乏力、排斥异己、抢夺其他文学网站生存空间等弊病。

商业维权是企业维护自身利益的敏感点,而在互联网上,对原本

对"网络文学"发展的推动与阻碍

需要付费的作品提供免费阅读的盗版行为更是享有技术的便利。欲主张权利、诉诸法律、打击互联网盗版的行为由于缺乏先例，实施起来困难重重。作为国内商业化网络文学的最大经营者，盛大文学网无疑受盗版侵权影响最大。2010年11月，盛大文学网总裁侯小强在新浪微博中声称"百度文库不死，中国原创文学必亡"，呼吁出版业联合起诉百度文库，这成为网络文学领域最有规模的一次维权行动。事件的起因是"百度文库"栏目下收集了诸多以用户名义上传的文学作品供免费阅读。特别是网络文学作品，读者本来就习惯在线阅读，一旦能够免费搜索到，对于付费网民来说极不公平，也很大程度损害了以在线付费阅读为主要业务的文学网站利益。据"盛大"内部统计，其最受欢迎的10部热门小说均遭到严重盗版，每部经济损失达800万元。作为国家版权局评出的"中国版权产业最具影响力企业"之一，"盛大"明白版权对一家经营文字产品的单位意味着什么，也有能力并需要在网络知识产权保护、打击盗版等方面投入精力。虽然此次维权事件当年并未取得明显成效，但百度最终还是删除了文库频道内大量网络文学作品，"盛大"算是小有斩获。而从2012年盛大文学网公布的新闻动向来看，"封停盗版网站"、"侵权站点负责人获刑"、"签署反盗版协议"、"打击网络黑市"等诸多维权内容频繁出现，显示出相关反盗版、维权行动正在如火如荼地进行。本年度，盛大文学网维权案例更是入选国家版权局"十大案件"，不仅表明其维权的声势与成效，更说明这一领域相关行动和对策的缺乏。无论当前成果与实际网络盗版损失相比是否成效卓著，但盛大网站新闻中大比例的维权消息、一连串的反盗版行动记录毕竟能在一定程度上遏制互联网上打着"非功利共享"名号的汹涌盗版势头，也对创作者的利益形成了保障。

互联网相关行业多半重视技术开发，而在盛大2012年新闻动态中，与技术开发相关的消息数量远远低于营销和维权。仅有"云中书城"针对"安智、苹果、Windows phone"等手机终端系统推出阅读软件、布局移动终端等方面的消息。而在签约作者培养方面，已然构建了成熟生产模式的盛大文学网本年度也并未像2009~2010年那样积极，仅有一条"云中书城百万招募白金书评人"的消息。但这种新闻与其说是为提高文学产品质量招募书评人，不如说是以"百万"、"白金"等词语为噱头扩大营销效果。在与网站作者相关的新闻里，我们看到的是"唐家三少出演盛大文学官方微电影"、"盛大文学十大明星作家微访谈受热捧"等。网站对签约作者展开了明星化包装、立体化营销，注重个人形象推广，以作者名为品牌，而不再将注意力放在写作技巧的提高和作品形式等方面的探索上。

如果结合"盛大"在当前网络文学市场内的垄断地位来看，就不难理解网站创新乏力的原因：对于企业来说，创新的风险永远大于守成。相对于投入巨大、收效未知的新产品、新应用开发，遵循现有商业模式，加强对市场的把握和深度开发无疑更加有利可图。网络文学虽然注重创新，但一旦被商业力量把持，成为文化产业链中用以谋求利润的产品，企业趋利的本能就必然会扼杀创新需求。同样，在同一市场内对异己的排除和打压也是必然行为，有时这种打压行为还会被冠以正义之名。2009年，盛大文学就曾以对旗下作品《星辰变》"维权"之名打压其他网站提供的免费阅读。《星辰变》由"我吃西红柿"首发于"盛大"旗下网站，连载结束后，读者"不吃西红柿"自发在"读吧网"续写《星辰变后传》（以下简称《后传》），并免费供网民浏览。《后传》发布后，由于内容精彩且免费阅读，迅速登上百度排行榜，成为当时网络小说前10名里唯一一部免费作品。但"盛大"称：根据《著作权法》，对原作品的续集或改编都需要获得相应的授权，这种续写行为已经构成对《星辰变》原作者的侵权。因此，对《后传》作者提出警告，发布《后传》的"读吧网"也面临被起诉的风险。从事件本身看，续写《后传》完全是一项网友自

对"网络文学"发展的推动与阻碍

发活动,免费阅读本身也不涉及商业利益,类似的接龙、续书、戏仿等行为在互联网创作中经常出现。但问题是,此时的网络文学已成为商业文学网站的利益来源。当商业网站致力于培养读者的付费习惯时,突然出现的免费作品无疑会导致付费者的流失。因此,事件的重心不在于一部免费续书的提供,而在于网络阅读中免费和付费两种模式的博弈。2010年,盛大文学收购了众多活跃的原创文学网站,其后更是以固定的文学生产模式和推广渠道打造网络文学产品。自身的缺乏创新、对竞争者的吞并、对异己网站的排斥、对非签约作者的打压等一系列以商业利益最大化为目的的行为,对网络文学的进一步发展形成了阻碍。

在网络文学作为一个新鲜的文学现象进入公众视野之初,人们看好它自由、新颖、无功利的特质。在文学网站开始尝试收费,探索盈利模式之时,它强大的吸引力和诸多的可能性也令人充满期待。截至2012年,"起点中文网"首创的"在线收费阅读"模式已诞生10年。10年中,网络文学的风云人物、阅读界面、内容类型等都数度更替,基于"起点中文网"发展起来的"盛大文学网"也已经成为网络文学界的垄断力量。文学网站的强大带来了网络文学的规模化推广:许多线上读物在出版领域获得了强大的生命力;许多文字产品更是拥有了游戏、电视剧、电影等诸多形式;网络文学变得更加立体,它不再甘当传统文学的追随者和学徒,而试图独立开辟一方天地。然而,文学网站的壮大不仅仅是为网络文学带来了繁荣,商业化运作所引起的问题也必须得到重视。从作品类型来看,网络文学内容的类型化很大程度受制于网站频道设置规则;从作者能力来看,网络写作对技巧、创造力的要求远远不及对持续更新的需求迫切;从行业整体来看,一家独大的垄断企业不仅会日益失去创造力,还将扼杀整个行业的活力;从文学在新媒体中的发展来看,当前网络文学已成为一个特定的词汇,除阅读界面外,很难再看到与新媒体技术碰撞出的新形式。

在文学网站几年来的商业运作下,如今中国"网络文学"几乎可以等同于电子终端上的通俗文学,这一现状不能不说令人略有失望。它并没有实现早期人们对其在新技术特性、新审美标准、新表达方式等方面所寄予的厚望,也没有展示出足以抗衡甚至革新传统文学的强大力量。然而,网络文学一词诞生仅数十年,在这短短的时段内已经有了如此众多的变化。虽然它没有凭借人们的热望打造出崭新的文学世界,但也不可能囿于商业利益而就此消亡。当前网络文学领域内出现了停滞甚至退步,但文学与新媒体结合的创新动能却是无法束缚的。相信在一段时间的酝酿后,其未来的发展依然充满变数且值得期待。

影·视·剧
Films · TV Series · Dramas

B.18
在消费制造中超越
——2012年上海话剧舞台评析

尹永华*

摘　要：

　　2012年，在上海的话剧舞台上，人文精神的寻觅，理想与信仰的重新建构，表现得格外突出。观众欣喜地看到信仰的重拾与真爱的执著渐成潮流，这都是与艺术本源密不可分的美好情愫。这是上海话剧舞台在历经多年商品式制造之后，心思逐渐沉淀的表现。

关键词：

　　上海话剧　理想　信念　人文精神

---

* 尹永华，上海戏剧学院招生与毕业就业办公室副主任，主要研究当代戏剧。

上海话剧舞台的消费式制造，甚至可以追溯到20世纪90年代商潮冲击的影响。随后，所谓世纪之交狂欢时刻，话剧舞台的消费制造行为也由当时的半遮半掩变得肆无忌惮。因为都是如此，所以必得如此。话剧舞台上，演剧标准日渐迷离混乱，有一些或者动用了革新的名号，十多年间上海话剧舞台的大小剧目，一度几乎等同于各类商业公司的市场营销项目，盈利与否是编剧、导演、演员尤其制作人首要考虑的可行性因素。所谓思想，甚至基本的思考都日趋边缘化，话剧原本的高尚和升华品位，一度难觅踪影令人绝望。但是，就像一个奇怪的悖论，2012年，玛雅人预言中的末世，人文精神的寻觅、理想与信仰的重新建构，在上海的话剧舞台上，却表现得格外突出。

一 爱情，不止于交易和床戏

2012年年初，根据慕容雪村小说改编的《天堂向左走，深圳向右》，经过几度打磨，在上海话剧艺术中心再次上演。该剧以几个年轻人创业成功、事业挫折并伴随着刻骨铭心情感心路的经历，演绎了一曲"商业都市的青春挽歌"。《天堂向左走，深圳向右》的话剧舞台上，对白调侃近乎痞子气，剧情浪漫却不失苍凉。刘元、陈启明的青春夹杂着创业的艰辛荣辱，时时激发起剧场一批有着差不多经历的观众们的共鸣。其实，很难把《天堂向左走，深圳向右》界定为类型化的情感剧、励志剧等，但是，多少有点煽情的故事和演绎，激起的却是观众对精神与肉欲、真诚与伪善等终极命题的思考。鲁迅先生曾言，"悲剧将人生的有价值的东西毁灭给人看，喜剧将那无价值的撕破给人看"。[①] 导演杨晰巍接受笔者访谈时说："美好的东西，当我们一点一点失去的时候，绝不能失去悲伤的能力，因为那是最后的底

---

① 鲁迅：《再论雷峰塔的倒掉》，载于《语丝》周刊第15期，1925年2月。

线。"基于此理念,《天堂向左走,深圳向右》的舞台上,观众感受到的是,我们必须选择自己人生的方向,每个人生命最终呈现的方式,或绚烂或平淡,或高贵或低俗,生命终究走向何方取决于自己,堕落和崇高也只是一念之别。慕容雪村的小说,往往以年轻人的奋斗与创业作为主体,以各式各样的情爱纠结贯穿情节。一批剧作家选择慕容小说作为改编对象,初衷也在于此。假如时间前移,配合喧嚣的时代商潮,滚滚红尘之下,慕容雪村不乏情爱描述的小说情节,很容易在话剧舞台上充斥着情爱背叛以及身体出轨之类,冲动却低俗,刺激却龌龊,都是一些让善良观众心痛赚取廉价眼泪的场景。可这一年的《天堂向左走,深圳向右》,令我们惊喜地在绝望时刻感受到了正能量的鼓励。历经土老板的恶臭、商场的倾轧、肉体与灵魂的自我作践,观众基本可以明白一个道理,畜生进化到人,需要千万年;而人变做畜生,只需一念之间。

紧随其后,2月1日开始上演的是话剧《好人无几》。这台戏,以对道义的关注和反思,又一次让浮躁年代的观众心灵得到些许沉淀。《好人无几》曾经以《义海雄风》的名称和好莱坞大片的姿态,获得4项奥斯卡奖项,声名几近家喻户晓的程度。2012年上海的话剧舞台上,舞台版《好人无几》依然以它不同凡响的魅力,让观众为之震撼。关塔那摩美国海军基地士兵圣地亚哥半夜神秘死亡,他的两名海军陆战队同伴被当做被告,海军律师、中尉丹尼尔·卡非奉命调查这个案件。调查一天天深入,卡非发现了掩藏在军队内部的许多不为人知的内幕。于是,一场事关荣誉、正义和军队价值的诉讼由此展开。舞台上分为两个演区,一个是关塔那摩美军基地的回忆部分,一个则演示着当下的现实。回忆与现实激烈碰撞,浓郁的思辨在美式法庭连环式展现,加之观众步入剧场时,有两名身着迷彩服、荷枪实弹的"美国大兵"的迎候,这些,不仅带给观众身临其境之感,更带给人们对于道义的关注和反思。

二 刺激，除了杀人还有正义

2012年2～5月，改编自阿加莎·克里斯蒂小说作品的三部话剧《无人生还》、《意外来客》、《命案回首》依次上演。三部舞台剧中，《无人生还》常年在阿加莎的改编作品中居于榜首。素不相识的8个人，神秘的接到前往黑人岛的邀请。8个人如约而至，他们抵达黑人岛后，噩梦便由此开始。8个人，加上接待他们的管家夫妇，10个人都被指控曾经犯有谋杀罪。系列死亡的大幕就此拉开，舞台上的死亡令观众惊奇的地方还在于，每一件死亡，都是在准确预言的前提下发生。

因此，惶恐紧张的气氛，在《无人生还》的演出中，一直由舞台延伸至观众席。一时之间，人人自危，都希望能找出一个办法拯救自己的生命。可是海上起了大风浪，不可能寻得救援或者逃出黑人岛。唯一的求生办法，就是找出凶手，以保余下的生命。可谁是凶手呢？荒岛已经被他们搜寻数遍，不可能有凶手的其他容身之处，所以凶手必然在他们中间。这才是可以令人窒息的戏剧悬疑情境，幸存着的人们彼此怀疑，彼此试探，可是一切的警戒、一切的提防还是没有能阻止那最后一刻的到来。

比较而言，《意外来客》的故事就比较规范：惯有的迷雾天气中，斯达韦德很不幸地把车开进了沟里，他只能徒步来到附近的一所住宅求救。他万万没有想到的是，自己却更加不幸地踏入了一个谋杀现场——劳拉·沃尔克正站在已经身亡的丈夫身旁，手中紧握着一把枪。而且，她承认是她杀了自己的丈夫。看着这位美丽而无措的妻子，斯达韦德答应尽力帮助她。可是，劳拉为什么要承认罪行？她是在掩护什么人？是丈夫心智不全的弟弟，或是来日无多的母亲，还是她自己的情人？而管家贝尼特小姐、男仆安杰尔的行为似乎也都别有用心。似乎人人都有嫌疑，当然，真相只有一个。这就是小说原作以及舞台上要给我们揭示的谜底。这件看似单一的谋杀背后，隐藏的真相究竟是什么？

随后上演的话剧《命案回首》，又可译做《啤酒谋杀案》。舞台分割为左、中、右三个演区，总让我们想到黑泽明著名的电影《罗生门》。"连人都不能相信，还能相信什么"，猜忌和和追问形成张力，作为真正体现了阿加莎·克里斯蒂观照人心这一剧作精髓的代表作，话剧版《命案回首》上半场悬念丛生，下半场的预料之外以及结局逆转，可以被视为树立在舞台上的阿加莎·克里斯蒂心理探究与案情推理相结合的巅峰之作。虽然，与克里斯蒂其他推理作品并无两样，《命案回首》依然讲述凶杀故事，但是，它却没有停留于凶杀案表面和单独追求刺激的惊悚过程，而是以谋杀为背景，探究人性的曲折隐晦，这是作品不同于一般的地方。16 年前，才华横溢的画家艾米亚斯·克雷尔被毒死在自己的画作旁，画家的妻子卡洛琳被指控在啤酒中下毒，涉嫌谋杀丈夫被判处终身监禁，并于 3 年后死于监牢。16 年后，21 岁的卡拉带着茫然的记忆，以及母亲临死前寄出的诉说她无辜的一封信，找到了当时的辩护律师福格的儿子、年轻律师贾斯丁·福格，希望能够得到帮助。案情扑朔迷离，推理逻辑严密入扣。优秀演员丁美婷曾在舞台上一人分饰两个角色，将 16 年前后母女两个角色热烈似火与温柔似水的性格诠释得十分到位。结合《命案回首》舞台上灯光、音响共同营造的惊悚演剧效果，话剧《命案回首》讲述的道理动人心魄：人之所以为人，就在于她具有追寻真相的能力。因为正义永存。

三　温情，永恒的人性光辉

《守岁》和《生死一课》是 2012 年值得一评的两部话剧作品。

移植于台湾的话剧《守岁》，讲述3个女人的故事，外婆是老年痴呆症患者，母亲离婚后独自经营事业，女儿赴美留学意外怀孕。粗看起来，故事结构比较公式化，也很容易滑入以情动人的老路。但是，假如把《守岁》舞台上3个女人的故事如此粗率地简单化概括，那是低估了该剧潜藏的艺术魅力。舞台上，女儿出场不凡，她带美国男友Peter回家吃年夜饭虽不惊奇，但她却不是观众惯常思维中的那种女孩，她追寻爱情，并认为爱情是如此美好。外婆老年痴呆，但她却有能力在阴差阳错中化解了母女之间的矛盾。母亲年轻时犯过与女儿同样的错误，痴呆的外婆，却用毫不虚饰的爱意，暖融着一家人的心扉。久违的爱心与暖意，在这台戏的舞台上演绎得淋漓尽致。

《生死一课》小说原作，曾经作为全美中小学指定读物，后由罗慕路斯·林尼改编为戏剧剧本。此次，由上海戏剧学院范益松教授译为中文，赵武担任导演。《生死一课》故事发生于1948年，地点是美国南方路易安那州的一个小县城。情节为黑人青年杰斐逊因涉嫌谋杀而被判处死刑，将被拖上电椅处死。杰斐逊的祖母坚持要求他"像男人一样，两腿站立，走向死亡"。于是，这个看似无法完成的任务，只有落到当地唯一的黑人教师格兰特身上。小说原作者欧内斯特·盖恩斯曾获2004年诺贝尔文学奖候选人提名，他在该剧中描绘了黑人社区对于当时压迫的反抗与斗争，以及其中所体现出的集体力量和族群间的强烈情感。通过一位无辜青年、一位软弱教师以及几位坚强女性之间的相互影响和转变，韧劲十足地展现了这一主题。借故事中的人物，盖恩斯告诉读者，"只有思想自由了，身体才有可能获得自由。只要他们愿意，就可以站起来抵抗命运"。

移植于电影作品，却是完全本土原创的《钢的琴》，反映了中国东北老工业基地在改革背景下，一群下岗的产业工人在困境中相互扶持、奋发图强的故事。主人公陈桂林面对即将离婚的妻子和未定的归属,面对有精神疾病的老父亲,面对情人和工友,面对生活这张大网,他该如何走出困境,似乎陷于四面楚歌的境地。一般情况下,陷于困境人物的出路搜寻,的确会令人关注。但最要紧的"是陈桂林的令人震撼的精神成为搬上舞台的第一动因。他,为了生存,与工友组织乐队忙碌于红白喜事之间;他,为了满足女儿学习钢琴的需求,遂断然决定与工友一起建造一台钢的琴"。①《钢的琴》舞台演绎让人无不动容,当一台钢的琴从天幕缓缓落下,飞舞弥漫在舞台上的不仅是雪花,还有这个时代弥足珍贵的友情和爱情。哪怕她是转瞬即逝的,在这一刻,她依旧动人并充满着真诚。话剧《钢的琴》充满对理想主义的追求,值得每一位普通观众永久纪念。

这是最好的时代,这是最坏的时代。狄更斯的名言,成为音乐话剧《雾都孤儿》的题记。2012年是狄更斯200周年诞辰,为纪念这位英国伟大的文学大师,改编自英国文学大师查尔斯·狄更斯的经典名著、由上海话剧艺术中心出品的音乐话剧《雾都孤儿》中文版,于2012年7月在上海话剧艺术中心戏剧沙龙首演。

音乐话剧《雾都孤儿》导演保罗认为,狄更斯是一位杰出的作家,在制作音乐话剧《雾都孤儿》时,剧组力求接近原著。之所以在话剧中加入了很多喜剧成分,除了狄更斯本人是一位批判现实主义小说作家,喜欢使用喜剧来对抗伪善之外,更因为喜剧元素本身能产生很好的剧场效果——对恶魔进行嘲笑。因此,对于传统审美意义的善与恶、美与丑、正义与邪恶,保罗在充分理解狄更斯的创作意图之后,运用娴熟的舞台调度,与时代思潮的结合进行了全新演绎尝试,并选定以音乐话剧的形式精彩呈现在舞台上。该剧制作人刘雷也表示,这是一部节奏感很强、极具欣赏性并富有想象力的话剧,其中会有许多巧妙的手法,是十分难得且有趣的剧场体验。

---

① 周小倩:《话剧〈钢的琴〉导演阐述》,《话剧》2012年第2期。

四 深刻，不意味着乏味

"2012上海国际当代戏剧节"更像是一个戏剧盛会，在2012年11~12月，由来自西班牙、澳大利亚、加拿大、德国、美国、英国、瑞士、斯洛文尼亚，以及中国上海、北京、福建、广州、香港、台北等10多个国家和地区的戏剧团体共同参与，共计18个剧目，以"多元创意"为主题，以话剧、音乐剧、肢体剧等多种艺术样式，在上海的舞台上展现华彩乐章。

来自英国利兹大学的《太阳不是我们的》，以巧妙的舞台样式、深邃的戏剧主旨，让观众灵魂感受到一阵战栗。作为一台具有当代意念与时尚样式的话剧，《太阳不是我们的》与中国的话剧舞台有着太多的关联，导演蒋维国先生毕业于上海戏剧学院，先后在中国香港及英国等地担任戏剧教授，这次由他执导的话剧《太阳不是我们的》，包括曹禺先生的《家》、《原野》、《雷雨》、《日出》等戏剧人物与情境，并以此串联发展而成。"长期以来，只强调曹禺严谨的现实主义创作方法，而忽略了作者在剧作中同时采用了许多非现实主义（象征主义、表现主义手法）的那一面。"①《太阳不是我们的》甚至在某种程度上涉足了对这一未及领域的探索。利兹大学充盈着青春朝气的演员们，表演干净利落，由他们在舞台上演绎曹禺先生笔下一群女人的爱恨情仇和挣扎纠缠。青春无羁的身姿，痛苦扭曲的灵魂，蘩漪、陈白露、金子、瑞珏、四凤等，情欲、乱伦、希望、沮丧、挣扎以及身逢绝地对于一丝生机的向往，这些过往女人身上日渐流逝的爱情，激起当代观众诸多感慨。

广州话剧院带来的《望》，由中外艺术家联手打造，中国雅逸缥

---

① 曹树均：《曹禺剧作演出史》，中国戏剧出版社，2006，第259页。

在消费制造中超越

纱的古琴与洞箫，感伤怀旧的美国爵士，同台呈现；以著名导演陈薪伊领衔的中国、美国、英国、意大利、瑞士专业戏剧团队，以《望》为题，以戏剧的方式，讲述一个穿越百年历史烟尘的故事。将中国第一架飞机和第一批从事飞行事业的青年，以及他们的奋斗历程展现在这个话剧舞台上。这是一个关于飞行与梦想的戏剧，这也是一个关于希望和勇气的戏剧。

经典话剧《都是我的儿子》，是美国戏剧家阿瑟·米勒的成名之作。被称为"美国戏剧良心"的阿瑟·米勒在舞台上讲述的这个故事发生在第二次世界大战期间，工厂主约翰·凯勒把有裂缝的汽缸盖卖给军队后，导致飞机在飞行中失事。当时约翰的儿子拉里正在前线作战，从报纸上得知这一消息后，感到万分愧疚的他难以自持，于是在执行任务时故意坠机自杀。死前，拉里给女友安留下了一封信。约翰在接受调查时却将罪名嫁祸给了合伙人史蒂夫·迪弗尔，迪弗尔因此入狱。迪弗尔的女儿安和儿子乔治从此对狱中的父亲置之不理。3年后，拉里的哥哥克里斯打算和安结婚。但约翰的妻子凯特坚持认为拉里还活着，她希望安和她一样等待拉里回来。与此同时，乔治从父亲口中得知约翰才是罪魁祸首，他急忙赶去阻止安和克里斯结合。克里斯从约翰和凯特的对话中得知事情的真相，怒斥父亲杀害了他的兄弟们，约翰却认为自己是为了家庭不得已而为之。安被逼无奈，终于说出了拉里之死的真相。凯勒终于醒悟，他为了小家庭牺牲大家庭铸成大错，害死了21名飞行员。最后，他终于说出"他们都是我儿子"。然后，开枪自杀。

米勒的戏剧中，他坚持"旗帜鲜明提出以普通人来替代英雄人物充当悲剧主角。因为米勒的观点，普通人形象更具代表性，更贴近当代社会，因此更能引起广大观众的共鸣，从而有效增加戏剧的悲剧效果"。[①]

[①] 毕文娟：《戏剧艺术的升华》，载于《美国文学研究》，山东大学出版社，2008，第488页。

《都是我的儿子》便是典范。此番,"2012上海国际当代戏剧节"上呈现的《都是我的儿子》由出自上海的著名导演雷国华执导,美国堪萨斯大学戏剧学院出演。写实意味浓郁的舞台设计,一环扣一环的剧情进展,直逼观众心灵的犀利追问,让2012年的米勒迷们耳目一新。

导演张广天的话剧作品《杜甫》,充满了实验意味和怪诞张力。杜甫的成长,杜甫诗歌的意境,居然成了张广天这部话剧的创作源泉。舞台上,杜甫既不是人物,也不是符号,而是一种从诗歌和语言中借鉴出来的方法,一种戏剧的表现方法。现场喝酒,演员、观众、剧组人员纵酒狂欢。导演张广天居然端着一碗黄酒,怀抱小月琴,坐在观众席上与观众拉起了家常。话剧《杜甫》以它灵动不羁的舞台呈现方式,不拘一格的表演技巧,调动起现场观众的热情,剧场互动的效果近年罕见。

芬兰的讽刺剧《成长》,是一出关于生产力的喜剧。作为丈夫和父亲的Andy是一名自动化工程师,他有才华,事业上很有出息。但生活与事业总是与他开玩笑,恰好就因为他的发明,他的公司被日本人收购,他必须另寻出路。不久之后,他借款开办自己的公司,他学着竞争,但是很困难。最后,只得进入精神病院。这台戏的主旨,在于通过一个人的经历告诉我们,在成长的过程中,曾经的衰退和教训不该被遗忘,人类不该过于麻木地对待成长和发展。

斯洛文尼亚的剧作《美狄亚的尖叫》宣称,要在美狄亚的神话中探寻她的精神世界。装扮时尚的美狄亚为了与杰森在一起,背叛了自己的父亲和祖国,杀死了自己的兄弟、玷污了家族的名声。但是,杰森,这个美狄亚为之付出一切的男人,最终抛弃了美狄亚。美狄亚谋杀了她与杰森的两个儿子。作为欧洲早期文明中最大的悲剧之一,该戏以美狄亚死后的视角展开,将美狄亚的神话作为探寻美狄亚精神世界的基础。舞台上,美狄亚拥有一个魔法桌,她在这里回溯自己生命的陨落，追问生命中的盲目与黑暗；剧场里，古老原始的仪式还原着未知领域的神秘，肢体语言诠释着这台古老悲剧舞台上人物的伤痛与悲情，美狄亚就此开始了一场不可思议的旅程。美狄亚再次踏上悲剧命运的十字路口，爱的信念摧毁了一切。

在这个被玛雅人的末世预言搞得多少有些魂不守舍的年份，很令人惊奇的是，上海的话剧舞台上持续多年的唯利是图的倾向，明显得以遏制。在市场经济依旧主导社会潮流的当下，话剧从业者的艰辛毋庸置疑，成本、投资乃至利润，必须得考量，但无论如何，趋利至上与艺术从业者应有的追求是格格不入的。在这一年的上海话剧舞台上，我们欣喜地看到信仰的重拾与真爱的执著渐成潮流，这都是与艺术本源密不可分的美好情愫。这是上海话剧舞台在历经多年商品式制造之后，心思逐渐沉淀的表现。这是否意味着"曾经沧海难为水，除却巫山不是云"，多年大浪淘沙之下，纯粹物欲的消费终究归于低俗之列，类似于古希腊戏剧的童真、质朴之美，在上海的话剧舞台上渐趋回归？这，值得我们拭目以待。

B.19
困境与生机：上海戏剧编剧生态考察

胡凌虹*

摘　要：

　　对2010年至2012年上半年以来上海戏剧编剧队伍的现状进行调研后发现，存在人才老化、大量流失、青黄不接、后继乏人的现象，反映出相关部门在人才引进机制、培养方式以及供求模式上存在一些问题。为了化解困境，报告建议：在剧目和编剧队伍建设方面，应当尊重一度创作，回归戏剧思想艺术的本体；尽快建立编剧人才梯队，要使上海重新成为吸引编剧人才的高地；恢复上海创作生态，建立常态的培育体系；在上海设立戏剧编剧奖、戏剧评论奖，推动一度创作。在机制建设方面，建立院团每年上演剧目中必须保证青年编剧作品占一定比例的制度；建议由市剧协举办每年一度的"戏剧创作会议"；建议设立中青年剧本基金扶植、推动原创；建议建立长效的主创人员"下生活"机制。假以时日，这些措施如果能够落到实地，无疑将促进上海剧作创作的再度繁荣。

关键词：

　　戏剧编剧　人才梯队　培养模式

　　"戏曲编剧已成文艺界弱势群体。""戏曲编剧成活率仅1%。""戏剧创作的危险信号！"……近年来，在全国各大媒体上，不断出

---

* 胡凌虹，《上海采风》杂志社编辑部主任。

现相关让人忧虑的标题。目前，国内戏剧编剧既少又老，剧作家萎缩惊人已经成为不争的事实。同样，在上海，20世纪80、90年代，全市编剧队伍浩浩荡荡，超过百人，但是如今，在戏剧编剧方面呈现不小的危机。为了更深入地了解上海戏剧编剧队伍的现状，探寻上海戏剧创作人才的生存空间，以及上海中青年编剧后备人才的养成机制，从2012年3月开始，上海市戏剧家协会组成调研小组，并由剧协理论室具体负责推进，对2010～2012年上半年以来上海戏剧创作以及编剧队伍的现状进行调查、研究、分析，经过半年多的努力，最终形成了《上海戏剧创作和编剧队伍状况调研报告（2010.1～2012.6）》①。作为"上海戏剧创作和编剧队伍状况调研"课题组成员之一，笔者参与了大量采访、调研，在与上海众多戏剧院团、老中青戏剧编剧的接触、交谈中，以及《上海采风》杂志在此方面的专题采访报道中，笔者深切感受到，老一辈剧作家留下了宝贵的经验，这是一笔财富，同时，上海戏剧界不少业内人士、专家颇具忧患意识，对于如何重振上海戏剧编剧队伍，纷纷提出了中肯的建议，这些对繁荣戏剧创作都具有重要意义。

一 现状：青黄不接，大量流失

如今，业内人士用"触目惊心"来形容全国各剧团的在职编剧锐减之快。前几年有调研显示，很多戏剧大省专业编剧数量急剧萎缩，如陕西省专业编剧现只有十几名，广西剧作家能写大戏的不足10人，贵州省直属6个院团中在职编剧只有2人，尤其是吉林省，20世纪80年代初，省、地、县三级剧本创作队伍号称"三百五十六"

---

① 《上海戏剧创作和编剧队伍状况调研报告（2010.1～2012.6）》课题组成员：顾问：荣广润、罗怀臻；指导：端木复；组长：沈伟民；课题执行：史学东；执笔：史学东、胡凌虹、尹永华；协调：姜学贞、王振华、徐峻杰；特别鸣谢：毛时安、褚伯承。

（即356人），目前能挑大梁的不足10人。

那么，具有戏剧重镇地位、享有各种天时地利的上海呢？

"上海戏剧创作和编剧队伍状况调研"课题组专门对上海9家市级专业院团（上海京剧院、上海昆剧团、上海越剧院、上海沪剧院、上海淮剧团、上海话剧艺术中心、上海木偶剧团、上海滑稽剧团、中国福利会儿童艺术剧院），4家区（县）级院团（长宁沪剧团、宝山沪剧团、青艺滑稽剧团、人民滑稽剧团）以及上海戏剧学院、若干上海市民营骨干戏剧团体进行了详细的调研。

调研报告显示，9家各剧种的市级专业院团虽养编剧，但人数不多，每个院团的在职编剧一般为2~4人，加起来共有在职编剧23人。其中，上海话剧艺术中心最多，有4人；上海京剧院、上海越剧院、上海淮剧团的在职编剧都是3人；上海昆剧团、上海沪剧院、上海滑稽剧团、中国福利会儿童艺术剧院、上海木偶剧团的在职编剧都为2人。这些编剧中，年龄超过35岁的有14人，35岁以下的有9人；有职称的一级编剧为4人，二级编剧为4人，三级编剧为11人，四级编剧有1人。同时，民营剧团和各区县院团由于实力的局限，大都没有专职、在职的编导及作曲创作人员，常见的情况是，一般由演员兼任编导，大戏则倚重已退休的资深编剧或外请编剧，往往难以形成院团统一且独特的风格。

从20世纪90年代初开始，上海曾经有浩浩荡荡的百人编剧大军，但由于各种原因开始大量流失。据调研（以下"据调研"都来自《上海戏剧创作和编剧队伍状况调研报告（2010.1~2012.6）》），其中可分为显性流失和隐性流失。显性流失指基本退出舞台剧编剧行列的，如乐美勤、马中骏、余云、徐频莉、吴保和等人；隐性流失指从戏剧编剧转为影视编剧。

当然，在上海依旧有一批退而不休的老戏痴"坚守"岗位。"40后"沙叶新、薛永璜、黎中城、余雍和、宗福先、唐葆祥、彭炳麟、吴兆芬、李婴宁等,"50 后"罗怀臻、赵耀民、李莉等,这些剧作家是上海戏剧界乃至全国戏剧界的重要力量,据调研,如今这些编剧大都依然参与一线创作,但同时也显示了上海戏剧编剧年龄趋于老化的现状,30~50 岁的上海戏剧编剧在全国拿出过优秀作品的凤毛麟角,缺乏有全国影响的著名编剧和优秀的创作领军人才。随着同事纷纷退休,步入花甲之年的青艺滑稽剧团演员杨一笑无奈地笑称自己是团里唯一的最"年轻"的编剧了。同时,让人遗憾的是,一些由上海培养、在上海成长的优秀青年编剧也流失到外地,比如,青年编剧余青峰与罗周等。由此可见,上海戏剧编剧队伍存在人才老化、大量流失、青黄不接、后继乏人的现象。

那么,新的苗子在哪里呢?上海戏剧学院的戏剧文学系曾为上海、全国输送了一流的编剧人才。但是,据该院戏剧文学系相关老师介绍,从 20 世纪 90 年代中期开始,戏剧文学系编剧专业科班出身的毕业生的去向已经堪忧,近两年的 80 名本科毕业生中,60 多人改行,只有不到 10 人从事戏剧专业编剧工作。

沪剧院原艺术总监、剧作家余雍和表示,现在戏剧艺术创作人员的待遇普遍不高,不受重视。创作人员与导演、演员收入失衡,使得好的编剧纷纷改行,加入了电视剧等其他创作营垒。据调研,在待遇上,上海戏剧编剧的稿酬在 20 世纪八九十年代领先于全国,然而,现在就全国范围看则偏低。有几位资深编剧都不约而同地告诉我,外地院团聘请他们写戏的稿费往往比上海本地院团的稿费高至少 1~2 倍。另外,上海戏曲编剧都感受到,上演剧本版税执行状况不良,呼吁院团和上级单位干预。目前,本埠院团专职年轻编剧的工资收入均在 2000 元左右,普遍感到生存压力大。

戏剧的创作与演出,本来是互为表里的事情,优秀人才与精品佳作是相辅相成的。上海剧本创作人才老化、后继乏人的状况直接导致上海戏剧原创剧目的薄弱。据调研,在 2010~2011 年两年内,上海市级、区级院团以及上海戏剧学院创作演出355台剧目，其中原创剧目94台，约占总剧目量的26.4%；改编剧目52台，约占总剧目量的14.6%；复排剧目110台，约占总剧目量的31%；其他剧目99台，约占28%。可见，原创剧目数量不到剧目总数的1/3。2011年8月，上海话剧艺术中心艺委会的剧本讨论会上，12个剧本中只有一个是原创。上海话剧艺术中心的副总经理喻荣军因此在微博上感慨，英国皇家宫廷剧院每年能收到3000多个原创剧本，相比之下，我们的原创力如此薄弱！

上海民营文艺表演团体也有类似的问题。据上海市演出行业协会会长蔡正鹤介绍，2011年，上海民营院团的演出总场次超过1万场次，在创作上与过去相比也有显著进步，但问题依然明显，如目前能在上海以及全国具有重要影响的佳品力作还比较缺乏。

上海戏剧创作上的软肋与上海戏剧编剧队伍的危机背后，反映的是相关部门在人才引进机制、培养方式以及供求模式上存在的一些问题。事实上，上海戏剧编剧面临的问题，很大程度上也是全国戏剧编剧面临的问题。

二 从"剧作家"到"编剧"：文学的失落

2012年7~8月，北京人艺"成立60周年庆"，来沪巡演，带来了《原野》、《知己》、《窝头会馆》、《我爱桃花》和《关系》5台全新话剧，荟萃了濮存昕、何冰、冯远征、宋丹丹、吕中、张志忠、胡军、杨立新、徐帆等一线演员。演员精湛的演技受到人们的追捧，同时不能忽视的是剧本的扎实精彩。话剧《原野》是戏剧大师曹禺的经典之作，颇具北京人艺演剧风格的《窝头会馆》是剧作家刘恒的力作，《知己》、《我爱桃花》是剧作家郭启宏、邹静之创作的，《关系》的作者万方是曹禺的女儿，他们带来了剧作的文学性及思想的厚重。

如果盘点时下最火的话剧，《蒋公的面子》定是其中一部。这是2012年南京大学文学院为纪念南大建校110周年而创作的学生话剧，甫一上演就好评如潮，现正在全国巡演，被网友封为"南大神剧"、"2013最牛神剧"。当然，业内对这部戏也有一些批评，认为"没有表演，没有导演，没有舞美，没有音乐"。然而，现在戏剧圈内比较流行的融合"一流舞美，二流导演，三流剧本"的戏剧，往往被人诟病与吐槽，为何一部淡化导演痕迹，简化舞美设计，只保持了校园戏剧最质朴本色的话剧能在全国掀起观赏热潮呢？很重要的原因在于，在当前戏剧文学性缺失的状态下，《蒋公的面子》让戏剧重新回归了文学。有学者认为，该剧突显剧本的文学性，以矫正当前话剧文学的沉沦，这是一种戏剧精神上的回归。

较长一段时间以来，戏剧舞台上充斥着只服务于人的感官的游戏式的戏剧，背离了戏剧的文学本质。在文学圈内，戏剧文学——剧本，本是一种与小说、散文、诗歌并列的文学体裁，现在也受到了冷落，青年编剧余青峰表示，现在的剧本写作连边缘文学的地位都没有，现在的剧作家都很难加入作家协会。另一个明显的特征是称谓上的改变，从"剧作家"变成了"编剧"，作家意识逐渐被技术技巧取代。

在1981年中国第一个小剧场汇演上，陈白尘先生就提出了一个质疑，什么时候开始，中国的剧作家不被称为"剧作家"，而被称为"编剧"了。如今"编剧"这个称谓已经约定俗成，但是陈白尘先生提出的这个为剧作家正名的呼吁，至少提醒我们一点，不要忘记编剧所承担的作家的责任。

"我们现在真正缺失的是剧作家，而并不是编剧匠。"中国剧协副主席、剧作家罗怀臻颇为激动地说道。他指出，诺贝尔文学奖的获奖名录中，一半是写过剧本的作家，1/3是以剧作家的成就获奖。

"元明清三朝的数百年间,中国作家的主体是剧作家。戏剧文学在中国文学史、世界文学中的地位都是举足轻重的,不像今天在中国作家协会中只处于很边缘的角落。"与此同时,罗怀臻认为,作为剧作家自己,也不能一味责怪别人,"也要反思从20世纪初起,戏曲作家就已开始热衷于为'角儿'打本子,作家的主体意识慢慢丧失。我们要反思,自己的剧本创作是否及时而深刻地记录了时代人心,是否真实地传达了民众诉求,是否值得载入文学史进而被历史铭记?"

剧作家赵耀民感慨道:"我们的戏剧文学已经没落,大量制造虚假的集体经验和伪时代精神。中国话剧的现代启蒙主义精神,要通过戏剧文学来实现。以小说为代表的中国文学有这样那样的问题,但总体情况要比戏剧文学好很多。我认为,很关键的一点,真正的文学写作是强调写人的个体经验的,集体经验甚至时代精神是隐藏在背后,通过读者或理论家去发现和挖掘的。……小说能做到私人化写作,剧本为何做不到?其实文学创作本来就是一件精致的私人化的事。当前一些戏剧文学的浅陋与粗糙,已到了不忍卒读的地步,这既是对文学的亵渎,也是对戏剧的摧残。"[①]

新世纪以来,在不少院团缺乏"一剧之本"的意识、追求"评奖效应"的环境下,一级编剧评了不少,能得奖会挣钱的编剧尚可罗列,但是严格意义上说,没有新产生一个具有标志性的剧作家。

如今,国内戏剧人满世界地呼唤好剧本,而南京大学文学院戏剧影视艺术系2009级本科生温方伊一出手,处女作《蒋公的面子》就让众人大呼"奇迹"。温方伊只是南大一个普通的大三女生,之前写过一些小习作从未搬上过舞台,《蒋公的面子》不过是她的老师吕效平教授布置的一次学年论文,要求温方伊把一则南京大学当年的无从

---

① 赵耀民:《赵耀民戏剧杂谈》,上海社会科学院出版社,2007,第105~106页。

考据的文人轶事变成可搬上舞台的剧本。此前对剧本少有接触的温方伊拿到题目时,不禁惊呼:"天!怎么凑出两万字来!"为了完成任务,温方伊阅读了大量回忆录和文献,心无杂念地写出了一部网友口中的"神剧"。难道那些"身经百战"的编剧就比不上一个21岁的初出茅庐的小姑娘吗?未必。只是在欲望与诱惑的夹击下,在票房与竞争的压力下,不少编剧甘当编剧匠甚至是枪手,失去了文学的信仰与追求。

幸而,戏剧的文学意识、剧作者的精神危机已经开始引起人们的重视。为更好地推动北京人艺的剧目建设,2010年,北京人艺授予刘恒、孟冰、邹静之、苏叔阳、何冀平、万方等10位作家"北京人艺荣誉编剧"称号,并颁发"北京人艺荣誉编剧"证书,由此北京人艺推出了一系列闪着人性魅力的高水准的作品。

2012年,上海戏剧学院的招生工作就进行了一些改革,其中艺术管理专业首度按照普通类高校一本分数线录取;"新概念"作文大赛一等奖得主报考编导、编剧、艺术教育3个专业时,可直接进入最终面试环节。这两项举措就显示出对编剧专业学生的文化素养,尤其是文学素养的重视。

三 从"不求所有,但求所用"到"既求所有,更求活用"

上海滑稽剧团副团长钱程骄傲并眷恋地回忆,自己刚进团时,经常看到剧团的创作室里热气腾腾,17员"大将"在热烈地讨论剧本,有时甚至还会争得面红耳赤……事实上,那个年代,在上海每个剧院、剧团都有一支比较强大的编剧队伍,在全国有影响的好剧本不断出现。

当时在计划经济的统一模式下,参照前苏联国家剧院的模式,全国各地建立了各个层级的国家剧团,设置了完备的院团制度,不论规模大小，各剧团都设有编剧、导演、舞美、作曲等主创人员的编制和岗位。院团有了稳定的创作队伍，可以为自己"量身定造"剧本，这也有利于不同地域、不同戏剧品种、不同剧院形成各自独特的风格，这是设编剧的益处。但是从编剧角度而言，一个人一生都在某一个剧团里，为某一个剧种写戏，而且一个剧院有十几员创作大将，一个人一年创作一个剧本，就有十几个等待排演的剧本，但是剧院一年里怎么可能排那么多部大戏呢？最终大量剧本被积压，编剧的创作成果长年得不到呈现，会挫伤编剧的积极性，也会导致创作能力慢慢萎缩。

与此同时，前些年文艺界有一句话："不求所有，但求所用"，广为流传。如果按耗费成本来看，院团要把一个刚毕业进团的戏剧文学专业大学生培养成为一个相对成熟的编剧，需要 5~10 年时间，尤其在计划经济年代，要解决分房等福利问题，这些成本远比临时聘请一个外来的成熟编剧"为我所用"大得多。于是，在养编剧的弊端显现以及市场经济大潮的席卷中，很多院团纷纷不设专职编剧了。

然而，戏剧院团毕竟不是一家经济公司，只考虑投入产出那么简单。对日益商业化的影视公司来讲，只要腰包丰盈，打"外援"牌有着众多好处，他们可以不养编剧，向全世界高价买剧本。不过，这张牌对不同艺术门类的戏剧行业来说却并不好用。因为每个剧种都有各自的特色，每个院团都有各自的情况和独特的风格，如果邀请一个北方的一流剧作家到上海来写越剧、沪剧，由于不一定熟悉南方剧种的话语、神韵，写出来的很可能就是一个三流的本地剧本。而且因为名导演、名编剧、名作曲数量有限，有名的剧作家自然成为了追求"戏剧奖项"的院团争抢的"香饽饽"，但总是靠几人"捉刀"不同剧种，容易使得长相独特的各剧种变得越来越面容相似。越来越多的人意识到，短期内找一个人、一个剧目，"一招鲜吃遍天下"这样的做法有很多的弊端。

也有人提出，国外也是不养编剧的。对此青年编剧赵潋反驳道：

"人家的戏剧整体环境很成熟了,社会文化基金对于戏剧的扶持也很完善了,编剧的选择相对比较多。我们的情况是,体制转型并没有真正完善,我们的基金机制、评奖机制等等还是停留在过去的观念和模式上,土壤没培育好,种子却先急着撒下去了,然后问为什么老是没收成,无论对在职和兼职编剧都是不公的。"

事实上,养还是不养只是外在形式问题,关键是如何打破僵化的体制,保护、激发剧作家的创作力。剧作家的创作是个性化的,需要有感而发、触动心灵,如果为完成指标而写自己不愿写或没感觉的东西,纵然有再多的经验与才华往往也是无济于事。一些优秀的剧作家私下坦言,遇到一些没有灵感的"命题作文",即便绞尽了脑汁最终也无法写出让人满意的作品。

因此,戏剧真正要繁荣,必须打破各种限定,从"不求所有,但求所用"到"既求所有,更求活用"。戏剧院团既需要培养熟悉自己院团的专职剧作家,也需要给予专业编剧一定选择的自由,不必为自己的不写而感到有心理压力,在完成本院团的工作量后,可以为其他院团包括不同剧种的院团写戏。同时,各个院团有了专职的编剧也不必排斥外请的和新进的编剧。洪靖慧是中国福利会儿童艺术剧院的一名儿童剧编剧,她很感谢蔡院长鼓励她在本院工作完成的前提下去尝试各种剧本创作,而上海话剧艺术中心也大胆地接纳了她的大纲,给了她创作的机会,一起合作了《兄弟》、《大哥》、《人面桃花》等话剧。院团内外长期相互尊重、默契的配合,也能形成院团与外请的编剧良好稳定的合作关系。如此打开剧目与人才横向流通的通道,不仅给予编剧更多空间,也推出了更多原创剧目。

四 建人才高地须"不拘一格"

知名编剧余青峰回想起自己当年只身在上海闯荡的一段经历,自嘲道："无工作，无职称，无工资，那时的我就是一个戏剧的流浪儿。"余青峰当年从上海戏剧学院戏曲编剧大专班毕业后进入福州一个剧团，做一些给领导起草报告的工作。2002年，为了心中的戏剧梦，余青峰毅然辞职回上海打拼。2005年，越剧王子赵志刚看中了余青峰的剧本《赵氏孤儿》，将之搬上舞台并亲自主演，在江浙沪引发观戏热潮，并囊括了中国越剧节金奖、曹禺剧本奖等重要奖项。

20年前，在上海也有一个"戏剧流浪儿"，他就是罗怀臻。当时的上海越剧院院长吕瑞英看了他创作的剧本，觉得是个可造之才，就极力要把他调进剧院。1986年的上海，户口政策比现在更为严格，不过当时的文化局以及各院团对人才都很重视，10分钟之内创作中心、戏剧处、人事处3个部门就顺利办完了工作关系调动手续，效率惊人。进入上海越剧院后，罗怀臻创作的《真假驸马》很快就得以上演。

然而，20年后，余青峰却没有这样的幸运了，"三无"背景（无工作，无职称，无工资）就像三座大山阻断了专业院团调他进入上海的路。与他同病相怜的还有青年编剧罗周，在复旦大学攻读博士期间，罗周就已创作了淮剧《千古韩非》、越剧《柳永与虫娘》等。毕业后，因编制问题，她只能在上海一家漫画公司工作。

上海市剧协副主席、上海戏剧学院教授荣广润认为，在青年编剧人才的引进上，一方面考量的是院团领导选拔人才的眼光，另一方面考验的是上海的政策配套机制问题。比如，2006年余青峰最终被引进到杭州，成为艺术创作研究中心专业编剧。这些年，在较为丰厚的物质基础与比较自由的创作环境下，余青峰成果颇丰，成立了自己的工作室，当年的无级编剧现已成为一级编剧。青年编剧罗周则来到了江苏，在江苏泰州淮剧团作曲家赵正芳的"牵线"下，江苏省文化厅聘请罗周到下属的剧目工作室工作。在第20届曹禺戏剧文学奖获奖名单中，余青峰与罗周都位列其中。

困境与生机：上海戏剧编剧生态考察

如今，相对以前，上海的户口政策比较宽松了，上海编剧队伍又面临着后继乏人的危机，在这样的状况下，为何像余青峰、罗周这样的上海培养，也曾为上海的戏剧舞台贡献过作品的人才却轻易流失了呢？"缺的是意识。"罗怀臻一针见血地指出，他认为现在缺乏的是以往从上到下重视编剧的集体意识，尤其是文化部门缺少这样的意识。不少业内人士呼吁，尽快从上到下树立起重视编剧人才的意识，延续以往"不拘一格降人才"的传统，借鉴江浙的人才配套政策，使上海重新成为吸引编剧人才的高地。要建立编剧人才梯队，不断补充青年后备力量，一个重要途径就是通过建立绿色通道、设立优惠的条件不断引进、吸纳人才。同时，还有一个途径是摈弃"专业"芥蒂，在内部挖掘、培养人才。

喻荣军现在是上海话剧艺术中心的"金牌编剧"，以"高产""高票房"著称。不过，在1995年，他只是一位上海体育学院保健康复系的毕业生，因为热爱话剧，放弃了去医院工作的机会，来到上海话剧艺术中心毛遂自荐。话剧中心总经理杨绍林被他的热诚所打动，向上级部门力荐，破格聘任了喻荣军。如愿以偿进入了话剧中心后的喻荣军，像海绵一样拼命吸收养料，全身心投入到剧本创作中，很快就一举成名了。

青年编剧赵潋已经在圈内小有名气，创作了《共和国掌柜》、《风声》、《中国式婚礼》等话剧，但她原本是一名职业会计，2002年她以行政人员的身份应聘入上海话剧艺术中心，在工作中出于对戏剧的热爱，对戏剧创作的热忱，她开始投身于戏剧创作，因为话剧中心这个"近水楼台"，她得以快速汲取营养、积累经验，也因为话剧中心的"不拘一格"，她的作品多次被话剧中心采用，然后如愿以偿、顺理成章地成为职业编剧。

"现在经常说缺优秀人才，缺好剧本，但实际上，我们更应该思考的是如何建立一个让潜在的人才不断冒出来的环境。也许人才就在

245

身边,只是你没有发现而已,关键是要给他们创造尝试的机会,接受他们的失败,鼓励他们在失败中总结经验。"杨绍林总结道。

五 打造全新的剧作家培养模式

无论是20世纪50年代末60年代初上海戏剧学院受上海市文化局委托连续办的三个编剧班,还是70年代上海工人文化宫的业余小戏创作训练班,以及80年代初的上海戏剧学院的编剧进修班,都培养了一批剧作家,他们成为上海戏剧创作队伍的中坚力量。同时,也可以窥见:以往的编剧培养模式很多元,有专业院校的教育,也有业余培训班的指导;学员组成也很多元,有从复旦大学、华东师大、上海师范大学等高校的中文系毕业学生,也有一大批业余爱好者,在这些编剧班的锤炼下,即便是一个普通的工人、一个县级市的普通剧团的演员,都取得了炫目的成绩,可见这些培养模式的成功。

然而,如今的编剧人才培养模式明显比较单一。且不论业余爱好者缺乏学习的途径,即使是重要的学院教育也存在着一些问题。罗怀臻在上海戏剧学院任兼职教授,在教学过程中,他感觉到现在的戏剧教学或多或少存在与时代之间的隔膜,缺乏与当代戏剧的互动。他曾经是淮阴市淮剧团一名演员,1983年进入上海戏剧学院编剧进修班学习,学制一年,当时余秋雨、叶长海等人担任授课老师,戏文系主任陈多担任班主任,众多文艺名家如白杨、俞振飞等都被请来办讲座授课。20世纪80年代初的上海戏剧学院编剧进修班也造就了一批人才,如郭大宇、王仁杰、常剑钧、姚金成等。有感于如今编剧人才培养中的瓶颈,罗怀臻产生了探索一种新的剧作家培养模式的想法,于是他助推了全国青年剧作家研修班的举办。该班于2011年10月开班,由中国剧协、上海戏剧学院主办,共60名学生,一半是研修生,一半是旁听生,平均年龄35岁,来自包括台湾在内的全国20多个省区，他们并非普通的学生，而是从全国专业戏剧院团选拔出来的一线优秀青年编创人才，颇具发展潜力。延续以前的传统，这个班的老师都是重量级的，由尚长荣、王安忆、季国平、冯双白、尹鸿、毛时安、韩生、丁罗男等8位著名艺术家、理论家、作家进行专题讲座；同时，增设了"点评"环节，剧作家孟冰、罗怀臻、郭启宏、郑怀兴、盛和煜、黄维若、王安祈以及导演艺术家曹其敬、查明哲、卢昂等，对30部研修生剧作（研修生的入学作品）进行课堂讲评。点评课是最让学员们感觉忐忑、紧张甚至崩溃，却又受益最深的课程。

胡红一是广西艺术创作中心副主任，曾获得全国"五个一工程奖"、中国电影"童牛奖"、中国"人口文化奖"编剧一等奖等奖项，却自嘲"因为作品被曹其敬老师骂而让自己在班里一举成名"。虽然在课堂上被批得几近崩溃，但胡红一心悦诚服。喻荣军已是知名剧作家，但一直有困扰：剧本写好后很少有人提意见。此次他很感谢点评老师孟冰给了他很多建设性意见。这也是这个班级同学的共同体会。因为是课堂，没有平时的人情客套，老师们的点评都是麻辣、犀利的，直指剧作的要害，不断让人感到"柳暗花明又一村"。而且学习可以无处不在，在下课后、看戏后，在学员们之间的碰撞交流中，思维的火花不断闪现，而曾经孤独寂寞的心开始变得温暖而更为坚强。

也有人质疑，短短15天的培训能起到多大的效果呢？中国戏剧家协会分党组成员、秘书长周光表示，中国戏剧家协会、上海戏剧学院会一如既往、不遗余力地跟踪指导并继续积极推荐青编班学员的作品，继续关心他们的成长、成才、成名，为他们的作品创作、排练、演出、评奖创造良好的舆论环境和提供更加开阔的平台，"希望通过他们和我们的共同努力，真正推出继上世纪八九十年代优秀剧作家群体之后新世纪中国剧作家的'黄金一代'"。

经过洗礼的青编班学员出现了剧本创作的"井喷"现象。据不完全统计，一年来，共新创作了94部剧本，其中上演、发表了61

部，获得全国及省市级奖励37项，包括曹禺戏剧奖剧本奖、中国京剧节金奖、全国少数民族汇演金奖、"五个一工程"奖等。上海喻荣军、洪靖慧，河南陈涌泉，江苏罗周，浙江余青峰，辽宁李铭等青年剧作家一年中均有多部剧本上演，一定程度上缓解了全国戏剧院团"剧本荒"的困难局面。同时，青编班新颖的办学理念和突出成果已经产生了辐射效应，全国各地涌现了不少类似的青年艺术人才的培训班。

同时，在上海，其他的编剧培养模式也在进行着探索实践。2012年下半年，上海戏剧编剧高级研修班开班。编剧研修班由上海文教结合办和上海市文联联合主办，上海戏剧学院、上海市戏剧家协会承办。学员一部分是艺术院团的专业编剧，还有一部分来自不同行业的业余戏剧创作者。研修班学制为一年，邀请国内著名剧作家、戏剧理论家授课。

不过，学校的、培训班的课程毕竟只是加油站，真正跑"马拉松"的地方还是剧院、舞台。戏剧有着深厚的传统表演技艺，戏剧编剧不仅要掌握戏剧剧本写作的方法、技巧，还要熟悉本剧种、本剧团和演员的情况。年轻的编剧刚进团，往往无法立刻将学到的理论化为实践，这需要院团里的前辈老师带领指导、给予锻炼实践的平台，所以年轻编剧的培养应该是一个漫长的系统工程。

然而，一些年轻编剧抱怨，虽然是专业编剧的岗位，但往往需要身兼行政秘书、各种助理等职务，无法全身心搞剧本创作。即便剧本创作出来了，也鲜有机会上演。但剧团也有剧团的无奈，因为承载着巨大的经济压力、演出市场的竞争压力，在排戏时往往非常谨慎，宁愿把资金、精力投注在成熟的编导身上。被闲置的青年编剧少有实践的机会，往往成长缓慢。

事实上，剧团可以有策略性的安排，比如大投入大制作的戏让成熟编剧来创作，同时给予年轻人小部分资金让他们尝试与实践，或者采取资深编剧与青年编剧合作的方式。同时，还可以鼓励青年编剧多为大学生、年轻人排戏，也借此积累年轻观众。

对此，一些院团已有了相应举措。据调研，2011年，上海滑稽剧团从上海戏剧学院戏文系毕业生中招收了两位编剧，不久就委以重任，让他们创作大型滑稽戏《绿色家园》，并安排院团资深老编剧行家全程指导创作，以此让新生力量尽快掌握滑稽戏创作技能。上海淮剧团则推出综艺晚会《开淮一笑》，由"70后"、"80后"青年编剧、导演和演员创作，通过这样的举措，既能培养和锻炼年轻编剧的创作力量，又能借助年轻人的创新意识与蓬勃朝气为淮剧发展探索新形式。

当然，对于年轻创作人员的培养，仅给予上演机会是不够的，在他们实践的道路上还需要不断给予扶持，譬如早期从题材上给予指导、论证，剧本完成后给予推上实践平台的资助，帮助他们排练和演出，上演后还应给予一定关注和评论，不断帮他们总结提高。

六 树立"一剧之本"的意识，形成一股戏剧的合力

2012年，北京人艺来沪巡演的成功，引发上海戏剧界的诸多反思。其中，谢幕时编导被先请上台，这也让不少台下的上海的剧作家羡慕。"这是上世纪五六十年代舞台上出现的事，现在都什么时代了，北京人艺还保留这个传统，这个令人感动。我也写过很多戏，但很少接到这样的邀请。北京人艺坚持这一点，在可能的情况下把编剧千里迢迢请到这里来，看一场戏，和大家见见面，这是懂得感恩，懂得尊重。这点值得我们学习。"罗怀臻感慨道。

在2012年9月中旬，上海市剧协召开的戏剧编剧调研会上，老中青三代编剧代表也纷纷叹起苦经，直陈编剧地位下降。剧作家赵化南指出，在媒体宣传上，基本不见编剧的名字，这与国外甚至北京的惯例不同；剧作家张东平谈到，戏剧编剧排行"老五"，排在前四位

的是：出资方、领导、导演、主要演员。

2013年5月底，在上海市戏剧家协会、上海话剧艺术中心主办的"剧作家赵耀民作品研讨会"上，专家们肯定了新上演的话剧《志摩归去》，但是也有一些专家表示了遗憾：《志摩归去》现场的演出和对剧本本身的期待还是有较大的反差。甚至有专家直率地指出："赵耀民作品的舞台体现十之七八都不如原作。"会后，采访赵耀民时，他无奈地说，"一个上流剧本为何排成中等的戏"的疑问，他难以正面回答。他有他的不甘与无奈，如今编剧处于偏弱势的地位，难以与二度创作人员较劲，只好剧本一交，成为"甩手掌柜"。与此同时，赵耀民也能体谅制作方的不易，面对残酷的市场压力、众多观众的需求，排戏受到诸多限制。

剧作家宗福先很怀念40年前的一段时光，那时还是业余小戏创作训练班学生的他，每天兴奋地泡在剧场里，看着表演训练班的同学们排演自己刚写的剧本，心中既窃喜又焦虑。不料颇为得意的"习作"搬到舞台上往往"洋相百出"，完全不能取得预期的舞台效果，甚至会遭到演员们"无情打击"。虽然导演、演员们的"严酷"考验，往往让宗福先一脸尴尬，但他明白同学们的善意，也正是在这样的实践下，他迅速熟悉舞台，飞速进步。小戏创作训练班的"习作"刚出炉，立马就成了表演训练班同学们的"习作"，要知道，世上有多少剧本是从来没机会在舞台上立起来的！但是他们却享受到了得天独厚的待遇，宗福先感慨道："身边有个专为我们排戏的表演班，真是我们的福气！"正是在这个业余小戏创作训练班，诞生了一个"工人剧作家"群体，包括汪天云、宗福先、贺国甫、贾鸿源、马中骏等，创作了众多影响深远的作品，如《于无声处》、《屋外有花园》、《血，总是热的》等。

然而，现今在戏剧界，一些导演的霸道，对于编剧的轻视已经有目共睹。动辄某某导演作品，署名放在剧作家曹雪芹、曹禺之前，随意删改编剧的剧本，这样的现象屡见不鲜。针对这种情况，院团需要有所举措。北京人艺能不断地推出充满历史厚重感和震撼力的精品力作，院长张和平道出了成功的秘诀："剧之本乃院之本，剧院与剧作家的关系是水和鱼，是手心和手背。剧院失去了剧作家，无戏可唱；剧作家离开了剧院，谈兵纸上。"

　　一个院团要长远发展，需要树立"一剧之本"的意识，同时也需要在创作上形成一股合力。宝山沪剧团创排的现实题材沪剧《挑山女人》自2012年年底上演以来，一直受到观众追捧，被认为是近年来"沪上最出色的舞台演出之一"，并被专家称为沪上的一种"文化现象"。据宝山沪剧团团长华雯介绍，自21世纪80年代起，宝山沪剧团就逐渐形成了一个固定而有效的主创团队，包括剧作家李莉、张东平，导演孙虹江，作曲汝金山等，不仅培养出团队的默契，更形成了独特且统一的艺术风格。沪剧艺术家马莉莉感慨，宝山沪剧团并没有花大价钱去请名编名导，而是形成固定的创作班子，把一个剧团"吃透"，这是一条非常好的发展之路。

　　戏剧是一门综合艺术，编剧要实现创作剧本的理念，需要其他领域合作者的协力。目前，这种通力合作的理念正不断被植入青年戏剧创作队伍中。2011年举办的青编班很成功，被称为青年剧作家的"黄埔一期"。按理说应该每年继续，但2012年开办的是青年导演班。就在全国青年导演艺术家研修班开班之时，由中国戏剧家协会与上海戏剧学院合作的"全国戏剧创作高端人才研修中心"也正式授牌成立。青研班总设计师之一、中国剧协分党组书记、驻会副主席季国平介绍："2013、2014、2015年，我们会陆续开办'青音班'、'青评班'、'青美班'，每个班60名学员，5年一轮，我们计划用10年时间，办两轮，不同专业的研修班开办以后，总共将培养600名学员，遍布全国各地，这将是整整一代戏剧人，是中国戏剧崛起和复兴的中坚力量。"

为了促成中国当代青年编导形成一个能够引导戏剧创作风气的"上海共识",2012年10月,60位青年导演与30位青年剧作家在上海延安饭店举行了交流联谊会。在座的学员们畅所欲言,气氛热烈。在联谊会上,出现了"他乡遇故知"的温馨场景。研修中心为每一位学员准备了《全国青年剧作家新剧本创作信息》手册。青年导演李伯男看完手册信息,率先向河北的编剧陈建忠抛出绣球,希望合作。而导演陈大联单刀直入地报出了一系列他感兴趣的剧目,其中报到一两个剧目时,下面立马有人喊道:"已经预订了。"青导班班主任、中国国家话剧院副院长王晓鹰笑称,导演和编剧如同一对"夫妻",这场交流联谊会如同一场婚前教育。"天下夫妻没有一种模式,他们的幸福也没有一种模式达成的。导演和编剧的磨合是通过沟通甚至吵架来达成的。"他指出,写剧本是一度创作,导演是在此基础上的再创作。导演要理解编剧的思想和艺术价值,同时,也要求自身的感受和理解与剧本契合。罗怀臻在讲评课时,以他的亲身经历描述了他与导演的良好互动:"我写了剧本就像生了孩子,他变成怎样,单眼皮是否割成了双眼皮等等,我会全程关心,导演在排我的作品时,我会到排练场,一起讨论修改,我愿意接受别人的建议,也从不会代替导演指手画脚,即便我有一些想法,也会与导演探讨,最后转化为导演的意见。"罗怀臻告诉我,为了推举年轻人,他与剧作家孟冰永久地放弃了"曹禺剧本奖"的参评,同时,他也非常愿意让青年导演排他创作的剧本。研讨会后,青年导演与青年剧作家讨论激烈。对于青年剧作家而言,这样的交流联谊会为他们搭建了全国性的平台,给予更多剧本上演的机会,也有利于他们与导演更好地沟通、合作。

当然,时代呼唤有深度、有新意的戏剧作品,社会也要给剧作家营造一个大胆探索的创作环境。如今坚持写自己想写的戏的赵耀民,基本已经不接受约稿,但他有些忧虑地谈到,坚持的代价可能是戏上演的条件越来越少,与导演的缘分也越来越少。因此,为了提高剧作家创作的积极性，培养青年编剧的独立意识、独特风格，社会各方面也要给予支持与扶持，给予青年编剧和功成名就的剧作家更多上演剧本的机会，让更多优秀的"抽屉剧本"得以面世。

七 结语

目前，全国戏剧编剧的现状不容乐观，上海也不例外；让人欣慰的是，对此上海已经开始采取切实的行动来改进。譬如，上海新的青年剧作家培养模式正在形成，由中国剧协、上海戏剧学院主办的青研班的开办，不仅提高了上海戏剧创作的力量，也惠及了全国各地的青年剧作家。再如，上海市剧协对近两年上海戏剧创作以及编剧队伍的现状进行调查、研究，针对如何化解上海戏剧创作和编剧队伍面临的困境，提出了诸多对策与建议。在剧目和编剧队伍建设方面：尊重一度创作，回归戏剧思想艺术的本体；尽快建立编剧人才梯队，要使上海重新成为吸引编剧人才的高地；恢复上海创作生态，建立常态的培育体系；在上海设立戏剧编剧奖、戏剧评论奖，推动一度创作。在机制建设方面：建议建立院团每年上演剧目中必须保证青年编剧作品占一定比例的制度；建议由市剧协举办每年一度的"戏剧创作会议"；建议设立中青年剧本基金扶植推动原创；建议建立长效的主创人员"下生活"机制。假以时日，这些措施能够落到实地，无疑将会促进上海剧作创作的再度繁荣。

目前，上海的编剧队伍面临着困境，但也有生机，一批青年剧作家在前辈们的扶持下开始崭露头角，他们出于对戏剧的热爱，甘愿坚守这个清贫的行业，践行着自己的戏剧梦，这份赤诚是戏剧发展的重要推力，是振兴的希望。当然，还需要院团、社会各界的共同努力，切实地改善戏剧编剧的生存环境和创作环境，为他们的华丽梦想多铺点路，多加把劲。

B.20
以改革促发展
——上海戏曲院团现状调研

郑崇选*

摘 要：

经过对上海戏曲院团发展现状全面调研，分析了上海戏曲中心未来的责任和使命，以期对上海戏曲院团的健康发展有所促进和推动。推进戏曲体制改革，并不意味着发展文化产业优先于事业发展。政府对戏曲院团的扶持，应以政策扶持为主，在为戏曲院团创造生态良好、竞争有序的市场环境的同时，推动各个戏曲院团承担起传承中国传统文化、重塑文化自信的责任和使命，为建设既有文化主体性又有国际影响力的中国文化做出自己的努力。

关键词：

戏曲院团　改革　发展

2011年12月30日，上海戏曲艺术中心宣告成立，戏曲中心整合了上海的6家国有院团，下辖京剧、昆曲、越剧、沪剧、淮剧和评弹等6大艺术机构，上海越剧院、沪剧团、淮剧团和评弹团等4家国有文艺院团分别更名为上海越剧艺术传习所、上海沪剧艺术传习所、上

---

* 郑崇选，上海社会科学院文学研究所副研究员。本报告是2012年上海市委宣传部委托课题"上海戏曲艺术中心发展规划研究"的相关成果，本课题负责人：蒯大申；参加人员有胡晓军、张文军、张炼红、郑崇选、王雪等。

海淮剧艺术传习所及上海评弹艺术传习所。改革后的6家国有院团将享受上海市财政的全额拨款扶持,展开对传统戏曲的历史、剧目、唱腔、服饰等方方面面的研究整理工作。

通过这次戏曲院团的改革,上海的主要戏曲院团将迎来新的发展契机,其未来前景究竟如何,目前还不能做出清晰的判断。然而,基于目前的时代背景和文化形势,此次改革似乎是必需之为,否则,作为传统文化精粹的戏曲艺术将面临非常严峻的局面,上海作为传统戏曲艺术重镇的地位也将岌岌可危。本报告在对上海戏曲院团发展现状进行全面调研的基础上,分析上海戏曲中心未来的责任和使命,以期对上海戏曲院团的健康发展有所促进和推动。

一　成绩和优势

上海历来是全国地方戏曲创作演出的重镇之一,自20世纪初以来,一批地方戏曲剧种先后进入上海,并且生根发芽,发展壮大,涌现出一大批经典戏曲剧目、多位深受群众喜爱的著名表演艺术家以及闻名遐迩的优秀剧团。

1. 丰厚的传统积淀

上海独有的海派文化精神,为本地的戏曲艺术繁荣发展提供了坚实基础。这座被称为"戏曲大码头"的城市,曾是以"麒派"艺术为代表的"海派京剧"诞生之地,是600年昆剧复兴之地,也是沪、越、淮、评弹等剧种的发祥之地。海派文化不但造就了上海戏曲艺术的繁荣,更造就了一大批剧种"流派"的创始人,为上海戏曲院团打下深厚的文化根基。上海戏曲艺术中心所属院团有着得天独厚的品牌优势,拥有过周信芳、俞振飞、盖叫天、袁雪芬、范瑞娟、徐玉兰、丁是娥、王盘声、何叫天、蒋月泉等一大批剧种"流派"创始人;拥有过言慧珠、童芷苓、李玉茹、邵滨孙、马秀英等剧坛领军人物;拥有过南薇、徐进、陈西汀、马科等文化底蕴深厚的编导名家。这批艺术大家及其艺术成就是上海戏曲界最宝贵的财富,并仍将对上海戏曲乃至全国戏曲产生巨大的影响。他们留下的艺术精神、演剧方法以及确立的艺术风格,奠定了上海京剧院、上海昆剧团、上海沪剧院、上海越剧院、上海淮剧团、上海评弹团国内一流院团的艺术地位。

2. 强大的演员阵容

上海戏曲艺术中心所属院团目前拥有一大批活跃在国内外舞台上,享誉全国的艺术家和优秀中青年演员。院团在演员阵容方面行当齐全,梯队培养成系统。不但拥有尚长荣、李炳淑、蔡正仁、计镇华、张静娴、陈少云等一批艺术经验丰富、艺术成就颇高的艺术家,还拥有茅善玉、钱惠丽、单仰萍、梁伟平、秦建国等一批艺术生涯正处黄金期的艺术名家,以及史敏、安平、谷好好、王佩瑜等一批获得过中国戏剧梅花奖的优秀中青年演员。此外,艺术新秀也在不断走向成熟,出现了傅希如、黎安、杨婷娜、朱俭、邢娜、高博文等一批在国内舞台已崭露头角的年轻演员。

3. 成熟的经典剧目

中心各院团都拥有一大批影响深远、屡获国家级大奖的经典剧目,而5次获得"国家舞台艺术精品工程十大精品剧目"殊荣,也使得上海戏曲艺术中心成为目前全国唯一获得5次"精品工程"剧目的艺术机构。中心所属戏曲院团在各自的历史发展过程中,浸润于上海特有的人文气息,以海纳百川的气魄,汇聚纷繁剧目,筑成了一道旖旎的文化景观,早先创排的《红楼梦》、《智取威虎山》、《梁祝》、《龙江颂》、《海瑞上疏》、《雷雨》等剧目已成戏剧舞台上的艺术经典。这些剧目经过几代艺术家们的精心打磨,成为各剧种久演不衰、享誉海内外的经典保留剧目。新时期以来,中心所属院团致力于剧目建设,创排的京剧《曹操与杨修》、《贞观盛事》、《廉吏于成龙》、《成败萧何》,昆剧《司马相如》、《班昭》、《长生殿》,越剧《深宫怨》、《蝴蝶梦》、《梅龙镇》,沪剧《今日梦圆》、《璇子》,淮剧《金龙与蜉蝣》、《西楚霸王》,评弹《四大美人》等,多次获得"五个一工程奖"、文华大奖、中国戏剧奖等国家级最高艺术奖励。

4. 领先的市场地位

上海戏曲演出市场的运作较为成熟,不但有"京昆群英会"、"名家名剧月"这样的戏剧展演,更有上海国际艺术节这类综合性舞台展演。各院团具备的人才优势、剧目优势和品牌效应,确立了他们在同行业市场中的优势地位。名角名戏是上海戏曲艺术中心所属院团给海内外观众最深刻的印象。各家院团从建团开始,就以优秀的演员、精彩的剧目、精湛的表演在观众心目中确立了其市场主导地位,他们的艺术追求成为戏曲市场的风向标。近年来,虽然面临各地院团的竞争、演出市场多样化、观众分流等情况,但在整体的演出格局中,上海的戏曲院团仍然保持着领先的地位。

5. 创新的文化体制

在文化体制和政策的创新层面,上海一直走在全国的前列,为全国的文化改革发展不断提供新的探索和思路。2003年6月,中央召开了文化体制改革试点工作会议,确定在9个地区和35个文化单位进行试点。上海作为第一批文化体制改革试点地区,经过多年的探索和实践,迄今为止,中央规定的主要改制任务已全面完成,系统创新文化管理体制和运行机制,注重培育文化市场新主体,国有经营性文化单位转企改制取得全面进展,文化宏观管理新体制运行顺畅,公益性文化事业单位改革不断深入,转制文化企业逐步建立健全法人治理结构,文化企业的核心竞争力不断增强。上海在文化政策和体制探索方面所取得的成绩为戏曲艺术中心的健康发展提供了坚实的政策保障。

二 问题与挑战

在调研过程中,我们发现,目前6家院团存在的问题和面临的挑战,既有文艺体制改革探索过程中产生的,也和戏曲艺术本身的现实境遇有密切的关系,主要包括以下几个方面。

1. 演出市场的萎缩

上海戏曲演出剧场在历史上有过良好的基础,但新世纪以来不仅剧场数量大幅度减少,而且失去了一批在历史上积淀了文化特色、在海内外颇具影响的老字号剧场。当前形势更为严峻,在寥寥可数的能接受戏曲演出的剧场中,即便以专演戏曲而著名的天蟾逸夫舞台,也因空间狭小、设施陈旧而无法满足社会需求,逐渐失去号召力。演出剧场的急剧萎缩、陈旧落后,不仅流失了大批的戏曲观众,也让青年一代在接受戏曲文化时产生隔膜。更为严重的是,由于剧场有限,院团普遍缺少演出机会,大量优秀人才白白浪费了宝贵的艺术生命,不仅阻碍了个人演艺的继承和精进,也难以通过演出实践推出属于新生代演员的经典剧目,这对上海戏曲文化的传承和发展两方面都造成了断裂,影响到出人、出戏、出效益,令人扼腕痛惜。

2. 创作能力的薄弱

6家院团成立至今,已积累了一大批在全国有影响力的优秀剧目,但近年来后劲明显不足,可持续发展出现危机,与国内同等规模院团相比,在未来三五年内,将不再具备相对优势。有些院团由于创作规划、推广运作的薄弱以及创作力量的不足,造成新创作剧目演出场次有限,经典保留剧目不能充分展示,无法满足广大观众的需要,也无法形成很好的艺术传承氛围,更不利于院团艺术风格和水准的长期保持。

3. 人才结构失衡

目前院团的人才结构出现严重的不平衡状况，一方面是演员阵容齐全，在全国有一定的影响力，一方面则是创作人员（编剧、导演、作曲）、宣传营销人员、高端行政管理人员、舞美技术人员的缺乏。目前，上海戏曲创作人才状况是：高端人才稀缺，中间人才断层，后备储备不足。随着一批创作骨干人员陆续退休，院团的编剧、导演、作曲这3类创作人才数量急剧萎缩，已无法满足院团创作的需要。宣传营销人才不足、手段缺乏已经成为戏曲发展的瓶颈之一。院团缺少适应现代演出市场运作规律的宣传营销人员，没有形成一支专业化的宣传营销队伍。由于戏曲院团有着特殊专业背景，其高端管理人才必须是即熟悉艺术又懂得管理的复合型人才。目前，院团行政管理人员的来源、选拔等存在一定的局限性，造成院团管理不能适应发展需要。随着大量舞美技术人员的退休，以及现行舞美技术人员在聘用、职称评定等方面一直存在问题，目前剧团普遍缺少合格的舞美技术人员，这为院团高质量演出埋下隐患。

4. 院团管理的滞后

一段时期内戏曲院团由相关媒体集团托管，虽然媒体集团在资金保证、资源共享、宣传提供等方面给予院团极大的帮助，但由于托管单位与院团之间存在管理方式不同、主营目标不同、运作模式不同等差别，因此存在工作指导不顺、业务管理不畅等情况，使得院团的管理执行力较为薄弱。另外，目前院团的管理构架也不能完全适应院团新时期创新发展的需要，并影响院团艺术创作机制的良好运作。某些剧团保守、封闭的管理体制与现代演艺市场机制无法形成很好的对接，阻碍了剧团现代经营制度的形成。一是院团的资金运作、自我造血能力相对较弱，演出回报率也较低，资金来源主要依靠上级拨款和文化基金资助；二是在宣传营销的理念、手段、效果上，无法对院团的品牌建设、剧目的推广营销、演员的宣传包装等方面形成行之有效的推动作用。

三 上海戏曲院团的改革历程

新中国成立以来,上海戏曲院团几经变革,经历了不同的发展时期,其间有过事业的高潮,也有过勉强维持的惨淡经营,可以说,上海戏曲院团的发展历程见证了中国戏曲的改革实践,浓缩了传统文化在当代中国生存状况和命运变迁。

讨论文艺院团体制改革,首先需要了解现行体制的来源,现有国有戏曲院团的存在格局主要始于新中国成立之初的"戏改运动"。1949年"戏改"在全国铺开,1951年基本结束,随之全国开始实施剧团登记制度。戏曲院团实行大规模登记制度的一个主要结果就是,1958年国有戏曲剧团大量出现,直到现在,国有文艺院团中最多的就是戏曲剧团。"文革"结束,从新时期的"拨乱反正"时起,出现了继"大跃进"之后戏曲剧团纷纷转为国营的第二个高潮,各地的文艺院团从业人员都将国有化当成"落实政策"的措施之一。在改革开放过程中,文艺院团中国营剧团的比例达到了有史以来最高的程度,中国的文艺院团国家化程度大幅提升。同时,剧团作为文化企业的功能,也悄悄地被"事业"单位的性质取代。剧团现有的体制,也是在这个时期最终形成的,此后,尽管政府几度试图推动改革,都未能如愿,一直到21世纪之后开启的国有院团转企改制。[①]

1949年以后,上海戏曲发展深受新中国戏曲改革运动的影响。时势推动之下,各剧种根据表演形式和唱腔特点选择题材,积极上演现代戏、传统戏和新编历史剧,力求更好地体现剧种特色与潜质。特别是集中于国营剧团的京、越、沪、淮4大剧种的主要艺术力量,在推进"戏改"、提升水准、培养人才方面功不可没。而上海在剧团、

---

① 傅谨:《剧团体制改革的背景、目标与路径》,《福建艺术》2010年第3期。

剧场、艺术研究、会演交流、电影出版等文化管理体制和机制方面的优势条件，也促使一大批优秀剧目通过舞台演出、影音播放、剧本流传、评论推广、政府奖掖等途径在全国乃至海外产生了影响。然而，不能不指出的是，由于这场戏曲改革运动极力强调以政治宣传和文化改造为目的，表现出了对大众文化的商业性质和娱乐功能的贬斥，直接导致了政府"戏改"部门对完善戏曲活动市场机制的忽视，由此引发了对戏曲活动的商业色彩和市民趣味的舆论批判和行政压制。这种批判和压制的结果，一方面当然是在很大程度上清理和更新了上海戏曲舞台的面貌，使之更加符合"人民戏曲"和"人民城市"的主体形象；而另一方面也大大降低了戏曲作为大众娱乐文化的活力和吸引力，越来越沦为简单履行宣传教育功能的政治工具。

改革开放之后，特别是20世纪90年代以来，上海这座城市始终处在中国改革开放的前沿地带，而上海的文化体制改革也在全国处于比较领先的地位。上海文艺院团改革推出"内部承包经营责任制改革"、"所有制和经营方式双轨制改革"、"院团全员聘任制改革"、"院团分类管理和领导管理体制改革"、文广影视合并、院团委托新闻传媒和社会单位管理等一系列改革。这一系列改革举措对于进一步转变政府职能，实现政事分离、政企分离、管办分离，对于初步建立国家确保重点、政府宏观调控的文化管理体制颇具推动作用。在剧团内部改革领域，上海戏曲剧团无论在经营、分配、人事体制方面都出现了不少新举措。在经营体制改革方面，如长宁沪剧团在上海戏剧界率先成立股份制剧组以激发演员的积极性和责任感，增强剧组的凝聚力；在分配机制改革方面，如上海京剧院实施"以演出为中心"的经营策略和考核制度，使个人收入与演出量直接挂钩，甚至以10倍档次拉开距离；在人事体制改革方面，通过社会化管理服务方式促进人才的柔性流动，普遍采用了"客席"制，并在全国戏剧界率先实行编导签约制；等等。上述改革实践，都为上海戏曲的体制改革、机制创新提供了新机遇，开辟了新天地。

上海戏曲院团的改革在其探索过程中取得了很大的成绩，但是在具体的实践中也遇到种种困难，距离文化体制改革的目标，即建立符合精神文明建设要求、遵循文化发展内在规律、发挥市场机制积极作用、充满活力的现代戏曲体制方面还有很大的距离。具体来说，存在的问题主要有3个：一是文化生产的组织管理者对于文化发展自身规律的认识不足，特别是对文化科学发展的理解有待提高，思想观念陈旧保守，仍沿用计划经济下的陈规陋习，没有建立起与现代市场体制相适应的管理理念；二是管理体制方面，不同的政府文化管理部门的职、责、权及工作流程尚未完全疏通，职能有交叉，不明晰，政企不分，甚至有的部门设置和职能性质不一致；三是内部机制方面，院团习惯于上级部门通过行政指令直接安排艺术、演出、经营、人事、财务甚至基建设备和福利分配等，人、财、物高度统一，导致院团艺术创作缺乏创造性，演出经营缺乏积极性，内部管理缺乏主动性。而戏曲院团内在活力的丧失，正是深化院团改革、繁荣海派戏曲的最大障碍。

上海戏曲改革的历史实践和发展趋势也表明，只有逐步打开院团的封闭状态，更大程度地面向社会、面向受众、面向市场，通过为人们提供高质量的精神产品和服务来实现文化活动的社会价值，并通过市场运作获得院团自身发展的各种社会资源和生产要素，戏曲才能不断地更新发展，应对时代，前瞻未来。

四 戏曲院团改革应该处理好的几个关系

2011年5月11日，中宣部、文化部联合下发《关于加快国有文艺院团体制改革的通知》（以下简称《通知》），进一步明确了国有文艺院团体制改革的路线图、时间表和任务书。转企改制，这是《通知》所明确的本轮改革主方向。除中央文化体制改革工作领导小组确定的少数保留事业单位性质的院团外，其他国有文艺院团（不含新疆、西藏地区）都要转制为企业。但文化部负责人也明确指出，改革并非简单的转企改制，而是根据国有文艺院团的不同性质和功能，明确不同的改革任务，简而言之"五个一批"，即"转制一批"、"整合一批"、"转化一批"、"撤销一批"、"保留一批"。

无论戏曲院团改革之路如何抉择，可以肯定的是，戏曲院团的市场化发展已是大势所趋。即便是上海戏曲艺术中心以保护传统文化遗产的需要保留了6家国有院团的事业编制，但这种保护也不是一劳永逸的对策，各个戏曲院团应该做的是在解决了后顾之忧之后，苦练内功，增强在市场中的生存能力，用更多优秀的作品和人才来回馈社会，回馈大众，传承文化，最大限度地满足人民群众的精神文化需求。

在未来的改革实践中，应该着力处理好以下几个方面的关系。

1. 传承与创新

传承与创新是地方戏曲发展研究方面的老课题。虽然各地的经验与做法不尽相同，但存在的一个共识是：地方戏曲的传承尽管不能食古不化，但是传承始终是创新的前提和基础，没有传承也就无所谓创新，否则地方戏曲就失去了其本体。地方戏曲是地方文化的重要载体。地方戏曲应该对自身的定位有清醒认识，应该寻找自己差异化的存在，最大化地展示自己的地方文化特色。在努力创新的同时，不能丢掉那些体现地方历史文化信息的语言特性和地方音乐特性。地方戏曲的创新一定要以传承为基点，因为在这个时代，我们不可能重新创造一个剧种。不过，地方戏曲的面貌并不是一成不变的，戏曲本身就是活态艺术，是一个不断创新、发展的过程。没有传承就没有个性，没有创新就没有市场。

2. 改革与发展

改革是手段，发展才是目标。院团改革不只是做减法，裁、减、撤只是改革手段之一。戏曲演员的成长，需要多年的勤学苦练，需要付出大量的心血和汗水。同时，地方戏曲演员大多学历层次不高，受专业所限，就业面相当狭窄。在当前戏曲不景气的形势下，培养一个戏曲演员不易，培养一个优秀的地方戏曲演艺人才更难。改革的目的在于最大限度发挥出所有戏曲工作者的艺术生产积极性，不能认为牺牲者是改革的必然，不能将院团职工视作改革的负资产，应该积极稳妥地推进体制机制改革，通过改革进一步吸纳人才，聚集人气，形成和谐、稳定的戏曲从业者队伍。改革不是解决地方戏曲院团"谁来养"的问题，而重在提高戏曲院团在当下文化环境中的生存与发展能力。此前，部分戏曲院团采取的方式是委托给新闻单位进行管理，这种做法虽然能在一定程度上结合双方的资源优势，扩大上海戏曲院团的影响力。但在近几年的实践过程中，我们也看到了这种管理体制对戏曲院团发展的负面影响。由于两者在主营业务方面存在较大的差距，媒体单位不可能充分了解戏曲院团本身的发展规律，在具体的业务管理方面，就出现了很多的疏漏，同时，也缺乏长远的事业发展规划，虽能满足院团短时的经济利益诉求，但对院团本身长远的经营和发展，显然弊多利少。

3. 事业发展和产业发展

从繁荣和发展文化的角度来说，强调"始终把社会效益放在首位，实现经济效益和社会效益的有机统一"，在于发展文化产业和文化事业要同时实现这两个目标，而不是偏向任何一个单一的目标，两个目标结合的导向将持续指导我国文化体制改革工作的深入推进。但在实际的改革过程，因为经济效益的获取可以在量上有明显的提高，较为容易体现出改革的有效成绩，因此，某些文化单位往往过于注重追逐经济效益，盲目追求做大做强，过多涉足与文化生产无关的产业领域，仅仅为了总量规模的扩大，忽略了文化主业的发展和文化产品本身的质量提升，从根本上来讲，这与文化体制改革的最终目标是相违背的。推进戏曲体制改革，并不意味着发展文化产业优先于事业发展。政府对戏曲院团的扶持，应以政策扶持为主，在为戏曲院团创造生态良好、竞争有序的市场环境的同时，推动各个戏曲院团承担起传承中国传统文化、重塑文化自信的责任和使命，为建设既有文化主体性又有国际影响力的中国文化做出自己的努力。

五　上海戏曲艺术中心的主要任务

面对上海戏曲发展已有的优势和挑战，上海戏曲艺术中心应该探索符合戏曲艺术发展规律和演艺市场运作规律的改革发展道路，更有效地推动院团资源的整合与社会各方力量的参与，创新体制机制、加强传承保护、促进剧种发展，为建设具有国家水准的文艺院团集群，为上海的国际文化大都市建设做出自己的贡献。

1. 保护传承

联系上海市非物质文化遗产保护中心，重视对非遗的保护和传承人的推荐；有计划地开展关于优秀演员及其保留剧目的录音录像与艺术档案、老艺术家的访谈与口述历史、戏曲教学精品课程的录音录像等各方面的资料整理工作与理论研究，为创建戏曲电子图书馆、音像资料馆等网络非遗空间做准备。通过有计划地开展老艺术家的访谈与口述历史、戏曲教学的精品课程、优秀演员及其代表作的录音录像等保护传承项目，加强传统剧目和各种代表性技艺的挖掘与整理、展示与传承。

2. 创作策划

根据各院团艺术定位和发展目标，在剧目的创作、策划、论证过程中提供决策服务，尤其要把好剧目创作的导向关，加大前期研发力度，搭建"推优"平台，综合评估，并跟踪助推；适时召开"中心"年度创作会议，集中推介各地"新品、优品、精品"的创作经验，交流各院团创作计划和重点难点问题，互通有无，集思广益，统筹推进。坚持"三并举"方针，发扬各剧种的艺术特色和院团优势，有侧重地挖掘整理传统戏、推进创编历史戏、鼓励创作现代戏，全面有序地开展"中心"剧目建设，以文化创意激活传承剧目，以艺术创新支撑原创剧目。鼓励优秀剧目的创作改编和传统剧目的挖掘整理，包括原创、改编、移植、整理和修改提高等各种类型和阶段的创作项目；重点支持具有民族性、示范性、代表性的原创剧目，倡导新剧目要体现时代精神，兼具社会效益和市场前景，使思想性、艺术性、观赏性相结合。

3. 普及推广、营销宣传

汲取院团在普及推广方面的成功经验，通过戏曲进校园进社区、举办名家名剧讲座等不拘一格的形式，普及戏曲文化，培养更多观众；利用"中心"官方网站和杂志，联合其他媒体平台，组织发动院团营销部门，加强日常信息交流和营销宣传，在前期调研基础上，通过链接建立联合票务平台及相关商务平台；处理好戏曲的保护传承、创新发展与演出市场的关系，在广泛开展各种公益性演出活动的同时，吸引培育新观众，尝试拓展新市场，逐步提高戏曲在演出市场上的地位与份额，巩固发展目标观众群，努力提升有效售票率；探索建立共建共享项目的投融资渠道，广泛吸纳社会资金，积极引入各方力量，共同扶持戏曲事业的繁荣发展。

4. 人才培养

加强对管理人才的思想教育与业务培训；举办专业讲座、人文讲座，为编剧、导演、演员、音乐和美工等各方面的人才提供业务培训，提高人文修养；举办营销专题讲座、媒体人士讲座，为院团培训营销宣传人才，切实加强院团营销宣传工作；举办与党建及工青妇组织发展相关的各种培训活动，全面提升戏曲院团的人才综合素质。要逐步解决目前所面临的创作、管理、运营人才紧缺的困境，努力建设一支德艺双馨、团结协作、梯队结构合理、艺术门类齐全、整体布局平衡的戏曲人才队伍。通过扶植具有探索性、实验性、体现一定思想和艺术水准的新人创作项目，激发青年人才的艺术创新活力，使更多优秀人才和优秀创作脱颖而出；通过鼓励青年在深入生活、学习采风、艺术研讨、技艺提高等方面的业务活动，引导青年潜心钻研业务，提高艺术水准。

5. 艺术交流

开展院团之间的信息交流、演出观摩、业务切磋、青年干部轮岗，增强"中心"所属广大戏曲工作者的一体感、认同感与归属感；扩大与外地院团的艺术交流，互派演员，增长阅历，博采众长；积极争取走出国门，让中国戏曲有更多机会与世界艺术平等交流；在此实践基础之上，逐步构建多层次、多样化、常态化的艺术交流机制，通过交流促进发展，通过交流扩大影响。

6. 制度规划

通过开展"中心"和院团的建章立制工作，完善"中心"和院团的组织框架，重点加强干部配备，不断提高院团专业化管理水平，以民主、公开、科学、规范为标准，有序推进"中心"和院团的专业化、规范化管理，逐步探索适合戏曲事业发展的事业单位法人治理结构。指导院团健全和推进日常制度建设：包括全员聘任管理办法、岗位设置和岗位描述、剧目创排制度、演出管理制度、国有资产管理办法、全面预算管理办法、财务管理制度等；建立健全院团考核制度，根据院团功能定位及发展规划进行考核评估；建立奖惩制度，发挥奖惩在院团管理中的激励和约束作用，在出人出戏过程中把好艺术质量关。

B.21
从地域化到世界性
—— 近年上海电影发展趋势分析

朱鹏杰*

摘　要：

近年来，由于上海特殊的地理位置，随着上海经济的发展，带有地域性特征的老上海电影逐步向带有世界性特征的新上海电影发展。新上海电影的世界性表现为3个方面，一是合作投资多元化，二是影片内容多元化，三是拍摄参与主体多元化。电影是文化风向标，是当下文化的最形象生动的反映，上海电影的世界性特质充分契合了当下上海文化的发展趋向。

关键词：

新上海　电影　世界性特征　上海文化

电影虽然是艺术品，但跟其他艺术品相比更依赖于经济的发展，近几年来，随着国家经济总量的不断增长、市场经济的逐步发展及国家推动文化产业政策的出台，中国电影产业逐步繁荣。对于上海来讲，经济发展带来了强大推力，尤其是近两年，上海经济的不断增强逐步推动了上海电影的发展。2011年，上海市政府出台了《上海市人民政府办公厅印发关于促进上海电影产业繁荣发展实施意见的通知》（以下简称《通知》），《通知》要求：2011~2015年期间，夯实

---

* 朱鹏杰，文学博士，复旦大学中文系博士后，《电影新作》编辑部主任。

从地域化到世界性

上海电影产业基础,提升上海在制片、译制、动画、院线等方面的产业优势。力争上海电影制片、电影票房继续保持全国前3名。依托数字技术,提升电影制片的科技含量、艺术水准,争取上海电影创作生产数量逐年增长、艺术质量稳步提高。继续扩大电影市场规模,提升电影消费水平,推动区(县)主要商业区数字化影院建设改造的全覆盖,电影票房收入和观影人次保持年20%左右的增长率,电影产业经济总量年平均增长在20%以上。积极拓展上海电影产业新的经济增长点,推进上海国际电影节等相关品牌建设,建设1~2个集电影拍摄、制作、研发为一体的综合影视基地,培育2~3个电影产业创意园区,扶持1~2家具有国际影响力的重点企业,使上海初步形成电影企业集聚、产业链完整、具有一定国际影响力的电影产业基地。[①]

目前,上海市共有300余家影视制作企业,在全国仅低于北京的1000多家和浙江的600多家。在这300多家影视制作企业中,能代表上海电影发展的毫无疑问是上海电影(集团)有限公司(以下简称上影集团),作为上海独一无二的专注于电影发展的国有企业,上影集团的发展是上海电影发展的缩影,本文以上影集团为研究对象,对近年来的上海电影发展作一分析。

一 上海电影的世界性特质

上海作为东西方经济、文化交融的桥头堡,其所以能吸引人才和资源的主要依据在于经济发展水平超前和特殊的地理位置。

据统计,截至2012年,上海地区生产总值为2万亿元,从2006年首次突破1万亿元到翻番为2012年的逾2万亿元仅用了6年时间。

---

① 《上海市人民政府办公厅印发关于促进上海电影产业繁荣发展实施意见的通知》,沪府办发〔2011〕14号。

目前，上海的经济总量规模位列世界大城市前10位。① 经济的快速发展带动了文化的发展，推动了包括电影在内的文化产业的发展。从2011年起，上海市政府采取多种措施推动上海电影发展，包括年均拨款2500万元设立"上海市电影精品专项资金"，每年投入1500万元设立新（改）建数字影院补助资金，对5年内在本市投资新建、改建符合标准的数字影院按该影院上一年度票房收入的3%给予连续3年的补助，年均拨款1000万元用于扶持每年举办的上海国际电影节等措施，这些措施有力推动了上海作为电影交流中心、产业聚集中心的功能，为上海电影的发展提供了动力。

此外，上海位于长江口，东临东海，与日本九州岛隔海相望，西与江苏浙江相接，其特殊的地理位置成就了上海在长江三角洲的龙头地位，也使其成为中西方交融的先锋阵地。这种地理位置决定了上海文化的特殊气质，上海文化是以吴越文化为基础，兼收并蓄世界各种时尚文化的文化体系。上海文化的这种特征对上海电影有着不容小觑的影响——上海电影始终在地域文化和世界文化的交融中发展。上海是中国电影起步的摇篮，第一次电影放映、第一家电影制片公司、第一次电影故事片都是在上海发生，从20世纪20~70年代，上海始终是中国电影的重镇。这些使得上海在中国电影发展史上成为最重要的地域图标，"上海电影是中国文化谱系中的一个重要品牌，与北京、延安、香港等地共同构成中国电影的地域图标"。②

近年来，随着上海经济的发展和上海特殊的地理位置，上海电影的发展也逐渐呈现出与老上海电影不同的特征来。

老上海电影跟上海的人口组成密切相关，上海是全国人口数量最多的城市，也是人口组成比较固定的城市，外来人口在20世纪末之

---

① 杨群：《上海经济总量突破2万亿元》，《解放日报》2013年1月22日。
② 王翔宇：《上海电影品牌的产业化传统和信息化机遇》，《当代电影》2012年第10期。

前从来不占优势，本地上海人组成的市民群体，形成了相对稳定的观众群。"为适应以上海市民为主的观众群的趣味和观赏习惯，加之上海电影生产者对本地区生活场景较为熟悉且取材取景便利等因素，上海电影的上海特征自然就愈加显得突出。"① 上海电影要想取得这部分观众的青睐，就势必要对他们所熟悉的事物加以发掘表现，这就间接促使了老上海电影传统的形成。简而言之，就是以上海本地人为主要潜在观众群，影片表现内容很多涉及上海市民生活及其民俗、心理等。

近年来，随着上海经济的稳步发展，带有地域性特征的老上海电影逐步向带有世界性特征的新上海电影发展。这种转变涉及两个因素：第一，上海外来人口的逐步增多，经济繁华的上海吸引了大批外来人口，这些人通过考学、务工等各种途径进入上海，在上海电影观众群中所占的比例越来越大，这就促使上海电影加强表现跟他们相关的内容，比如《狂奔蚂蚁》（2012）这部小成本片子就讲述了几个到上海务工的大学生的生活，随着到上海追求梦想的人越来越多，上海电影也会进一步加强这方面的表现内容。第二，全球贸易国际化的趋势使得上海加强了与国外的文化，如与迪斯尼公司合作建立迪斯尼乐园，与皮克斯动画公司进行文化交流，这种合作交流给上海电影的发展带来了更多国际性的因素。上影集团近两年拍摄的片子也越来越带有一种国际性的因素，比如《大闹天宫3D》的特效是请全球最大的影视制作公司特艺集团制作的。此外，上海是国际大都市，对国际流行文化具有较强的敏感性，上海市民也乐意接受并模仿世界流行文化，这影响到上海电影的表现内容。

这些因素综合在一起，使得近几年拍摄的上海电影越来越具有世界性特征。以上影集团为例，近几年拍摄的电影，不管是商业片

---

① 王翔宇：《上海电影品牌的产业化传统和信息化机遇》，《当代电影》2012年10期。

《十二生肖》、《神奇》,还是艺术片《花样年华》、《一代宗师》等,都不再局限于表述上海本地风土文化,更多体现了一种兼收并蓄、对外开放的精神。新上海电影不仅坚持中国文化传统、反映中国故事,更吸收西方因素,以达到"把中国的故事给世界听"①的目的。2011~2012年的上海电影,愈发凸显了世界性的特质。

这些特征从上影集团近几年的发展方针和实践行动中可见端倪。

二 上影集团的发展方针和制片路线

上影集团近两年的发展方针走的是中国特色、国际视野的道路,在2011年年初,上影集团总裁任仲伦就提出,"十二五"期间,上影更加注重挖掘本土题材、使用本土人才、创作海派故事,从近两年的拍摄情况来看,上影集团一直坚持了中国特色和国际视野相融合的发展方针,比如和王家卫先后合作了《2046》、《蓝莓之夜》和《一代宗师》,利用香港导演,吸引多方投资,讲述不同故事,不局限于一定发生在上海的故事,也不局限于上海的导演和单一的投资方,只要影片能提升影响、带来一定收益,就算有所收获。中国特色和国际视野的发展方针给上影带来了全新的转变,上影集团合作出品的电影有相当一部分取得了不错的口碑和票房,包括《辛亥革命》、《一代宗师》、《Hello,树先生》、《十二生肖》在内的这些电影均是名利双收,这也充分证明了上影集团的发展方针契合了当下文化产业的发展趋势。

此外,近几年上影集团的制片路线呈现三足鼎立的方式,所谓三足鼎立,就是上影集团投资、出品的片子以3种类型为主,即主旋律片、商业片和艺术片。

---

① 李婷:《把中国的故事给世界听》,《文汇报》2012年6月19日。

从地域化到世界性

　　主旋律片是指能充分体现主流意识形态的革命历史重大题材影片和与普通观众生活相贴近的现实主义题材、弘扬主流价值观、讴歌人性人生的影片。上影集团最近几年拍摄了不少充分体现社会主义核心价值观的电影佳作，包括《辛亥革命》、《先驱者》、《张雅琴》、《鲁迅》、《邓小平1928》、《东京审判》、《高考1977》、《开天辟地》等，由于上影集团坚持中国特色和国际视野的发展方针，这些主旋律片与以前主旋律影片单纯弘扬社会主义意识形态有所不同，呈现出独特的风貌。首先，这些主旋律片的故事性明显增强。比如《邓小平1928》，在表现邓小平心忧国家的伟人胸怀时，也对其缠绵的爱情经历进行了细致的叙述；又如《辛亥革命》，电影主要表现同盟会众人为国家兴亡奔走呼号，但同时也表现了成龙和李冰冰所扮演角色之间深厚的爱情，还有同盟会诸人之间的兄弟情义，这些表现因素在传统的主旋律片中一般不轻易出现，这就为主旋律片增加了故事性。其次，上影拍摄的主旋律片启用大量明星。众所周知，启用明星的主要作用是通过明星的号召力来提高影片传播力度，增加电影票房，这是商业片惯常使用的方法之一。再次，上影集团在主旋律电影的商业宣传方面也做了大量投入，《辛亥革命》在拍摄中及上映前后赶赴上海、北美等多地宣传，在内地召开新闻发布会，在北美打"成龙牌"，为了宣传不遗余力。上影集团出品的主旋律电影增强故事性、启用明星、增大宣传力度，这些使得上影集团出品的主旋律片呈现出一种主旋律片和商业片交融的趋势。

　　商业片是以票房为主要考量因素的电影，为了实现票房利润，商业电影往往会邀请大明星、进行大制作，内容也多以观众喜欢的内容为主。上影集团最近几年参与制作的几部商业片均体现了上述因素，包括《杨门女将之军令如山》、《关云长》、《神奇》、《西藏的天空》、《魔咒钢琴》、《十二生肖》、《一代宗师》等。《画皮》、《大灌篮》、《锦衣卫》、《赵氏孤儿》等这些电影以主流观众的观影需求为主要制作依据，制片的主要目的是为了保证稳定的市场份额和投资收益，而它们也不负众望，《十二生肖》在国内取得8.89亿元票房收入①，全球票房过10亿元，《画皮》、《一代宗师》等均取得不俗成绩。之所以能够有这样的成就，除了上影集团本身有效的市场分析政策指导外，集团与各位知名导演保持稳定而密切的合作也是主要因素。上影集团近几年来一直与各位导演保持密切合作，比如与王家卫合作拍摄《蓝莓之夜》、《2046》、《一代宗师》，与成龙合作拍摄《辛亥革命》、《十二生肖》，与李安合作拍摄《色│戒》，与贾樟柯合作拍摄《三峡好人》、《二十四城记》、《海上传奇》等，稳定而密切的合作保证了上影集团参投或出品片子的质量，也为上影带来了口碑和票房的双重效应。

在保证主旋律片和商业片的拍摄下，上影集团也把较多精力投入到对艺术片的支持上，近几年上影集团参拍的艺术片有：《Hlleo，树先生》、《雪花秘扇》、《蓝莓之夜》、《三峡好人》、《24城记》、《世界》等，这些电影不把投资回报当做最高追求，而是以关注人性、生命为主题。这其中《Hlleo，树先生》关注的是生活在城市化背景下的农村的"边缘人"，讲述了他们无处安放的人生；《雪花秘扇》关注女性内心的隐秘以及同性之间微妙的感情；另外，一个不容忽视的事实是有些电影呈现出类型交融的特征，比如《一代宗师》，很难把它定义为是纯粹的商业片或者是艺术片，它既有商业片大制作、大明星的特征，票房收入也达到了"大片"的水准，同时，在情节叙事、镜头造型和人文内涵上又表现出艺术片的特征。

此外，上海美术电影制片厂出产的动画片和科影厂出产的纪录片也值得关注，动画片主要有《少年岳飞传奇》、《犹太女孩在上

---

① 艺恩咨询统计数据：http://m.entgroup.cn/573367/boxoffice/。

海》、《西柏坡的故事》、《大闹天宫3D》、《邋遢大王奇遇记》，这些电影或以革命历史故事为表现对象，或以民间传奇、神话故事为表现内容，造型和情节也随着内容的差异而各有特色。其中，尤为引人瞩目的是两部动画电影《西柏坡的故事》和《大闹天宫3D》，前者以革命故事为主要表现内容，成为动画片和主旋律片交融的范例，取得了不错的社会效果。另外一部动画片《大闹天宫3D》则肩负了更多使命，作为中国动画电影中的经典作品，无疑具有不可动摇的地位，此次上影集团拍摄《大闹天宫3D》不仅获得5000万元的票房收入，而且启动了"重拍经典动画"的程序，势必对国内动画电影产生重大影响，最关键的是《大闹天宫3D》保护了"美猴王"的文化版权。

在异质文化融入的背景下，上影集团投拍影片呈现3个明显特征。

第一，3种类型齐头并进，类型之间相互借鉴和融合。比如《建党伟业》、《辛亥革命》、《邓小平1928》等主旋律片更多借鉴了商业片成功的因素，启用大量明星（明星效应）、设计波澜起伏的故事情节、关注个人情感等；而《雪花秘扇》、《一代宗师》则呈现出商业片和艺术片相融合的因素，既有明星效应、商业宣传，又注重影片的人文内涵和镜头风格化呈现；至于《十二生肖》则在偏向于商业片的基本前提下，体现了爱国的核心价值观，成为商业片和主旋律片交融的典范，成龙也在片外多次宣扬爱国、支持国家的理念，为影片更加增添了几分爱国色彩。上影集团投拍的电影里面类型融合趋势的片子所占比例越来越大，2013年即将上映的《西藏的天空》、《神奇》等也体现了这个趋势。

第二，注重技术呈现。这跟上影集团的领导人广阔的国际视野密切关联，上影厂厂长任仲伦、美影厂厂长钱建平、科影厂厂长徐杰等都或多或少具有一定的国外留学以及访问背景。如钱建平认为，美国电影文化的特征是同时注重形式和内容，尤其非常注重技术呈现，而中国电影则过于注重内容和"载道"，相对忽略了技术层面的提升。到现在为止，中国电影在出品的数量方面年年进步，但是很多电影局限于一窝蜂似地"跟风"，李安的《卧虎藏龙》出来后，国内掀起拍摄古装片的高潮；《失恋33天》以小成本获得3.3亿元的票房收入后，一大批青春片、爱情轻喜剧就蜂拥而上；而随着《泰囧》、《十二生肖》的票房大卖，喜剧片毫无疑问会成为今年的主流；另外，一拥而上的还有恐怖片等片种。这种跟风现象一方面说明市场力量比较强大，另一方面也充分证明了我国电影制作方面的欠缺，缺少足够的理性来分析电影市场、思考电影内容、发展电影技术。受传统文化的影响，中国电影有一种"载道"的追求，而中国电影史上"左翼电影"、"抗战电影"以及20世纪五六十年代的电影潮流更是给中国电影带来了"内容为主"的特征，尽管20世纪80年代至今中国电影在美学和技术方面也有所发展，但比起注重内容来讲还是有所不如。上影集团提出的重视电影技术发展具有前瞻性，它以其行动阐述了这一理念，先是拍摄了3D版《大闹天宫》，为电影技术的引进和人才培养打下了基础，同时大力建设佘山影视高科技基地和车墩影视基地，前者主要做后期制作，后者主要作为拍摄基地，注重高科技对电影的强大推动作用。

第三，在内容上提倡"真善美"的价值观。虽然注重电影形式方面的发展，但上影集团在投拍电影时也比较注重影片内容，尤其注重投拍表现人性的真善美的影片；比如投拍的《千里走单骑》，即是讲述父子之间的沟通和真情以及人性的善良，投拍的《十二生肖》讲述爱国主义情结，投拍的《辛亥革命》、《建党伟业》更是把弘扬人性中的真善美放在了第一位。此外，在弘扬这些主题时，与之前主旋律电影注重宏观叙述不同，这些片子更注意在细节中体现主题，如《辛亥革命》中李冰冰所扮演的角色在泥水中抱起牺牲的同盟会兄弟那一幕，对兄弟、同仁牺牲时的痛心通过她在泥地中的哭泣和抚摸这个细节表现出来。

三 上海电影世界性特质的表现

新上海电影的世界性表现为3个方面。

第一，合作投资多元化。以上影集团为例，近两年投拍的片子大部分是跟其他集团合作摄制，比如《一代宗师》的投资方除了上影集团外，还有春光映画等另外9家公司，又如即将出品的《神奇》是上影集团与NBA官方合作的电影。合拍这种出品方式契合当下文化产业投资多元化的趋势，是一种比较保险的商业投资方式。电影是存在较大风险的文化产业，采取合拍的方式既有利于有效规避资本风险，也有利于在合拍过程中学习其他投资方的优良之处。

第二，影片内容多元化。既有表现古装题材的《杨门女将》，也有表现革命题材的《辛亥革命》，还有表现爱国主义的喜剧片《十二生肖》，还有表现犹太人在上海避难的动画片《犹太女孩在上海》，片子表现内容多元化，价值观趋向也多元化，这样就有利于吸引不同观众来观看电影。

第三，拍摄参与主体多元化。近年来，上影集团先后与王家卫、贾樟柯、成龙、李安、娄烨等国内外著名导演合作，拍摄了一批具有国际影响力的电影；此外，还与迪士尼、NBA等国外团体合作，充分调动各种国际资源，为上海电影的发展提供契机和动力。

在主旋律电影《辛亥革命》中，出品公司不止上影集团，还包括长影集团等其他公司。电影里面有63个完整角色，汇聚了赵文瑄、成龙、李冰冰、孙淳、陈冲、房祖名、宁静、胡歌、余少群等一大批演员，加上其他配角，共有70余位明星加盟，是一部集众人之力的电影。这种多元投资拍摄模式使得这部电影在国际上也颇受欢迎，据出品方介绍:"这部电影在国外没有任何一个洽购盲点,除东南亚地区以外,日韩、欧美,甚至非洲中东地区都有电影公司前来洽购。"①《辛亥革命》版权已卖给近50个国家,更有国外片商评价该片堪比好莱坞大片《拯救大兵瑞恩》。多元化的合作拍摄模式为电影的成功奠定了基础。

在价值实现上,上影集团投资的电影也呈现多元化的趋势。既有《犹太女孩在上海》等表现真善美和种族情谊的作品,也有《十二生肖》等表现爱国主义的片子,更有《Hello,树先生》(以下简称《树先生》)这部表现边缘人物的电影。《树先生》是被称为贾樟柯的"专用副导演"的韩杰拍摄的影片,这部电影充满了现实主义人文关怀风格,影片表现了乡村中极其普通的一个小人物,王宝强饰演的单身男青年在村子附近的汽修铺工作,除了上班的时间外,就是游手好闲,常去村口的酒馆和朋友喝酒。一次意外事故让其双眼受伤,老板将他解雇,他在养病无聊中调戏了同村出来的护士。出院后,树没有工作可以做,整天在村里闲晃,以前一起长大的伙伴,有的做了煤矿工人,整天骑着摩托车上下班;有的成了老板,开好车四处拉风;有的则在省城办了私立学校,开车回家风光无限。没有土地的树在家乡找不到出路,就投奔了远在省城的幼时伙伴。在这样压抑的环境中,树就像苍蝇一样左冲右突,可是无论是在城市,还是在乡村,他都没有找到适合自己的出路,就像当下数百万徘徊在城市与乡村之间的务工人员,他们既失去了和土地的亲密联系,也没能够进入到城市的现代生活中,他们只是徘徊在两者之间,在这个过程中成为一个个被环境压迫的存在。树没有出路,只有在爱情中才找到了些许希望。他找不到老婆,只能退而求其次,去向按摩院的哑女求婚。小梅被他所感

---

① 《〈辛亥革命〉海外市场创天价四大亮点引人入胜》,M1850电影网,2011年8月30日;http://www.m1905.com/news/20110830/466875.shtml。

动，就接受了树。对于卑微的人来讲，做什么事情都有可能最终演化成一场悲剧。在别人面前丢了太多次脸的树想把婚礼办的体面些，给自己长长脸，就一再交代自己在县城开出租车的弟弟"借辆皇冠"，可是弟弟却没能完成他的梦想，只开了一辆桑塔纳前来。树为此大怒，骂他弟弟，"要他妈你这兄弟干什么用，什么都办不了"，兄弟二人为此大打出手。长期被人嘲笑的经历、四处投奔没有着落的悲伤、办一次婚礼却又寒酸的现实以及弟弟对自己的动手终于让树不堪重负，精神崩溃。他躺在地上昏昏沉沉，在昏迷中看到了早就死掉的哥哥带着嫂子前来祝贺婚礼，为他唱了《冬天的一把火》这首歌。这首歌寓意深刻，树在现实中已经没有任何可以照亮他悲哀人生的光亮，只有在梦中，才能看到那个曾经疼爱他的哥哥用亲情给他带来的"一把火"。树醒来后，就此疯疯癫癫，分不清现实和虚幻，连婚礼也成为一场奇怪的过程，最后，新娘通过自己的努力与魂不附体的树完成了结合。结婚最终成为一场悲剧。《树先生》涉及的问题，既有城市化或者矿业对农民土地的侵占，也有农村青年在城市化进程中彷徨不定的问题，更重要的是，这部电影把这批青年人的人生处境毫不留情的展示出来，他们被现实压迫，他们内心敏感而脆弱。这就给电影带来了一种独特的色彩——电影不再是娱乐，更多呈现为一种厚重的现实感，如同一把手术刀，直接切开展现出当下中国社会最迫切需要解决的病灶——在城市化进程中，那一批被迫背井离乡的人们，他们如何安放自己的人生？这部电影展现了韩杰对世界、人性的独特理解，让我们看到了环境对一个卑微小人物的压迫，看到了人性如何在重重压力下变异。

在拍摄参与主体方面，最具有典范意义的是动画电影《大闹天宫3D》的制作，上影集团制作《大闹天宫3D》不但有效保护了美猴王的版权，更在拍摄过程中与国际著名影视技术制作公司特艺集团合作，在合作中提高了上影集团的技术水平。《大闹天宫3D》的配乐基本上采用中国传统乐器，主要包括清锣鼓和吹打乐两种，但也加进了部分西洋乐，充分利用了影院里面的音响优势，这种以中国音乐为主，部分使用西洋乐的配乐方法增加了电影配乐的整体感染力，为电影增添了不少神采，也符合中华文化"海纳百川，有容乃大"的特征。《大闹天宫3D》秉承中华文化精神，体现了具有民族风格的美学风范和精神意识，不仅给观众提供了美的享受，同时也把中国文化的种子播撒到广大受众心灵中。

结　语

电影是文化风向标，是当下文化的最形象生动的反映，上海电影的世界性特质充分契合了当下上海文化的发展趋向。这些电影与当下社会紧密相连，用影像的方式反映了社会现象，思考了社会问题。上海电影既是文化产业的产品，同时也参与了社会文化的建构。一个成功的文化产品足以影响消费者的生活方式乃至价值观念，上海电影不仅体现了上海文化的特质，更体现了中国文化和世界文化交融的特质。中国电影终有一天会像中国经济一样产生强大的影响力，这就要求上海电影要用全世界都能够接受的语言去表达，"讲中国的故事给世界听"。只有这样中国的文化才能走出去。而上海电影也一直朝这个方向而努力，如《神奇》、《魔咒钢琴》、《上海风暴》、《海上交响》、《大闹天宫3D》、《一代宗师》等影片都体现了人类共同价值和情感，相信通过上海各家电影企业的努力，具有世界性特质的上海电影会"行之愈远"的。

附 录
Appendix

B.22
2012年上海文学纪事

1月

上海辞书出版社推出鉴赏辞典"珍藏本系列" 2012年1月举行的北京图书订货会上，上海辞书出版社隆重推出鉴赏辞典"珍藏本系列"，首批面世的有《唐诗鉴赏辞典》《宋词鉴赏辞典》《元曲鉴赏辞典》《古文鉴赏辞典》4种。该辞典开创于20世纪80年代，首创融文学赏析读物和工具书于一体的图书形式。自1983年《唐诗鉴赏辞典》出版以后，包括先秦诗、汉魏六朝诗、唐宋词、宋诗、元曲等13种18册共计2500万字的《中国文学鉴赏辞典大系》在历时20余年之后得以在2005年出齐。

---

* 由上海社会科学院文学研究所袁红涛、王铮、孙叶青整理。

"海上叙事"在上海美术馆展出　"海上叙事——上海美术馆藏百年上海艺术展"在上海美术馆展出。展览以19世纪晚期至今上海艺术发展的整体脉络，分"城市之趣味"、"现代性转型"、"艺术为人民"、"多元化风情"、"全球化力量"5个部分。展览抛弃了惯常时间线索的阐述方式，从不同历史时期的具体情境中挖掘一个时代的文化问题，揭示出不同历史阶段上海艺坛独有的文化生命力，以及蕴藏其后的精神内涵。

2月

上海文艺界举办新春团拜会　6日，壬辰龙年正月十五下午，2012年上海文艺界新春团拜会隆重举行。上海市委常委、宣传部部长杨振武，上海市人大常委会副主任钟燕群，上海市政协副主席钱景林与朱践耳、仲星火、舒巧、贺友直、王安忆等数百位文艺工作者欢聚一堂，共度元宵佳节。新春团拜会由上海市文联党组书记宋妍主持，杨振武、上海市文联主席吴贻弓分别致辞，向辛勤耕耘在文艺园地的广大文艺工作者致以新春的祝福，祝愿大家在新的一年身体健康、工作顺利、再作贡献。团拜会对2011年上海文艺工作进行了总结。2011年，上海市文联以建党90周年、辛亥革命100周年为主题，努力挖掘革命历史文化的丰富内涵，举办了美术、书法、摄影、民间收藏、民间艺术成果展览和音乐歌曲征集、儿歌民歌征集、小戏小品展演、少儿曲艺大赛等20多项纪念活动。同时，全年持续深入开展"送欢乐、下基层"巡展、巡演活动，走进社区、农村、企业、工地、学校、军营，全年共组织了近200场。文联艺术家讲坛面向机关、学校、部队、社区和企事业单位，全年举办讲座62场，受惠听众20000余人次，为提高市民艺术鉴赏水平提供了帮助。上海市文联表示2012年将着力在深化改革、拓展职能上下工夫，力争为文艺创作繁荣提供更多平台，为文艺人才成长提供更多机会，为改善文化民生提供更多服务。

2011年度上海市儿童文学最佳作家作品揭晓　9日下午，上海市儿童文学研究推广学会在华东师大举行了"上海市儿童文学迎春座谈会"。沪上儿童文学作家与理论家、儿童报刊出版界人士、儿童教育工作者等近百人参加。会上揭晓了2011年度上海市儿童文学最佳作家作品13篇，分别是：唐池子的儿童散文《爸爸的礼物》、陆梅的儿童散文《看树》、梅子涵的儿童小说《十三岁的故事》、刘保法的童诗《苔藓森林》、张锦江的儿童散文《鼓楼童音》、谢小未的童诗《钓鱼》、张洁的儿童散文《飘荡的春天》、沈石溪的动物小说《仇恨》、周锐的童话《100年前的饼干》、冯与蓝的童话《一只猫的功夫》、庄大伟的低幼故事《儿子不见了》、张秋生的低幼童话《拍了一巴掌》、任大星的儿童小说《我梦中的爸爸》。据悉，此次评出的13篇作家作品是从上海各儿童报刊与儿童出版部门推荐的百余篇优秀儿童文学作品中选出的。这也是首次由上海市的市级儿童文学社团组织颁布的儿童文学奖项，今后这个奖项由上海市儿童文学研究推广学会每年度颁布一次。

《钢的琴》搬上话剧舞台　2011年，小成本电影《钢的琴》斩获东京国际电影节、悉尼中国电影节以及上海国际电影节、金鸡奖、台湾电影金马奖等国内外13项大奖。2012年2月，根据同名电影改编的话剧《钢的琴》被搬上话剧舞台。话剧《钢的琴》立项之初便被列为上海文化发展基金会资助项目和上海话剧艺术中心2012年重点剧目，6～7月在全国15个重点城市进行巡回演出。《钢的琴》讲述的是下岗工人陈桂林为维护自己作为父亲的尊严，为和前妻争夺女儿的抚养权，由于生活艰辛买不起钢琴，偷琴又被抓，迫于无奈于是要给学琴的女儿做一架钢琴，一群下岗工人在做钢琴的过程中梦想照进现实，寻找自己的人生价值的故事。

"中国当代政治抒情诗高峰论坛"在沪举行　为纪念"邓小平南行"20周年，由上海社科院文学研究所主办的首届"中国当代政治抒情诗高峰论坛"17日在上海浦东塘桥举行。原中共中央宣传部副部长龚心瀚、上海市委宣传部副部长陈东在会上充分肯定了"红色诗人"桂兴华多年来的不懈努力，并希望他继续奉献具有艺术感染力的朗朗上口的佳作。论坛由上海社科院文学研究所所长陈圣来主持，中国作协名誉副主席张炯、《诗刊》编委李小雨、作家朱先树、黄亚洲，评论家毛时安、孙琴安，陈歆耕、朗诵艺术家丁建华，诗人桂兴华、傅亮等专家学者出席了会议。与会者研讨了政治抒情诗的定位、现状及今后发展的方向。他们认为，新时期以来，政治抒情诗的涌现是先进文化的一部分，体现了诗人的担当，丰富了诗歌创作，继承了"诗言志"的传统，并在形式、语言、传播方法上进行了新的探索；同时对苍白的、空洞的、缺少生活底气的政治抒情诗，与会者也提出了尖锐的批评。

上海每年划拨500万元资助实体书店　28日，在上海市政府新闻发布会上，上海市新闻出版局发布《上海市出版物发行网点建设扶持资金管理办法》及《上海市出版物发行网点建设引导目录》。这是国内首次出台综合配套扶持实体书店发展的省级政府规范性文件。其中，值得注意的是，上海将从新闻出版专项资金划拨1500万元支持出版物发行网点建设，其中500万元用于定向支持各类实体书店，尤其是形成专业定位和品牌影响的民营实体书店。而且，"十二五"期间每年将保证至少1500万元的专项资金的使用。上海市新闻出版局副局长阚宁辉透露，单个实体书店每年获得的资助资金有望突破50万元。对于这一举措，季风书园董事长严搏非表示，这一援助，足以救活一个快活不下的小书店，可以起到立竿见影的效果，扶持办法也将为上海的实体书店保留住根脉。他同时表示："我们本来就没有指望要靠别人来救济。我们需要找到一些方法，比如降低租金等，让季风得以在电子商业横行的年代，拥有自己应有的销售。相信政府不是简单地给钱'输血'，我更关注一整套的配套措施，里面含有政府对出版业的设计和规划。"

第八届上海市作家协会幼儿文学奖出炉　由上海文学发展基金会、上海儿童读物基金委员会共同主办的第八届上海市作家协会幼儿文学奖在2月出炉，共评出8部（篇）获奖作品。殷健灵的生活故事集《甜心小米》获图书类一等奖；野军的散文诗集《雪公主》、陆弘的童话集《陪伴孩子快乐和成长的100个亲子童话》、张秋生的童话集《奇古拉国王》获图书类二等奖。单篇作品一等奖空缺；吕丽娜的童话《友好森林》、龚房芳的童话《108个纸人》、李志伟的童话《图话小狗》、张铁苏的童话诗《抱错娃》均获二等奖。此外，鲁风的童话诗《老鼠嫁女》获荣誉奖，孙毅创作的童话木偶剧《五彩小小鸡》获佳作奖。

3月

2012年上海市文艺工作会议举行　8～9日，2012年上海市文艺工作会议暨2011年度上海文艺创作和重大文化活动颁奖典礼在沪举行。作曲家吕其明、女高音歌唱家高芝兰荣获"上海文艺家终身荣誉奖"。中共上海市委常委、宣传部部长杨振武向获奖艺术家颁奖并讲话。

2011年，上海的艺术家和文艺单位在创作、表演方面取得了突出成就，涌现了一大批艺术质量高、市场反响佳的作品。其中，由上海电影（集团）有限公司等单位出品，被中宣部、广电总局列为建党90周年重点电视剧的《开天辟地》等19部作品，获得"上海文艺创作精品"奖；上海京剧院荣获2011年英国爱丁堡国际戏剧节"先驱天使奖"的京剧《王子复仇记》等18部作品，获得"上海文艺创作优品"奖；上海市宝山沪剧团创作演出的沪剧《红叶魂》等19部作品，获得"上海文艺创作优秀单项成果"奖。

第五届上海市重大文化活动评选结果同时揭晓。在上海市委宣传部的领导下，上海市文化广播影视管理局重大活动办公室组织评估专家委员会，对2010年度上海市14台主题晚会、10项节庆活动和7项展览展示活动进行了评估，评出4个"特等奖"、3个"最佳奖"和12项"单项奖"。尚长荣、王丽萍、黄豆豆等16位艺术家获"上海文艺家荣誉奖"，茅善玉、陈苗等5位艺术家获"2011年度优秀文艺工作者奖"。

十一卷《周作人译文全集》出版　3月，由学者止庵耗费15年编订，全11册、500多万字的《周作人译文全集》由上海世纪文景出版公司出版。周作人著译传世约1100万字，其中翻译作品占一半以上。此次出版的《周作人译文全集》汇编了目前所见的周作人所有的翻译作品。从1905年开始翻译《侠女奴》，一直到1966年未翻译完成的《平家物语》，周作人的翻译生涯长达60余年。据止庵介绍，周作人的翻译具有三大重要特色：一是选目，其所译多为世界文学经典之作，如欧里庇得斯的悲剧、路吉阿诺斯的对话、《古事记》、《枕草子》、日本狂言和"滑稽本"等；二是译文，周氏精通古希腊文、日文、英文等多种外文，追求直译风格，译文完美地传达了原著意味；三是注释，周氏对其译文所加注释一向极为重视，在译作中占很大比例，也可以看成是周作人对外国文学与文化研究的成果。《全集》第一至四卷收录其古希腊文译作；第五至八卷为日文译作；第九、十卷主要为英文及世界语译作；第十一卷为用文言文翻译的作品。作为首次全面整理出版的《周作人译文全集》，书中近1/3的内容数十年来一直绝版，某些材料如第八卷"其他日文译作"中的《瞎子做梦》（总计1万余字）更是从未面世。

第16届"佐临话剧艺术奖"揭晓　一年一度的"佐临话剧艺术

奖"颁奖典礼于26日在上海话剧艺术中心的艺术剧院举行。最具潜质新人奖由分别在《命案回首》和《死亡陷阱》中有着出色演技的青年演员贺坪获得,最佳女配角奖颁给在《空幻之屋》中饰演的维罗妮卡的张璐。最佳女主角奖由在《命案回首》中一人分饰两角的丁美婷获得,最佳男主角奖由在《共和国掌柜》中生动重现了陈云的田蕤获得。"优秀人才契约奖"则颁给了青年导演林奕。最佳男配角奖空缺。佐临话剧艺术奖自1996年首次在上海话剧艺术中心设立以来,到2012年已是第16个年头,该奖的设立旨在纪念艺术大师黄佐临先生,同时也是弘扬黄佐临的戏剧理论与精神品格,继承他吸纳古今、博采众长的戏剧理念,继承他具有强烈创新意识的戏剧精神。

4 月

张爱玲译《老人与海》出版 张爱玲翻译的海明威经典名著《老人与海》简体字版由北京十月文艺出版社出版。据学者陈子善介绍,海明威中篇小说《老人与海》红遍西半球之际,张爱玲离开上海到达香港。迫于生计,张氏在美国驻香港总领事馆新闻处找到一份翻译工作,参与大规模的美国文学作品中译计划,《老人与海》就在此之列。张爱玲翻译的《老人与海》中译本1955年由香港中一出版社出版,是此名作最早的中译本。学者止庵称,从译文风格来看,张爱玲简洁干净的文风与海明威的电报代码的语言,有着一种默契的暗合。张氏译本提供了一种更特别的"张看《老人与海》"的方式,也成为研究张爱玲翻译作品的参考。

世界华文文学学科建设研讨会举行 中国世界华文文学学会13~17日在复旦大学召开学科建设研讨会暨学会工作座谈会。名誉会长曾敏之、张炯,名誉副会长陆士清、陈公仲,监事长杨匡汉、刘登翰,会长王列耀,复旦大学中文系教授陈思和出席会议。与会者对世界华文文学学科建设进行回顾,并做出进一步推展提升的设想,同时讨论并制定了中国世界华文文学学会4年工作规划,会上通报了学会成立10年、学术会议30年纪念筹备情况,以及西安高峰论坛、福州第十七届国际学术研讨会筹备情况。与会者考察了沪、苏两地华文文学教学概况。潘耀明、陶然、曹惠民、杨际岚、刘俊、黄万华、朱文华、黎湘萍、朱双一、李凤亮、陆卓宁、张福贵、吴奕锜、钟晓毅、陈涵平、梁燕丽、喻大翔、钱虹、高鸿、施建伟、程国君等出席会议并发言。研讨会由中国世界华文文学学会主办,复旦大学中文系、暨南大学文学院承办,上海戏剧学院戏剧文学系、同济大学世界华文文学研究中心、苏州大学文学院协办。

2012顾村樱花诗会举行 13日,2012顾村樱花诗会在上海宝山区顾村文化中心举行。来自《宝山文艺》杂志、"海上诗社"、上海"王海诗歌艺术中心"、上海老年基金会"九九关爱网"、黄浦图书馆文学艺术沙龙的钱国梁、潘颂德、朱珊珊、王海、吕庆、方建平等30余位海上诗歌作家和代表参加诗会。顾村镇副镇长毛欲华、顾村镇文化中心主任曹惠英、顾村《诗乡报》编委叶谦、许襕与会。会上,"草根诗人"们畅谈、赞扬了顾村的"文化立镇"的理念"继承传统文化、光大民族文化、共享多元文化",并深入交流、切磋诗艺、感观。

第22届上海"白玉兰"奖揭晓 17日,第22届上海白玉兰戏剧表演艺术奖获奖名单在颁奖晚会上揭晓。中共上海市委常委、宣传部部长杨振武宣布戏剧理论家、评论家、活动家刘厚生获得第22届上海白玉兰戏剧表演艺术奖特殊贡献奖;中国戏剧家协会主席、上海市戏剧家协会主席、上海白玉兰戏剧表演艺术奖评委会主任尚长荣,中国文联副主席、中国电影家协会副主席奚美娟等为获奖演员颁奖。

陕西省戏曲研究院眉碗团演员李东桥凭借秦腔《西京故事》中的表演夺得本届"白玉兰"主角奖榜首,他与姚百青、洪涛、金士杰、田蕤、董红、宋忆宁等10人获得主角奖。总政话剧团演员郭达凭借话剧《生命档案》中饰演秦忠武一角获得配角奖榜首,他与边肖、丰君梅、许美霞4人获得配角奖。上海京剧院的杨扬凭借在京剧《勘玉钏》中的演出获得新人主角奖。新人配角奖则由上海越剧院的朱洋和甘肃省京剧团的陶沛分享。旨在表扬集体表演的"白玉兰戏剧表演艺术奖集体奖"颁发给了中国福利会儿童艺术剧院的儿童剧《成长的快乐》和镇原县秦腔剧团的陇剧《古月承华》。

2012年的"白玉兰"无论是参评剧种、剧目还是参评演员的数量,都突破了近5年来的纪录。2011年正逢中国共产党诞生90周年、辛亥革命100周年,戏剧舞台迎来了众多反映重大历史题材、映现当代社会生活的优秀作品。参评本届"白玉兰"的87位演员分别来自上海和国内各地35个剧团的61台剧目,剧种包括京剧、沪剧、越剧、淮剧、话剧、滑稽、儿童剧、晋剧、豫剧、秦腔、陇剧、粤剧、锡剧、黄梅戏、绍剧、音乐剧等16个剧种。另有3个剧组申报集体奖。

中年情感话剧《尴尬》在沪启动　20日,话剧《尴尬》在上海斯格威铂尔曼大酒店举行新闻发布会暨全国巡演启动仪式,该剧编剧为上海话剧艺术中心编剧喻荣军,导演为尹铸胜,王丽萍担任总策划,孙徐春担任出品人,历经半年的筹备,由金星、关栋天跨界联袂出演。《尴尬》全剧由百老汇经典音乐剧的歌曲串起,讲述当下中年人这个族群的生活质感,发掘"中年人心底的小清新"。人物设置简单,是关于城市里中年男女的关系,3种都市中年人的生存状态,3个人生片段,3段情感历程。该话剧于6月21日至30日于上海兰心大戏院全国首演,7月起开展全国巡演。

上海首批实体书店扶持名单出炉　23日,上海市新闻出版局在上海图书馆举行"上海市扶持发展实体书店专题座谈会"。会议正式宣布包括上海季风图书有限公司、上海渡口图书文化有限公司、博库书城上海有限公司等在内的35家图书企业获得扶持。会议还正式启动了"书香上海"全民阅读系列活动。

本次获得实体书店专项资金资助的 35 家企业中，有民营企业 25 家，国有企业 8 家，合资企业 1 家，三资企业 1 家。在经营特色方面涵盖综合类、人文学术类等单体书店类型和出版物连锁企业，包括一批在上海乃至全国有较大品牌影响的专业书店，一批在便民惠民、开展全民阅读文化活动方面颇有特色的连锁网点和一批规模不大但定位清晰、受到专业读者青睐的专精特、中小微书店。上海新闻出版局局长方世忠表示，本次活动不只是一个资助或者颁发一个证书，还是政府主管部门和经营者之间的面对面交流。他同时提醒，"政府补贴其实杯水车薪，不应该是简单的救命式的输血，而是希望给书店提供一些造血'干细胞'。"

当天，全国首张城市书店手绘地图《书香上海地图》2012 版同时首发上市。该地图详细标注了上海具有代表性的 300 多家大型书城和各色书店，还对上海百年书业中的一些重大事件、有影响的书店品牌以及上海的重大阅读活动等作了介绍。根据该局制定的阅读推广计划，全市以"书香六进"（进社区、进校园、进楼宇、进企业、进农村、进军营）为切入点，大力推动深入基层、贴近群众、覆盖面广、关注特殊群体，城乡联动的全民阅读活动。

第 29 届上海之春国际音乐节开幕 28 日，第 29 届上海之春国际音乐节在上海大剧院开幕。上海市委常委、副市长屠光绍，上海市委常委、宣传部部长杨振武，音乐家吕其明、曹鹏共同启动开幕水晶球。上海市人大常委会副主任杨定华，上海市政协副主席吴幼英等和周小燕、朱践耳、陆在易、凌桂明等艺术家出席开幕式。本届"上海之春"开幕式音乐会为协奏曲与交响合唱音乐会，由"百年老团"上海交响乐团演出，演绎了 20 世纪 80 年代以来在"上海之春"首演并在全国获奖的 4 部优秀作品：刘敦南的钢琴协奏曲《山林》、陈强斌的《第一小提琴协奏曲》、王建民的《第二二胡狂想曲》（交响乐版首演）、陆在易的音乐抒情诗《中国，我可爱的母亲》。开幕式音乐会体现出强烈的经典性、艺术性和当代性，体现出"上海之春"办节50多年来致力于打造把握时代脉搏、反映社会发展的精品力作的宗旨，同时展示出上海音乐创作、演出的实力。

《收获》提高稿酬拒绝转载引热议　《收获》宣布，从该刊2012年第3期开始，已与部分作者签订协议，该刊将把作者稿费提高到千字400～500元，同时拒绝文学选刊选载。《收获》杂志执行主编程永新说："我们的编辑从组稿、改稿到发稿，付出了大量的劳动，好不容易发表出来的稿子，一些销量比《收获》还大的选刊，招呼不打就马上选载了，这合理吗？"《收获》这一举措在随后几个月里引起文学界和读者热议。9月，《小说选刊》主编杜卫东首次回应此事，他认为，发表或转载支付高额稿酬，对于作家是件好事。但是这恐怕只有像《收获》这样有文化专项资金支持的期刊才可以做到。但从8月开始，《小说选刊》转载费标准都已经提高，付给原创期刊的转载费一篇作品最高达到了1000元。对于选刊"踮一下脚，摘下桃子"的说法，杜卫东也并不认可，他认为选刊是在原创刊物发表作品的基础上选稿，考量的是选家的眼光。此后在接受媒体采访时，程永新进一步明确表示，此举并不是一刀切地拒绝文学选刊转载，而是希望可以在《中华人民共和国著作权法》的框架下规范转载。第一，转载必须征得作者和原发刊物的同意。第二，转载和首发应当有一定的时间差，比如过3个月，给原发刊物留出一定的空间，而不是几乎同步地抢发。第三，文学选刊应当大幅提高稿费和转载费。

5月

2012年春季新剧本朗读会举办　5～6日，2012年第十三届春季新剧本朗读会在上海话剧艺术中心举行。本次朗读会采取专业导演与民间剧团合作的方式，上海话剧艺术中心诸位导演与上海3所高校的学生剧社和上海图书馆朗诵艺术团一起，先后朗读了4部原创及改编剧本。

新剧本朗读会始于1991年4月，每年春天在上海话剧艺术中心举办，旨在鼓励剧本创作并扶持民间剧团的发展。迄今已成功举办了12届，曾先后推出了《留守女士》、《大桥下面》、《闹钟》等剧本，切实推动了本地戏剧的发展。本届新剧本朗读会由艺术委员会挑选出4个剧本，分别是在小空间中较量人性、拷问良知的《仓库》，探讨上海城市文化延续的《石库门情缘》，根据作家沈石溪的动物小说改编的同名音乐剧《森林之歌》，以及作家虹影的小说《上海王》。剧本由上海话剧艺术中心导演及演员郭洪波、王珏、赵思晗及贾邱执导，并由上海外国语大学飞那儿剧社、上海出版印刷高等专科学校蓝翼剧社、上海海事大学浦工商话剧社以及上海图书馆朗诵艺术团朗读。

首届"韬奋杯"创意作文大赛在沪颁奖　16日，由韬奋纪念馆和上海世纪出版股份有限公司少年儿童出版社主办，上海市校外艺术教育红读中心教研组和《少年文艺》编辑部承办的首届"韬奋杯"全国中小学生创意作文大赛颁奖典礼在沪举行。邹韬奋先生之女邹嘉骊，上海世纪出版股份有限公司副总裁胡大卫，上海作协副主席、作家秦文君，韬奋纪念馆馆长林丽成，青少年保护办公室主任杨永明，团市委少年部部长赵静茹等嘉宾和获奖小作者、老师等150余人出席了大会。会议由《少年文艺》主编周晴主持。

该创意作文大赛以邹韬奋先生临终前留给女儿的遗言"不要怕"为首届大赛的征文主题，旨在弘扬韬奋精神，倡导绿色阅读、创意写作，丰富中小学生的课余生活。经过大赛终评委员会的认真评选，共评出特等奖1名，小学组和中学组一等奖各3名，二等奖各5名，三等奖各25名。大赛还同时评出优秀组织奖和优秀指导奖。上海徐汇区紫阳中学学生汤家蕴荣获本届大赛特等奖,并获5000元奖金。他代表获奖选手发表了获奖感言。

颁奖典礼上,邹嘉骊代表组织方宣布第二届"韬奋杯"全国中小学生创意作文大赛正式启动。第二届大赛以"不抱怨"为主题。

上海纪念毛泽东同志《在延安文艺座谈会上的讲话》发表70周年 23日,上海举行纪念毛泽东同志《在延安文艺座谈会上的讲话》发表70周年座谈会。上海市委常委、宣传部部长杨振武出席座谈会并讲话。来自上海市文学、戏剧、影视、音舞、美术、群文等各文艺领域的作家、艺术家代表,创作生产单位和经营管理部门的代表,上海市宣传文化系统的有关领导,以及各区(县)宣传部和文化局的负责人约300人出席了会议。

杨振武指出,70年前毛泽东同志发表《在延安文艺座谈会上的讲话》(以下简称《讲话》),紧密结合中国革命的实际,创造性地阐释文艺与人民、文艺与政治、文艺与生活等一系列重大问题,确定了党对文艺工作的基本方针。70年来,《讲话》精神与时俱进,不断丰富发展,指导和推动了党领导的文艺事业蓬勃发展。在《讲话》精神指引下,上海文艺工作者与人民同心,与时代同行,创作了一大批优秀作品。特别是近5年来,上海文艺工作者在推进优秀文艺作品创作、建设公共文化服务体系和举办重大文化活动等方面,取得了优异成绩。他指出,虽然时代条件发生了深刻变化,但《讲话》所代表的党的文艺思想对我们的工作继续发挥有力的指导作用。广大文艺工作者要坚持为人民服务的宗旨,以人民为中心开展文艺创作;坚持先进文化的前进方向,以优秀文艺作品唱响时代主旋律;坚持正确的评论标准,以积极健康的文艺批评引导文艺创作;坚持学习潜心创作,以德艺双馨为目标勇攀艺术高峰。希望广大文艺工作者更好地学习领会《讲话》的深刻内涵,深入贯彻党的十七届六中全会精神,坚持"二为"方向和"双百"方针,坚持"三贴近",高扬先进文化旗帜,努力创作更多讴歌时代精神、反映人民生活、体现上海城市价值取向的精品力作，促进社会主义文化大发展大繁荣，以优异的成绩迎接党的十八大的胜利召开。黄准等上海市11位艺术家结合自己的创作经历畅谈了对《讲话》精神的认识和理解。

成雅明诗歌朗诵会在沪举行 26日，"不老的时光——成雅明诗歌朗诵会"在上海静安区文化馆小剧场举行，200多名诗歌爱好者欢聚一堂，以诗会友。2003年4月，成雅明曾在这里成功地举办了第一次诗歌朗诵会，时隔9年她已是上海市作家协会的一员。近年来，她相继出版诗集《手掌上的星光》和散文集《给自己一个微笑》。本次朗诵会由上海市作家协会诗歌委员会、上海人民广播电台倾听文学节目和静安区文化局联合主办。

"译家——读者文学沙龙"在沪揭牌 27日由上海翻译家协会与长宁区图书馆学会共同主办的上海译家谈"译家——读者文学沙龙"在沪揭牌。揭牌仪式后首次"译家——读者文化沙龙"活动正式开始，本次活动的主题为"译诗的魅力"。2011年为庆祝上海翻译家协会成立25周年，译协推出了英、法、德、俄4个语种的译诗征稿活动。投稿译者绝大多数是"80后"和"90后"的，稿件中不乏佳作。"译诗的魅力交流"活动邀请部分作者参加活动，他们与资深翻译家潘庆舲、王智量、黄杲炘、张秋红等交流了各自的译诗体会。主办方表示，希望通过"译家——读者文学沙龙"活动让更多的青年译者与资深翻译家做深入的交流。

6月

进校园、下社区、走基层，话剧《守岁》巡演谢幕 4月27日至6月1日，上海话剧艺术中心深入上海12个区（县），为各中高校、社区文化中心及军队献演暖心话剧《守岁》，先后共计23场，观众超过 16000 人次，反响热烈。《守岁》由上海话剧艺术中心出品、经台湾戏剧表演家剧团创始人及团长李宗熹根据其台湾原版改编并执导，融入了浓浓的上海本地年味儿，在一张年夜饭桌上展开三代母女的悲喜人生，可谓"一顿饭，尝尽一辈子的酸甜；一出戏，品出家与爱的幸福"。该剧于 2011 年年底贺岁档期进行首演并获得观众喜爱，此后于 2012 年 3 月推出公益场次，上海市教委的相关领导及各高校宣传部老师也因此将其纳入为"高雅艺术进校园"扶植项目。

《文学报·新批评》举行创刊一周年座谈会 2 日，"如何提升文艺评论公众影响力暨文学报新批评创刊一周年座谈会"在上海文新报业大厦隆重举行。中国作协副主席、党组成员、书记处书记何建明出席座谈会并讲话。中共上海市委宣传部副部长陈东出席会议并讲话。文汇新民联合报业集团副社长高韵斐致欢迎词。首届文学报新批评优秀评论奖获奖名单在会上揭晓。来自北京、天津、河北、南京、上海等地的 40 余位评论家、作家出席研讨会，就当下文学批评中存在的各种切实问题展开了热烈讨论。

2012 年度法律小说征文竞赛颁奖 2 日，2012 年度法律小说征文竞赛颁奖仪式在上海作协举行。这次赛事是上海市作协"90 后"校园写作者培植工程的一部分，旨在从上海各高校发掘选拔写作人才。参赛者来自华东政法大学、上海立信会计学院等学校。经评审，选出一等奖《焚》，二等奖《1983》、《动物园》，三等奖《钻石之城》、《矫正人生》、《我还想哭》及优秀奖若干。据主办方透露，该竞赛已是第二届征文活动，前后历时 3 个月，由上海作协文学百校行和华东政法大学国际法学院共同举办，得到了上海新起点进修学校的冠名支持。这次比赛的优秀作品被上海作协的《零》电子杂志和《零》系列主题书转载推广。

话剧《这个男人来自地球》在沪上演 由上海话剧艺术中心制作的话剧《这个男人来自地球》，作为"欧美当代戏剧典藏演出季"

2012年度的开锣大戏于6月7日至7月1日在戏剧沙龙上演，该剧剧本改编自科幻作家杰罗姆比克斯比的同名小说，其同名电影于年出品曾获年罗得岛国际电影节最佳剧本，话剧《这个男人来自地球》由导演田水执导，通过1小时45分钟短兵相接的精彩对答，导演和演员将让观众追溯历史，审视世界，经历一场纵贯14000年的文明史诗。

上海纪念学者章培恒逝世一周年 7日，在复旦大学教授、著名文学史家章培恒先生辞世一周年之际，他生前最后时期使用过的办公室——光华楼西主楼1709室，经修缮整理，更名为"章培恒先生纪念室"，向世人开放。章培恒生前自己编定，收入其发表于1963～2002年计39篇论文的《不京不海集》也于同期由复旦大学出版社出版。

据章培恒弟子、复旦大学古籍整理研究所教授陈正宏介绍，纪念室展示了章培恒从助教时代直到晚年的重要读书笔记、论文手稿和部分藏书，及其指导的部分研究生论文。特别是《中国文学史》的原始手稿，留下了章培恒在不同时期的若干个"版本"。在为期3天的纪念活动中，还举行了"章培恒讲座"开讲仪式及"三浦文库"揭牌暨丛书发布仪式等活动。

同期举行的"实证与演变：中国文学史国际学术研讨会"上，来自美国、日本、韩国及港台地区的百余名文学史研究专家齐聚上海，追思章培恒的治学为人，研讨他的学术思想和文史成就，并交流了中国文学史研究的最新成果。

上海文艺出版社成立60周年座谈会举行 12日，上海文艺出版社成立60周年座谈会在上海图书馆举行。中共中央政治局常委、全国人大常委会委员长吴邦国，中共中央政治局委员、上海市委书记俞正声，全国人大常委会副委员长陈至立分别发来贺信、贺词。上海市委副书记、市长韩正，市人大常委会主任刘云耕，市政协主席冯国勤,全国人大常委、教科文卫委员会副主任委员金炳华,市委副书记殷一璀和新闻出版总署、中国作家协会也分别发来贺信、贺词。上海市委常委、宣传部部长杨振武出席座谈会并讲话。

上海文艺出版社成立于1952年6月1日。60年来,该社坚持"为人民服务,为社会主义服务"的出版方针,与时代同呼吸,和祖国共命运,推出了一大批在海内外产生广泛影响的图书,团结了一大批优秀的作家和学者,影响了一代又一代的读者。特别是近年来,该社着力打造原创文学图书出版高地,硕果累累。长篇小说《蛙》、长篇纪实文学《山高水长——回忆父亲聂荣臻》等力作先后荣获"五个一工程"奖、中国出版政府奖、茅盾文学奖、鲁迅文学奖等国家级重要奖项;揭秘"两弹一星"研制过程的长篇纪实文学《国家命运》2011年底出版后,引起社会广泛关注。

全国人大常委会常委龚学平,上海市委宣传部副部长陈东、朱咏雷,市新闻出版局局长方世忠等出席座谈会并向上海图书馆、上海师范大学团委等赠送上海文艺出版社成立60周年纪念版图书。作家、文艺评论家孙颙、郦国义、王小鹰、杨扬、薛舒等在座谈会上发言。上海市作家、学者、新闻界出版人士及上海文艺出版社员工和离退休老同志200余人出席座谈会。

上海设立"文艺评论专项基金" 上海决定设立"文艺评论专项基金",每年定期拨款用于加强和改进文艺评论。专项基金将配合和资助上海主要新闻媒体扩大文艺评论阵地,同时大幅提高文艺评论稿酬,自2012年7月起,相关媒体的评论稿酬标准每千字达300~600元。同时,专项基金将设立年度文艺评论奖,以奖励和支持优秀的文艺评论。近年来,尽管文艺评论不断活跃,但相比于日趋繁荣的文艺创作,仍然相形见绌。文艺评论与创作的繁荣,与文化市场的发展和受众的审美需求不相适应。对此,中共上海市委宣传部决定在上海文化发展基金会设立"上海文化发展基金会文艺评论专项基金",

旨在进一步调动发挥文艺评论家和相关媒体的积极性，切实加强和改进文艺评论。上海文艺评论专项基金的重要功能是资助和配合相关主流媒体加强文艺评论的阵地建设，扩大文艺评论版面，支持鼓励媒体积极开展文艺评论，提升文艺评论的导向性和影响力。上海文艺评论专项基金设立后，《解放日报》在原有版面基础上每月增加两期文艺评论专版，联络全国知名文艺评论家，建构上海文艺批评的重要平台，结合报纸副刊文艺批评的特点，着重针对当下文艺创作的热点作品和各种文化现象发表评论。《文汇报》进一步发挥"文艺百家"评论专版在文艺评论方面的主阵地作用，每月增出一期，配合上海重大文艺创作和优秀文艺作品的专题研讨活动，刊发评论文章，并开展对热点文化现象的争鸣，同时在文化新闻版增设"文艺快评"栏目；《新民晚报》每月增加一个文艺评论专版，同时在原有版面中增设文艺时评专栏。与此同时，广播和电视节目也增加了文艺评论相关栏目。上海主要新闻单位的这些举措将扩大和增强上海的文艺评论阵地，为文艺评论的活跃拓展新空间。

在专项基金的资助下，本市主要新闻媒体自7月1日起，大幅提高文艺评论的稿酬，每千字将提高到300~600元。2011年，上海主要文学刊物的文学创作作品稿酬已提高到每千字300~500元左右，这一举措在文学界产生了积极的影响。但是相比之下，绝大部分媒体的文艺评论稿酬却仍然停留在10多年前的水平，与评论家付出的智力与劳动明显不相符合，也不利于抵制"圈子评论"、"红包炒作"等不良风气。提高文艺评论稿酬将有利于调动文艺评论家的积极性。上海文艺评论专项基金还决定自2012年起设立"专项基金文艺评论奖"，评选和奖励在相关媒体发表的优秀文艺评论文章。

上海文艺评论专项基金还将积极配合有关方面加强对上海重大文艺创作和优秀文艺作品的推介与评论，对受众广泛的文学、影视剧和舞台艺术等领域的重大创作组织专题评论研讨会，倡导主流价值取向,营造文艺创作生产和传播的良好社会舆论环境。专项基金还将会同有关媒体和相关部门组织评论交流,加强媒体与文艺评论家的沟通联系,进行青年评论家的专题研讨,以加快培养文艺评论的骨干人才。

上海举行周汝昌先生追思座谈会 12日,上海红楼梦研究学社于上海市作协举行周汝昌先生追思座谈会,追念这位终生致力于《红楼梦》研究的红学大家、学界耆宿。沪上多位专家学者参加追思会,从不同角度深切追怀周先生的学术成就和治学历程。会上展示了周先生不同时期的部分墨迹、信札,与周汝昌先生生前有过交往的一部分与会者,追忆了与周汝昌先生的交往过程。周汝昌先生的红学研究,最重要的学术代表著作是《红楼梦新证》。《红楼梦新证》以其开创意义及史料翔实而著称,在红学界享有盛誉,被尊为"新红学考证派集大成之作",至今有着不可动摇的学术地位。

第十八届上海电视节闭幕 15日晚,第18届上海电视节"白玉兰奖颁奖盛典"在上海文化广场举行。谍战剧《悬崖》成为最大赢家,将最佳电视连续剧、最佳编剧和最佳女演员3项大奖收入囊中。此外,演员黄海波凭借其在《永不磨灭的番号》中的精彩演绎获封"视帝"。电视连续剧银奖得主为《永不磨灭的番号》,艺术贡献奖颁给《小麦进城》。执导《甄嬛传》的郑晓龙获颁最佳导演奖。

本届上海电视节首度将电视剧评奖范围由亚洲扩大至国际范围,加深了业界特别是亚洲地区与欧美电视剧界的互相了解。海外电视剧金奖颁给了来自英国的《唐顿庄园》。这部由英国ITV出品的古典剧,兼具经典性与原创性,明星云集,阵容耀眼,已先后摘得多项艾美奖和金球奖。海外电视剧银奖则颁给了日本的《家政妇三田》和韩国的《捧日之月》。

在电视电影方面,最佳电视电影颁给了来自德国的《家庭录像带》。此外,我国首部长片集电视定格动画片《开心小镇》获得了评委会特别奖。这是一部完全由中国元素构成的"国货",以泥偶的形式生动展现了20世纪20年代时中国百姓的生活,通过对生活细节的刻画来表现人物之间发生的各种趣事,场景环境的制作十分精良。此前,由上海美术电影制片厂出品的系列定格动画电影《阿凡提》是我国唯一一部长片集定格动画影片,但自《阿凡提》之后,我国再也没有制作过此类大型定格动画作品。

作为白玉兰奖评选的补充,互联网观众奖体现了全媒体时代年轻人和广大网民对电视剧的选择倾向,增强了电视节与观众的互动。本届互联网观众奖再创参与点击次数新高,参与人次高达5.59亿。刘诗诗和吴奇隆分获最具人气男女演员奖,他们分别在网络上得到超过2亿粉丝的支持。

第七届"海内外华语文学创作笔会"颁奖在上海举行 由中国散文年会组委会、《海外文摘》、《散文选刊·下半月》杂志社等单位主办的"第七届海内外华语文学创作笔会"在上海举行,导演翟俊杰、作家阿成、赵丽宏、蒋建伟、高尔纯和40余名获奖作家代表、评论家欢聚一堂,就当代小说和散文创作难点、军事题材影视剧的时代使命等话题展开研讨。

主办方经过近4个月广泛征稿,先后收到海内外华人作家各类文学作品8000多篇(首),其中,一批大情怀、高质量的散文作品获得评委们的青睐。最终,陈奕纯的散文《月下狗声》、安谅的长篇散文《援疆日记》和周亚鹰的长篇散文《我是城管》获一等奖,王惠明的散文《桃江有个响水洞》、喻莉娟的报告文学《农民·作家·村支书》、王光华的散文《我的小姨》等20余篇作品分别获得二等、三等奖,《雪果》等3部长篇小说夺得"长篇小说奖"。主办方分别向获奖作家颁发了奖金、证书和纪念品。笔会期间,与会作家观看了"上海之夜·安谅诗歌、散文"朗诵会,深入上海世博园、张江开发区进行采风。

7月

上海市文联第七次代表大会召开 3~4日,上海市文学艺术界联合会第七次代表大会隆重举行。中共中央政治局委员、上海市委书记俞正声在开幕式上讲话时希望上海广大文艺工作者,胸怀大局,把握方向,唱响社会主义的主旋律;执著追求,锐意创新,努力攀登艺术的新高峰;崇德尚艺,德艺双馨,当好人类灵魂的工程师;创作出更多无愧于历史、无愧于时代、无愧于人民的优秀作品,为上海建设国际文化大都市、实现转型发展贡献力量。

中国文联党组书记、副主席赵实出席并讲话,上海市委副书记、市长韩正,市领导刘云耕、冯国勤、殷一璀、屠光绍、杨振武、李希、尹弘、朱争平、钟燕群、钱景林出席开幕式。会上,还颁发了上海市文联第七届荣誉委员纪念牌。上海市文联党组书记宋妍主持开幕式。

7月4日,上海市文联第七次代表大会选举产生了由169人组成的第七届文联委员会,并通过了《关于上海市文学艺术界联合会第七次代表大会工作报告的决议》和《关于修改〈上海市文学艺术界联合会章程〉的决议》。上海市文联第七届委员会召开第一次全体会议。上海市委常委、宣传部部长杨振武出席会议并讲话。会议选举施大畏当选第七届上海市文联主席,并选出王汝刚、叶辛、何麟、何承伟、沈文忠(专职)、宋妍(专职)、迟志刚、张元民、张建亚、陆在易、尚长荣、周志高、奚美娟、凌桂明、程海宝、谭晶华、穆端正等17人为上海市文联副主席,王依群、黄豆豆、廖昌永为上海市文联主席团委员。

音乐话剧《雾都孤儿》中文版在上海话剧艺术中心戏剧沙龙上演 5~22日,改编自英国作家查尔斯·狄更斯的经典名著《雾都孤

儿》的同名音乐剧在上海话剧艺术中心戏剧沙龙上演。

2012年是狄更斯200周年诞辰，为纪念这位英国文学大师，上海话剧艺术中心携手英国总领事馆文化教育处"艺述英国 UK NOW"举办了包括音乐话剧《雾都孤儿》、讲座《查尔斯·狄更斯：小说家与表演者》等在内的一系列纪念活动。

"上海优秀电视剧创作研讨会"举行 2010年以来，上海电视剧创作取得了丰硕成果，呈现跳跃式发展，2010年和2011年有12部电视剧在中央电视台一套、八套黄金档播出，2012年更是呈现出"井喷"的态势，仅上半年就有10部电视剧登陆央视。2012年7月9日，由上海市重大文艺创作领导小组主办，上海市文学艺术界联合会、上海市作家协会、解放日报社、文汇报社协办，上海文化发展基金会、上海电视艺术家协会承办的"2011～2012上海优秀电视剧创作研讨会"在上海举行。

在研讨会上，来自京沪两地的著名评论家、专家学者、媒体和业界人士共70余人参加，集中探讨了近两年来上海主导出品的优秀电视剧，如《开天辟地》、《幸福密码》、《悬崖》、《誓言今生》、《儿女情更长》、《风和日丽》、《焦裕禄》等。上海市委常委、宣传部部长杨振武出席研讨会并讲话。杨振武指出，电视剧受众面广，社会影响力大。一部好的电视剧不仅能负担起弘扬社会主义文化的使命，而且还能发挥出文艺作品引导社会、教育人民、推动发展的本质作用。因此，在电视剧的创作生产过程中，要以把握主流价值、坚持正确导向为根本，以建机制严把关、重扶持出精品为基础，以加强和改进文艺评论工作为引导，努力营造有利于电视剧创作、生产和传播的良好业态发展环境，进一步推动上海文艺创作的繁荣和发展。

第八届中国文化论坛研讨"电视剧与当代文化" 14～16日，中国文化论坛理事会、上海大学中国当代文化研究中心和华东师范大学对外汉语学院在上海举办第八届中国文化论坛，聚焦最近10年间的国产电视剧及其广义的生产机制。汪晖、童世骏、陈思和、王晓明、戴锦华、甘阳、蔡翔、王绍光、朱苏力、康洪雷、罗岗、毛尖等数十位学者专家、编导、作家等参会。

自20世纪80年代以来，电视剧这一形式逐渐成为普通中国人最主要的娱乐方式。而在过去的10年间，几乎每年都有数部电视剧成为社会热议话题。电视剧这种文艺形式不仅是娱乐，也成为一种文化表达，成为把握当代中国文化动向的指针。正是基于这一现状，第八届中国文化论坛就以"电视剧与当代文化"为题。与会学者通过多部热播电视剧来解读当代中国社会和中国人的生存状态与精神状况，而与会的电视剧行业从业人员则看到的是电视剧产业中的诸多乱象。作为论坛的一部分，16日举办了"国产革命历史题材电视剧青年论坛"，十几位青年学者围绕国产革命历史题材电视剧进行了热烈讨论。

五卷最新《艾略特文集》中译本在上海首发　一套五卷本托·斯·艾略特文集25日在上海首次与公众见面，这是迄今为止中国最系统全面收录艾略特各时期作品的中文译本，其中绝大多数篇目都属新译。这套文集分为《荒原：艾略特文集·诗歌》、《大教堂凶杀案：艾略特文集·戏剧》、《批评批评家：艾略特文集·论文》、《传统与个人才能：艾略特文集·论文》和《现代教育和古典文学：艾略特文集·论文》五卷，几乎囊括了艾略特作为诗人、评论家和剧作家所撰写的绝大部分作品，其中《大教堂凶杀案：艾略特文集·戏剧》，是首次在中国翻译出版。

艾略特是英国20世纪影响最大的现代派诗人、评论家和剧作家。此前，艾略特作品的中译本，多以选集形式出现，或以翻译他较为重要的作品为主。艾略特因诗作获得1948年诺贝尔文学奖，最常被提及的身份是诗人。该套文集主编陆建德表示，艾略特在文学批评，尤其是诗歌批评上的成就，因为缺乏系统的译介而被忽视，艾略特对众多诗人、诗歌以及作家作品的分析被收录在该文集的 3 卷论文中。译介这套文集历时 5 年。陆建德认为，通过这些作品，艾略特在文学批评领域的成就将在中国读者面前得到充分展示。

王安忆《天香》获"红楼梦文学奖"　著名作家王安忆的长篇小说《天香》获"红楼梦文学奖"首奖，贾平凹的《古炉》、阎连科的《四书》、格非的《春尽江南》获决审团奖。这是该奖决审团于 7 月 26 日上午做出的决定。"红楼梦文学奖"评选活动每两年一届，旨在奖励世界各地出版成书的杰出华文长篇小说，借以提升华文长篇小说创作的水平。由评审团评出一本最优秀的华文长篇小说，获奖作家可获港币 30 万元奖金，为目前华人文学奖奖金之最。奖金由热爱文学的香港汇奇化学有限公司董事长张大朋先生赞助，组织者为香港浸会大学文学院。

本届参赛作品是从 2010 年 1 月 1 日至 2011 年 12 月 31 日内出版、8 万字以上的原创华文小说。入围作品除王安忆的《天香》外、还有贾平凹的《古炉》、阎连科的《四书》、马来西亚作家黎紫书的《告别的年代》、格非的《春尽江南》、旅美作家严歌苓的《陆犯焉识》。本届负责决审的委员会由中国小说英译翻译家白睿文教授、中国现当代文学研究专家陈思和教授和台湾《联合报》前副刊主编陈义芝教授等 6 人组成。颁奖典礼于 9 月在香港举行。

"红楼梦奖"于 2005 年创办，过往三届获得"红楼梦奖"的作品依次为贾平凹的《秦腔》、莫言的《生死疲劳》以及台湾作家骆以军的《西夏旅馆》。

8 月

第二届"书香·上海之夏"拉开帷幕　8 月 14 日著名作家孙颙和陈丹燕的"外滩印象与漂移者"专场讲座在上海市作家协会举行。

由此，第二届"书香·上海之夏"名家新作系列讲座正式拉开帷幕。由上海市新闻出版局、上海市出版协会、上海市作家协会、上海图书馆、新民晚报社等单位共同主办的第二届"书香·上海之夏"名家新作系列讲座，是2012上海书展暨"书香中国"上海周的重要组成部分。第二届"书香·上海之夏"设立三项主题，分别为"上海故事"、"中国话题"、"生活与读书"，旨在以"上海—中国—世界"为主线，从寻觅城市的发展脚步开始，探索国民精神和生活本源。"书香·上海之夏"围绕这3项主题举办10场形式多样的讲座和研讨。其中，"生活与读书"含6个专场，与读者分享写书、读书、品书的意趣和收获，英国"80后"著名作家邓索恩以"小说创作的诱惑"为题开场，凸显上海文化内涵的国际化特质；梁鸿等7位新锐评论家以对话方式展开"文学新人创作研讨活动"；日本文坛芥川奖、川端康成奖获得者丝山秋子携新作和嘉宾走走探讨"作者、读者——字里行间的距离"；莫言与日本著名作家阿刀田高对话"小说为何而存在"；作家蒋一谈携新作《栖》与青年评论家张莉和杨庆祥展开女性精神领地的讨论；《读书十年》作者、著名学者扬之水以"更衣记中的奢华之色"为题，由质感的历史细节，向读者展示古代中国的审美体验。作为"书香·上海之夏"的压轴讲座，由上海世纪出版集团策划承办的"中国发展的现代转型与文化自省"，邀请著名学者童世骏、赵林、罗岗以对话方式讨论当代中国发展的精神本源与文化认同。

"90后"创意小说战12强作者会师上海　由上海作协云文学网、上海大学文学与创意写作研究中心、《萌芽》杂志社和公益电子文学《零杂志》联合主办，旨在寻找"90后"最优创意写作者的"会师上海·90后创意小说上海战"决出12强选手参加决赛。此次比赛，主办方提出"5678带出9"的全新选拔模式，邀请了程永新、孙甘露、葛红兵、姚鄂梅、路内、蔡骏、阿乙、周嘉宁、徐敏霞、苏德、王若虚等4代知名作家当评委，提倡"小说有传统，创意无代沟"的理念。进入决赛的12位"90后"选手来自全国各地。最终，复旦大学大三学生程浩、广西高三学生贾彬彬、中南林业科技大学大三学生赵枢熹分获一、二、三名。

同传统的比赛不同，主办方《零杂志》此次邀请路内、蔡骏、阿乙、那多、走走、周嘉宁、颜歌、小饭、苏德、王若虚、孙未、徐敏霞等12位"70后"、"80后"的知名青年作家，担任这12位作者的写作导师，为期1年，实现手把手地写作传帮带。

2012上海书展圆满闭幕　以"我爱读书，我爱生活"为主题的2012上海书展暨"书香中国"上海周，8月21日下午6点在上海展览中心落下帷幕。

本次书展共推出15万余种图书，举行文化活动460余项，吸引了全国近500家出版单位参展，700多位海内外知名人士亲临书展现场，32万申城及来自全国各地的读者参加了这一文化盛典。书展主会场实现零售码洋4800万元，分会场实现零售码洋1200万元，创下历史新高。

作为大型的会展活动，上海书展并不止于"卖书"，文化名人云集，加之"书香中国阅读论坛"、"上海国际文学周国际论坛"和"学术出版上海论坛"3大论坛，也是上海书展日趋高端化的体现。上海市新闻出版局局长方世忠表示，这意味着上海书展已经从第一阶段的"卖书"，到第二阶段更多地推动名人、大家与百姓互动，再到现阶段致力于追求对全民阅读和学术发展的价值引领功能。上海书展更致力于展示并推广一种城市生活理念，本次书展上被津津乐道的"理想书房"就是一个例证。方世忠认为，上海书展带给读者一个更加立体化的阅读空间。"在理想书房里有理想书架，也有理想藏书，还提供了延伸阅读的书目，实际上是在倡导一种更加好的阅读生活方式。"本次书展由上海市新闻出版局发布了2012年度《上海市民阅读状况调查分析报告》,《报告》显示,上海86.5%的读者认为阅读对他们非常重要,60%左右的读者认为阅读最重要的价值是开阔视野、增加资讯。这两个数字表明,阅读价值在这座城市不仅越来越受到市民的认同,而阅读也正在成为市民生活方式的选择。

上海黄浦区工人文化宫举行孙颙作品评论会 25日下午,一场普通读者评论名家作品的书评会在上海黄浦区工人文化宫举行,该文化宫业余书评组的40多名成员热烈讨论作家孙颙的作品,上海文艺出版社总编辑郏宗培、上海市读书班、黄浦区总工会和南京东路社区总工会相关领导和作家本人静静倾听着这些文学爱好者对作品的评论、意见和建议。这是黄浦区工人文化宫业余书评组继2011年讨论作家莫言、王小鹰和王周生作品后的第三次大型书评活动。孙颙认真倾听读者们的发言,对大家提出的问题和建议一一作出回复。他惊异于读者们的细心,也为他们对作品进行虽不专业却饱含热情的解读分析所感动,"作为一个作家而言,这是最好的激励"。

《欧阳文彬文集》沪上首发 由上海市作协、上海文学发展基金会和上海三联书店通力合作编印的《欧阳文彬文集》于8月末与读者见面,上海市作协举行了出版座谈会。欧阳文彬及臧建民、吴芝麟、黄韬、吴承惠、程小莹、韦泱、林伟平、姚克明、姜金成等20余位作家、评论家与会并发言。老作家欧阳文彬出生于1920年,曾任《中学生》杂志编辑、《萌芽》杂志编辑部主任、《新民晚报》副总编辑、学林出版社编审等职。自退休后,才开始进行长篇小说的创作,至今笔耕不辍,即使在视力每况愈下的情况下,仍坚持口述创作,忆旧抒怀。《欧阳文彬文集》分小说两卷、评论、杂文、杂俎各一卷,总字数达百万之多。

首部《上海文学蓝皮书》推出 "上海蓝皮书"系列之《上海文学发展报告(2012)》由社会科学文献出版社出版,该书是上海社科院文学研究所主持的"上海文学发展年度报告"的最新成果,也是首本上海文学蓝皮书。本书汇聚了高校、作协和社科院等方面的研究者对于2011年上海文学创作、文学批评发展状况的观察和思考，既深入解读知名作家的长篇新作，也高度关注青年作家的成长，对多位青年作家近期的创作进行了细致剖析。"上海文学发展报告"立足于全面反映上海文学的整体状况，敏锐把握上海及中国文学大潮中的新现象、新问题，自2006年至今已连续发布5年。2012年，该书正式列入"上海蓝皮书"系列，统一由社会科学文献出版社出版。为进一步提升其学术质量，扩大社会影响，从而切实促进上海文学的发展，2012年7月，上海社科院文学研究所成立《上海文学蓝皮书》编辑委员会，由陈圣来所长担任主编，王安忆、王纪人、朱大建、孙颙、汪澜、杨扬、陈思和、陈歆耕、赵丽宏、徐锦江等来自上海高校、上海市作协、上海新闻出版界的20余位专家、学者，应邀担任编委。

9月

"2012上海写作计划"拉开帷幕 3日晚，上海市作家协会在作协大厅举办酒会，欢迎来自美国、德国、希腊、韩国、保加利亚、波黑、瑞典等6个国家的8位作家参加"2012上海写作计划"，并为他们在这个城市里接下来两个月的生活做准备。王安忆、陈村、秦文君、王小鹰等众多作家齐聚一堂，欢迎来自世界各地的"同行"。

上海作协从2008年开始实行"上海写作计划"，当年即邀请3位国外著名女作家来上海进行为期两个月的市民生活。至本届，无论活动规模还是参加作家的数量都有了新突破。9位来到中国的作家，通过驻华大使馆的推荐、网上报名形式接受上海作协的审核，以加入写作计划。审核的标准，受邀作家必须是在本国有一定的影响力，且出版过一定规模的作品。对于来到中国参加写作计划的作家，主办方表示，尊重作家个人的写作自由，并不要求他们写出与中国或者上海直接联系的作品，只希望能够在这个过程中慢慢了解上海的生活，并从中汲取养分。

散文家黄裳逝世　5日，著名散文家、藏书家、老报人黄裳因病医治无效，在上海瑞金医院逝世，享年93岁。

黄裳原名容鼎昌，生于1919年。1945~1956年任《文汇报》记者、编辑、编委等职。他一生著述众多，有《锦帆集》、《旧戏新谈》、《榆下说书》、《插图的故事》等几十种，翻译过威尔斯的《莫洛博士岛》，屠格涅夫的《猎人日记》等。此外，他还是戏评家，做过越剧团的编剧。他曾长期担任新闻记者，曾在南京采访过狱中的周作人，新中国成立时在北京采访了很多社会贤达与知名学者。他更是一位出色的编辑，与好友潘际炯编辑的"新时代文丛"出版了4辑40册，收入巴金、金岳霖、唐弢、王瑶、吴恩裕、黄宗英等人的文艺作品。在这众多身份中，最为普通读者熟悉的是黄裳的藏书家身份，并有人称其为中国当代最后一位传统意义上的藏书家。先生从27岁开始购买、收藏古籍，并精心钻研古籍版本目录学，著有《清代版刻一隅》、《来燕榭读书记》、《梦雨斋读书记》、《来燕榭书跋》、《梦雨斋书跋》、《前尘梦影新录》等书，为藏书界人士所称道与仰慕。

第四届先行青年创意戏剧节在上海话剧艺术中心举办　10日~23日，以"让我们看这个世界更清楚一些"为主题的2012年第四届先行青年创意戏剧节在上海话剧艺术中心举办。本次先行青年创意戏剧节旨在鼓励人们面对快速纷乱的世界时拒绝盲从、独立思考、拥有自己的想法和观点。在两周时间内，京沪两地6个民间剧团的14场演出，向观众们传递了这些年轻戏剧工作者对于所处社会的观察、对于城市及文明的思考，以及对于人性和存在的探讨。参演剧目包括北京薪传实验剧团获得2009年蒙洛里爱国际戏剧节大奖提名的身体剧《电之驿站》，两度参加青创节、来自上海昭丹文化传播有限公司简单戏剧工坊的社会伦理剧《眼睛》等。

5部沪产精品获"五个一工程"奖 24日，第12届精神文明建设"五个一工程"在北京颁奖，上海出品的电视剧《誓言今生》、电影《辛亥革命》、歌曲《致世博》、舞剧《天边的红云》和报告文学《国家命运》等5部作品榜上有名，上海市委宣传部再次荣获"组织工作奖"。上海市委常委、宣传部长杨振武和5部作品的领奖代表任仲伦、滕俊杰、陈梁、陈飞华和陶纯等参加颁奖典礼。

第12届精神文明建设"五个一工程"评选的是2009年7月1日至2012年5月31日之间首次播映、上演、出版的文艺作品，共有来自全国的176部作品获奖。上海出品的电视剧《誓言今生》是龙年央视新春开年大戏，反映了战斗在隐蔽战线上的国家安全工作人员英勇无畏的爱国主义情怀。纪念辛亥革命百年重点献礼影片《辛亥革命》由上影集团主要出品并承制，全景式地展开辛亥革命史诗般场面，影片上映后票房过亿。歌曲《致世博》是中国2010年上海世博会的中文主题歌，由上海音乐学院作曲系教授赵光作曲，独立撰稿人甘世佳作词。上海歌舞团打造的大型舞剧《天边的红云》最初诞生于2006年，之后经历了5稿改动，在全国各地百余场的巡演中，以秋、云、娃、虹为代表的长征红军女战士群像打动了数十万观众。上海文艺出版社出版的报告文学《国家命运》由作家陶纯、陈怀国创作，采用大量翔实的独家史料，全景式地再现了"两弹一星"研制背后鲜为人知的故事。此外，由外省市申报，上海主导出品的电影《可爱的中国》《西柏坡》，电视剧《媳妇的美好时代》也同时获奖。

金秋文学社庆祝成立20周年 9月，上海市老干部金秋文学社在上海举行成立20周年社庆活动。配合纪念活动，该社从过去的期刊及丛书中选编出版了分上下册、计35万字的《金秋散文选》。金秋文学社成立于1992年，由上海市老干部文学组发展而来，通过不定期举办文学活动等举措，产生了一定的社会影响。该社还将纯内部沟通联络的《金秋通讯》扩容成可刊载文学作品的期刊园地《金秋》。2011年，该刊又变形为大16开本，刊名为《金秋文学》，至2012年9月已出33期，加之先后以各种形式出版的16本文集，金秋文学社向社会和广大读者奉献了800多万字的文学作品，为丰富老年文学宝库做出贡献。

10 月

《冰夫文集》出版 《冰夫文集》出版首发式暨研讨会11日在上海市作家协会大厅举行。冰夫原名王沅，南京江宁人，诗人、散文家，少年时期就热爱文学，并投身革命事业。钱谷融、周良沛、李伦新、宁宇、陆扬烈等作家、诗人参加会议，共同为这位坚持创作几十年的老作家、诗人祝贺，并对其创作生涯进行回顾和讨论。此次由上海三联书店出版的9卷本《冰夫文集》，汇集了冰夫创作的诗歌、散文、评论、影视与小说、书信等作品。

第三届中国校园戏剧节在沪举行 19日晚，主题为"魅力校园·青春飞扬"的第三届中国校园戏剧节在上海上戏剧院拉开帷幕。文化部副部长王仲伟，中共上海市委常委、宣传部部长杨振武，中国文联党组成员、副主席杨承志共同启动水晶球，宣布校园戏剧节开幕。上海戏剧学院参评剧目《国家的孩子》作为开幕大戏在上海戏剧院登台亮相。19～27日，来自全国（包括台湾地区）的33台参赛剧目正式角逐"中国戏剧奖·校园戏剧奖"各个奖项。本届校园戏剧节共收到包括台湾地区在内的全国28个省、自治区、直辖市的91所高校及1所中学报送的132个大小剧目，创下历届最高。在戏剧节期间，33个参赛剧目将分为专业组、普通组在上海各大院校校园内上演。戏剧节还邀请了莫斯科艺术剧院附属戏剧学校演出话剧《我们都是卡拉马佐夫兄弟》。戏剧节期间，主办单位还在上海高校举办

3期专家论坛以及一次俄罗斯戏剧工作坊活动。

27日晚,本届中国校园戏剧节颁奖典礼在上海话剧中心举行。上海交通大学的话剧《钱学森》、上海戏剧学院的话剧《国家的孩子》分别领衔普通组和专业组的"优秀剧目奖",新疆艺术学院的话剧《水晶心灵》获"特别奖",莫斯科艺术剧院附属戏剧学院演出的话剧《我们都是卡拉马佐夫兄弟》则被授予"特别演出奖"。

中国校园戏剧节由中国文联、中华人民共和国教育部、上海市人民政府主办,中国戏剧家协会、上海市文联、中共上海市教育卫生工作委员会、上海市教育委员会、上海市戏剧家协会承办。这是继2008年首届、2010年第二届中国校园戏剧节在沪举办后,中国校园戏剧节第三次在沪举办。

新版"莫言作品系列"上海首发 23日,首位获诺贝尔文学奖的中国籍作家莫言的最新作品系列,由上海文艺出版社和上海书城联袂首发。从2005年的《与大师约会》到2008年的《檀香刑》、《生死疲劳》,从2009年的《蛙》到2012年的"莫言作品系列",上海文艺出版社与莫言一直保持着长期良好的合作关系,拥有莫言16部作品的出版权利。此次出版的"莫言作品系列",囊括了作者全部11部长篇小说和5部中短篇小说选集。

"辛笛百年诞辰"纪念座谈会举行 23日下午,"辛笛百年诞辰纪念座谈会"在沪举行。座谈会由上海市作协、上海文学发展基金会、中国民主同盟上海委员会、上海人民出版社等联合举办。徐俊西、王纪人、冰夫、宫玺、宁宇、圣野、郭在精、田永昌、王为松、陆萍、章洁思、潘颂德,以及民盟领导郑惠强、沈志刚等上百位好友旧朋与会。

辛笛是"九叶诗派"重要代表人物,其作品以蕴藉委婉著称,对现代诗创作产生了巨大的影响。在70多年的创作生涯中,辛笛先后出版了《珠贝集》、《手掌集》、《听水吟集》等新诗、旧体诗诗集及散文集，引起全球华人学者的广泛关注，甚至一度在文学青年中掀起了手抄辛笛诗集的风潮。2012年，上海人民出版社出版了5卷本《辛笛集》，收入了辛笛一生最主要的新旧体诗歌及读书笔记、散文、随笔等作品。

"新子学"研讨会在沪举行 27日，由华东师范大学主办的"新子学"学术研讨会在上海举行。苏州大学教授王钟陵，复旦大学教授徐志啸、陈引驰、刘康德，上海大学教授郝雨，香港浸会大学教授陈致等30多位学者围绕"新子学"的内涵、地位及其与西学之间的关系展开深入研讨。10月22日，《光明日报》国学版发表了方勇教授的《"新子学"构想》。"新子学"概念的提出，根植于华东师范大学先秦诸子中心正在运作的《子藏》项目，是其转向子学义理研究领域合乎逻辑的自然延伸，更是深观中西文化发展演变之后，对子学研究未来发展方向的前瞻性思考。

"2012年上海莎士比亚国际学术论坛暨朱生豪诞生100周年纪念活动"在松江举办 2012年是我国杰出莎士比亚戏剧翻译家朱生豪先生100周年诞辰。28日，上海创意产业协会莎士比亚研究中心在松江举办了"2012年上海莎士比亚国际学术论坛暨朱生豪诞生100周年纪念活动"，国际莎士比亚协会主席彼德·霍尔布鲁克教授、国际莎协前主席吉尔·莱文森教授、台湾大学雷碧琦教授、国际莎协执行委员杨林贵教授作学术讲演，中国莎士比亚协会副会长、上海戏剧学院曹树钧教授作题为《论朱生豪莎剧翻译在中国及世界的深远影响》的主题报告。

11月

沪产电视剧《焦裕禄》登陆央视 首次完整呈现焦裕禄一生的30集电视连续剧《焦裕禄》11月在央视一套黄金档播出。这也是继

《誓言今生》《悬崖》《儿女情更长》等优秀电视剧之后，又一部登陆央视的沪产电视剧。作为一部为党的十八大重点献礼电视剧——《焦裕禄》由上海电影（集团）有限公司与浙江永乐影视制作有限公司出品。1990年，电影《焦裕禄》让这个县委书记成为家喻户晓的模范人物，时隔20多年，电视剧版焦裕禄更注重对人物性格的塑造和人物内心的挖掘，突破了好人好事的叙事模式，把焦裕禄放在矛盾冲突中塑造，塑造了一个血肉丰满的人物。

"巴金大型回顾展——生命的开花"在沪举行 《巴金大型回顾展——生命的开花》于10~28日在上海长宁图书馆举办，展览以大量珍贵图片、手稿和文献资料，为人们还原了文学巨匠巴金先生1936年和1966年"在上海的一天"的真实场景。

巴金长期在上海生活和写作。2011年年底，巴金在武康路113号的寓所、一幢三层小洋楼，向海内外观众试行开放，成为巴金故居纪念馆，吸引大批读者参观访问。为筹办《生命的开花》回顾展，巴金故居纪念馆工作人员从收藏半个世纪的文物资料当中，精心选择了百余件手稿、书信、照片、书籍、绘画和物件向公众展示。巴金故居纪念馆副馆长周立民介绍说，该展以巴金与上海的关系为线索，展示巴金先生的百年风雨人生、丰硕创作成果和奉献社会的人生风范。应邀为公众举行"走近巴金"讲座的著名传记作家李辉认为，《巴金大型回顾展——生命的开花》是一次"非常用心"的展览。在文学阅读日益沉寂的当下，人们需要重新走近文学大师、重温文学经典、复兴人文精神的光辉，这正是巴金故居举办大型回顾展的意义所在。

在此次展览上亮相的很多珍贵照片、手稿、图书平时鲜有展示，除了巴金收藏的《夜未央》《克鲁泡特金自传》等珍贵图书，还有沈从文寄给巴金的明信片、结婚请柬，萧乾《南德的暮秋》的手稿，萧珊在"文革"期间的病历，等等。

同济大学成立诗学研究中心 10日，由《诗探索》编辑部、同济大学人文学院主办的"汉语诗歌的当下处境高峰论坛暨同济大学诗学研究中心揭牌仪式"在上海同济大学举行,来自北京、成都、郑州、南京等地的学者、诗人、评论家、编辑和上海众多诗人近60人与会。会上还举行了《同济十年诗选》首发式。同济大学人文学院院长孙周兴教授和复旦大学骆玉明教授为诗学研究中心揭牌。论坛就汉语诗学古今共融互证的可能性,新诗创作、评论、翻译的途径与方法,对同济大学诗学研究中心的期待与建议等话题,展开深入研讨,林莽、刘福春、朱大可、胡晓明、严力、周伦佑、王鸿生、森子、小海、陈忠村、郎毛等10余位学者、诗人发言。

同济大学诗学研究中心试图打破学科壁垒,通过整合同济校内乃至上海的学术资源,建立一个集古典诗学、现代诗学及中西比较诗学研究于一体的诗歌研究团队,为汉语诗歌的研究和创作提供学术支持和发展动力。

儿童文学作家孙毅庆90华诞　17日,上海民间文艺家协会、上海百老德育讲师团、少年儿童出版社、《作文大世界》杂志等单位的领导和沪上儿童文学界作家、诗人忻雅华、圣野、戚泉木、周晴、刘崇善、潘与庆、杨怀远、章大鸿、程逸汝、简平、于之、王海、吕朝明、李翔、王成荣、张铁苏、鲁守华等欢聚一堂,祝贺儿童文学作家、"老顽童"孙毅先生90华诞。上海市民协副主席、秘书长忻雅华高度评价孙毅先生为儿童文学事业做出的贡献,她说,孙毅先生热爱儿童文学,创作了120多万字的儿童戏剧,影响了几代人的成长。

第十四届上海国际艺术节完美谢幕　第十四届中国上海国际艺术节于20日落下帷幕。俄罗斯"指挥沙皇"瓦莱里·捷杰耶夫率领马林斯基剧院交响乐团首度携手中国钢琴家郎朗在东方艺术中心为艺术节献演压轴演出。在为期一个月的时间里,来自世界近20个国家和地区的精彩演出络绎登台,3000多项公共文化活动以及河南文化周、"创意英国"演出系列、无锡分会场、国际青年钢琴比赛等"节中节"活动，让申城陷入"艺术狂欢"。作为艺术节群众文艺活动的品牌活动，本届"天天演"为期一个多月的活动时间中，累计举办63场演出，汇聚了歌曲、舞蹈、戏曲、曲艺等各种类别的节目，群众文艺活动达到各街镇100%覆盖，并且将演出送到江苏省无锡、海门、太仓等市。一个月中，各类演出、展览共计2230场，有5764支国内外专业和业余团队参加演出，共吸引观众445万人，让"艺术的盛会，人民的节日"这一活动主旨得以彰显。本届艺术节校园活动以"艺术教育"为主导思想，向上海5个大学城区送出20多场演出活动，3万余名师生观看了演出。演出还通过网络直播及视频点播，覆盖上海20余所高校，50多万学生进行了互动。同时，由中国上海国际艺术节组委会、河南省人民政府、上海市人民政府主办，河南省文化厅承办的第十四届上海国际艺术节"河南文化周"成功举办，活动包括舞台表演、艺术展览、广场演出、文化讲座、节目交易5部分。

首届上海戏剧教育国际论坛在沪举办 作为2012上海国际当代戏剧节重点活动之一，由上海话剧艺术中心、上海市戏剧家协会及上海高校戏剧联盟联合主办的"第一届上海戏剧教育国际论坛"于27~28日在上海话剧艺术中心举办。近年来，全国各地涌现出一批运用戏剧手法实践社会功能的公益组织，在上海本地就有十二邻、灰姑娘俱乐部、欣耕工坊、草台班等多家团体。"我们期望可以借此搭建一个国内外业内交流的平台，并且创建起本地戏剧教育工作机构及个人的关系网络，以便今后开展合作，以及那么多团体作为整个行业的共同发展。"上海戏剧教育国际论坛负责人童玲介绍。据悉，论坛由案例分享、对话交流及示范工作坊3大板块组成。论坛就本地戏剧教育的实践与发展邀国内外多方人士进行探讨；来自英、德、加、新等国家的戏剧及教育工作者分享了国外的实践案例，并现场开展面具、肢体、一人一故事及论坛戏剧等示范工作坊。所有内容均向公众免费开放。

12 月

上海社科院文学研究所建立"国家对外文化交流研究基地" 上海社科院文学研究所获准设立"国家对外文化交流研究基地",这是文化部迄今设立的第一个国家级对外文化交流研究基地。作为全国哲学社会科学研究知名学府和重要智库,上海社科院文学研究所把对外文化交流作为核心研究业务之一,国家对外文化交流研究基地将从国家层面上推动对外文化交流的创新型研究和实验基地,基地将利用我国驻国外各文化部门汇聚的数据、信息、简报等资料,宏观和微观研究结合,提供中华文化走出去和世界文化走进来的战略指导和理论支持;面向我国2020年建设世界文化强国的目标,进行前瞻性指导性研究;进行国际文化交流人才的各种培训,包括研究生教育和专题培训;接受并完成文化部委托的专题研究,并编纂常规性对外文化交流年鉴和蓝皮书。基地还将设立国际性文化论坛,培育和孵化国际交流优秀项目;推动中外艺术节的交流与合作,为各地国际性艺术节设计并量身定制内容框架,运作指导。此外,还将设立一个国际文化交流多语种网站,系统介绍中国文化和文学艺术,优化介绍世界各国多元文化。

上海话剧艺术中心喜捧6座金狮大奖 12月1日,2012年全国戏剧文化奖话剧金狮奖颁奖盛典在武汉举行,共颁出剧目奖、小剧场剧目奖、儿童剧奖、表演奖、导演奖、舞台美术奖、编剧奖、评论奖、经营管理奖、荣誉奖10个奖项。上海话剧艺术中心获6项大奖,展现了近3年上海话剧的蓬勃发展。其中,话剧《钢的琴》获剧目奖,话剧《活性炭》获小剧场奖,李容获编剧奖,雷国华获导演奖,演员徐幸、李建华、徐峥获表演奖,高文琪获经营管理奖。本届金狮奖还首次将民营话剧团体纳入评奖范围,曾制作和出品阿加莎·克里斯蒂系列的上海艺挚艺术团制作人童歆首次以民营话剧团体经营者的身份站在中国话剧最高荣誉的领奖台上。

郑克鲁、郭宏安获 2012 傅雷翻译出版奖 凭借《第二性》和《加缪文集》，郑克鲁与郭宏安两位翻译家共同获得 2012 傅雷翻译出版奖，颁奖典礼于 14 日在北京举行。法国外交部法语国家事务助理部长亚米娜·本吉吉、法国驻华大使白林、傅雷翻译出版奖评委会主席董强为获奖者颁奖。

2011 年 10 月，上海译文出版社从法国伽里玛出版社购得法国作家西蒙娜·德·波伏瓦的代表作《第二性》版权后，邀请著名法语翻译家郑克鲁教授担纲翻译。法国伽里玛出版社还特别强调，必须在醒目处注明"唯一法译中全译本"。郑克鲁教授译著颇丰，曾翻译过《基度山恩仇记》、《茶花女》、《悲惨世界》，主编过"获诺贝尔文学奖作家丛书"、"春风译丛"和"漓江译丛"，还编写了《外国文学史》和《法国文学史》等教材。另一部获奖作品《加缪文集》去年由译林出版社出版，译者郭宏安是中国社科院外文所研究员，此前也是老版《加缪文集》的主要翻译者。他曾翻译过《红与黑》、《恶之花》、《波德莱尔作品集》、《小王子》等作品，著有加缪研究论文集《重建阅读空间》等。

傅雷翻译出版奖设立于 2009 年，奖励中国年度翻译和出版的最优秀的法语图书。评委会每年评选出文学类和人文社科类作品各一部，由中法翻译家、作家和大学教授组成评委会，根据中译本图书的翻译、出版质量进行评选。获奖图书的中国出版社和译者将共同分享总额 8000 欧元的奖金。

中国皮书网

发布皮书研创资讯，传播皮书精彩内容
引领皮书出版潮流，打造皮书服务平台

栏目设置：

- □ 资讯：皮书动态、皮书观点、皮书数据、皮书报道、皮书新书发布会、电子期刊
- □ 标准：皮书评价、皮书研究、皮书规范、皮书专家、编撰团队
- □ 服务：最新皮书、皮书书目、重点推荐、在线购书
- □ 链接：皮书数据库、皮书博客、皮书微博、出版社首页、在线书城
- □ 搜索：资讯、图书、研究动态
- □ 互动：皮书论坛

www.pishu.cn

中国皮书网依托皮书系列"权威、前沿、原创"的优质内容资源，通过文字、图片、音频、视频等多种元素，在皮书研创者、使用者之间搭建了一个成果展示、资源共享的互动平台。

自2005年12月正式上线以来，中国皮书网的IP访问量、PV浏览量与日俱增，受到海内外研究者、公务人员、商务人士以及专业读者的广泛关注。

2008年10月，中国皮书网获得"最具商业价值网站"称号。

2011年全国新闻出版网站年会上，中国皮书网被授予"2011最具商业价值网站"荣誉称号。

权威报告　热点资讯　海量资源

当代中国与世界发展的高端智库平台

皮书数据库 www.pishu.com.cn

皮书数据库是专业的人文社会科学综合学术资源总库,以大型连续性图书——皮书系列为基础,整合国内外相关资讯构建而成。包含七大子库,涵盖两百多个主题,囊括了近十几年间中国与世界经济社会发展报告,覆盖经济、社会、政治、文化、教育、国际问题等多个领域。

皮书数据库以篇章为基本单位,方便用户对皮书内容的阅读需求。用户可进行全文检索,也可对文献题目、内容提要、作者名称、作者单位、关键字等基本信息进行检索,还可对检索到的篇章再作二次筛选,进行在线阅读或下载阅读。智能多维度导航,可使用户根据自己熟知的分类标准进行分类导航筛选,使查找和检索更高效、便捷。

权威的研究报告,独特的调研数据,前沿的热点资讯,皮书数据库已发展成为国内最具影响力的关于中国与世界现实问题研究的成果库和资讯库。

皮书俱乐部会员服务指南

1. 谁能成为皮书俱乐部会员?

● 皮书作者自动成为皮书俱乐部会员;

● 购买皮书产品(纸质图书、电子书、皮书数据库充值卡)的个人用户。

2. 会员可享受的增值服务:

● 免费获赠该纸质图书的电子书;
● 免费获赠皮书数据库100元充值卡;
● 免费定期获赠皮书电子期刊;
● 优先参与各类皮书学术活动;
● 优先享受皮书产品的最新优惠。

卡号：3167534338611614
密码：

(本卡为图书内容的一部分,不购书刮卡,视为盗书)

3. 如何享受皮书俱乐部会员服务?

(1) 如何免费获赠整本电子书?

购买纸质图书后,将购书信息特别是书后附赠的卡号和密码通过邮件形式发送到pishu@188.com,我们将验证您的信息,通过验证并成功注册后即可获得该本皮书的电子书。

(2) 如何获赠皮书数据库100元充值卡?

第1步：刮开附赠卡的密码涂层(左下);

第2步：登录皮书数据库网站(www.pishu.com.cn),注册成为皮书数据库用户,注册时请提供您的真实信息,以便您获得皮书俱乐部会员服务;

第3步：注册成功后登录,点击进入"会员中心";

第4步：点击"在线充值",输入正确的卡号和密码即可使用。

皮书俱乐部会员可享受社会科学文献出版社其他相关免费增值服务
您有任何疑问,均可拨打服务电话：010-59367227　QQ:1924151860
欢迎登录社会科学文献出版社官网(www.ssap.com.cn)和中国皮书网(www.pishu.cn)了解更多信息

社会科学文献出版社　皮书系列

"皮书"起源于十七、十八世纪的英国，主要指官方或社会组织正式发表的重要文件或报告，多以"白皮书"命名。在中国，"皮书"这一概念被社会广泛接受，并被成功运作、发展成为一种全新的出版形态，则源于中国社会科学院社会科学文献出版社。

皮书是对中国与世界发展状况和热点问题进行年度监测，以专家和学术的视角，针对某一领域或区域现状与发展态势展开分析和预测，具备权威性、前沿性、原创性、实证性、时效性等特点的连续性公开出版物，由一系列权威研究报告组成。皮书系列是社会科学文献出版社编辑出版的蓝皮书、绿皮书、黄皮书等的统称。

皮书系列的作者以中国社会科学院、著名高校、地方社会科学院的研究人员为主，多为国内一流研究机构的权威专家学者，他们的看法和观点代表了学界对中国与世界的现实和未来最高水平的解读与分析。

自20世纪90年代末推出以经济蓝皮书为开端的皮书系列以来，至今已出版皮书近800部，内容涵盖经济、社会、政法、文化传媒、行业、地方发展、国际形势等领域。皮书系列已成为社会科学文献出版社的著名图书品牌和中国社会科学院的知名学术品牌。

皮书系列在数字出版和国际出版方面成就斐然。皮书数据库被评为"2008~2009年度数字出版知名品牌"；经济蓝皮书、社会蓝皮书等十几种皮书每年还由国外知名学术出版机构出版英文版、俄文版、韩文版和日文版，面向全球发行。

2011年，皮书系列正式列入"十二五"国家重点出版规划项目；2012年，部分重点皮书列入中国社会科学院承担的国家哲学社会科学创新工程项目；一年一度的皮书年会升格由中国社会科学院主办。

法律声明

"皮书系列"（含蓝皮书、绿皮书、黄皮书）由社会科学文献出版社最早使用并对外推广，现已成为中国图书市场上流行的品牌，是社会科学文献出版社的品牌图书。社会科学文献出版社拥有该系列图书的专有出版权和网络传播权，其LOGO（ ）与"经济蓝皮书"、"社会蓝皮书"等皮书名称已在中华人民共和国工商行政管理总局商标局登记注册，社会科学文献出版社合法拥有其商标专用权。

未经社会科学文献出版社的授权和许可，任何复制、模仿或以其他方式侵害"皮书系列"和LOGO（ ）、"经济蓝皮书"、"社会蓝皮书"等皮书名称商标专用权的行为均属于侵权行为，社会科学文献出版社将采取法律手段追究其法律责任，维护合法权益。

欢迎社会各界人士对侵犯社会科学文献出版社上述权利的违法行为进行举报。电话：010-59367121，电子邮箱：fawubu@ssap.cn。

社会科学文献出版社

盘点年度资讯 预测时代前程

社会科学文献出版社

2013年
皮书系列

权威·前沿·原创

社会科学文献出版社
SOCIAL SCIENCES ACADEMIC PRESS (CHINA)

社长致辞

我们是图书出版者,更是人文社会科学内容资源供应商;

我们背靠中国社会科学院,面向中国与世界人文社会科学界,坚持为人文社会科学的繁荣与发展服务;

我们精心打造权威信息资源整合平台,坚持为中国经济与社会的繁荣与发展提供决策咨询服务;

我们以读者定位自身,立志让爱书人读到好书,让求知者获得知识;

我们精心编辑、设计每一本好书以形成品牌张力,以优秀的品牌形象服务读者,开拓市场;

我们始终坚持"创社科经典,出传世文献"的经营理念,坚持"权威、前沿、原创"的产品特色;

我们"以人为本",提倡阳光下创业,员工与企业共享发展之成果;

我们立足于现实,认真对待我们的优势、劣势,我们更着眼于未来,以不断的学习与创新适应不断变化的世界,以不断的努力提升自己的实力;

我们愿与社会各界友好合作,共享人文社会科学发展之成果,共同推动中国学术出版乃至内容产业的繁荣与发展。

社会科学文献出版社社长
中国社会学会秘书长

2013 年 1 月

社会科学文献出版社 皮书系列

"皮书"起源于十七、十八世纪的英国,主要指官方或社会组织正式发表的重要文件或报告,多以"白皮书"命名。在中国,"皮书"这一概念被社会广泛接受,并被成功运作、发展成为一种全新的出版形态,则源于中国社会科学院社会科学文献出版社。

皮书是对中国与世界发展状况和热点问题进行年度监测,以专家和学术的视角,针对某一领域或区域现状与发展态势展开分析和预测,具备权威性、前沿性、原创性、实证性、时效性等特点的连续性公开出版物,由一系列权威研究报告组成。皮书系列是社会科学文献出版社编辑出版的蓝皮书、绿皮书、黄皮书等的统称。

皮书系列的作者以中国社会科学院、著名高校、地方社会科学院的研究人员为主,多为国内一流研究机构的权威专家学者,他们的看法和观点代表了学界对中国与世界的现实和未来最高水平的解读与分析。

自20世纪90年代末推出以经济蓝皮书为开端的皮书系列以来,至今已出版皮书近1000余部,内容涵盖经济、社会、政法、文化传媒、行业、地方发展、国际形势等领域。皮书系列已成为社会科学文献出版社的著名图书品牌和中国社会科学院的知名学术品牌。

皮书系列在数字出版和国际出版方面成就斐然。皮书数据库被评为"2008~2009年度数字出版知名品牌";经济蓝皮书、社会蓝皮书等十几种皮书每年还由国外知名学术出版机构出版英文版、俄文版、韩文版和日文版,面向全球发行。

2011年,皮书系列正式列入"十二五"国家重点出版规划项目,一年一度的皮书年会升格由中国社会科学院主办;2012年,部分重点皮书列入中国社会科学院承担的国家哲学社会科学创新工程项目。

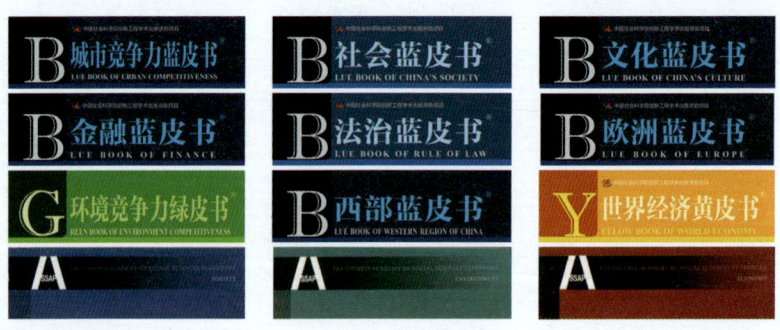

经济类　　 皮书系列 重点推荐

经 济 类

经济类皮书涵盖宏观经济、城市经济、大区域经济，提供权威、前沿的分析与预测

经济蓝皮书
2013年中国经济形势分析与预测（赠阅读卡）

陈佳贵　李 扬/主编　　2012年12月出版　　定价:59.00元

◆ 本书课题为"总理基金项目"，由著名经济学家陈佳贵、李扬领衔，联合数十家科研机构、国家部委和高等院校的专家共同撰写，其内容涉及宏观决策、财政金融、证券投资、工业调整、就业分配、对外贸易等一系列热点问题。本报告权威把脉中国经济2012年运行特征及2013年发展趋势。

世界经济黄皮书
2013年世界经济形势分析与预测（赠阅读卡）

王洛林　张宇燕/主编　　2013年1月出版　　定价:59.00元

◆ 2012年全球经济复苏步伐明显放缓，发达国家复苏动力不足，主权债务危机的升级以及长期的低利率也大大压缩了财政与货币政策调控的空间。本书围绕因此而来的国际金融市场震荡频发、国际贸易与投资增长乏力等经济问题对世界经济进行了分析展望。

国家竞争力蓝皮书
中国国家竞争力报告No.2（赠阅读卡）

倪鹏飞/主编　　2013年7月出版　　估价:69.00元

◆ 本书运用有关竞争力的最新经济学理论，选择全球100个主要国家，在理论研究和计量分析的基础上，对全球国家竞争力进行了比较分析，并以这100个国家为参照系，指明了中国的位置和竞争环境，为研究中国的国家竞争力地位、制定全球竞争战略提供参考。

经济类

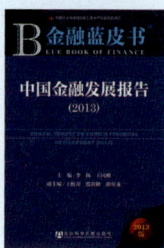

金融蓝皮书

中国金融发展报告 (2013)（赠阅读卡）

李 扬 王国刚 / 主编　　2012 年 12 月出版　　定价：59.00 元

◆ 本书由中国社会科学院金融研究所主编，对 2012 年中国金融业总体发展状况进行回顾和分析，聚焦国际及国内金融形势的新变化，解析中国货币政策、银行业、保险业和证券期货业的发展状况，预测中国金融发展的最新动态，包括投资基金、保险业发展和金融监管等。

城市竞争力蓝皮书

中国城市竞争力报告 No.11（赠阅读卡）

倪鹏飞 / 主编　　2013 年 5 月出版　　定价 :89.00 元

◆ 本书由中国社会科学院城市与竞争力研究中心主任倪鹏飞主持编写，汇集了众多研究城市经济问题的专家学者关于城市竞争力研究的最新成果。本报告构建了一套科学的城市竞争力评价指标体系，采用第一手数据材料，对国内重点城市年度竞争力格局变化进行客观分析和综合比较、排名，对研究城市经济及城市竞争力极具参考价值。

城市蓝皮书

中国城市发展报告 No.6（赠阅读卡）

潘家华 魏后凯 / 主编　　2013 年 8 月出版　　估价 :59.00 元

◆ 本书由中国社会科学院城市发展与环境研究所主编，以聚焦新时期中国城市发展中的民生问题为主题，紧密联系现阶段中国城镇化发展的客观要求，回顾总结中国城镇化进程中城市民生改善的主要成效，并对城市发展中的各种民生问题进行全面剖析，在此基础上提出了民生优先的城市发展思路，以及改善城市民生的对策建议。

农村绿皮书

中国农村经济形势分析与预测 (2012~2013)（赠阅读卡）

中国社会科学院农村发展研究所　国家统计局农村社会经济调查司 / 著
2013 年 4 月出版　　定价：59.00 元

◆ 本书对 2012 年中国农业和农村经济运行情况进行了系统的分析和评价，对 2013 年中国农业和农村经济发展趋势进行了预测，并提出相应的政策建议，专题部分将围绕某个重大的理论和现实问题进行多维、深入、细致的分析和探讨。

经济类　皮书系列重点推荐

西部蓝皮书

中国西部经济发展报告（2013）（赠阅读卡）

姚慧琴　徐璋勇/主编　　2013年7月出版　　估价:69.00元

◆ 本书由西北大学中国西部经济发展研究中心主编，汇集了源自西部本土以及国内研究西部问题的权威专家的第一手资料，对国家实施西部大开发战略进行年度动态跟踪，并对2013年西部经济、社会发展态势进行预测和展望。

宏观经济蓝皮书

中国经济增长报告（2012~2013）（赠阅读卡）

张　平　刘霞辉/主编　　2013年9月出版　　估价:69.00元

◆ 本书由中国社会科学院经济研究所组织编写，独创了中国各省（区、市）发展前景评价体系，通过产出效率、经济结构、经济稳定、产出消耗、增长潜力等近60个指标对中国各省（区、市）发展前景进行客观评价，并就"十二五"时期中国经济面临的主要问题进行全面分析。

经济蓝皮书春季号

中国经济前景分析——2013年春季报告（赠阅读卡）

李　扬/主编　　2013年4月出版　　定价:59.00元

◆ 本书是经济蓝皮书的姊妹篇，是中国社会科学院"中国经济形势分析与预测"课题组推出的又一重磅作品，汇集了研究现实经济问题的权威专家、学者的最新研究成果。本报告在模型模拟与实证分析的基础上，对当前宏观经济形势进行即时分析，并提出了政策建议。

就业蓝皮书

2013年中国大学生就业报告（赠阅读卡）

麦可思研究院/编著　王伯庆　郭　娇/主审
2013年6月出版　　定价:98.00元

◆ 本书是迄今为止关于中国应届大学毕业生就业、大学毕业生中期职业发展及高等教育人口流动情况的视野最为宽广、资料最为翔实、分类最为精细的实证调查和定量研究；为我国教育主管部门的教育决策、各高校的教育教学改革、各行业的人才资源建设、大学生的专业和职业选择提供极有价值的参考。

社会政法类

社会政法类皮书聚焦社会发展领域的热点、难点问题，
提供权威、原创的资讯与视点

社会蓝皮书

2013年中国社会形势分析与预测（赠阅读卡）

陆学艺　李培林　陈光金／主编　2012年12月出版　定价：59.00元

◆ 本书为中国社会科学院核心学术品牌之一，荟萃中国社会科学院等众多学术单位的原创成果。本年度报告结合中共"十八大"会议精神，深入探讨中国迈向更加公平、公正的全面小康社会的路径。

法治蓝皮书

中国法治发展报告 No.11(2013)（赠阅读卡）

李　林　田　禾／主编　2013年2月出版　定价：98.00元

◆ 本皮书回顾总结了2012年度中国法治发展取得的成就和存在的不足，并对2013年中国法治发展形势进行了预测和展望，重点分析了2012年中国的立法情况、犯罪形势分析与预测、不动产征收、城市防灾减灾、计划生育、证券监管与上市公司利润分配、中国海洋环境保护、海外投资的风险对策等问题。

教育蓝皮书

中国教育发展报告 (2013)（赠阅读卡）

杨东平／主编　2013年3月出版　定价：69.00元

◆ 本书站在教育前沿，突出教育中的问题，特别是对当前教育改革中出现的教育公平、高校教育结构调整、义务教育均衡发展等问题进行了深入分析，从教育的内在发展谈教育，又从外部条件来谈教育，具有重要的现实意义，对我国的教育体制的改革与发展具有一定的学术价值和参考意义。

社会政法类　　皮书系列 重点推荐

社会建设蓝皮书
2013年北京社会建设分析报告（赠阅读卡）

陆学艺　宋贵伦/主编　2013年6月出版　定价:69.00元

◆ 本书由著名社会学家陆学艺领衔主编，依据社会学理论框架和分析方法，对北京市的人口、就业、分配、社会阶层以及城乡关系等社会学基本问题进行了广泛调研与分析，对广受社会关注的住房、教育、医疗、养老、交通等社会热点问题做了深刻了解与剖析，对日益显现的征地搬迁、外籍人口管理、群体性心理障碍等进行了有益探讨。

政治参与蓝皮书
中国政治参与报告(2013)（赠阅读卡）

房　宁/主编　2013年7月出版　估价:59.00元

◆ 本书是国内第一本运用社会科学数据对"中国公民政策参考"进行持续研究的年度报告，依据全国性问卷调查数据，对中国公民的政策参与客观状况和政策参与主观状况作了总体说明，并对不同性别、不同年龄、不同学历、不同政治面貌、不同职业、不同区域、不同收入的公民群体的政策参与客观状况和主观状况作了具体说明。

社会心态蓝皮书
中国社会心态研究报告(2012~2013)（赠阅读卡）

王俊秀　杨宜音/主编　2013年1月出版　定价:59.00元

◆ 本书由中国社会科学院社会学研究所社会心理研究中心编撰，从社会感受、价值观念、行为倾向等方面对于生活压力感、社会支持感、经济变动感受、微博使用行为、心理危机干预等问题，用社会心理学、社会学、经济学、传播学等多种学科的方法角度进行了调查和研究，深入揭示了我国社会心态状况。

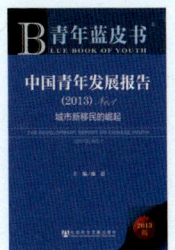

青年蓝皮书
中国青年发展报告（2013）No.1（赠阅读卡）

廉　思/主编　2013年6月出版　定价:59.00元

◆ 国内首部《青年蓝皮书》由廉思课题组经过大量社会调查撰写而成，围绕当代青年领域的重大问题，在实地调研、文献研究和政策梳理的基础上，对三大群体最新生态——"蚁族"、"白领"、新生代农民工进行了全面系统的研究分析，具有重要的理论价值和实践意义。

皮书系列 重点推荐　社会政法类

环境绿皮书

中国环境发展报告 (2013)（赠阅读卡）

刘鉴强／主编　　2013年4月出版　　定价:69.00元

◆ 本书由民间环保组织"自然之友"组织编写，由特别关注、生态保护、宜居城市、可持续消费以及政策与治理等版块构成，以公共利益的视角记录、审视和思考中国环境状况，呈现2013年中国环境与可持续发展领域的全局态势,用深刻的思考、科学的数据分析2012年的环境热点事件。

环境竞争力绿皮书

中国省域环境竞争力发展报告(2011~2012)（赠阅读卡）

李建平　李闽榕　王金南／主编　　2013年10月出版　　估价:148.00元

◆ 本报告融马克思主义经济学、环境科学、生态学、统计学、计量经济学和人文地理学等理论和方法为一体，充分运用数据分析、空间分析以及规范分析与实证分析相结合的方法，构建了比较科学完善、符合中国国情的环境竞争力指标评价体系，对中国内地31个省级区域的环境竞争力进行全面、深入的比较分析和评价。

反腐倡廉蓝皮书

中国反腐倡廉建设报告No.3（赠阅读卡）

李秋芳／主编　　2013年8月出版　　估价：59.00元

◆ 本书从"惩治与专项治理、多主体综合监督、公共权力规制、公共资金资源资产监管、公职人员诚信管理、社会廉洁文化建设"六个方面对全国反腐倡廉建设进程与效果进行了综述，结合实地调研和问卷调查，反映了社会公众关注的难点焦点问题，并从理念和举措上提出建议。

老龄蓝皮书

中国老龄事业发展报告（2013）（赠阅读卡）

吴玉韶／主编　　2013年2月出版　　定价：59.00元

◆ 本书是第一本全面反映中国老龄事业发展状况的蓝皮书，填补了中国老龄事业发展总结和评估缺乏品牌图书平台的空白。全书全面审视2012~2013年中国人口老龄化发展态势，从老龄政策、养老与医疗保障事业、老龄事业法制化进程、老龄服务、老年宜居环境、老龄文化、老年群体社会管理、老龄科学研究等方面进行深入研究探讨。

 行业报告类

行业报告类

行业报告类皮书立足重点行业、新兴行业领域，提供及时、前瞻的数据与信息

房地产蓝皮书
中国房地产发展报告 No.10（赠阅读卡）

魏后凯　李景国/主编　　2013年4月出版　　定价:79.00元

◆ 本书由中国社会科学院城市发展与环境研究所组织编写，秉承客观公正、科学中立的原则，深度解析2012年中国房地产发展的形势和存在的主要矛盾，并预测2013年及未来10年或更长时间的房地产发展大势。观点精辟，数据翔实，对关注房地产市场的各阶层人士极具参考价值。

住房绿皮书
中国住房发展报告（2012~2013）（赠阅读卡）

倪鹏飞/主编　　2012年12月出版　　定价:79.00元

◆ 本书从宏观背景、市场体系和公共政策等方面，对中国住房市场作全面系统的分析、预测与评价。在评述2012年住房市场走势的基础上，预测2013年中国住房市场的发展变化；通过构建中国住房指数体系，量化评估住房市场各关键领域的发展状况；剖析中国住房市场发展所面临的主要问题与挑战，并给出政策建议。

旅游绿皮书
2013年中国旅游发展分析与预测（赠阅读卡）

宋瑞/主编　　2013年9月出版　　估价:69.00元

◆ 本书由中国社会科学院旅游研究中心组织编写，从2012年国内外发展环境入手，深度剖析2012年我国旅游业的跌宕起伏及其背后错综复杂的影响因素，聚焦旅游相关行业的运行特征及相关政策实施，对旅游发展的热点问题给出颇具见地的分析，并提出促进我国旅游业发展的对策建议。

行业报告类

产业蓝皮书
中国产业竞争力报告 (2013) No.3（赠阅读卡）

张其仔 / 主编　　2013 年 5 月出版　　定价 :79.00 元

◆ 本书多层次、多角度地对中国产业竞争力的总体走势、重点工业竞争力及全国 2000 多个县（市）的产业竞争力进行了系统评估，揭示了国际产业竞争中的新变化、新风险、新挑战，是了解国内外产业竞争力最新动态的支撑平台。

能源蓝皮书
中国能源发展报告 (2013)（赠阅读卡）

崔民选 / 主编　　2013 年 7 月出版　　估价 :79.00 元

◆ 本书结合中国经济面临转型的新形势，着眼于构建安全稳定、经济清洁的现代能源产业体系，盘点 2012 年中国能源行业的运行和发展走势，对 2012 年我国能源产业和各行业的运行特征、热点问题进行了深度剖析，并提出了未来趋势预测和对策建议。

投资蓝皮书
中国投资发展报告 (2013)（赠阅读卡）

杨庆蔚 / 主编　　2013 年 4 月出版　　定价 :128.00 元

◆ 目前学术界和实务界对于投资的研究主要集中于其中的某个领域，缺乏总括性的研究。本书尝试将投资作为一个整体进行研究，能够较为清晰地展现社会资金流动的特点，为投资者、研究者乃至政策制定者提供参考。

电子商务蓝皮书
中国电子商务服务业发展报告 No.2（赠阅读卡）

荆林波　梁春晓 / 主编　　2013 年 5 月出版　　定价 :59.00 元

◆ 本书由中国社会科学院财经战略研究院、阿里巴巴集团研究中心、"中国电子商务服务业发展报告"课题组编著，反映了我国 2012 年电子商务服务业的发展情况。对电子商务服务业发展的总体情况、问题和趋势进行描述分析，并对电子商务服务业对中国经济转型的作用进行剖析。

 文化传媒类 皮书系列 重点推荐

文化传媒类

 文化传媒类皮书透视文化领域、文化产业，探索文化大繁荣、大发展的路径

文化蓝皮书

中国文化产业发展报告（2012~2013）（赠阅读卡）

张晓明　王家新　章建刚／主编　　2013年3月出版　　定价：69.00元

◆ 本皮书从不同角度、不同侧面对文化产业改革与发展进行了分析，包括文化发展环境、不同层面文化发展现状、文化组织的变迁与发展、文化个案的典型意义等，比较全面地反映出我国文化产业发展的成绩与问题。

传媒蓝皮书

2013年中国传媒产业发展报告（赠阅读卡）

崔保国／主编　　2013年4月出版　　定价：89.00元

◆ 本书突出"变"与"势"，提出"大传媒"的概念，不是只关注以内容制造业为主的传统媒体产业，而是把传媒产业、通讯产业、IT产业统和起来研究其关联变异，为中国传媒产业正在发生的变革提供前瞻性的理论和观点。

新媒体蓝皮书

中国新媒体发展报告No.4(2013)（赠阅读卡）

唐绪军／主编　　2013年6月出版　　定价：69.00元

◆ 本书由中国社会科学院新闻与传播研究所和上海大学合作编写，在构建新媒体发展研究基本框架的基础上，全面梳理2012年中国新媒体发展现状，发表最前沿的网络媒体深度调查数据和研究成果，并对新媒体发展的未来趋势做出预测。

皮书系列
重点推荐　国别与地区类

国别与地区类

国别与地区类皮书关注全球重点国家与地区，提供全面、独特的解读与研究

国际形势黄皮书
全球政治与安全报告(2013)（赠阅读卡）

李慎明　张宇燕/主编　　2012年12月出版　　定价:59.00元

◆ 本书是由中国社会科学院世界经济与政治研究所精心打造的又一品牌皮书，关注时下国际关系发展动向里隐藏的中长期趋势，剖析全球政治与安全格局下的国际形势最新动向以及国际关系发展的热点问题，并对2013年国际社会重大动态作出前瞻性的分析与预测。

美国蓝皮书
美国问题研究报告(2013)（赠阅读卡）

黄　平　倪　峰/主编　　2013年6月出版　　估价:69.00元

◆ 本书以"构建中美新型大国关系"为主题，对2012年以来美国内政外交发生的重大事件以及重要政策进行了较为全面的回顾和梳理，尤其对奥巴马连任后美国内外政策的走向给予了重点关注。

欧洲蓝皮书
欧洲发展报告(2012~2013)（赠阅读卡）

周　弘/主编　　2013年3月出版　　定价:89.00元

◆ 本皮书以"欧洲债务危机的多重影响"为主题，对欧洲经济、政治、社会、外交等面的形式进行了跟踪介绍与分析。欧洲债务危机对中国产生的最大负面意义是不利于中国扩大对欧盟的出口，但同时也为中国扩大在欧洲的投资提供了机遇。

 地方发展类

地方发展类

地方发展类皮书关注大陆各省份、经济区域，
提供科学、多元的预判与咨政信息

北京蓝皮书

北京经济发展报告(2012~2013)（赠阅读卡）

孙天法 / 主编　　2013年4月出版　　定价：65.00元

◆ 本书是北京蓝皮书系列之一种，研创团队北京市社会科学院紧紧围绕北京市年度经济社会发展的目标，突出对北京市经济社会发展中全局性、战略性、倾向性的重点、热点、难点问题进行分析和预测的综合研究成果。

北京蓝皮书

北京社会发展报告(2012~2013)（赠阅读卡）

戴建中 / 主编　　2013年8月出版　　估价：59.00元

◆ 本书是北京蓝皮书系列之一种，研创团队以北京市社会科学院研究人员为主，同时邀请北京市党政机关和大学的专家学者参加。本书为北京市政策制定和执行提供了依据和思路，为了解中国首都的社会现状贡献了丰富的资料和解读，具有一定的影响力，因持续追踪社会热点问题而引起广泛的关注。

京津冀蓝皮书

京津冀发展报告（2013）（赠阅读卡）

文 魁　祝尔娟 等 / 著　　2013年3月出版　　定价：79.00元

◆ 本书具有很强的时效性，全书基本上都是运用第一手资料，对当下的京津冀区域发展热点问题进行分析、总结和预测，对京津冀区域发展和城市建设布局有重要的指导意义。本书的创新和建树主要体现在：理论研究方面，强调用综合承载力、区域承载力、相对承载力、潜在承载力等新理念来全面审视和综合分析承载力。

皮书系列重点推荐

地方发展类

上海蓝皮书

上海经济发展报告(2013)（赠阅读卡）

沈开艳 / 主编　　2013年1月出版　　定价：69.00元

◆ 本书是上海蓝皮书系列之一种，围绕上海如何实现经济转型问题展开，通过对复苏缓慢的国际经济大环境、趋于紧缩的国内宏观经济背景的深入分析，认为上海迫切需要解决而又密切相关的现实问题是"增长动力转型"与"产业发展转型"两大核心。

上海蓝皮书

上海社会发展报告(2013)（赠阅读卡）

卢汉龙　周海旺 / 主编　　2013年1月出版　　定价：69.00元

◆ 本书是上海蓝皮书系列之一种，围绕机制创新、社会政策、社会组织等方面，对上海近年来的社会热点问题进行了调研，在总结现状及其成因的基础上，提出了一些对策建议，关注了上海的主要社会问题，可为决策层制订相关政策提供借鉴。

河南蓝皮书

河南经济发展报告(2013)（赠阅读卡）

喻新安 / 主编　　2013年1月出版　　定价：59.00元

◆ 本书是河南蓝皮书系列之一种，由河南省社会科学院主持编撰，以中原经济区"三化"协调科学发展为主题，深入全面地分析了当前河南经济发展的主要特点及2012年的走势，全方位、多角度研究和探讨了河南探索"三化"协调发展的举措及成效，并对河南积极构建中原经济区建设提出了对策建议。

甘肃蓝皮书

甘肃经济发展分析与预测(2013)（赠阅读卡）

朱智文　罗　哲 / 主编　　2013年1月出版　　定价：69.00元

◆ 本书是甘肃蓝皮书系列之一种，是近年来甘肃经济社会发展的年度综合性研究成果之一，是对不同时期甘肃省实现区域创新和改革开放的年度总结。全书以特有的方式将经济运行情况、预测分析、政策建议三者结合起来，在科学分析经济发展形势的基础上为甘肃未来经济发展做出了科学预测，并提出政策建议。

经济类

城市竞争力蓝皮书
中国城市竞争力报告No.11
著(编)者:倪鹏飞　2013年5月出版　/　定价:89.00元

城市蓝皮书
中国城市发展报告NO.6
著(编)者:潘家华　魏后凯　2013年8月出版　/　估价:59.00元

城乡一体化蓝皮书
中国城乡一体化发展报告(2013)
著(编)者:汝信　付崇兰　2013年12月出版　/　估价:59.00元

低碳发展蓝皮书
中国低碳发展报告(2012~2013)
著(编)者:齐晔　2013年1月出版　/　定价:85.00元

低碳经济蓝皮书
中国低碳经济发展报告(2013)
著(编)者:薛进军　赵忠秀　2013年5月出版　/　定价:59.00元

东北蓝皮书
中国东北地区发展报告(2013)
著(编)者:张新颖　2013年8月出版　/　估价:79.00元

发展和改革蓝皮书
中国经济发展和体制改革报告No.6
著(编)者:邹东涛　2013年7月出版　/　估价:75.00元

国际城市蓝皮书
国际城市发展报告(2013)
著(编)者:屠启宇　2013年1月出版　/　定价:69.00元

国家竞争力蓝皮书
中国国家竞争力报告No.2
著(编)者:倪鹏飞　2013年7月出版　/　定价:69.00元

宏观经济蓝皮书
中国经济增长报告(2012~2013)
著(编)者:张平　刘霞辉　2013年9月出版　/　估价:69.00元

减贫蓝皮书
中国减贫与社会发展报告
著(编)者:黄承伟　2013年7月出版　/　估价:59.00元

金融蓝皮书
中国金融发展报告(2013)
著(编)者:李扬　王国刚　2012年12月出版　/　定价:59.00元

经济蓝皮书
2013年中国经济形势分析与预测
著(编)者:陈佳贵　李扬　2012年12月出版　/　定价:59.00元

经济蓝皮书春季号
中国经济前景分析——2013年春季报告
著(编)者:李扬　2013年4月出版　/　定价:59.00元

经济信息绿皮书
中国与世界经济发展报告(2013)
著(编)者:杜平　2012年12月出版　/　定价:79.00元

就业蓝皮书
2013年中国大学生就业报告
著(编)者:麦可思研究院　王伯庆　2013年6月出版　/　定价:98.00元

民营经济蓝皮书
中国民营经济发展报告No.10（2012~2013）
著(编)者:黄孟复　2013年9月出版　/　定价:69.00元

农村绿皮书
中国农村经济形势分析与预测(2012~2013)
著(编)者:中国社会科学院农村发展研究所
　　　　　国家统计局农村社会经济调查司
2013年4月出版　/　定价:59.00元

企业公民蓝皮书
中国企业公民报告NO.3
著(编)者:邹东涛　2013年7月出版　/　定价:59.00元

企业社会责任蓝皮书
中国企业社会责任研究报告(2013)
著(编)者:陈佳贵　黄群慧　彭华岗　钟宏武
2012年11月出版　/　定价:59.00元

区域蓝皮书
中国区域经济发展报告(2012~2013)
著(编)者:梁昊光　2013年4月出版　/　定价:69.00元

人口与劳动绿皮书
中国人口与劳动问题报告No.14
著(编)者:蔡昉　2013年6月出版　/　定价:69.00元

生态城市绿皮书
中国生态城市建设发展报告(2013)
著(编)者:孙伟平　刘举科　2013年6月出版　/　估价:128.00元

西北蓝皮书
中国西北发展报告(2013)
著(编)者:杨尚勤　石英　王建康　2013年3月出版　/　定价:65.00元

西部蓝皮书
中国西部发展报告(2013)
著(编)者:姚慧琴　徐璋勇　2013年7月出版　/　定价:69.00元

长三角蓝皮书
全球格局变化中的长三角
著(编)者:王战　2013年6月出版　/　估价:69.00元

中部竞争力蓝皮书
中国中部经济社会竞争力报告(2013)
著(编)者:教育部人文社会科学重点研究基地
　　　　　南昌大学中国中部经济社会发展研究中心
2013年10月出版　/　估价:59.00元

中部蓝皮书
中国中部地区发展报告（2013~2014）
著(编)者:喻新安　2013年5月出版　/　定价:69.00元

中国省域竞争力蓝皮书
中国省域经济综合竞争力发展报告(2011~2012)
著(编)者:李建平　李闽榕　高燕京
2013年3月出版　/　定价:188.00元

皮书系列 2013全品种
经济类·社会政法类

中小城市绿皮书
中国中小城市发展报告(2013)
著(编)者:中国城市经济学会中小城市经济发展委员会
《中国中小城市发展报告》编纂委员会
2013年8月出版 / 估价:98.00元

珠三角流通蓝皮书
珠三角流通业发展报告(2013)
著(编)者:王先庆 林至颖 2013年8月出版 / 估价:69.00元

社会政法类

殡葬绿皮书
中国殡葬事业发展报告(2012~2013)
著(编)者:李伯森 2013年3月出版 / 定价:59.00元

城市生活质量蓝皮书
中国城市生活质量指数报告(2013)
著(编)者:张平 2013年7月出版 / 估价:59.00元

创新蓝皮书
创新型国家建设报告(2012~2013)
著(编)者:詹正茂 2013年7月出版 / 估价:69.00元

慈善蓝皮书
中国慈善发展报告(2013)
著(编)者:杨团 2013年6月出版 / 定价:79.00元

法治蓝皮书
中国法治发展报告No.11(2013)
著(编)者:李林 田禾 2013年3月出版 / 定价:98.00元

反腐倡廉蓝皮书
中国反腐倡廉建设报告No.3
著(编)者:李秋芳 2013年8月出版 / 定价:59.00元

非传统安全蓝皮书
中国非传统安全研究报告(2012~2013)
著(编)者:余潇枫 2013年5月出版 / 定价:79.00元

妇女发展蓝皮书
福建省妇女发展报告(2013)
著(编)者:刘群英 2013年10月出版 / 估价:58.00元

妇女发展蓝皮书
中国妇女发展报告No.5
著(编)者:王金玲 高小贤 2013年9月出版 / 估价:65.00元

妇女教育蓝皮书
中国妇女教育发展报告No.3
著(编)者:张李玺 2013年10月出版 / 估价:69.00元

公共服务蓝皮书
中国城市基本公共服务力评价(2012~2013)
著(编)者:侯惠勤 辛向阳 易定宏 2013年10月出版 / 估价:55.00元

公益蓝皮书
中国公益发展报告(2013)
著(编)者:朱健刚 2013年8月出版 / 估价:78.00元

国际人才蓝皮书
中国海归创业发展报告(2013)No.2
著(编)者:王辉耀 路江涌 2013年6月出版 / 估价:69.00元

国际人才蓝皮书
中国留学发展报告(2013) No.2
著(编)者:王辉耀 2013年8月出版 / 估价:59.00元

华侨华人蓝皮书
华侨华人研究报告(2013)
著(编)者:丘进 2013年10月出版 / 估价:128.00元

环境竞争力绿皮书
中国省域环境竞争力发展报告(2011~2012)
著(编)者:李建平 李闽榕 王金南
2013年10月出版 / 估价:148.00元

环境绿皮书
中国环境发展报告(2013)
著(编)者:刘鉴强 2013年4月出版 / 定价:69.00元

教师蓝皮书
中国中小学教师发展报告(2013)
著(编)者:曾晓东 2013年10月出版 / 估价:59.00元

教育蓝皮书
中国教育发展报告(2013)
著(编)者:杨东平 2013年3月出版 / 定价:69.00元

金融监管蓝皮书
中国金融监管报告2013
著(编)者:胡滨 2013年5月出版 / 估价:59.00元

科普蓝皮书
中国科普基础设施发展报告(2012~2013)
著(编)者:任福君 2013年6月出版 / 定价:59.00元

口腔健康蓝皮书
中国口腔健康发展报告(2013)
著(编)者:胡德渝 2013年12月出版 / 估价:59.00元

老龄蓝皮书
中国老龄事业发展报告(2013)
著(编)者:吴玉韶 2013年2月出版 / 定价:59.00元

社会政法类

皮书系列 2013全品种

民间组织蓝皮书
中国民间组织报告(2012~2013)
著(编)者：黄晓勇　2013年10月出版 / 估价:69.00元

民族蓝皮书
中国民族区域自治发展报告(2013)
著(编)者：郝时远　2013年7月出版 / 估价:98.00元

女性生活蓝皮书
中国女性生活状况报告No.7(2013)
著(编)者：韩湘景　2013年3月出版 / 定价:78.00元

气候变化绿皮书
应对气候变化报告(2013)
著(编)者：王伟光　郑国光　2013年11月出版 / 估价:59.00元

汽车社会蓝皮书
中国汽车社会发展报告(2012~2013)
著(编)者：王俊秀　2013年1月出版 / 定价:59.00元

青少年蓝皮书
中国未成年人新媒体运用报告(2012~2013)
著(编)者：李文革　沈杰　季为民
2014年7月出版 / 估价:69.00元

人才竞争力蓝皮书
中国区域人才竞争力报告(2013)
著(编)者：桂昭明　王辉耀　2013年6月出版 / 定价:69.00元

人才蓝皮书
中国人才发展报告(2013)
著(编)者：潘晨光　2013年8月出版 / 估价:79.00元

人权蓝皮书
中国人权事业发展报告No.3(2013)
著(编)者：李君如　2013年6月出版 / 估价:98.00元

社会保障绿皮书
中国社会保障发展报告(2013)No.6
著(编)者：王延中　2013年10月出版 / 估价:69.00元

社会工作蓝皮书
中国社会工作发展报告(2012~2013)
著(编)者：蒋昆生　戚学森　2013年7月出版 / 估价:59.00元

社会管理蓝皮书
中国社会管理创新报告No.2
著(编)者：连玉明　2013年9月出版 / 估价:79.00元

社会建设蓝皮书
2013年北京社会建设分析报告
著(编)者：陆学艺　宋贵伦
2013年6月出版 / 定价:69.00元

社会科学蓝皮书
中国社会科学学术前沿(2012~2013)
著(编)者：高翔　2013年9月出版 / 估价:69.00元

社会蓝皮书
2013年中国社会形势分析与预测
著(编)者：陆学艺　李培林　陈光金
2012年12月出版 / 估价:59.00元

社会心态蓝皮书
中国社会心态研究报告(2012~2013)
著(编)者：王俊秀　杨宜音　2013年1月出版 / 定价:59.00元

生态文明绿皮书
中国省域生态文明建设评价报告(2013)
著(编)者：严耕　2013年10月出版 / 估价:98.00元

食品药品蓝皮书
食品药品安全与监管政策研究报告(2013)
著(编)者：唐民皓　2013年7月出版 / 估价:69.00元

世界创新竞争力黄皮书
世界创新竞争力发展报告(2012~2013)
著(编)者：李建平　李闽榕　赵新力
2013年11月出版 / 估价:128.00元

世界社会主义黄皮书
世界社会主义跟踪研究报告(2012~2013)
著(编)者：李慎明　2013年5月出版 / 定价:189.00元

危机管理蓝皮书
中国危机管理报告(2013)
著(编)者：文学国　范正青　2013年7月出版 / 估价:79.00元

小康蓝皮书
中国全面建设小康社会监测报告(2013)
著(编)者：潘璠　2013年11月出版 / 估价:59.00元

形象危机应对蓝皮书
形象危机应对研究报告(2013)
著(编)者：唐钧　2013年9月出版 / 估价:118.00元

行政改革蓝皮书
中国行政体制改革报告(2012)No.2
著(编)者：魏礼群　2013年3月出版 / 定价:69.00元

舆情蓝皮书
中国社会舆情与危机管理报告(2013)
著(编)者：谢耘耕　2013年8月出版 / 估价:78.00元

政治参与蓝皮书
中国政治参与报告(2013)
著(编)者：房宁　2013年7月出版 / 估价:59.00元

宗教蓝皮书
中国宗教报告(2013)
著(编)者：金泽　邱永辉　2013年7月出版 / 估价:59.00元

行业报告类

保健蓝皮书
中国保健服务产业发展报告No.2
著(编)者：中国保健协会　中共中央党校
2013年7月出版 / 估价：198.00元

保健蓝皮书
中国保健食品产业发展报告No.2
著(编)者：中国保健协会
　　　　中国社会科学院食品药品产业发展与监管研究中心
2013年7月出版 / 估价：198.00元

保健蓝皮书
中国保健用品产业发展报告No.2
著(编)者：中国保健协会　2013年10月出版 / 估价：198.00元

保险蓝皮书
中国保险业竞争力报告(2012~2013)
著(编)者：罗忠敏　王力　2013年1月出版 / 定价：98.00元

餐饮产业蓝皮书
中国餐饮产业发展报告(2013)
著(编)者：中国烹饪协会　中国社会科学院财经战略研究院
2013年5月出版 / 定价：59.00元

测绘地理信息蓝皮书
中国测绘地理信息创新报告(2013)
著(编)者：徐德明　2013年12月出版 / 估价：98.00元

茶业蓝皮书
中国茶产业发展报告 (2013)
著(编)者：李闽榕　杨江帆　2013年4月出版 / 定价：78.00元

产权市场蓝皮书
中国产权市场发展报告(2012~2013)
著(编)者：曹和平　2013年12月出版 / 估价：69.00元

产业安全蓝皮书
中国保险产业安全报告(2013)
著(编)者：李孟刚　2013年10月出版 / 估价：59.00元

产业安全蓝皮书
中国产业外资控制报告(2012~2013)
著(编)者：李孟刚　2013年10月出版 / 估价：69.00元

产业安全蓝皮书
中国金融产业安全报告(2013)
著(编)者：李孟刚　2013年10月出版 / 估价：69.00元

产业安全蓝皮书
中国轻工业发展与安全报告(2013)
著(编)者：李孟刚　2013年10月出版 / 估价：69.00元

产业安全蓝皮书
中国私募股权产业安全与发展报告(2013)
著(编)者：李孟刚　2013年10月出版 / 估价：59.00元

产业安全蓝皮书
中国新能源产业发展与安全报告(2013)
著(编)者：北京交通大学中国产业安全研究中心
2013年3月出版 / 估价：69.00元

产业安全蓝皮书
中国能源产业安全报告(2013)
著(编)者：北京交通大学中国产业安全研究中心
2013年12月出版 / 估价：69.00元

产业安全蓝皮书
中国海洋产业安全报告(2012~2013)
著(编)者：北京交通大学中国产业安全研究中心
2013年12月出版 / 估价：59.00元

产业蓝皮书
中国产业竞争力报告(2013) NO.3
著(编)者：张其仔　2013年5月出版 / 定价：79.00元

电子商务蓝皮书
中国城市电子商务影响力报告(2013)
著(编)者：荆林波　梁春晓　2013年5月出版 / 定价：59.00元

电子政务蓝皮书
中国电子政务发展报告(2013)
著(编)者：洪毅　王长胜　2013年9月出版 / 估价：59.00元

杜仲产业绿皮书
中国杜仲种植与产业发展报告(2013)
著(编)者：胡文臻　杜红岩　2013年9月出版 / 估价：78.00元

房地产蓝皮书
中国房地产发展报告No.10
著(编)者：魏后凯　李景国　2013年4月出版 / 定价：79.00元

服务外包蓝皮书
中国服务外包产业发展报告(2012~2013)
著(编)者：王晓红　李皓
2013年2月出版 / 定价：89.00元

服务外包蓝皮书
中国服务外包竞争力报告(2012~2013)
——中国服务外包基地城市竞争力评价
著(编)者：王力　刘春生　黄育华
2013年5月出版 / 定价：59.00

工业设计蓝皮书
中国工业设计发展报告(2013)
著(编)者：王晓红　2013年7月出版 / 估价：69.00元

行业报告类

皮书系列 2013全品种

高端消费蓝皮书
中国高端消费市场研究报告(2013)
著(编)者：荆林波 侬绍华　2013年10月出版 / 估价:59.00元

会展经济蓝皮书
中国会展经济发展报告(2013)
著(编)者：过聚荣　2013年6月出版 / 估价:65.00元

会展蓝皮书
中外会展业动态评估年度报告(2013)
著(编)者：张 敏　2013年8月出版 / 估价:68.00元

基金会蓝皮书
中国基金会发展报告(2013)
著(编)者：刘忠祥　2013年7月出版 / 估价:79.00元

基金会绿皮书
中国基金会发展独立研究报告(2013)
著(编)者：基金会中心网　2013年7月出版 / 估价:59.00元

交通运输蓝皮书
中国交通运输业发展报告(2013)
著(编)者：崔民选 王军生　2013年6月出版 / 估价:69.00元

金融蓝皮书
中国金融中心发展报告(2012~2013)
著(编)者：王 力 黄育华　2013年10月出版 / 估价:59.00元

金融蓝皮书
中国商业银行竞争力报告(2013)
著(编)者：王松奇　2013年10月出版 / 估价:79.00元

金融监管蓝皮书
中国金融监管报告(2013)
著(编)者：胡 滨　2013年10月出版 / 估价:59.00元

科学传播蓝皮书
中国科学传播报告(2013)
著(编)者：詹正茂　2013年7月出版 / 估价:69.00元

口岸生态绿皮书
中国口岸地区生态文化发展报告No.1(2013)
著(编)者：胡文臻 刘 静　2013年8月出版 / 估价:78.00元

"老字号"蓝皮书
中国"老字号"企业发展报告No.2(2013)
著(编)者：张继焦 丁惠敏 黄忠彩
2013年10月出版 / 估价:69.00元

"两化"融合蓝皮书
中国"两化"融合发展报告(2013)
著(编)者：曹淑敏 工业和信息化部电信研究院
2013年8月出版 / 估价:98.00元

流通蓝皮书
湖南省商贸流通产业发展报告No.2
著(编)者：柳思维　2013年10月出版 / 估价:75.00元

流通蓝皮书
中国商业发展报告(2012~2013)
著(编)者：荆林波　2013年4月出版 / 估价:89.00元

旅游安全蓝皮书
中国旅游安全报告(2013)
著(编)者：郑向敏 谢朝武　2013年6月出版 / 定价:79.00元

旅游绿皮书
2013年中国旅游发展分析与预测
著(编)者：宋 瑞　2013年9月出版 / 估价:69.00元

贸易蓝皮书
中国贸易发展报告(2013)
著(编)者：荆林波　2014年5月出版 / 估价:49.00元

煤炭蓝皮书
中国煤炭工业发展报告No.5(2012~2015)
著(编)者：岳福斌　2012年12月出版 / 定价:79.00元

煤炭市场蓝皮书
中国煤炭市场发展报告(2013)
著(编)者：曲剑午　2013年8月出版 / 估价:79.00元

民营医院蓝皮书
中国民营医院发展报告(2013)
著(编)者：陈绍福 王培舟　2013年9月出版 / 估价:89.00元

闽商蓝皮书
闽商发展报告(2013)
著(编)者：李闽榕 王日根 林 琛
2013年10月出版 / 估价:69.00元

能源蓝皮书
中国能源发展报告(2013)
著(编)者：崔民选　2013年7月出版 / 估价:79.00元

农产品流通蓝皮书
中国农产品流通产业发展报告(2013)
著(编)者：贾敬敦 王炳南 张玉玺 张鹏毅 陈丽华
2013年7月出版 / 估价:98.00元

期货蓝皮书
中国期货市场发展报告(2013)
著(编)者：荆林波　2013年7月出版 / 估价:69.00元

企业蓝皮书
中国企业竞争力报告(2013)
著(编)者：金 碚　2013年11月出版 / 估价:79.00元

汽车蓝皮书
中国汽车产业发展报告(2013)
著(编)者：国务院发展研究中心产业经济研究部
　　　　　中国汽车工程学会 大众汽车集团（中国）
2013年7月出版 / 估价:79.00元

人力资源蓝皮书
中国人力资源发展报告(2013)
著(编)者：吴 江 田小宝　2013年8月出版 / 估价:69.00元

皮书系列 2013全品种 — 行业报告类·文化传媒类

软件和信息服务业蓝皮书
中国软件和信息服务业发展报告(2013)
著(编)者：洪京一　工业和信息化部电子科学技术情报研究所
2013年8月出版　/　估价:98.00元

商会蓝皮书
中国商会发展报告 No.5 (2013)
著(编)者：黄孟复　2013年8月出版　/　估价:59.00元

商品市场蓝皮书
中国商品市场发展报告(2013)
著(编)者：荆林波　2013年7月出版　/　估价:59.00元

私募市场蓝皮书
中国私募股权市场发展报告(2013)
著(编)者：曹和平　2013年10月出版　/　估价:69.00元

体育蓝皮书
中国体育产业发展报告(2013)
著(编)者：阮　伟　钟秉枢　2013年2月出版　/　定价:69.00元

投资蓝皮书
中国投资发展报告(2013)
著(编)者：杨庆蔚　2013年4月出版　/　估价:128.00元

物联网蓝皮书
中国物联网发展报告(2012~2013)
著(编)者：黄桂田　等　2013年1月出版　/　估价:59.00元

西部工业蓝皮书
中国西部工业发展报告(2013)
著(编)者：方行明　刘方健　姜　凌　等
2013年7月出版　/　估价:69.00元

西部金融蓝皮书
中国西部金融发展报告(2013)
著(编)者：李忠民　2013年10月出版　/　估价:69.00元

信息化蓝皮书
中国信息化形势分析与预测(2013)
著(编)者：周宏仁　2013年7月出版　/　估价:98.00元

信用蓝皮书
中国信用发展报告(2012~2013)
著(编)者：章　政　田　侃　2013年4月出版　/　定价:69.00元

休闲绿皮书
2013年中国休闲发展报告
著(编)者：刘德谦　唐　兵　宋　瑞
2013年7月出版　/　估价:59.00元

中国林业竞争力蓝皮书
中国省域林业竞争力发展报告No.3(2012~2013)（上下册）
著(编)者：郑传芳　李闽榕　张春霞　张会儒
2013年8月出版　/　估价:139.00元

中国农业竞争力蓝皮书
中国省域农业竞争力发展报告No.2（2010~2012）（上下册）
著(编)者：郑传芳　宋洪远　李闽榕　张春霞
2013年7月出版　/　估价:128.00元

中国总部经济蓝皮书
中国总部经济发展报告(2013~2014)
著(编)者：赵　弘　2013年9月出版　/　估价:69.00元

住房绿皮书
中国住房发展报告(2012~2013)
著(编)者：倪鹏飞　2012年12月出版　/　定价:79.00元

资本市场蓝皮书
中国场外交易市场发展报告(2012~2013)
著(编)者：高　峦　2013年3月出版　/　定价:79.00元

资产管理蓝皮书
中国信托业发展报告(2013)
著(编)者：蒲　坚　郑　智　2013年7月出版　/　估价:59.00元

支付清算蓝皮书
中国支付清算发展报告(2013)
著(编)者：杨　涛　2013年4月出版　/　定价:45.00元

文化传媒类

传媒蓝皮书
2013年中国传媒产业发展报告
著(编)者：崔保国　2013年4月出版　/　定价:89.00元

创意城市蓝皮书
北京文化创意产业发展报告(2013)
著(编)者：张京成　王国华　2013年8月出版　/　估价:69.00元

创意城市蓝皮书
青岛文化创意产业发展报告(2013)
著(编)者：马　达　2013年8月出版　/　估价:69.00元

动漫蓝皮书
中国动漫产业发展报告(2013)
著(编)者：卢　斌　郑玉明　牛兴侦
2013年10月出版　/　估价:69.00元

广电蓝皮书
中国广播电影电视发展报告(2013)
著(编)者：庞井君　2013年6月出版　/　估价:128.00元

广告主蓝皮书
中国广告主营销传播趋势报告N0.7
著(编)者：中国传媒大学广告主研究所
　　　　　中国广告主营销传播创新研究课题组
　　　　　黄升民　杜国清　邵华冬
2013年5月出版　/　定价:148.00元

文化传媒类

纪录片蓝皮书
中国纪录片发展报告(2013)
著(编)者:何苏六　2013年10月出版　估价:78.00元

两岸文化蓝皮书
两岸文化产业合作发展报告(2013)
著(编)者:胡惠林　肖夏勇　2013年6月出版　估价:59.00元

全球传媒蓝皮书
全球传媒产业发展报告(2013)
著(编)者:胡正荣　2013年1月出版　估价:79.00元

视听新媒体蓝皮书
中国视听新媒体发展报告(2013)
著(编)者:庞井君　2013年6月出版　定价:148.00元

文化创新蓝皮书
中国文化创新报告(2013)No.4
著(编)者:于　平　傅才武
2013年2月出版　定价:128.00元

文化蓝皮书
中国文化产业发展报告(2012~2013)
著(编)者:张晓明　王家新　章建刚
2013年3月出版　定价:69.00元

文化蓝皮书
中国城镇文化消费需求景气评价报告(2013)
著(编)者:王亚南　高书生　2013年5月出版　定价:79.00元

文化蓝皮书
中国少数民族文化发展报告(2012)
著(编)者:武翠英　张晓明　张学进
2013年3月出版　定价:69.00元

文化蓝皮书
中国公共文化服务发展报告(2013)
著(编)者:于　群　李国新　2013年10月出版　估价:98.00元

文化蓝皮书
中国文化消费需求景气评价报告(2013)
著(编)者:王亚南　高书生　2013年5月出版　定价:79.00元

文化蓝皮书
中国文化产业供需协调增长测评报告(2013)
著(编)者:王亚南　高书生　2013年5月出版　定价:79.00元

文化蓝皮书
中国乡村文化消费需求景气评价报告(2013)
著(编)者:王亚南　高书生　2013年5月出版　定价:79.00元

文化蓝皮书
中国中心城市文化消费需求景气评价报告(2013)
著(编)者:王亚南　2013年5月出版　定价:79.00元

文化品牌蓝皮书
中国文化品牌发展报告(2013)
著(编)者:欧阳友权　2013年5月出版　定价:79.00元

文化软实力蓝皮书
中国文化软实力研究报告(2013)
著(编)者:张国祚　2013年7月出版　定价:79.00元

文化遗产蓝皮书
中国文化遗产事业发展报告(2013)
著(编)者:刘世锦　2013年9月出版　定价:79.00元

文学蓝皮书
中国文情报告(2012~2013)
著(编)者:白　烨　2013年5月出版　定价:59.00元

新媒体蓝皮书
中国新媒体发展报告No.4(2013)
著(编)者:唐绪军　2013年6月出版　定价:69.00元

移动互联网蓝皮书
中国移动互联网发展报告(2013)
著(编)者:官建文　2013年5月出版　定价:79.00元

国别与地区类

G20国家创新竞争力黄皮书
二十国集团（G20）国家创新竞争力发展报告(2013)
著(编)者:李建平　李闽榕　赵新力
2013年12月出版　估价:118.00元

澳门蓝皮书
澳门经济社会发展报告(2012~2013)
著(编)者:郝雨凡　吴志良　2013年4月出版　定价:69.00元

德国蓝皮书
德国发展报告(2013)
著(编)者:郑春荣　李乐曾　2013年5月出版　定价:69.00元

东南亚蓝皮书
东南亚地区发展报告(2013)
著(编)者:王　勤　2013年11月出版　估价:59.00元

东北亚黄皮书
东北亚地区政治与安全报告(2013)
著(编)者:黄凤志　2013年6月出版　定价:59.00元

东盟蓝皮书
东盟发展报告(2013)
著(编)者:黄兴球　庄国土　2013年11月出版　估价:59.00元

俄罗斯黄皮书
俄罗斯发展报告(2013)
著(编)者:李永全　2013年9月出版　定价:69.00元

非洲黄皮书
非洲发展报告No.15(2012~2013)
著(编)者:张宏明　2013年7月出版　定价:79.00元

皮书系列 2013全品种

国别与地区类·地方发展类

港澳珠三角蓝皮书
粤港澳区域合作与发展报告(2012~2013)
著(编)者:梁庆寅 陈广汉 2013年8月出版 / 估价:59.00元

国际形势黄皮书
全球政治与安全报告(2013)
著(编)者:李慎明 张宇燕 2012年12月出版 / 定价:59.00元

韩国蓝皮书
韩国发展报告(2013)
著(编)者:牛林杰 刘宝全 2013年6月出版 / 定价:69.00元

拉美黄皮书
拉丁美洲和加勒比发展报告(2012~2013)
著(编)者:吴白乙 2013年5月出版 / 定价:89.00元

美国蓝皮书
美国问题研究报告(2013)
著(编)者:黄 平 倪 峰 2013年6月出版 / 估价:69.00元

缅甸蓝皮书
缅甸国情报告(2011~2012)
著(编)者:李晨阳 2013年4月出版 / 定价:79.00元

欧亚大陆桥发展蓝皮书
欧亚大陆桥发展报告(2012~2013)
著(编)者:李忠民 2013年10月出版 / 估价:59.00元

欧洲蓝皮书
欧洲发展报告(2012~2013)
著(编)者:周 弘 2013年3月出版 / 定价:89.00元

日本经济蓝皮书
日本经济与中日经贸关系发展报告(2013)
著(编)者:王洛林 张季风 2013年5月出版 / 定价:79.00元

日本蓝皮书
日本研究报告(2013)
著(编)者:李 薇 2013年5月出版 / 定价:69.00元

上海合作组织黄皮书
上海合作组织发展报告(2013)
著(编)者:李进峰 吴宏伟 2013年7月出版 / 估价:79.00元

世界经济黄皮书
2013年世界经济形势分析与预测
著(编)者:王洛林 张宇燕 2013年1月出版 / 定价:59.00元

新兴经济体蓝皮书
金砖国家发展报告(2013)——合作与崛起
著(编)者:林跃勤 周 文 2013年3月出版 / 估价:69.00元

亚太蓝皮书
亚太地区发展报告(2013)
著(编)者:李向阳 2013年1月出版 / 定价:59.00元

印度蓝皮书
印度国情报告(2012~2013)
著(编)者:吕昭义 2013年9月出版 / 估价:59.00元

越南蓝皮书
越南国情报告(2013)
著(编)者:吕余生 2013年7月出版 / 估价:65.00元

中亚黄皮书
中亚国家发展报告(2013)
著(编)者:孙 力 2013年6月出版 / 估价:79.00元

地方发展类

北部湾蓝皮书
泛北部湾合作发展报告(2013)
著(编)者:吕余生 2013年7月出版 / 估价:79.00元

北京蓝皮书
北京公共服务发展报告(2012~2013)
著(编)者:施昌奎 2013年3月出版 / 定价:65.00元

北京蓝皮书
北京经济发展报告(2012~2013)
著(编)者:孙天法 2013年4月出版 / 定价:65.00元

北京蓝皮书
北京社会发展报告(2012~2013)
著(编)者:戴建中 2013年8月出版 / 估价:59.00元

北京蓝皮书
北京文化发展报告(2012~2013)
著(编)者:李建盛 2013年5月出版 / 定价:69.00元

北京蓝皮书
中国社区发展报告(2013)
著(编)者:于燕燕 2013年6月出版 / 估价:59.00元

北京旅游绿皮书
北京旅游发展报告(2013)
著(编)者:鲁 勇 2013年10月出版 / 估价:98.00元

北京律师蓝皮书
北京律师发展报告NO.3(2013)
著(编)者:王隽 周塞军 2013年9月出版 / 估价:70.00元

地方发展类

皮书系列
2013全品种

北京人才蓝皮书
北京人才发展报告(2012~2013)
著(编)者:张志伟　2013年5月出版 / 估价:69.00元

城乡一体化蓝皮书
中国城乡一体化发展报告·北京卷(2012~2013)
著(编)者:张宝秀　黄序　2012年7月出版 / 估价:59.00元

大湄公河次区域蓝皮书
大湄公河次区域合作发展报告(2012~2013)
著(编)者:刘稚　2013年4月出版 / 估价:69.00元

甘肃蓝皮书
甘肃经济发展分析与预测(2013)
著(编)者:朱智文　罗哲　2013年1月出版 / 定价:69.00元

甘肃蓝皮书
甘肃社会发展分析与预测(2013)
著(编)者:安文华　包晓霞　2013年1月出版 / 定价:69.00元

甘肃蓝皮书
甘肃舆情分析与预测(2013)
著(编)者:陈双梅　郝树声　2013年1月出版 / 定价:69.00元

甘肃蓝皮书
甘肃县域社会发展分析与预测(2013)
著(编)者:魏胜文　柳民　曲玮
2013年1月出版 / 定价:69.00元

甘肃蓝皮书
甘肃文化发展分析与预测(2013)
著(编)者:刘进军　周晓华　2013年1月出版 / 定价:69.00元

关中天水经济区蓝皮书
中国关中—天水经济区发展报告(2013)
著(编)者:李忠民　2013年11月出版 / 估价:59.00元

广东外经贸蓝皮书
广东对外经济贸易发展研究报告(2012~2013)
著(编)者:陈万灵　2013年4月出版 / 定价:79.00元

广西北部湾经济区蓝皮书
广西北部湾经济区开放开发报告(2013)
著(编)者:广西北部湾经济区规划建设管理委员会办公室
　　　　 广西社会科学院　广西北部湾发展研究院
2013年7月出版 / 估价:69.00元

广州蓝皮书
2013年中国广州经济形势分析与预测
著(编)者:庾建设　郭志勇　沈奎
2013年6月出版 / 估价:69.00元

广州蓝皮书
2013年中国广州社会形势分析与预测
著(编)者:易佐永　杨秦　顾涧清
2013年7月出版 / 估价:69.00元

广州蓝皮书
广州城市国际化发展报告(2013)
著(编)者:朱名宏　2013年9月出版 / 估价:59.00元

广州蓝皮书
广州创新型城市发展报告(2013)
著(编)者:李江涛　2013年9月出版 / 估价:59.00元

广州蓝皮书
广州经济发展报告(2013)
著(编)者:李江涛　刘江华　2013年6月出版 / 定价:65.00元

广州蓝皮书
广州农村发展报告(2013)
著(编)者:李江涛　汤锦华　2013年9月出版 / 估价:59.00元

广州蓝皮书
广州汽车产业发展报告(2013)
著(编)者:李江涛　杨再高　2013年9月出版 / 估价:59.00元

广州蓝皮书
广州商贸业发展报告(2013)
著(编)者:陈家成　王旭东　荀振英
2013年9月出版 / 估价:69.00元

广州蓝皮书
广州文化创意产业发展报告(2013)
著(编)者:甘新　2013年9月出版 / 估价:59.00元

广州蓝皮书
中国广州城市建设发展报告(2013)
著(编)者:董皞　冼伟雄　李俊夫
2013年7月出版 / 估价:69.00元

广州蓝皮书
中国广州科技与信息化发展报告(2013)
著(编)者:庾建设　谢学宁　2013年8月出版 / 估价:59.00元

广州蓝皮书
中国广州文化创意产业发展报告(2013)
著(编)者:王晓玲　2013年8月出版 / 估价:59.00元

广州蓝皮书
中国广州文化发展报告(2013)
著(编)者:徐俊忠　汤应武　陆志强
2013年8月出版 / 估价:69.00元

贵州蓝皮书
贵州法治发展报告(2013)
著(编)者:吴大华　2013年4月出版 / 估价:69.00元

贵州蓝皮书
贵州社会发展报告(2013)
著(编)者:王兴骥　2013年3月出版 / 定价:69.00元

海峡经济区蓝皮书
海峡经济区发展报告(2013)
著(编)者:福建省政府发展研究中心
2013年10月出版 / 估价:78.00元

海峡西岸蓝皮书
海峡西岸经济区发展报告(2012)
著(编)者:福建省人民政府发展研究中心
2013年7月出版 / 估价:85.00元

23

皮书系列 2013全品种 — 地方发展类

杭州都市圈蓝皮书
杭州都市圈经济社会发展报告(2013)
著(编)者:辛薇　2014年7月出版／估价:59.00元

河南经济蓝皮书
2013年河南经济形势分析与预测
著(编)者:刘永奇　2013年3月出版／定价:59.00元

河南蓝皮书
2013年河南社会形势分析与预测
著(编)者:刘道兴　牛苏林　2013年1月出版／定价:59.00元

河南蓝皮书
河南城市发展报告(2013)
著(编)者:谷建全　王建国　2013年1月出版／定价:59.00元

河南蓝皮书
河南工业发展报告(2013)
著(编)者:龚绍东　2013年1月出版／定价:59.00元

河南蓝皮书
河南经济发展报告(2013)
著(编)者:喻新安　2013年1月出版／定价:59.00元

河南蓝皮书
河南文化发展报告(2013)
著(编)者:卫绍生　2013年1月出版／定价:69.00元

黑龙江产业蓝皮书
黑龙江产业发展报告(2013)
著(编)者:于渤　2013年9月出版／估价:69.00元

黑龙江蓝皮书
黑龙江经济发展报告(2013)
著(编)者:曲伟　2013年1月出版／定价:59.00元

黑龙江蓝皮书
黑龙江社会发展报告(2013)
著(编)者:艾书琴　2013年1月出版／定价:69.00元

湖南城市蓝皮书
城市社会管理
著(编)者:童中贤　韩未名　2013年5月出版／估价:59.00元

湖南蓝皮书
2013年湖南产业发展报告
著(编)者:梁志峰　2013年5月出版／定价:79.00元

湖南蓝皮书
2013年湖南法治发展报告
著(编)者:梁志峰　2013年5月出版／定价:79.00元

湖南蓝皮书
2013年湖南经济展望
著(编)者:梁志峰　2013年5月出版／定价:79.00元

湖南蓝皮书
2013年湖南两型社会发展报告
著(编)者:梁志峰　2013年5月出版／定价:79.00元

湖南县域绿皮书
湖南县域发展报告No.2
著(编)者:朱有志　袁准　周小毛　2013年7月出版／估价:69.00元

江苏法治蓝皮书
江苏法治发展报告No.2(2013)
著(编)者:李力　龚廷泰　严海良　2013年7月出版／估价:88.00元

京津冀蓝皮书
京津冀发展报告(2013)
著(编)者:文魁　祝尔娟　2013年3月出版／定价:79.00元

经济特区蓝皮书
中国经济特区发展报告(2012)
著(编)者:陶一桃　2013年4月出版／定价:89.00元

辽宁蓝皮书
2013年辽宁经济社会形势分析与预测
著(编)者:曹晓峰　张晶　2012年12月出版／定价:79.00元

内蒙古蓝皮书
内蒙古经济发展蓝皮书(2012~2013)
著(编)者:黄育华　2013年7月出版／估价:69.00元

浦东新区蓝皮书
上海浦东经济发展报告(2013)
著(编)者:左学金　陆沪根　2013年1月出版／定价:59.00元

青海蓝皮书
2013年青海经济社会形势分析与预测
著(编)者:赵宗福　2013年2月出版／定价:69.00元

人口与健康蓝皮书
深圳人口与健康发展报告(2013)
著(编)者:陆杰华　江捍平　2013年10月出版／估价:98.00元

山西蓝皮书
山西资源型经济转型发展报告(2013)
著(编)者:李志强　2013年2月出版／定价:79.00元

陕西蓝皮书
陕西经济发展报告(2013)
著(编)者:任宗哲　石英　裴成荣　2013年1月出版／定价:65.00元

陕西蓝皮书
陕西社会发展报告(2013)
著(编)者:任宗哲　石英　江波　2013年1月出版／定价:65.00元

陕西蓝皮书
陕西文化发展报告(2013)
著(编)者:任宗哲　石英　王长寿　2013年1月出版／定价:69.00元

上海蓝皮书
上海传媒发展报告(2013)
著(编)者:强荧　焦雨虹　2013年1月出版／定价:79.00元

地方发展类
皮书系列 2013全品种

上海蓝皮书
上海法治发展报告(2013)
著(编)者:叶青 2012年12月出版 / 定价:69.00元

上海蓝皮书
上海经济发展报告(2013)
著(编)者:沈开艳 2013年1月出版 / 定价:69.00元

上海蓝皮书
上海社会发展报告(2013)
著(编)者:卢汉龙 周海旺 2013年1月出版 / 定价:69.00元

上海蓝皮书
上海文化发展报告(2013)
著(编)者:蒯大申 2013年1月出版 / 定价:69.00元

上海蓝皮书
上海文学发展报告(2013)
著(编)者:陈圣来 2013年10月出版 / 估价:59.00元

上海蓝皮书
上海资源环境发展报告(2013)
著(编)者:周冯琦 汤庆和 王利民
2013年1月出版 / 定价:59.00元

上海社会保障绿皮书
上海社会保障改革与发展报告(2012~2013)
著(编)者:汪泓 2013年10月出版 / 估价:65.00元

深圳蓝皮书
深圳经济发展报告(2013)
著(编)者:张骁儒 2013年6月出版 / 定价:69.00元

深圳蓝皮书
深圳劳动关系发展报告(2013)
著(编)者:汤庭芬 2013年6月出版 / 定价:69.00元

深圳蓝皮书
深圳社会发展报告(2012~2013)
著(编)者:张骁儒 2013年6月出版 / 估价:69.00元

温州蓝皮书
2013年温州经济社会形势分析与预测
著(编)者:潘忠强 王春光 金浩
2013年4月出版 / 定价:69.00元

武汉城市圈蓝皮书
武汉城市圈经济社会发展报告(2012~2013)
著(编)者:肖安民 2013年9月出版 / 估价:59.00元

武汉蓝皮书
武汉经济社会发展报告(2013)
著(编)者:刘志辉 2013年10月出版 / 估价:59.00元

扬州蓝皮书
扬州经济社会发展报告(2012)
著(编)者:丁纯 2013年1月出版 / 定价:79.00元

长株潭城市群蓝皮书
长株潭城市群发展报告(2013)
著(编)者:张萍 2013年10月出版 / 估价:69.00元

浙江蓝皮书
浙江金融业发展报告(2013)
著(编)者:刘仁伍 2013年10月出版 / 估价:69.00元

浙江蓝皮书
浙江民营经济发展报告(2013)
著(编)者:刘仁伍 2013年10月出版 / 估价:59.00元

浙江蓝皮书
浙江区域金融中心发展报告(2013)
著(编)者:刘仁伍 2013年10月出版 / 估价:79.00元

浙江蓝皮书
浙江市场经济发展报告(2013)
著(编)者:刘仁伍 2013年10月出版 / 估价:79.00元

郑州蓝皮书
2013年郑州文化发展报告
著(编)者:王哲 2013年7月出版 / 估价:69.00元

中原蓝皮书
中原经济区发展报告(2013)
著(编)者:刘怀廉 2013年3月出版 / 估价:68.00元

西北蓝皮书
中国西北发展报告(2013)
著(编)者:范鹏 朱智文 马廷旭 2013年1月出版 / 定价:68.00元

连片特困区蓝皮书
中国连片特困区发展报告(2013)
著(编)者:游俊 冷志明 丁建军 2013年3月出版 / 估价:79.00元

吉林蓝皮书
2013年吉林经济社会形势分析与预测
著(编)者:马克 2013年1月出版 / 估价:69.00元

安徽蓝皮书
安徽社会发展报告(2013)
著(编)者:程桦 2013年4月出版 / 定价:79.00元

安徽蓝皮书
安徽社会建设分析报告(2012~2013)
著(编)者:黄家海 王开玉 蔡宪 2013年4月出版 / 定价:69.00元

社会科学文献出版社
SOCIAL SCIENCES ACADEMIC PRESS (CHINA)

社会科学文献出版社成立于1985年,是直属于中国社会科学院的人文社会科学专业学术出版机构。

成立以来,特别是1998年实施第二次创业以来,依托于中国社会科学院丰厚的学术出版和专家学者两大资源,坚持"创社科经典,出传世文献"的出版理念和"权威、前沿、原创"的产品定位,社科文献立足内涵式发展道路,从战略层面推动学术出版的五大能力建设,逐步走上了学术产品的系列化、规模化、数字化、国际化、市场化经营道路。

先后策划出版了著名的图书品牌和学术品牌"皮书"系列、"列国志"、"社科文献精品译库"、"中国史话"、"全球化译丛"、"气候变化与人类发展译丛""近世中国""博源文库"等一大批既有学术影响又有市场价值的系列图书。形成了较强的学术出版能力和资源整合能力,年发稿3.5亿字,年出版新书1200余种,承印发行中国社科院院属期刊近70种。

2012年,《社会科学文献出版社学术著作出版规范》修订完成。同年10月,社会科学文献出版社参加了由新闻出版总署召开加强学术著作出版规范座谈会,并代表50多家出版社发起实施学术著作出版规范的倡议。2013年,社会科学文献出版社参与新闻出版总署学术著作规范国家标准的起草工作。

依托于雄厚的出版资源整合能力,社会科学文献出版社长期以来一直致力于从内容资源和数字平台两个方面实现传统出版的再造,并先后推出了皮书数据库、列国志数据库、中国田野调查数据库等一系列数字产品。

在国内原创著作、国外名家经典著作大量出版,数字出版突飞猛进的同时,社会科学文献出版社在学术出版国际化方面也取得了不俗的成绩。先后与荷兰博睿等十余家国际出版机构合作面向海外推出了《经济蓝皮书》《社会蓝皮书》等十余种皮书的英文版、俄文版、日文版等。

此外,社会科学文献出版社积极与中央和地方各类媒体合作,联合大型书店、学术书店、机场书店、网络书店、图书馆,逐步构建起了强大的学术图书的内容传播力和社会影响力,学术图书的媒体曝光率居全国之首,图书馆藏率居于全国出版机构前七位。

作为已经开启第三次创业梦想的人文社会科学学术出版机构,社会科学文献出版社结合社会需求、自身的条件以及行业发展,提出了新的创业目标:精心打造人文社会科学成果推广平台,发展成为一家集图书、期刊、声像电子和数字出版物为一体,面向海内外高端读者和客户,具备独特竞争力的人文社会科学内容资源供应商和海内外知名的专业学术出版机构。

中国皮书网

发布皮书研创资讯，传播皮书精彩内容
引领皮书出版潮流，打造皮书服务平台

栏目设置：

- ☐ 资讯：皮书动态、皮书观点、皮书数据、 皮书报道、皮书新书发布会、电子期刊
- ☐ 标准：皮书评价、皮书研究、皮书规范、皮书专家、编撰团队
- ☐ 服务：最新皮书、皮书书目、重点推荐、在线购书
- ☐ 链接：皮书数据库、皮书博客、皮书微博、出版社首页、在线书城
- ☐ 搜索：资讯、图书、研究动态
- ☐ 互动：皮书论坛

www.pishu.cn

中国皮书网依托皮书系列"权威、前沿、原创"的优质内容资源，通过文字、图片、音频、视频等多种元素，在皮书研创者、使用者之间搭建了一个成果展示、资源共享的互动平台。

自2005年12月正式上线以来，中国皮书网的IP访问量、PV浏览量与日俱增，受到海内外研究者、公务人员、商务人士以及专业读者的广泛关注。

2008年10月，中国皮书网获得"最具商业价值网站"称号。

2011年全国新闻出版网站年会上，中国皮书网被授予"2011最具商业价值网站"荣誉称号。

皮书数据库

权威报告　热点资讯　海量资源

当代中国与世界发展的高端智库平台

皮书数据库 www.pishu.com.cn

皮书数据库是专业的人文社会科学综合学术资源总库，以大型连续性图书——皮书系列为基础，整合国内外相关资讯构建而成。包含七大子库，涵盖两百多个主题，囊括了近十几年间中国与世界经济社会发展报告，覆盖经济、社会、政治、文化、教育、国际问题等多个领域。

皮书数据库以篇章为基本单位，方便用户对皮书内容的阅读需求。用户可进行全文检索，也可对文献题名、内容提要、作者名称、作者单位、关键字等基本信息进行检索，还可对检索到的篇章再作二次筛选，进行在线阅读或下载阅读。智能多维度导航，可使用户根据自己熟知的分类标准进行分类导航筛选，使查找和检索更高效、便捷。

权威的研究报告，独特的调研数据，前沿的热点资讯，皮书数据库已发展成为国内最具影响力的关于中国与世界现实问题研究的成果库和资讯库。

皮书俱乐部会员服务指南

1. 谁能成为皮书俱乐部会员？
- 皮书作者自动成为皮书俱乐部会员；
- 购买皮书产品（纸质图书、电子书、皮书数据库充值卡）的个人用户。

2. 会员可享受的增值服务：
- 免费获赠该纸质图书的电子书；
- 免费获赠皮书数据库100元充值卡；
- 免费定期获赠皮书电子期刊；
- 优先参与各类皮书学术活动；
- 优先享受皮书产品的最新优惠。

阅　读　卡

3. 如何享受皮书俱乐部会员服务？

（1）如何免费获赠整本电子书？

购买纸质图书后，将购书信息特别是书后附赠的卡号和密码通过邮件形式发送到pishu@188.com，我们将验证您的信息，通过验证并成功注册后即可获得该本皮书的电子书。

（2）如何获赠皮书数据库100元充值卡？

第1步：刮开附赠卡的密码涂层（左下）；

第2步：登录皮书数据库网站（www.pishu.com.cn），注册成为皮书数据库用户，注册时请提供您的真实信息，以便您获得皮书俱乐部会员服务；

第3步：注册成功后登录，点击进入"会员中心"；

第4步：点击"在线充值"，输入正确的卡号和密码即可使用。

皮书俱乐部会员可享受社会科学文献出版社其他相关免费增值服务
您有任何疑问，均可拨打服务电话：010-59367627　QQ:1924151760
欢迎登录社会科学文献出版社官网（www.ssap.com.cn）和中国皮书网（www.pishu.cn）了解更多信息

皮书大事记

☆ 2012年12月，《中国社会科学院皮书资助规定（试行）》由中国社会科学院科研局正式颁布实施。

☆ 2011年，部分重点皮书纳入院创新工程。

☆ 2011年8月，2011年皮书年会在安徽合肥举行，这是皮书年会首次由中国社会科学院主办。

☆ 2011年2月，"2011年全国皮书研讨会"在北京京西宾馆举行。王伟光院长（时任常务副院长）出席并讲话。本次会议标志着皮书及皮书研创出版从一个具体出版单位的出版产品和出版活动上升为由中国社会科学院牵头的国家哲学社会科学智库产品和创新活动。

☆ 2010年9月，"2010年中国经济社会形势报告会暨第十一次全国皮书工作研讨会"在福建福州举行，高全立副院长参加会议并做学术报告。

☆ 2010年9月，皮书学术委员会成立，由我院李扬副院长领衔，并由在各个学科领域有一定的学术影响力、了解皮书编创出版并持续关注皮书品牌的专家学者组成。皮书学术委员会的成立为进一步提高皮书这一品牌的学术质量、为学术界构建一个更大的学术出版与学术推广平台提供了专家支持。

☆ 2009年8月，"2009年中国经济社会形势分析与预测暨第十次皮书工作研讨会"在辽宁丹东举行。李扬副院长参加本次会议，本次会议颁发了首届优秀皮书奖，我院多部皮书获奖。

皮书数据库

www.pishu.com.cn

皮书数据库三期即将上线

• 皮书数据库（SSDB）是社会科学文献出版社整合现有皮书资源开发的在线数字产品，全面收录"皮书系列"的内容资源，并以此为基础整合大量相关资讯构建而成。

• 皮书数据库现有中国经济发展数据库、中国社会发展数据库、世界经济与国际政治数据库等子库，覆盖经济、社会、文化等多个行业、领域，现有报告30000多篇，总字数超过5亿字，并以每年4000多篇的速度不断更新累积。2009年7月，皮书数据库荣获"2008～2009年中国数字出版知名品牌"。

• 2011年3月，皮书数据库二期正式上线，开发了更加灵活便捷的检索系统，可以实现精确查找和模糊匹配，并与纸书发行基本同步，可为读者提供更加广泛的资讯服务。

更多信息请登录

中国皮书网的BLOG [编辑]
http://blog.sina.com.cn/pishu

中国皮书网
http://www.pishu.cn

皮书微博
http://weibo.com/pishu

皮书博客
http://blog.sina.com.cn/pishu

请到各地书店皮书专架/专柜购买，也可办理邮购

咨询/邮购电话：010-59367028　59367070　　　邮　　箱：duzhe@ssap.com
邮购地址：北京市西城区北三环中路甲29号院3号楼华龙大厦13层读者服务中心
邮　　编：100029
银行户名：社会科学文献出版社
开户银行：中国工商银行北京北太平庄支行
账　　号：0200010019200365434
网上书店：010-59367070　　qq：1265056568
网　　址：www.ssap.com.cn　　www.pishu.cn